内蒙古文学重点作品创作扶持工程

高山厚土

海江霖/著

内蒙古人民出版社

图书在版编目(CIP)数据

高山厚土 / 海江霖著. —呼和浩特：内蒙古人民出版社，2022.12

ISBN 978-7-204-16437-0

Ⅰ.①高… Ⅱ.①海… Ⅲ.①长篇小说-中国-当代 Ⅳ.①I247.5

中国版本图书馆 CIP 数据核字(2020)第 187637 号

高山厚土

作　　者	海江霖
责任编辑	于汇洋
出版发行	内蒙古人民出版社
地　　址	呼和浩特市新城区中山东路 8 号波士名人国际 B 座 5 楼
网　　址	http://www.impph.cn
印　　刷	内蒙古爱信达教育印务有限责任公司
开　　本	710mm×1000mm　1/16
印　　张	19.75
字　　数	270 千
版　　次	2022 年 12 月第 1 版
印　　次	2023 年 2 月第 1 次印刷
印　　数	1—1000 册
书　　号	ISBN 978-7-204-16437-0
定　　价	49.00 元

图书营销部联系电话：(0471)3946298 3946267
如发现印装质量问题，请与我社联系，联系电话：(0471)3946120

序 言

内蒙古居于祖国北疆，广袤无垠的草原、葳蕤茂密的森林、浩瀚辽远的大漠、纵横千里的阴山山脉，组成了内蒙古多姿多彩的地理风貌。千百年来，各族人民在此繁衍、生息，丰厚着绵延久远的中华文化。文学传承，生生不息。源远流长的内蒙古文学在牧野上传诵，在群山中回响，点亮了祖国北疆一盏盏温暖的生命明灯。

进入新时代，内蒙古文学工作者坚持深入生活、扎根人民，把澎湃的现实生活、昂扬的时代精神、丰富的经验和情感提炼造型。人、生活、岁月在他们笔下是砥砺行进的历史，是绵厚的家国之爱，是浓烈的人间烟火。一批批贴近时代、贴近人民、贴近大地的现实题材作品带着生活之感、时代之悟和人民之思传向广大读者。

为进一步加强文学的组织化程度，推出更多高品位的优秀作品，培养更多高素质的文学人才，"内蒙古文学重点作品创作扶持工程"应运而生。本工程由内蒙古自治区党委宣传部牵头，内蒙古文联、内蒙古作协负责组织推进，旨在汇集内蒙古众多优秀作家作品，在宽广的世界视野中描绘中华民族精神图谱，努力推动内蒙古文学事业繁荣发展。本工程部分入选作品曾荣获鲁迅文学奖、全国少数民族文学创作"骏马奖"、全国精神文明建设"五个一工程"奖、自治区精神文明建设"五个一工程"奖、自治区文学创作"索龙嘎"奖等，为满足人民文化需求、增强人民精神力量做出了积极贡献。2021年7月1日，习近平总书记代表党和人民庄严宣告，经过全党全国各族人民持续奋斗，我们实现了第一个百年奋斗目标，在中华大地上全面建成了小康社会，历史性地解决了绝对贫困问题，正在意气风发地向着全面建成社会主义现代化强国的第二个百年奋斗目标迈进。内蒙古大地焕发出前所未有的活力，人民创造历史的伟大实践为文学创作提供了丰沛的源泉和广阔的天地。讲好内蒙古故事，发出富于影响力和感染力的声音，创作出不负时代、不负人民的优秀作品，是每位作家的光荣与梦想，也是推动内蒙古文艺蓬勃发展的强大动力。

"内蒙古文学重点作品创作扶持工程"入选作品，以无数真切鲜活的声音，书写着属于这个时代的有温度、有厚度的内蒙古故事。这些作品从内蒙古脱贫攻坚的实践中来，从当代中国、内蒙古社会发展进步和人民精彩生活的细节中来，精神高度、文化内涵和艺术价值相统一，歌颂无数创造历史的人们。

百年恰是风华正茂，百年初心历久弥坚。衷心希望内蒙古文学工作者以深邃的历史眼光和宏阔的现实视野，倾听内蒙古从历史走向现在、走向未来的脚步声，创作一批见历史之大势、发时代之先声的优秀作品，展现新时代中国共产党和中国人民再创中华文化新辉煌、书写中华民族新史诗的文化自信和历史雄心；希望内蒙古文学工作者珍爱文学、不忘初心，用心记录内蒙古人民建设美好内蒙古的奋斗姿态，把新的灵魂、新的梦想注入文学，努力为铿锵内蒙古书写新时代的史诗。

薪火传承，旗帜高扬。在习近平新时代中国特色社会主义思想指引下，期待内蒙古文学工作者担当使命，以高质量的文学作品弘扬蒙古马精神，展示内蒙古文学弦歌不辍、日新又新的文化活力；期待有更多读者在文学世界中感受辽阔大地上的人文情怀，感受内蒙古文学的独特魅力；期待内蒙古文学在中华文学版图上绽放出绚烂的光辉。

内蒙古文联党组书记　主席　冀晓青

楔　子

稀稀落落的枪声响起时，陈石匠正蒙蒙眬眬地睡着觉，紧接着密集的枪声把他彻底惊醒，他快速穿好衣服。老伴急忙摸索着火柴，陈石匠用低沉而严厉的声音制止老伴说："别点灯！"

老伴停住了划火柴的手。

陈石匠披着衣服把门轻轻推开一条缝，院子里一片灰黑。天空上稀稀疏疏的星星闪着微弱暗淡的冷光，狗叫声由远而近，此起彼伏连成了一片，偶尔还有一两声枪响夹杂着马蹄声从屯子外面传来。陈石匠从细长的门缝里往外看了一会儿，院子外面静悄悄的，没有任何异样的情况。他这才闪出屋来，在院子中站了一会儿，马奔跑的声音渐渐远去，隐没在了黑色重叠的山野里。他看了看邻居家的门，都紧闭着，这才放心地在墙边撒了一泡尿，然后回到屋里。老伴披着一件单衣，战战兢兢地蹲在窗台边自言自语地说："不知谁家又被抢了。"

陈石匠坐在炕边从枕头下边摸出烟口袋，把烟袋锅伸进烟口袋里上下划动了两下，用拇指捏了捏再拽出来，烟袋锅里已经装满了烟，划着火柴，然后紧吸了几口。烟袋锅随着他使劲的吧嗒声一闪一闪地冒出红火，他把吸足的一嘴烟吐出来说："还能有谁，不是赵凤林家就是南沟贾振山家，这些胡子不会轻易祸害穷人。"

"都说'兔子不吃窝边草'，可他们还专门抢邻屯地主老财的东西。"老伴说。

"匪有匪道,他们不乱抢,听说索伦一带的胡子只能到更北面的地方去,不会到咱这嘎垯。"陈石匠说。

"咱这地方这么穷,哪个胡子愿意来?也就姚占江这帮胡子在这闹腾,搅得百姓不得安宁。听说国民党的部队到了通辽和洮南一带离咱们这可不远了,这日子以后还咋过呀!"老伴说。

"官家的事你还知道不少呢。"陈石匠说。

"都是从李大夫那看病的人回来说的。"老伴说。

"历朝历代的军队不善待百姓、欺压百姓的都会垮掉,老话说'水能载舟,也能覆舟'啊。"陈石匠接着说。

这时,有一两只鸡开始打起鸣来,这叫声由近向远,引得远处的鸡争先恐后地叫起来,此起彼伏地在屯子的上空响成一片。窗户格中的纸在这鸡叫声中开始变得灰白起来,外面的白光从窗格里强硬地拥进来,屋子里能模模糊糊地看见一些东西了。

"天亮还等一阵,你再躺一会儿吧。"老伴关切地说。

"不了,我把那些石头归拢归拢,天亮就能干活了。"陈石匠说。

"这黑灯瞎火的,先别开门,万一胡子还没走呢。"老伴说。

"那我就再抽袋烟。"陈石匠说着又装了一袋烟,摸摸索索地点燃抽了起来。

不大一会儿,蓝色的烟雾像蛇一样爬到房棚上,然后弥漫开来。天空眨眼间变得白亮起来,家里的公鸡已经停止了大声的鸣叫,小心翼翼地走出鸡窝,在院子里咕咕地叫着,啄着地上的食物。

陈石匠来到大门外,各家各户还都紧紧地关着门,看不见一个人影,他回到院子里搬动那些堆在院子四周墙下的巨大石头。这些石头都是他从山上选完后,由户主拉来做磨盘、碾盘、牲畜槽子和墓碑用的。

早春的天气还有些微寒,那些巨大的石头摸上去凉凉的,他只好用柞木棍撬着石头。院子里除了石头的滚动声外,还能听到不远处归流河开河时冰裂的"咔嚓咔嚓"的响声。老伴出来抱柴火准备烧火做饭,有几家的烟囱里开始冒出灰蓝色的带着浓浓茅草味的烟,因为没有风,这些烟很粗很浓,像刚睡醒的巨蟒爬上房山。陈石匠把一块不太大的石头摆好,回到屋里拿出堆在门后的锤子、钢钎,开始一下一下有节奏地敲凿起来。

第一章

一

陈石匠名叫陈顺,十岁那年跟父亲从阜新来到巴拉格歹这片土地。父亲一见到这片黑土地就像见到了久别的亲戚一样激动得热泪盈眶,双手捧起一把土,跪在地上向东方磕了三个头,这是他这辈子见过的最好的土地了。当时,他根本不知道自己所在的位置是大兴安岭脚下,大兴安岭就像一道绿色的屏风,从东北向西南方向绵延四百多公里,横卧在这片土地上。望着这片土地,父亲自言自语地说:"就是饿死也不走了,在这里扎根。"那时,巴拉格歹也就十几户人家,父亲是阜新玉雕艺人,能雕人物、动物、烟嘴、鼻烟壶和各种首饰。据父亲说,他是跟清朝的一位高人学的艺,后来受战乱等影响,到了陈石匠这一辈,社会的发展和农业生产的演进导致阜新玉雕的活计慢慢萎缩,社会的需求由精细的奢侈品慢慢转向了粗糙的石刻品。父亲到铁匠炉捻了一把钢钎,连同家里的一把铁锤交给陈石匠,把自己的玉器工具收起来装进一个帆布袋压在了箱底,要陈石匠学习石刻技术。陈石匠对父亲的决定没有反对,他虽然不爱好岫玉和玛瑙雕刻,但对石刻很感兴趣。他喜欢那种粗糙豪放的手艺,既能使上劲又能表达出自己的意愿。

父亲把自己背来的岫玉卖给了老地主赵凤林的父亲,买下了他的三亩地，安家落了户。父亲起早贪黑地干活，维持全家人的生活，直到陈石匠二十岁时，为陈石匠娶了媳妇，生活才算安定了下来，可父亲的身体却一天不如一天。有一天，父亲一病不起，去世前把陈石匠叫到跟前，声音微弱颤抖地说："我死后就把我埋到地头的荒地上吧，一定要深深地埋。"

　　父亲病重期间，陈石匠默默为父亲做了一副石棺。父亲去世后，村里人揭开石棺上的炕席后震惊了，从没见过这么好的石棺，无论从造型和做工上看都是完美无缺的，而且石质也好，没有一丝裂纹，石棺两侧雕刻着精美的飞禽走兽，人们说不出这些飞禽走兽的名字，暗暗佩服陈石匠竟然有这么好的手艺和这么大的心劲。陈石匠按照父亲的遗愿选择了自家地旁边的一块荒地，挖开一米多深的黑土，把父亲安葬在了黑油油的土地里。他理解父亲的心思，父亲想永久地守着这片黑土地。安葬完，他在父亲的坟前立了一块石碑，这是他第一次做石棺和石碑，也是他石匠生涯的开始。从此，他像父亲一样早出晚归，拼命干活。陈石匠的媳妇既勤快又节俭，为了养家糊口，两口子除了起早贪黑干活就是起早贪黑干活，没有别的出路。冬天的时候，他就把石头搬到外屋，有时一干就是一夜，"叮叮当当"的凿石声吵得媳妇睡不着觉，便抱怨道："这三更半夜的，你让不让人睡觉了？"

　　"我这不也是为了多挣钱吗？没有钱，咱咋活？"他说完仍然凿着。

　　这"叮叮当当"的凿石声以它特有的节奏飘荡在幽暗的夜里，仿佛是一支幽怨的乐曲在陈石匠家演奏着，这种使人无法入睡的声音在他们家每个人的心里都留下了永久的记忆。

　　时间飞快，一晃大儿子陈满金十七岁了，长得水水亮亮一表人才，是屯里数一数二的俊小伙。陈满金上边还有一个姐姐，嫁到了离家八十多里外的王爷庙。他身下还有两个弟弟和一个妹妹，最小的弟弟才一岁多，家里除了父母再没有别的劳动力了，陈满金自然成了家里的顶梁柱。

　　五月初，大兴安岭的西南坡暖暖的没有一丝的风，归流河边的柳树枝柔软起来，枝条上冒出了老鼠尾巴似的毛茸茸的嫩芽，土地也松软起来。

第一章

由于开犁早,苞米籽埋到地里半个多月的时间,绿中带紫的小苗就在土坷垃下、在茬子边、在垄台上七扭八歪地拱了出来。有的小苗在手指盖大小的土块压着下,差一点点就抬起了弯曲的叶片,那些钻出来的喇叭筒似的叶子在微风中轻轻抖动着,好像在欢笑,又像在招手。不远处归流河的河面上积攒了一冬的黑土和枯黄的树叶被河水冲得无影无踪了,只有少数被粘在岸上的苞米叶连带一些杂草还被埋在土里,那些露在土外的苞米叶在风的作用下还能发出乐器般的声音。河水变得一天比一天清亮起来,成千上万条乌黑油亮的泥鳅在岸边浅水的细泥里扭动着身体,钻来钻去,永远不知道疲劳。偶尔有一两条白亮亮的小鱼在河的中央跃起,使原本寂静的水面有了一种生命的响动。

看着小苗都钻出了地面,陈石匠的心里就像长了草似的,每天往地里跑两三趟,他想早早把地铲出来,不能等到下过了雨,那时候地里的草就会猛长起来,土地也板结了不好铲。

这天早晨,他终于等不住摘下了挂在仓房的锄头。

老伴说:"你疯了,全屯子看谁家铲地了,小苗还没离开地皮呢。"

"管别人干啥,没人铲咱就不能铲了啊!"陈石匠吃完饭自己先走了,走到院子里又折回来说,"一会儿满金醒了就叫他过去吧。"

他来到地里,这三亩地离归流河边不远,是全村最好的土地,他看着这些小苗心情特别好,田野里空荡荡的一个人也没有,真想吼上两嗓子,可他看着满地的小苗还是把这念头咽了回去。他弯下腰把锄头伸出去,一下一下地拽着,锄头插进地头硬邦邦的黑土里,他要先把地头的草铲干净了,然后再铲地里的苗。俗话说得好:"铲地铲地头。"看一个农民是不是正经农民要看地铲得咋样,看地铲得咋样要看地头铲得咋样。他把地头的草铲完了,看着这些翻了白的草,好像打了胜仗的战士似的,心里充满了自豪和骄傲。他从腰上拽下烟袋,点燃,大口大口地抽了几口,抬起一只脚在鞋底上磕掉那还没抽完的烟,把烟袋重又别回腰上,往手里唾了两口唾沫,然后弯下腰去,一只手攥紧锄杠的一头,另一只手在锄杠上拉动起来。这是今年铲的第一锄,他的心情就像是遇到了老友一样舒畅,随着锄杠的一伸一拽,黑土变得松软开了,苞米苗摇晃着小喇叭筒,像在对他微笑,在为他鼓掌。

这时,陈满金睡眼惺忪晃晃悠悠地来到了地头,他把肩上的锄头往地上一扔,锄头在地上弹了一下,锄头尖扎在地里,他忙弯下腰跟在父亲的后面铲起来。他没有父亲那么卖力,铲一会儿拄着锄头站一会儿,向远处望一会儿,然后再铲。父亲也不管他,自己铲着自己的垄,陈石匠没指望儿子能帮自己铲多少地,而是想叫他早早熟悉这些农活。陈满金也不理会父亲咋想的,自己只要跟着干就行,至于铲得咋样,他没认真想过,他想的都是一些不着边际的事儿。现在,他想起了姐姐出嫁时跟他一块坐在车上的荞麦花,他跟荞麦花就是在那时第一次说话的。荞麦花和贺青兰是姐姐最好的朋友。荞麦花比姐姐小一岁,是她们三姐妹里年龄最小的,也是最好看的。

那年秋天,日本宣布投降不久,姐姐经刘铁山介绍嫁到了王爷庙。那时,他多想跟随姐姐留在王爷庙不再回来,姐夫说:"现在日本鬼子刚倒台,一些蒙古族青年正准备到蒙古寻找出路,想跟蒙古联合起来搞独立,不知将来咋样。"

"蒙古族青年都在寻找出路,可咱爸却想让我学他的手艺,我不想学他的手艺,也想到外面找一条更好的生存之路。"陈满金说。

"现在王爷庙还挺乱,你暂时不能来,等形势好转了再出来也不晚。"姐夫说。

"听你的。"陈满金回答。

回来时,他和荞麦花坐在牛车上,荞麦花也不说话,看着他总是咯咯地笑。那时,她已经结婚了,但他的男人经常不回家,有时还打她。

一天夜里,爸妈都躺下了,只听窗户被拍得"嘭嘭"响,全家人被这突如其来的响声震醒,父亲大声问:"谁呀?"

"大婶,我是荞麦花。"

"等等……我就来。"母亲急忙坐起来边披衣服边下地。

荞麦花满脸是血,跟在母亲后面低着头轻轻走进屋来,母亲关切地问:"郭二愣又打你了?"

"嗯。"荞麦花点着头。

"你快洗洗脸,就在我家睡吧。"母亲爱怜地说。

这时满玉也爬起来了,牵着荞麦花的手说:"姐,就在我家睡吧。"

"满金,你到外屋的柴火堆上去。"母亲说。

陈满金只好尽快爬起来,抱着枕头下地。

"婶,实在是太麻烦你们了。"荞麦花擦着眼泪说。

陈满金躺在外屋柴火堆上,望着被熏黑的房笆,怎么也睡不着。他的内心就像长满了各种小苗,有的小苗代表这个,有的小苗代表那个。荞麦花的丈夫为什么要打荞麦花?荞麦花长得多好看呐,她说话的声音多好听呀,咋就这样呢?自己要是能娶到这样一个媳妇,可不能像郭二愣那样,自己一定会好好对她,就是再苦再累,也不让她遭罪。他一宿没睡着,翻来覆去地想着荞麦花和自己的未来。天还没亮,荞麦花就走了,好像还看了他一会儿才走的。

陈满金想着荞麦花走时那低头的样子和那苦涩的面容,越想越没劲头铲地。要是能帮上她就好了,使她幸福起来,她就会更加好看了。

陈石匠铲了两条垄,头上已沁出微微的汗珠,后背上也潮乎乎的,他坐在西头的柳树林边找出烟袋抽烟。陈满金这时才快到东头,见父亲坐下来歇着,他这才使劲铲了起来,铲到地头坐到一边,手里捏起一根树棍儿在地上乱画着。父亲看了他一眼,喊道:"满金,回去打壶水来。"

听到父亲的喊声,陈满金愉快地扔掉手里的树棍儿,钻进柳树林,很快就不见了。

这时,刘铁山背着手来了,他家的地挨着陈石匠家的地。他不是来铲地的,他是来看陈石匠铲地的,见了陈石匠说:"老陈,你来得这么早,不怕碰上胡子啊!"

"哼,胡子不欺负穷人,就是碰上又能咋的,大不了一死,不像你就怕胡子。"陈石匠说。

"我听说前两天胡子跟赵凤林打起来了,结果啥也没抢到打马回山了,闹得百姓不得安宁。不过,这帮胡子也是秋后的蚂蚱——蹦跶不了几天了。我还听说去年八月十一号,在葛根庙一带杀死日本人的兴安陆军军官学校的学生,有十几个拿着联名书到蒙古去,蒙古让他们去找共产党,蒙古不参与。不过有的王公贵族还是不死心,还想搞独立。据说国民党的飞机前两天还在王爷庙的上空飞了好几圈,他们的军队已经开到南面不远了,他们还想消灭共产党,你说这形势对咱老百姓有啥好处?"

"这些小道消息你都听谁说的?"陈石匠问。

"这可不能告诉你。"刘铁山故意卖关子说。

"管他谁呢,咱老百姓还不是靠干活吃饭。"陈石匠说。

"来,抽抽我这烟,新买的。"刘铁山掏出旱烟口袋递给陈石匠。陈石匠接过烟口袋,从腰上拔下烟袋,装了一袋,用父亲的火镰先给刘铁山点上,然后对着他的烟袋锅点着自己的烟。

"这烟是挺冲。"陈石匠抽了几口说。

刘铁山抽了几口烟,压低声音说:"我还听说西满军区的部队要进驻王爷庙了,土地改革在南方已经搞起来了,穷人也能分到土地了。"

"要是那样就好了,我家这三亩地还是我爹从赵凤林他爹手里买来的呢。要是真改天换地了,能保住这几亩地我就心满意足了。"陈石匠说。

"我和你不一样,你这是自己家地,我那是租来的,重分好,重分我就有地了。"刘铁山心事重重地说。

"没办法,土地改革,谁能抗拒得了啊。"陈石匠说。

"抗是抗不了,能分到地就有指望,有了奔头。"刘铁山说。

"你怕啥,努图克达鲍长海咋也得向着你们家啊。"陈石匠试探地说。

刘铁山不吱声,过了一会儿说:"也不好说,形势不知啥样呢。"

陈石匠也不吱声,他擦了擦脸上的汗问:"你不铲地来干啥?"

"我来看看你。"刘铁山说着磕掉烟袋里的烟,站起身来。

二

陈石匠老伴见满金从地里回来了忙说:"你回来得正好,去给妈挑两桶水去。"陈满金有些不情愿地拿起扁担挑着两只空桶放到肩上,空桶在他的身体两边前后摇晃起来。他来到几百米外的水井旁,这井是屯子前趟街唯一的井,它正好在屯子的中间,早晨来挑水的人比平时多。陈满金站在一旁等了一会儿,等大伙都走了这才走上井台。他把辘轳上缠绕的绳子拽了一下,辘轳就转动了一下,他把铁钩挂在自己的铁桶上,然后把铁桶朝井里一扔,辘轳就自己旋转起来,直到水桶落在水面上,砰的一声扎入了水里,井绳被抻得笔直。他这才绕动起来,水桶到了井口,他把这桶水倒进另一个水桶里,然后又把水桶扔进井里,辘轳又快速旋转起来,直到井绳笔直。就在他解开井绳上的铁钩时,荞麦花来到了井台边。荞麦花睡眼惺忪,头发乱蓬蓬的,像刚睡醒的样子,见到陈满金微微一笑,随便打一声招呼:"挑水啊?"

"你也挑啊。"陈满金所答非所问。

"可不是吗?"荞麦花把两只水桶撂在井台上说。

"我替你打吧。"陈满金说。

"那敢情好了,天天有人替我打才好呢。"荞麦花说着笑起来。

"我哥呢?"陈满金问。

"可别提他了,在外屯扛活,一年也见不到他的影子,就是回来了也从不挑水。"荞麦花说。

陈满金不再问,替荞麦花打满了两个水桶,让荞麦花先走,自己站在井台上等荞麦花摇摇摆摆地走远了,这才挑起自己的水桶往家走。母亲见满金回来了问:"咋这半天呐,锅都快烧干了。"

"打水的人多,等了一会儿。"满金回答。

"去晚了人就多。"母亲说着干别的活去了。

陈满金赶紧灌了一茶壶凉水，急忙奔地里而来。很远就看见父亲正弯着腰铲呢，他把水壶放在地头，赶紧拿起锄头铲起来。父亲铲到地那头，陈满金还在地这头。父亲拄着锄头看见了满金喊道："你咋才回来，快把水拎过来，妈的是头驴也得给渴死了。"

陈满金扔下锄头把水拎到父亲跟前，父亲接过水壶"咕咚咕咚"喝起来，喝了足有半壶，喘着气问："咋这么半天？"

"我妈让我去挑水，挑完我就赶紧来了。"满金回答。

陈石匠把水壶放下，不再吱声了。

陈满金站在一边，回想着荞麦花的样子，她那单薄的身体，蓬乱的头发，还有那白皙的皮肤和那双黑黑的大眼睛。这一上午，他像丢了魂似的，精神咋也集中不起来，有时把苞米苗给铲掉了，把草埋上了，苞米垄叫他铲得就像刨花秃似的。

三

荞麦花的家也在屯子的东头住，离陈满金家有几十丈远，中间隔着两户人家。两间草房多年没修，墙皮脱落，障子边长满了杂草，再加上鸡鸭粪便满地，给人一种荒凉破败的感觉。

荞麦花的丈夫叫郭长河，郭长河和荞麦花连续生了三个女儿，两个女儿出生不久就死了，还有一个女儿出生后身体虚弱，眼看又要死去，被郭长河的大姨抱回家养活。从此，郭长河和荞麦花不敢再生。由于没有儿子，郭长河觉得这一辈子没啥指望，没儿子就等于没了根，即使租了土地也没人干活。他对生活失去了信心，得过且过，每天沉迷于赌牌，家里的事一概不管，全由荞麦花操持。荞麦花也不埋怨他，只怨自己命不好，嫁给了这么一个人。荞麦花的娘家住在古迹轿顶山下一个小屯，离这也有百八十里地。荞麦花排行老大，下面有一个弟弟。荞麦花七岁时，父亲去世,母亲一个人领着两个孩子过,生活十分困难,吃了上顿没下顿,只能靠挖些野菜捞些土豆充饥。母亲后来经人介绍嫁给了本屯的粉匠,养父在给地主漏粉时捡些冻土豆、粉头子带回家,母亲把冻土豆洗干净蒸熟再加些苞米面做些面汤,勉强维持温饱。荞麦花十七岁时,出落成一朵鲜花似的大姑娘,本屯人见了荞麦花啧啧赞叹不止。有的小伙子平时就在荞麦花家的屋前屋后转悠想看荞麦花。母亲怕荞麦花被人欺负,急着托人想把荞麦花嫁出去。一个远房舅舅听说了这事,就把郭长河介绍给了荞麦花。郭长河二十岁,一米八的个子,一只眼睛有点斜楞,不细看看不出来。郭长河是家里的独生子,父亲是个老实巴交的农民,每天给地主扛活维持生活。郭长河三岁时母亲去世,是父亲一手把他拉扯大的。

　　舅舅到荞麦花家把郭长河夸得天花乱坠,荞麦花母亲从心里相信了舅舅的话。荞麦花也没太多的奢求,能靠自己的双手过上好日子就行。得到荞麦花和她母亲的同意后,过了几天,舅舅把二斤糕点和两瓶白酒放在荞麦花家的炕上,荞麦花的母亲赶紧让舅舅往炕里坐。舅舅自觉是有功之人,也不客气地坐在炕里。荞麦花母亲就像招待尊贵客人一样忙前忙后地沏茶倒水,然后到邻居家借来一碗猪油,又把家里储存准备过年吃的干蘑菇、干豆角找出来泡上,又借来一把粉条,加上芥菜疙瘩和大酱,总算凑齐了四个菜,这是荞麦花母亲对舅舅最隆重的招待。吃过饭,舅舅把三块大洋放在饭桌的角上说:"这点钱是老郭家给闺女买嫁妆的,这年头也就只能这些了,说实话这还是他们家从别处借的。"荞麦花母亲眼含热泪攥着这三块大洋,牵着闺女的手,心里有说不出的酸楚。就在这年年底,荞麦花嫁给了郭长河。郭长河的家那时就是现在的两间草房,进了郭长河家,家里什么也看不到,连一件家具也没有,炕上除了两套旧被褥,还有一套新被褥,那是给荞麦花做的。郭长河看见荞麦花这么好看,想也没想过自己还能娶上这么好看的媳妇,十分感谢荞麦花的舅舅。荞麦花一进屋就觉得上当受骗了,看了一眼郭长河,郭长河急忙低下头,可还是叫荞麦花看出来是斜楞眼。荞麦花的心一下凉了半截,可为了母亲为了小弟,自己就是跳进火坑也不回去了,她后悔不该相信舅舅的话,是命运安排她来到这个屯的,她只能认命了。夜里,郭长河睡着的时候,她蒙着被偷偷哭了。

　　过了几年,郭长河的父亲因脑出血卧炕不起,不久就死了,使这个家庭更是雪上加霜。他父亲死后,郭长河整日不归,以喝酒耍牌消解苦闷,对荞麦花不管不问。荞麦花一个人也没个说话的伴,整日在院子里干活消磨时间。就在荞麦花送自己的好友陈满粮出嫁的路上遇见了陈满金,她的心里掀起了小小的波澜。陈满金是如此的英俊,大眼睛双眼皮,头发黑黑的还带着自然卷,眼神中好像有一股无穷的力量,这才是她朝思暮想的男人。郭长河不在家的时候,她开始照镜子,把过去没穿过的衣服找出来,往自己的身上比了又比,有的衣服还是她当闺女时穿过的,现在已经小了一圈。可是,她自幼就是个巧闺女(这一点像她妈),做得一手好针线活。她把旧衣服拆开,然后找出一些布头再重新缝起来或改成别的样子,穿起来仍十分好看。有时她又生自己的气:自己这是咋的了,自己还是一个良家妇女吗……一想到这些,她就又把那些找出来的旧衣服放进包袱里,到院子里拼命地干活,想尽力忘掉那些不该有的想法。

四

　　荞麦花打扮得像妖精似的没事就往陈满金家跑的谣言,先是在屯中井边的柳树下传开的。吃过午饭,几个妇女手里纳着鞋底,坐在树荫下,各自望着自家的大门,看有没有鸡鸭鹅跑出来,然后东家长西家短七百年谷子八百年糠地唠起来,唠着唠着就唠到了荞麦花。有人说看见荞麦花和陈满金两人在归流河边溜达,陈满金还抱着荞麦花亲嘴。有人看见荞麦花和陈满金在苞米地里互相追赶打闹,把苞米秆都踩倒了,还有人看见荞麦花和陈满金在山坡上溜达直到天黑才回家。这种猜测和编造在屯子里无声无息地流传着,就像七月地头的青草遇到小雨后猛长起来。

第一章

这天傍晚,郭长河喝得摇摇晃晃地回到家里,荞麦花正在外屋洗碗收拾厨房,见郭长河醉醺醺地回来,荞麦花说:"我给你沏茶。"

"我要你炒菜,我要喝酒。"郭长河阴沉沉地说。

"你身上还有酒味呢,还喝啥酒!"荞麦花说。

"没听见啊,你到陈满金家给我拿酒去,他睡了你,我当了王八,还不能喝酒啊。"郭长河仍低沉地说。

荞麦花的内心哆嗦了一下,是谁在造她的谣呢?这让她怎么活呢?她是对陈满金有好感,也就是她到他家睡的那晚,那还不是郭长河打她,她才跑的,到现在他还对陈满金感到歉疚,让他到外屋的柴火垛上睡了一晚,他们俩什么也没有发生。可是,现在郭长河怎么说出这种话了呢?她变得胆怯起来,她知道不顺从他将会遭到意想不到的折磨,她在围裙上擦了擦双手,扔掉围裙急忙跑出家门。她不敢到陈满金家去,谁家能有酒呢?她先到了邻居李婶家,平日里李婶做啥好吃的总是先端给荞麦花吃,她把李婶看作亲妈似的了。她急匆匆地敲李婶家的门,李婶从屋里出来问:"啥事这么急?"

"我家的恶鬼喝完回来了,非让我找酒给他喝,你说我咋办。"荞麦花气喘吁吁地告诉李婶。

"这年头连饭都快吃不上了,谁还有酒?除了那些地主富农能喝得起,李大夫家兴许有,你到他家看看。"李婶说。

荞麦花点点头急忙走了。

"你可少惹那恶鬼呀。"李婶还在后面喊着。

荞麦花直奔李国芳大夫家。李大夫住在屯子后趟街的中间,李大夫正在吃饭,见了荞麦花问:"哪不舒服了?"

"不是,我想借点酒,我家亲戚来了。"荞麦花撒谎说。

"噢,还有一瓶酒没喝,拿去吧,不用借。"李大夫说。

李大夫媳妇从东屋拿来一瓶用绿玻璃瓶装的酒递给荞麦花。

荞麦花忙说:"谢谢大姐。"说着快步跑走了。回到家,见郭长河睡着了。听见门声,郭长河睁开一只眼睛看着她,她急忙摆上炕桌,端来咸芥菜,还有炒黄豆。

郭长河眼睛红红的,爬起来自斟自饮了起来,还不断地夸着:"好酒!好酒!"荞麦花低头坐在一边,她不敢看他的眼睛,他生气起来那只斜楞眼就鼓出来,像牛眼睛一样吓人。只要他用一只眼看她一下,她的额头就像被弹弓射出的石子打了一般,立刻火辣辣地疼痛起来,心也"咚咚"跳起来;但愿今晚他别发火,否则自己还要挨打。她对郭长河说:"你先喝着,我去李婶家借根针就回来。"这么一说反倒让郭长河想起了什么,说:"上哪去?不陪我喝酒。"

"我从来不喝那玩意儿。"荞麦花说。

"今天就让你陪老子喝酒,不要以为我啥也不知道,老子可不是好惹的。"说这话的时候,他的一只眼睛果然像牛眼一样一下子鼓了出来。他从炕上跳起来,一把抓住荞麦花的头发,使劲往桌前拽。荞麦花就是不肯上炕。郭长河照着荞麦花的脸就是一拳,然后一只手拽着荞麦花的头发狠狠地踹荞麦花。荞麦花终于忍不住了,她挺起身用她尖利的手指甲在郭长河的脸上胡乱地抓挠着。郭长河的手仍然没有松开,他用力一甩,荞麦花从炕上摔到地上,晕了过去。郭长河这才松开手,手里还攥着一缕头发。过了一会儿,荞麦花清醒过来:"我不活了,跟你拼了!"她"哇哇"哭喊着向郭长河扑了过来。郭长河躲闪着偶尔还能打到荞麦花。荞麦花的哭声惊动了李婶,她跑过来见荞麦花疯了一样抓挠着郭长河,双眼通红通红喷着火苗。李婶不敢靠近拉架,便跑出去喊人。邻居们闻声赶来,荞麦花满脸青肿地躺倒在炕上,李婶抱起荞麦花,荞麦花眼睛直直地看着李婶,眼泪慢慢淌了出来。李婶的眼泪也掉了下来,说:"郭长河,你也太狠了吧,看把你媳妇打的,你还是人吗?"

郭长河故作镇静地继续喝着酒,对大伙说:"看什么看,关你们什么事,我去找陈满金算账。"说着他光着脚丫来到了陈石匠家。人们跟在他的后面,有的人已经先跑到陈石匠家通风报信去了。陈满金没在家,陈石匠坐在屋里抽着老旱烟，陈满玉吓得问母亲："咋整啊？郭长河牲口八道的。"

"我看他有多大能耐。"陈满银说着走了出来。郭长河这时正好来到陈石匠家的院子里，他搬起一块大石头朝陈满银砸来，陈满银眼疾手快躲开郭长河扔过来的大石头，大石头在地上滚了两个个儿"咕咚"一声撞在墙上反弹了回来，打了几个旋滚到陈满银的脚下。陈满银上前一推，郭长河连躲闪的能力都没有，晃了几下坐在地上，双脚沾满了沙土。陈满银按着他的肩膀，他无法站起来。陈石匠嘴里叼着烟袋走了出来，见满银按着郭长河，就说："松开他，看他还能咋样！"

郭长河挣扎着想站起来，陈满银仍然按着他。郭长河见了陈石匠大喊道："你家陈满金不是好东西，勾引我媳妇，你们还装什么好人啊！"

"你说我儿子勾引你媳妇，有证据吗？"陈石匠从嘴里抽出烟袋问。

"当然，屯子里谁不知道，问问你儿子。"郭长河喊道。

"都是他妈谣传，你上我家找什么茬？"陈石匠说。

"跟你儿子一点关系也没有吗？你们看着，今晚我就不走了，我非把陈满金的腿打折不可。"郭长河说。

不知是谁把努图克达鲍长海找来了，鲍长海一进院，大家都不说话了，院子里鸦雀无声。鲍长海故意咳嗽了两声，陈满银松开了郭长河，郭长河也不动。鲍长海点着名问："郭长河，你跑到陈石匠家闹啥来了？"

"陈满金勾引了我媳妇。"郭长河回答。

"这事说出来都砢碜，有这么闹的吗？你起来回去问问你媳妇。"鲍长海喊道。

郭长河仍坐在地上没动。

"你还想闹吗？赶紧回去，不要脸的东西。"鲍长海大声骂道。

郭长河爬起来一晃一晃地走了，人们也慢慢散去。

鲍长海刚转身要走，陈石匠说："鲍努图克达进屋坐会儿吧。"他的内心还是很感激鲍努图克达的。

13

"不了,天也不早了,都早点歇着吧。"鲍努图克达说着回去了。

陈石匠回到屋里问:"满金哪儿去了?"

"他在屋里转一圈就出去了。"老伴回答。

"把你哥找回来。"陈石匠对满银喊道。

"我到哪儿找啊。"陈满银说。

"不管到哪儿找,我要好好教训教训这个不争气的王八羔子。"陈石匠继续喊道。

"去是去,找不回别赖我啊。"陈满银嘟哝着说。

"找不回来,他钻地里去了。"陈石匠气嚷嚷地说。

"听说不是我哥的事,是荞麦花先勾引我哥的。"陈满银说。

"你的肉皮子是不是也刺痒了,还不快去!"陈石匠喊道。

陈满金其实就在归流河边的柳树林里。小时候,父亲一生气,他就和弟弟跑到树林里,用树杈和茅草搭个小窝,姐姐咋找也找不到,喊他们也不出来,气得姐姐只好自己回去,也跟父亲一样生他们的气。

陈满银来到柳树林哥哥最爱坐的地方,哥哥果然在那坐着,手里拿着一根树棍在地上乱画着什么。"哥,咱爸生气了,叫你回家呢。"陈满银说着坐到哥哥的身边。

"我不回去。"陈满金说。

"哥,我陪你在这儿。"

"郭二愣是不是到咱家闹去了。"陈满金说。

"是,荞麦花是有丈夫的女人,你糊涂了啊!"

"根本没那么回事儿,都是屯里人瞎传的。"陈满金说。

"哥,要是没那回事儿,咱怕啥!"

"说心里话我也喜欢她,你不懂。"陈满金说。

月光从树枝间斜插下来,像无数把利剑刺在哥俩的脸上和身上,没有树叶摇动的声音,只有归流河水哗哗的流淌声。

"满金哥……满银哥……"陈满玉在远处高声喊着。

第一章

听到妹妹的喊声,哥俩这才走出树林。满玉见到哥俩眼泪快掉下来了:"快回吧,咱爸的气消了。"

陈满金知道父亲的气是不会这么容易消的,说:"满玉,我们俩现在还不能回去,你回去告诉咱爸妈就说看见我们了,今晚不回家了。我想好了,我们俩就在咱家房后的柴火垛里睡,你把咱妈做的大饼子偷偷拿出来就行了。"

"那叫咱爸妈看见咋办?"陈满玉胆怯地问。

"不会看见的,听哥的没错。"陈满金说。

陈满玉充满信心地回去了,哥俩悄悄来到后院的柴火垛边,钻进白天猪拱好的草窝里等着妹妹送吃的来。

陈满玉回到家见父亲坐在炕边抽烟,母亲坐在炕里纳鞋底,她来到外屋,轻轻掀开锅盖,母亲为两个儿子留的饭菜还热乎乎地保存在锅里。陈满玉小心翼翼地用衣服下襟捧着苞米面大饼子,盖好锅盖,没弄出一丝响声。她把苞米面大饼子送给哥哥,又赶紧回来,装作没事似的爬到母亲身边。

初夏的季节,天空上没有一丝云彩,星星贼亮贼亮的,就像刚从水盆里捞出来的玻璃球那么干净透明。

陈满金望着那些星星想:荞麦花现在不知睡了没有。

"哥,你说咱爸明天看见咱俩还打不打?"陈满银问。

"不会了,咱爸一时生气,气消了就不会打了。"陈满金说。

"我还是怕,咱爸的手打人可疼了。"陈满银说。

"咱爸那手整天摆弄石头,打人就像铁砂掌,又硬又狠。"陈满金说。

"可咱爸从来没打过你,他动不动就要打我,你说为啥?"陈满银说。

"我也不知道为啥,我从来不跟他顶嘴。"陈满金说。

"我也不顶嘴。"陈满银说。

陈满金仍然望着那些星星想:荞麦花被郭长河打得一定不轻,这个时候肯定还没睡呢。因为他,荞麦花遭受了委屈,他连累了她。

"哥,你咋不说话了?"陈满银问。

"睡吧,我困了。"陈满金说。

这时,父亲咳嗽着出来了,他们俩谁也不敢再说话,一动不动地缩在柴火堆里。父亲在院里转了转,站在墙角撒尿,撒完咳嗽着回屋去了。

陈满银睡着了,陈满金没有一点困意,他还在想着荞麦花那好看的微笑和那轻柔的声音,蒙蒙眬眬中荞麦花仿佛往他身上盖了很厚的棉被,他感到很热很沉但又不能动弹。

太阳出来的时候,他们俩还在熟睡着,妹妹跑过来看了看,没敢打扰他们俩,悄悄地回屋了。母亲直到来抱柴火时,才看见两个儿子和猪挤在一起睡着了,她既生气又心疼地把他们俩拽进屋里。

第二章

一

其实,陈石匠对大儿子的气并没有消除,只是一直憋着不吱声罢了,他接受不了这种事情。他对大儿子并没有太高的要求,能把他的手艺学会,将来能养家糊口就行,就是不学手艺做一个本本分分的农民也行。他不能看着儿子被一个妖里妖气、不务正业的女人拽下水毁了一生。夜里,他翻来覆去睡不着的时候想起了刘铁山说过的话。刘铁山有个亲戚叫白锁柱,蒙古族,住在归流河上游的一个叫阿力得尔的地方,家里养着牛马羊,生活过得很好,想雇一个马倌。不知现在找到没有,要是没找到,让陈满金去,尽快离开这个地方,离开荞麦花,免得以后再惹麻烦。

想到这事,陈石匠再也躺不住了,天刚亮他就来到了刘铁山家。刘铁山还没起来,见了陈石匠,问:"这么早有啥事?"

"前几天你说你们亲戚家要雇个马倌,找到没有?"陈石匠问。

"不知道找没找到啊。"刘铁山说。

"麻烦你替我跑一趟打听打听找到没有,要是没找到的话,我想让我那不争气的儿子去。"陈石匠说。

"那好,我过几天就去问问。"刘铁山说。

"别过几天了,越快越好,赶紧让他离开这个家到别处扛活,我就省心了。"陈石匠说。

"你舍得让他走啊。"刘铁山故意问。

"我看见他就生气,这事越快越好,麻烦你了。"陈石匠说。

"我尽快去,你放心吧。"刘铁山说。

陈石匠心事重重地回到家里。老伴问:"你起早贪黑地忙啥呢?"

"还能忙啥,让这兔崽子赶紧离开这个屯子,免得叫人说三道四的,我陈石匠祖宗八代都是老老实实的干活人,从没整出过这种丢人现眼的事。他们这辈子可好,竟然做出这种烂事来,在屯子人面前叫我怎么抬头。"陈石匠气囔囔地说。

"也不全是咱儿子的事,跟荞麦花也有关系。"老伴说。

"我就纳闷了,他们俩怎么搞到一起了呢?"陈石匠问。

"那谁知道啊,这种事都是偷偷摸摸的。"老伴说。

"等他回来你看我咋收拾他。"陈石匠的气又上来了。

"你还有完没完啊。"老伴说。

陈石匠不再吭声了。

这天中午,刘铁山来到陈石匠家,陈石匠在地里还没回来。陈石匠老伴给刘铁山沏了一碗茶,刘铁山喝了一会儿茶也不见陈石匠回来,就说:"我去找他。"刚穿鞋要走,见陈石匠扛着锄头回来了,刘铁山说:"我亲戚家正需要人呢,去的话这几天就去吧。"

"别走了,在这吃过饭再走吧。"陈石匠愉快地说。

"不吃了,家里还有活等着我呢。"刘铁山说。

"你家的地我给铲了,你就别走了。"陈石匠说。

"那得感谢你了,烟秧子薅出半天了,再不栽就蔫巴死了。"刘铁山说着走了出来。

"这事还真得感谢你呢,那就麻烦你领他去吧。"陈石匠边送刘铁山边说。

"行,那明天就去吧。"刘铁山说。

送走刘铁山,陈石匠心里似乎平静了一些。满金不在屯子里,这事就会慢慢平息下来,不会再有人说三道四了。陈石匠的老伴却在一边默默流泪。陈石匠问:"你咋还哭上了呢?这是好事。"

老伴用袖边擦着眼泪不说话。

"妈,咋了?"陈满金回来见母亲流泪,忙问。

"没事儿。"母亲回答。

"我托你刘叔给你找了个扛活的地方,明天就去吧,你妈为这事哭呢。"陈石匠接过话茬说。

"妈,你别哭了,我也不小了,正愁没地方去挣钱呢。"陈满金劝母亲说。

"别哭了,给他收拾收拾东西,明天一早就跟他刘叔去了。"陈石匠对老伴说。

老伴这才擦着泪到外屋去了。

二

天慢慢黑下来了,屯子里已经没人走动,各家各户的窗户亮起了暗淡的线麻子油的灯光,荞麦花家的灯光似乎更加暗淡。陈满金跳过柞树棵子圈成的矮障子,在荞麦花的窗前小声喊道:"荞麦花,是我。"门"吱"的一声开了一条小缝儿,陈满金来到屋里,带进一股凉风,小油灯的火苗东倒西歪地摇晃了几下,慢慢停了下来。荞麦花的脸还有一些红肿,头发也被她扎起来了,不再是那种短发。她微低着头,不敢正视陈满金的眼睛。陈满金走过来,把她抱在怀里,用手轻抚着她的脸颊,两行热泪慢慢从她的眼角里流淌出来,陈满金急忙替她擦去眼泪。她的身体异常柔软,骨头好像都软了似的靠在陈满金的胳膊上。陈满金说:"别哭了,明天我就走了,以后不知啥时能见面。"

荞麦花从陈满金的怀里抬起头来,把脸凑到陈满金的眼前仔细地盯着,问:"你真的要走?"

"真的要走。"陈满金认真地回答。

"那还能见到你吗?"荞麦花问。

"有时间我就回来看你。"陈满金坚定地回答。

"你走了我可咋活呀,你总会娶媳妇的,不会总跟我在一起的。"荞麦花伤心地低下了头。

"不会的,我不会忘记你的。"陈满金肯定地回答。

"我知道我的结果,老天对我为什么这么狠,老在作弄我,让我这么受罪。"荞麦花痛苦地说。

"别说这些傻话了,有空我就会回来的。"陈满金说。

这时,外面很远的地方有一只狗在"汪汪汪"叫着,陈满金向外面看了一眼说:"我该回去了。"

荞麦花双手吊在陈满金的脖子上,把头埋在陈满金起伏的胸前,能真切地听到陈满金心脏的"咕咚咕咚"声。她在陈满金的右耳朵下边亲了一口,然后松开双手站在陈满金的面前。陈满金重新将荞麦花紧紧搂住,在她的脸上胡乱地亲吻着,荞麦花柔软的身体又一次躺倒在他的怀里。陈满金默默地站了一会儿,他的全身都在颤抖,额头上已经冒出了一些细微的汗珠,就像奔跑时冒出的汗珠似的,他抑制住自己体内无名的燥热,他不能在这个时候再管不住自己。他要有所作为,有所成就,以后才能对得起荞麦花。他再一次推开荞麦花,毅然走出了她家。荞麦花追到门口,站在黑暗里望着陈满金远去的背影,转身锁上门,吹灭了微弱暗淡的油灯,孤零零地趴在炕上抽泣起来。

三

第二天早晨,天还没亮,陈石匠起来了。老伴比他起得还早,做好了饭,看着儿子熟睡的样子。虽说儿子已经十七岁了,但看上去还有些稚气没脱,老伴迟迟不想把儿子叫醒。最后,陈石匠催促说:"还不叫醒他啊!"

"让他再多睡一会儿吧。"老伴怕吵醒满金,小声说。

陈石匠到外屋找来脸盆洗脸,故意把撩水的声音弄得很大。老伴把苞米面酸菜馅大饼子端到桌上,又煮了小米粥,还有一碟咸菜,这是陈石匠家最好的伙食了。陈石匠洗完脸坐在桌前吃起来,嘴嚼出的声音也很响。母亲坐在满金的枕边,抚摸着儿子的头,四根手指陷进儿子浓密的黑发里,然后轻轻地摇晃着他的头说:"起吧,吃饭了。"

陈满金从荞麦花家回来,直到后半夜才蒙蒙眬眬睡着,现在正深睡着,听到母亲的呼唤立刻坐了起来,穿好衣服跳到地上,洗了洗脸,坐在父亲的身旁低头吃起来。

母亲来到外屋,把盖帘上的大饼子和咸菜装进面袋里,扎好面袋放到一边。

陈石匠吃完饭来到外面,看看天空,天上的星星还很密,东边还没发白,他回到屋里,坐在一边抽烟喝水。陈满金吃完饭三下五除二用麻绳捆好被子,然后跳到地上等父亲。父亲不紧不慢地吧嗒着嘴抽着旱烟,并不着急走,好像在琢磨着什么。

过了一会儿,窗户纸慢慢变白起来,陈石匠磕掉烟袋锅里的烟灰,往烟口袋里装满了烟,然后到门后摘下挂在墙上的镰刀递给满金。

老伴问:"拿镰刀干啥?"

陈石匠说:"走夜道带着有好处,道上还能割点草帮他刘叔喂喂牲口。"说着就出去了。

陈满金背着行李跟在父亲的后面,母亲跟在儿子的后面拎着满金路上吃的干粮。满金想接过母亲手里的干粮,母亲执意要拎着,满金也就不争了。跟在儿子的后面,母亲觉得儿子慢慢高大起来,像一个大老爷们了。满银和妹妹也跑出来跟在父亲和哥哥的后面。父亲低沉地喊道:"你们都起来干啥?"

21

母亲站住了,在灰暗的黎明里抹着眼泪,送走儿子,母亲跪在屋角里默默为儿子祈祷。

陈满银隐隐约约地觉得,哥哥的走一定是跟荞麦花有关系,他和妹妹不知说啥是好,呆呆地望着父亲和哥哥向刘铁山家走去。

刘铁山早早起来等着陈石匠和满金,他拍了拍借来的驴,解开驴缰绳牵到门口。陈满金把行李和干粮系在一块,然后搭在驴背上,刘铁山说:"大哥,放心吧,我亲戚不会亏待这孩子的。"

"我放心了。"说着陈石匠转过头对满金说:"到那好好干,别怕苦。"

"爸,我知道了。"陈满金答道。

陈石匠站在刘铁山家门前望着儿子跟刘铁山走远了,这才慢慢往回走。

东边天空更加白亮起来,还有几颗星星闪着微弱的光不愿退去,之后就像水上漂浮的几片树叶慢慢被淹没直至消失。走出屯子,地势也逐渐高起来,远处山冈也清晰起来了。陈满金停下来回头看了一眼屯子,看了看自己家的方向,然后低着头跟在刘铁山的后面向西北方向走去。一路上,两人都没说话,各自走自己的路。陈满金跟在刘铁山的身后,想着荞麦花依依不舍的表情和那黑葡萄似的眼睛,还有那柔软的身体。

通往阿力得尔的路一点一点与归流河谷分离开了,越走离归流河越远,但翠柳和蒿草并没离开多远,看见它们就像看见自己的亲兄妹,已经听不见河水的流淌声了,陈满金的内心却生长出了长长的思念。道路弯弯曲曲坑坑洼洼,下过雨又晒干后的路面硬邦邦的,凸起的地方像石头般坚硬。

转过山脚,路开始下坡了,走起来也省劲了。刘铁山在离路边不远的地方割起草来,看样子要喂驴。

陈满金把驴牵到刘铁山的附近说:"刘叔,我割吧。"

"不用,割点就够它吃了。"刘铁山头也没抬地说。

"中午就在这歇吗?"陈满金问。

"你把驴牵到阴凉地方,把吃的卸下来,咱俩也垫补垫补。"刘铁山说。

"嗯。"

刘铁山很快割了一捆草抱到驴的跟前,驴见了草,伸长脖颈扇动了两下耳朵,还没等刘铁山放下就晃动着头吃了起来。刘铁山嘴里不知说着什么,把草放在驴的脚下,这才来到陈满金的面前。陈满金早给刘铁山找了一块石头摆在那里,刘铁山坐稳后稍微露出一点悦色。陈满金把面袋里的苞米面大饼子和咸芥菜递给刘铁山,刘铁山接过大饼子和咸芥菜大口地咀嚼起来,胡须也随着咀嚼一下一下地晃动着。吃完,刘铁山点上旱烟,眼睛盯着陈满金津津有味地抽着,仿佛烟跟陈满金有一定联系似的,他在品陈满金。陈满金咬一口大饼子再咬一口咸芥菜慢慢吃着,眼睛也不看刘铁山,望着远处的柳树林。刘铁山看完陈满金又看驴,他在等驴吃饱。驴不紧不慢地一下一下地嚼着割来的嫩草,吃得很香。

刘铁山把烟袋锅在屁股下面的石头上磕了磕,然后把烟口袋别在腰上,站起来拽了拽衣服,拍了拍裤子。陈满金把面袋扎好拎到驴的身边,等着驴吃完。

"别等了,走吧。"刘铁山说。

陈满金把食物放到驴背上用绳子捆好,免得掉下去,然后解开缰绳跟在刘铁山的身后重新上路。

四

天快黑时,他们来到一个不大的屯子,刘铁山和陈满金渴得嘴里像着火了似的,实在挺不住了,他们俩在屯子里找到了一口井,等了一会儿却没人来打水。陈满金渴得更加难耐,他把缰绳交给刘铁山说:"叔,我去借个水桶。"他刚要去借水桶,不远处有一个中年人挑着两只空水桶向井边走来,挑水人先打出一桶水,让他俩喝。刘铁山告诉陈满金说:"先不要一下子喝得太饱,要一点一点喝,这样不容易伤。"

陈满金喝了几口问:"刘叔,阿力得尔还有多远?"

"这就是阿力得尔的地盘了,再往北二三里地就到了。"刘铁山回答。

听说还有二三里地,陈满金心想:可是快到了,走了一天的时间,足足有七八十里地,以后咋回去啊。

挑水人问:"你们到哪个屯子啊?"

"噢,白锁柱的牧场。"

"噢,他就在绍代沟呢。"

又走了一阵,终于来到白锁柱家。一进院就能看出白锁柱家是个富裕的家庭,院子打扫得很干净,大门旁边立着一个拴马桩,一匹白马见了他们俩,竖着耳朵在桩子左右转起来,一条黄狗爬起来狂叫着向他们冲过来,陈满金吓得后退了两步,刘铁山说:"别怕,你越怕它越上。"白锁柱急忙跑出来大喊一声,狗低下头夹着尾巴跑到墙边去了。白锁柱接过陈满金手里的驴缰绳,找到一个矮木桩拴上,然后伸出一只手示意让刘铁山和陈满金进屋。白锁柱的老伴烧好奶茶把家里的奶豆腐、乌日莫、炒米、黄油摆上了桌子,看见这些食品,刘铁山也觉得饿了,对陈满金说:"别客气了,吃吧。"

陈满金大口大口地吃起来。

刘铁山见陈满金吃得挺香,说:"炒米可不能吃太多啊,到肚里它会胀的。"

喝过茶,白锁柱的老伴炒了一个芹菜羊肉,还有一盘自己腌的咸菜,白锁柱把半瓶老酒拿出来,说:"今晚咱哥俩好好喝点。"他给刘铁山的酒盅倒满,还没等刘铁山吃菜,白锁柱端起酒盅跟刘铁山碰了一下自己先喝了。刘铁山也跟着喝了。陈满金怕刘铁山喝醉了,说:"刘叔,你少喝点吧,明天还得赶路呢。"刘铁山根本不听陈满金的话,连连说:"好酒,好酒。"

白锁柱又给刘铁山倒上酒。

刘铁山说:"我把陈石匠的儿子给你领来了,他在家没干过放马的活,你多多调教啊。"

"放马这活不是太麻烦,就是看好马让马吃好,慢慢找马的脾气和习惯就行,工钱到年底一块结算。"

"我可是把人给你送来了,跟陈石匠也好交差了,来,我敬你一盅。"刘铁山端起酒盅说。

"客气了,他来给我干活,我就应该好好招待你们,今天就好好喝吧,"白锁柱说,"来,再干一盅。"

"叔,我先回屋了。"陈满金说。

"你先回吧,明天起早干活了。"刘铁山说。

"孩子,你睡觉的地方早准备好了,你回去睡吧,别等你叔了。"白锁柱说。

陈满金来到为他安排好的西厢房,这是一间二十平方米左右的房子,虽然简陋一些,但很干净、舒适。他摸了一下,炕很热。他解开捆行李的绳子,没打开行李,头枕着行李很快就睡着了。

陈满金走了以后,白锁柱问:"最近听到啥信没有?"

刘铁山撂下酒盅说:"这事我哪有你知道得多呀。"

"你离王爷庙近,听到的比我多。"白锁柱说。

"我听说你们蒙古人的上层里有几个人想独立成立东蒙古自治政府,你没听说?"

"我是听说了,有个叫博彦满都的,还有个叫哈丰阿的,他们主张蒙古独立走自治之路,他们的想法就是解放蒙古人,蒙古人在日本人的统治下,再加上社会上的一些坏人的欺压,蒙古人受的是双重压迫。"白锁柱说。

"叫我说王爷庙现在很混乱,但蒙古人的主张还是对的,他们也在追求真理,向先进方向努力呢,特别是那些蒙古青年们想引领蒙古人向进步方面发展,我看没错。"刘铁山说。

"青年人追求进步追求平等是对的,追求自己的理想也是对的,咱们谁没年轻过啊!我年轻时还真想到王爷庙的军官学校去念书了,可我阿爸把这些牲口交给我让我管,你说我这一辈子就得留在草原了。"白锁柱说。

"你行啊,有这些牛羊马匹,你说我们就得靠土地,没有土地人咋活呀,听说南方已经开始土地改革了,斗地主分田地闹得挺热闹,受苦受难的老百姓的好日子就快到了。"

"好像要改朝换代呀,这是朝代的更换啊。"

"你对历史还有了解,我不懂。"

"我也是一知半解的,来,喝酒。"

他们俩边唠边喝,直到天亮。

刘铁山出去撒泡尿,回来说:"别喝了,天亮了。"

"你今天就别走了。"

"不行,家里的活计挺多。我这就走了,这孩子就交给你了。"

"你放心,不会亏待他的。"

刘铁山没睡觉,也没叫醒陈满金,牵着驴走了。

狗的叫声把陈满金惊醒,他坐起来揉揉眼睛,院子里很安静没有人走动,他不敢冒昧地走出去,重又躺在行李卷上迷糊起来。

过了一会儿,听见有女人的咳嗽声和牛犊的哞哞声,白锁柱的老伴起来挤牛奶。白锁柱也起来了,他打开了牛圈和马圈,马儿们争先恐后地向院外的草地跑去,牛儿们不急也不拥挤,摇晃着巨大的身体慢慢向草地走去。听到牛马的声音,陈满金走出小屋问白锁柱:"叔,我干啥活?"

"马群刚出去,过一会儿,你出去跟着就行了,我给你准备了马,一会儿送过去。"

"嗯,我刘叔呢?"陈满金问。

"他回去了,咱们吃饭吧。"白锁柱说。

"噢。"陈满金的内心有些孤零零的感觉。

早饭很简单,苞米面饽饽、咸菜和奶茶。

吃过早饭,白锁柱指着拴马桩上的那匹马说:"你就骑那匹马吧,老实。"

陈满金看了看那匹马,然后向草场走去。

五

陈满金长这么大从没见过这么大面积的草场,虽然山连着山,但山坡和山沟的草场也足够放牧的了,二十多匹马跑到山沟里便安静地吃起草来。

这是六月的天气,下了几场小雨后,青草愈加迅猛地生长起来,马吃草时摇着尾巴轰赶着飞虫。陈满金坐在山坡上望着马群,同时也望着远处山峦上的树木。这时,白锁柱骑着马跑来了,陈满金赶紧站起来。白锁柱从马上下来把缰绳递给陈满金说:"你骑上看看合适不合适。"

陈满金接过白锁柱递过的缰绳,一只脚伸进马镫,马转了半圈,陈满金把另一条腿迈上来了。

"慢慢松开缰绳,照直走,别害怕!"白锁柱在一旁喊着。

这是一匹老马了,跑了几十米就气喘吁吁了,一条腿还有些瘸,跑起来一颠一颠的,陈满金随着颠簸一蹿一蹿的,十分不舒服。

白锁柱在一旁哈哈大笑着。

陈满金骑马拐回来从老马上下来。

白锁柱说:"让马跑起来没事的,就是掉下来也不会咋样。"

"叔,我骑驴掉下来过,可疼了。"

"骑马和骑驴不一样,驴摔人可比马疼,"白锁柱说,"你这样的速度追不上马群的速度,一会儿你再试试。"

"叔,我把马鞍子摘下去骑就敢跑起来了。"

"现在你咋方便先咋骑,不过你必须学会带鞍子骑,那才是可靠的放马人啊。"

"叔,让我试试。"陈满金把马鞍子摘下去放在一边,翻身上马,这样骑马,他觉得舒服多了,他和马融为一体了似的。他让马跑了一小圈儿,回来从马上很自如地溜下来。白锁柱很不以为然,可是眼下又改变不了他的习惯。但他内心懂得不佩戴马鞍骑马肯定不行,也长久不了,只能让他慢慢习惯。不过他还是看出来了,这小伙子不错,干活不差,虽然暂时没听他的话,以后慢慢会听的。

"满金,我们蒙古人骑马打猎、射箭、打枪,要是没有马鞍就会不稳,有马鞍稳当平衡好,再就是长时间骑马不疲劳。"

"叔,我以后一定学会用马鞍。"

"这就对了,还有套马、驯马也不是一下子就能学好的,慢慢来。"

"叔,我想换一匹马骑。"

"行,你自己抓吧,我先回去了。"

"回吧,叔。"

白锁柱并没骑马回去,他的腰微微有些弯曲,脚步蹒跚地往回走去。陈满金试探着走近一匹黑色公马,还没接近它的身体,黑公马警觉地昂着头撅着尾巴小跑着离开原地,到离他不远的地方继续吃草。他又来到一匹毛色浅黄的马前,同样没等他靠近,浅黄色马一甩头也跑走了。一天时间,他一匹马也没抓到。晚上回到住处,他问白锁柱:"叔,这些马在野外真的无法靠近啊。"

"它们野惯了,不像农村的马那么容易驯服,就是在圈里也很难抓到它们,想抓只能骑在马上用套马杆才能抓到它们,明天咱俩一块抓。"白锁柱说。

"叔,明天我自己抓吧,我也练练。"

"生个子马可要小心啊,那就先别备鞍子骑了。"

"行。"

第二天早晨,陈满金早早打开马圈,马群兴奋地跑向草场。陈满金跟在马群后面,他早看好了一匹灰色花斑马,这匹马腰身长,前胸宽阔,黑色的鬃毛,跑起来像一头猎豹,非常精神。他骑着老马慢慢靠近它,然后把套索扔过去,当套索落在花斑马头上的时候,花斑马一甩头将绳索抖落下去。陈满金试探着再次接近它,可是它已有了戒备,还没等陈满金靠近,它早扬起脖颈跑走了。一上午,他连花斑马的毛也没摸到。陈满金坐在山坡上,望着广阔的绿色和这安详的马群,觉得自己确实是一个无能的人。父亲虽然是石匠,但吃苦耐劳还是超过一般人的,他掌握了一门手艺,即使不如爷爷的手艺精细,也能维持生活。自己只能卖力气扛活挣钱,帮助家里改善一下生活,自己有这个责任帮助父亲改变贫困的家境,再就是一定要有志气活出个人样来,让屯里人看看我陈满金不是孬种。他拎着套马杆再次走近花斑马,花斑马听见他的脚步声,低着头挤进马群,跟随着马群向前走去,他无法再接近花斑马。他仿佛被花斑马抛弃了似的,内心涌起一股无名之火:非要把它抓到不可,而且让它服服帖帖。他再次骑上老马开始赶起马群,让马群奔跑起来,他拼命地叫喊着、轰赶着马群。起初马还没有奔跑,有几匹马跑到前面就又停下来吃草,他骑着老马在马群的后面像疯了一样叫喊着,马群以为要回家呢,拼命向家的方向跑去。他从马的后面斜插过去,停在马群奔跑的前方,结果马群分成两群向两个方向跑去。他盯着花斑马奔跑的方向追了过去,骑着的老马的双腿像镐头一样刨着地,身体一耸一耸的,根本追不上马群的速度。他现在觉得自己就不是这块料,沮丧地跳下马来,仰倒在山坡的草地上,无意中看到一个骑马的人站在山尖上向这边瞭望。他坐起来仔细看,越看越觉得像白锁柱。如果是白锁柱,就会跑过来帮他抓马的,要么就是白锁柱在远处偷偷观察自己放马的情况。也许不是白锁柱呢?或许是相邻的牧民也在放牧。那个人站了一会儿就消失不见了。他躺在草地上想:自己为什么要骑一匹好马呢?难道就是想回家时骑上觉得体面?还是虚荣心在作怪,即使骑一匹好马回去那又怎样呢?看着宽广平坦的草原,他的心情慢慢平静下来。马群里的黑公马是最厉害的,整个马群由它带领着行走,有的马跑远了,它就把那匹马追赶回来。这样他就可以待在远一点的地方不用走得太近。快到中午的时候,黑公马就会带领着马群向河畔慢慢靠近,等他赶上来的时候,它们已经快到河边了。他在岸上大声喊着把它们赶进河里,它们就会尽情地喝水,喝饱后黑公马替他把马群赶回到岸上。这些马也开始慢慢熟悉起他来了,熟悉了他的声音、他的身影,他走近它们的时候也不会警觉地躲闪了,但想抓住它们还是不可能的,特别是花斑马更是贼溜溜地提防着他似的,他稍稍离它近点,它就会离开他走远。几天与马的接触,他感到马真是有灵性的动物啊,他曾见过白锁柱骑马的样子,那种人与马的协调性就像人粘在马身上一样,成了马的一部分。他觉得对马的了解还是不够深入,还没有达到人与马融合的程度,他还要细心地了解马的秉性,让马对他不再陌生。

六

这天下午,他终于接近了花斑马的头部,那时花斑马吃饱了正低着头闭着眼睛。他慢慢走近它,它睁开眼睛看了看他,但没有跑。他猛然抓住它的鬃毛迅速跨到它的背上,花斑马撅起后腿连尥了几个蹶子,他从花斑马头上摔了下去,花斑马跑出很远才停下来,然后回过头来向这边张望着。他从地上爬起来拍了拍粘在腿上的土和草叶,向花斑马走了几步,花斑马竟然把头掉了过来,摇晃了两下耳朵。他对它喊道:"看什么看,我早晚要抓住你的。"听到他的喊话,花斑马像听懂了似的,竟然低着头跑走了。傍晚圈马的时候,花斑马早早地跑进圈里,仿佛自己犯了错误似的站在栅栏边扭着头望着他。

"不是你的过错,是我悄悄袭击了你,你怕什么。"陈满金自言自语道。

他拿着笼头慢慢贴近它,它顺着墙根挤进马群,马群在它的碰撞下形成了一个小的漩涡,产生了震耳的踩踏声和烟尘,陈满金在漩涡的中间无法接近花斑马,只能再一次放弃抓花斑马的举动。他走出马圈,花斑马扭头看着他,表情莫名其妙。

第二天中午,他跟在马群的后面就像没事似的,不哄赶马群,也不阻拦马群。马群悠闲散漫地向河边移动着,花斑马在马群的中间走着,马群走近河边在往日喝水的地方摆成一字形喝水,头朝着河面,黑公马走进河水浅的地方喝水。再往北一点就是一条淤泥堆积的半湿半干的河汊,雨季河水上涨的时候河汊里便有回流水涌进来,河水退去河汊里的淤泥就露出来了。马群喝饱了水,黑公马从河里刚刚走上岸,他从马群的南侧大喊一声并将早早脱下的衣服举过头顶摇晃起来,马群受到突然的惊吓向北面的河汊跑去,第一个陷进河汊的是黑公马,紧接着就是跑得快的年轻的马。花斑马跑在中间,但进入河汊后速度明显减慢,他迅速接近花斑马,花斑马越是急于跑出淤泥越是往里陷。他抓到了花斑马垂到一边的黑色马鬃,立刻从淤泥里跳到花斑马的背上,花斑马尥了几个蹶子,他紧紧抓住马鬃的根部趴在马背上,双腿紧紧夹住马的前肚。花斑马从淤泥里挣脱了出来,飞速钻进柳树林,想把陈满金摔下去。马群四处逃窜,仿佛遭遇了狼群的袭击。黑公马跑出柳树林后,站在前面扭头仔细观看刚才发生了什么。有的马匹跳进河里正在往岸上游。花斑马跑出柳树林后在草场上猛跑起来,突然一个急转弯拐向南山坡,它想在拐弯时把陈满金甩下身去。陈满金耳边的风呼呼地喧响着,他闭上眼睛死死抓着花斑马的长鬃任花斑马奔跑。有几次他差点从马背上掉下来,但他急速寻找着平衡点,在马上多待一分钟就是一分钟的胜利。花斑马向山坡跑了一阵然后拐向西,顺着山的斜坡奔跑起来。他听到了风中马的粗壮的喘息声,他已找到了马的节奏,微微抬起了身体。马还在喘着粗气奔跑着,但步伐稍稍有些缓慢了,他看到马脖的两侧慢慢湿润起来,灰色的马毛变得深了起来,他的胯下也湿润了,但他没感觉到马的速度减弱。不远处的山坡形成了一个半圆形的弧状,马跑到弧状的顶端也就是山沟的顶头了,顺着弧状转过来就是下坡,马没有向下坡奔跑,突然停在了山沟的顶头。他抬头一看,前面山坡上出现一个骑马的人,背上背着一只土枪。见陈满金的马停下来,那人从马上跳下来,牵着马走到陈满金的跟前问:"你就是白锁柱家放马的?"

"是。"陈满金望着陌生人回答。

"你知道我是谁吗?"

"不知道。"

"没听说姚占江这个人吗?"

听到姚占江这个名字,陈满金吓了一跳,他早就听屯里人说过姚占江是个最狠的胡子头子,现在他怎么在这里?陈满金出了一身冷汗,他从花斑马上溜下来,双腿站立不起来了。他在地上蹲了一会儿,双腿稍稍恢复了点知觉,这才从地上站起来,花斑马跑到不远处停下了。

"我可知道你是给白锁柱放马的,"姚占江走近陈满金,拍着陈满金的肩膀说,"我听说你是陈石匠的大儿子,还听说你跟荞麦花的关系挺好,这才被你爹送到这里来的。"

陈满金身上的汗现在似乎已经出尽了,再也无汗可出了。他重又蹲在地上,这次是被姚占江吓得,自己及家里的情况他怎么知道得如此详细。

姚占江把马的前腿绊上,马自己找草吃去了。他坐在陈满金的旁边,递过去烟口袋,并示意陈满金抽烟。

"我不会抽。"陈满金坐在地上说。

姚占江把拿烟口袋的手缩回去,自己抽了起来,一缕细细白烟从姚占江的两只鼻孔里冒出来,消失在风中。陈满金望着远处马群吃草的身影,还有远处白锁柱家的房子,他拿起一根树枝在地上胡乱画着什么,柔软的草皮就像被他用小刀切割着肌肤。

"你知道我跟白锁柱的恩仇吗?"

"不知道。"

"他曾找乌兰毛都的蓝斑马队打过我,可我逃脱了。这次我要告诉他，我姚占江不是好惹的，不过你还是跟我走好，今后你和你的家人会过上好日子的，你也能娶到媳妇，你好好想想。"

"没什么好想的，我不会跟你们走。"

"你可要想好了，别后悔。"

"没什么后悔的。"

"我保你有吃有喝过好日子。"说完，姚占江走到自己马的跟前解开马绊，骑上马朝白锁柱的马群跑去，边跑边呜呜叫喊着。听到他的喊叫声，山坡的那面跑出四五个骑马的人挥舞着刀枪和皮鞭冲向马群。

陈满金无法阻止这伙胡子的抢劫行为，他眼睁睁地看着胡子们把他放的马群赶过山梁留下一片烟尘。陈满金向山顶跑去，等他跑到山顶时，姚占江带领他手下的四五个人赶着马群向北已跑出好远。陈满金像做了一场噩梦，才清醒过来，他撒开双腿向白锁柱家连滚带爬地跑去。

七

白锁柱见到陈满金上气不接下气、满头大汗地跑回来问："你咋自己跑回来了？"

"马群……马群叫胡子姚占江他们劫走了。"陈满金喘着粗气说着。

"这帮王八蛋，上次抢我的马没成，真是贼心不死啊。"

"叔，都是我的过错，是我没看好你家的马。"陈满金低下头，眼睛里流出泪水。

"跟你没关系，马群没了，你还可以干别的活，工钱不会少给你的。"

"叔，马群叫胡子抢走了，跟我有一定的关系，我要是不抓那匹花斑马，就会早些时候把马群赶回来了。"

"他们今天不来明天也会来的，蓄谋已久了，马是他们最好的工具，没有马他们寸步难行。有了马他们就像有了翅膀，抢劫就会更便捷，作恶多端啊。"

"我咋这样倒霉呢!"

"兵荒马乱的年月,带毛的财产都不算,这话说得也对,你先回去歇几天看看你爹妈再回来,我会收拾他们的。"

陈满金的内心产生了巨大的矛盾,爹把他送到这里来是为了挣钱的,结果他闯下了这么大的祸,回去该怎么向爹交代。不回去吧,白叔已经说让他回去了,他又不好不走。

第二天上午,他拎着白锁柱为父亲准备的两斤烧酒慢慢向家走去。

一路上陈满金无心欣赏六月浓浓的景色,傍晚时分,他走到了离屯子不远的西山坡,就快到家了反而感到了巨大的压力和恐惧。他不敢走进家门,坐在山坡的柞树丛里,远远地望着屯里人走来走去,可就是看不见自己的家人出来。他感到了些许疲劳和饥饿,左右看了看没什么可吃的,只有柞树叶子在微风里轻轻摇摆,好像在向他招手,还有树下去年掉下的橡子。他站起来摘了一些嫩叶,一片一片放在嘴里慢慢咀嚼起来,苦涩的柞叶在嘴里翻滚着就是难以下咽。他又在树叶下找了几粒橡子嚼了嚼,比树叶稍好一点,但也苦涩难咽。最后,他看到了白锁柱给父亲的烧酒,便打开瓶盖喝了一小口,一股呛人的酒味蹿进鼻孔,呛得他流出了眼泪。不过他感到从喉咙到肚里热乎乎的,就像用杀猪的通条捅下去,火辣辣的一直热到了肚脐。他又吃了几片柞树叶,然后又喝一口酒,就这样一口柞树叶一口酒,在夕阳西下的时候,看着屯里的街道和街道上行走的人,却不敢进屯。

白锁柱给父亲的酒真是好酒,陈满金只喝了小半瓶就醉了,他从没感到过这么难受,睁不开眼睛不算还天旋地转,他想站起来撒尿都站不起来,最后只能跪着撒完,然后仰倒在原地。等他睁开眼睛的时候,已是第二天早晨了,太阳已经升起一丈多高。他摇摇晃晃地站起来,眼前出现了令他难以置信的一幕,花斑马就在跟前。不远处的地上坐着两个人,见陈满金醒了,那两个人站起来走近说:"一宿睡得挺好吧。"

"你们是谁?想干啥?"

"哼,我们俩守了你一夜,你不说声感谢,还问我们是谁想干啥,要是没我们你早被狼吃了,跟我们走吧。"

"你们为什么盯住我不放,我不会跟你们这帮胡子走的。"

"他妈的,看来你真是不知好歹,按我们头的命令,我们把你的马给你牵来了,把粮食也给你家送去了,你爹都不认你了,你回不去家了,要不是我们头叫我们来看护你,谁来管你。"

这时花斑马望着陈满金"哕哕"叫着,好像认识他似的。他看见花斑马就像看见老朋友一样亲切,他走过去抚摸着花斑马的头,花斑马用嘴唇一下一下拱着他。他推开花斑马的头,说道:"回去告诉你们的头,我陈满金就是饿死也不会当胡子。"这时,站在他后面的一个胡子突然抡起一根柞木棒照他的头上打了一下,陈满金感到一阵剧痛,眼前一黑失去了知觉。等他醒来时,他的双手已经被捆住无法动弹。

一个胡子说:"咱俩把他抬到马上,送到头面前就算完事。"

"只能这样。"另一个胡子说。

两个胡子把陈满金抬到胡子的马上,用布袋把他的眼睛缠上,一个胡子骑到花斑马上一手牵着陈满金骑的马,另一个胡子跟在陈满金的后面向西北方向走去。

陈满金感到头剧烈的疼痛,他低着头勉强坚持着,暗想:只要还有一口气,我就会回来的。

第三章

一

中午时,刘铁山风风火火地跑到陈石匠家,见了陈石匠就喊:"快救你儿子去,你儿子被胡子姚占江的人抓走了。"

"啥时候?"陈石匠边下地穿鞋边问。

"今早,羊倌说他亲眼看见陈满金被胡子带走了,他丢下羊往山下跑正好碰上我,让我快告诉你家。"

"现在到哪去追,早他妈走远了。"陈石匠在地下转了一圈,不过他还是找了一把凿石磨的锤子别在腰里,也不理刘铁山准备出去。

"你自己去就是找到了能咋地,还不如到努图克去找新来的努图克达蒋弼仁,派基干队也许能抓到胡子。"

"努图克来了新努图克达,啥时来的?"陈石匠仍站在原地说。

"昨天来的两个人,一个是努图克达,一个是指导员。"

"走,你跟我去说说。"陈石匠说。

他们俩急匆匆来到努图克,在一幢草房里见到了蒋弼仁。蒋弼仁中等个,二十七八岁的样子,脸白皙还有些清瘦,两只眼睛炯炯有神,见到陈石匠和刘铁山笑呵呵地问:"老乡,你们找谁?"

"杨努图克达,我……"

"不是杨,是蒋努图克达。"刘铁山纠正陈石匠说。

"蒋努图克达,我儿子刚才被胡子绑走了。"

"什么时候?"蒋弼仁急切地问。

"就是上午。"

"向哪个方向走的?"

"不知道,我是听他说的。"陈石匠回答。

刘铁山把羊倌的话又复述了一遍,蒋弼仁说:"好,我立刻安排基干队去追击,你们回去等消息。"

"我们啥时能听到信儿?"陈石匠急忙追问道。

"胡子要是跑远了就不好说了,不过我们会尽力追击的。"

"走吧。"刘铁山对陈石匠说。陈石匠还想再站一会儿,经刘铁山一提醒这才不情愿地离开了蒋弼仁的办公室。从蒋弼仁办公室出来,陈石匠觉得找到儿子的希望虽然不大,但觉得这个新努图克达对老百姓的态度还是挺和蔼可亲的。

"你先回去吧,我到白锁柱家看看,我儿子因为啥被胡子劫走了。"陈石匠对刘铁山说。

"你现在去能解决啥问题,等新努图克达有回信了再说吧。"

"我就想不开了,我们家咋就得罪了胡子。"

"在这块地皮上,除了地主赵凤林、贾家街的贾振山,再就是胡子姚占江,谁敢惹他们啊。"刘铁山说。

"不过这事还是你替我问问白锁柱,姚占江为啥就劫了我儿子?"

"这事还真得我去问问,介绍你儿子扛活是我,只能我去了,帮人帮到底吧。"

二

傍晚时分,潘祖胜来到蒋弼仁的办公室报告说:"追击胡子的基干队员回来了,只发现了胡子跑走的方向,他们追了半天一无所获。"

"让队员们早点休息吧,走,咱俩到老陈家看看去。"

陈石匠一家人刚吃过晚饭,正闷闷不乐地坐着各自想着各自的心事,谁也不愿意说话。作为父亲无话可说,是自己把儿子送去扛活的,也是想让他吃点苦锻炼锻炼,没想到出了这事,等于害了自己的儿子,最痛苦的是他。

母亲觉得儿子的被劫完全是丈夫的责任,要是不叫他去扛活能出这事吗?儿子在家时,老头子就是看不上他。

满银和满玉都觉得哥哥在家时他们俩没太听哥哥的话,现在哥哥被胡子抓去了不知吃得咋样,怕是饭都吃不上。

蒋弼仁和潘祖胜刚走进院子,陈满银和妹妹满玉就看见了,满玉捅了捅哥哥,陈满银示意她不要吱声,满玉忙把脸转到一边假装看别的东西。

蒋弼仁和潘祖胜推门进来,陈石匠正坐在炕头抽烟,看到蒋弼仁和潘祖胜急忙下地让他俩坐下。蒋弼仁坐在炕边,潘祖胜挨着蒋弼仁坐下,蒋弼仁十分抱歉地对陈石匠说:"大叔,我们追击得太晚了,胡子已经跑远了,不过你儿子不会有事的,你放心。"

"我们家祖祖辈辈都是靠出苦力吃饭的老实人,咋就得罪了胡子呢?"陈石匠唉声叹气地说。

"大叔,先别上火,我们相信你们家是本分人,工作队下来就是为咱们老百姓主持公道的,那些地主富农剥削咱们吃得饱穿得暖,咱们却吃不饱穿不暖,穷人就是要翻身做主人,过上好日子。"

"我们老百姓没有太多的要求,就是想种好地打下粮食能吃饱穿暖,过上平平安安的日子就行。"陈石匠说。

"大叔,我们还得当家做主人建设我们的国家,让更多的人都过上好日子才行啊。目前,我们的队伍需要年轻人,让年轻人参加土地改革把土地改革搞起来。"

"不识字也能参加?"陈满银问。

"能,不识字可以学习嘛,不久我们就会举办识字班帮助年轻人识字。

革命需要年轻人,不要有顾虑,大胆参加革命,我们是欢迎的。"蒋弼仁说。

"听说还要分田分地是真的吗?"陈石匠问。

"是啊,耕者有其田,每个人都要有土地,有自由,不再受人剥削。"蒋弼仁说。

"像我们这样有几分地的户能分吗?"陈石匠小心翼翼地问。

"现在,我们正在调查摸底,到时根据实际情况和上级的意见再定。"蒋弼仁回答。

蒋弼仁和潘祖胜还问了一些其他问题,陈石匠有的不知道。坐了一会儿,蒋弼仁和潘祖胜便告辞离开了。

三

在回努图克的路上,蒋弼仁感到老百姓的思想认识与上级要求还是有一定差距的,他问潘祖胜:"你觉得发动老百姓有没有难度?"

"当然有,就说陈石匠吧,对土地改革虽然认识不清,但他也想能分到土地,土地对农民来说就是命根子。他家虽然有三亩地能勉强维持生活,但他仍渴盼能分到土地。"潘祖胜回答。

"我们看到的只是一种情况,还有比他家更穷的人家没有看到,咱们一定要多了解穷苦百姓的实际情况,这样对我们开展土地改革会有利的。"

"你放心,我一定会多到百姓家了解情况,支持你的工作。"潘祖胜回答。

回到住处,蒋弼仁仍然没有睡意,他来到院子的东南角,这里是一片比较平整的地面,一侧是哨台,平时没有基干队员站岗。他想起了父亲小时教他的拳术,在部队打仗时没时间练,已经扔了好久了,现在趁天黑没事正好练练,不然就捡不起来了。

朦朦胧胧的月光照着努图克的大院,给人一种舒爽清静的感觉。基干队员们都睡了,在这柔和的月光中练武,月光好像也被他舞动起来了。因为好久不练,有的动作已经生疏,有的动作做得不到位衔接不上,好在没有完全忘记。打完一套下来,他的筋骨慢慢舒展开了一些,全身微微出了些汗,一天的疲劳和焦虑也随之烟消云散,全身轻松了许多。

回到屋里,蒋弼仁把方桌上的保险灯拧亮,打开笔记本,这是他来到巴拉格歹努图克后第一次给妻子写信——

雅娟:

我和潘祖胜来到这里快一个多月了,请不要挂念。今天,我们到百姓家里去了解情况,心里很不好受,这里百姓的日子真是太苦了,这使我感到工作压力之大,我们要尽快摸清情况向上级汇报,争取得到支持。

家里都好吧?父母都好吧?大妮、二妮都长高了吧?我想把我的近况告诉你一下。一个月前,我随部队到了内蒙古东部王爷庙地区的农村开展"减租减息、清算反霸"斗争,已经快一个月了。和我一起来的还有我的战友潘祖胜,我们俩住在两个房间,也许是刚来的关系,生活还不太习惯,这里不产稻米,只产玉米(这里的人叫苞米),还有小米,蔬菜就是大白菜、土豆和黄豆,黄豆可以做豆腐,这里的豆腐很好吃,生活也比部队时好一些。我走南闯北已经习惯了,我把过去学过的武术重新捡起来了,这样就可以健体防身,就会有抵抗力,即使条件艰苦也不怕。

现在,我担心的是你的身体,咱家里的活儿都你一个人担着,你要注意休息,不要过度劳累。咱爸妈老了,身体自然会衰老,各种毛病肯定会找上他们的,你也不要太操劳,尽量早睡一些,这样才能恢复体力。你承担着一家人的生活重担,等我们胜利了,我一定会好好照顾你,做一个好丈夫,一个好爸爸。好了不写了,明天还有很多事情要处理。

六月十一日

写完信,他像完成了一件心事,脱掉衣服,把手枪压在枕下,吹灭了保险灯。月光挤满了屋里,满屋子的银灰色,他愉快地躺下睡去。

四

刚刚吃过早饭,陈满银怯生生地走进了努图克的大门。

"你找谁?"基干队员问陈满银。

"我找蒋努图克达。"陈满银回答。

"跟我来。"基干队员很有礼貌地领着陈满银来到了蒋弼仁的办公室。

蒋弼仁正在看毛主席的《新民主主义论》一书,见基干队员领着陈满银来了,他把书页折好放在一边,笑着问:"你想参加扫盲学习班?"

"不是,我想参加基干队。"陈满银说。

"今年多大了?"

"十五。"

"还小,再过两年吧。"

"我什么活都能干,收下我吧。"

"你爸妈同意吗?"

"我想了一夜,我铁了心想跟着你干,把我哥救出来。"陈满银有些激动地说。

蒋弼仁觉得这个小青年想参加革命的愿望是真诚和执着的,可以先招进来给他当个勤务员,但得跟努图克达鲍长海商量一下。"好,你先回去吧,等我们研究完了再告诉你。"

陈满银离开蒋弼仁的办公室,他的内心还是充满了喜悦,他看蒋弼仁说话时那和蔼可亲的样子,觉得救哥哥有了希望。

陈满银走后,鲍长海来了,见鲍长海走进办公室,蒋弼仁来到鲍长海的办公室说:"鲍努图克达,正好有几个问题跟你商量商量。"

"好。"鲍努图克达边回答边站起来。

蒋弼仁让一名基干队员叫一下潘祖胜,基干队员很快把潘祖胜找来了,这是蒋弼仁和潘祖胜来到巴拉格歹后召开的第一次领导会议。

鲍长海为他们俩每人沏了一碗红茶,端到他们面前,然后回到自己的座位。蒋弼仁说:"鲍努图克达,我先谈谈当前形势吧,我和潘指导员下来之前,驻王爷庙办事处领导张策同志亲自找我谈了当前国内和内蒙古地区的形势,他说,'国民党在东北已经占领了洮南和通辽一带,中央的精神是:让开大路占领两厢。现在内蒙古的西部地区已经领先我们开展了土地改革,只有我们东部地区还没有轰轰烈烈地开展起来。'张策同志要求我们克服困难、积极工作,多深入老百姓,了解他们的疾苦,掌握土地改革的第一手材料,及时向办事处汇报情况。这里的情况我和潘指导员还不太熟悉,你是本地人又是多年的努图克达,你先谈谈吧。"

"我觉得本地穷苦老百姓还是希望'减租减息、清算反霸'的,但地主赵凤林他们肯定反对,咱们地区共有几十户人家,土地的百分之八十掌握在赵凤林等几户人家的手里,只有少数土地分散在像陈石匠一些中农的手中,这部分人是自食其力的,根据中央精神是可以团结的力量。就王爷庙地区来看,也有的努图克照搬西部和南方一些地区的样子,走的是分田分地的路子,我觉得走哪条路我们得自己定,不能完全跟着别人跑。"鲍长海说。

"上级给了宏观的政策,还没有给具体的政策,要求我们尽快摸索出经验,指导其他地区的减租减息工作。当前的主要工作就是扩大基干队,提高对胡子的打击力度,再就是举办扫盲学习班,让青年识字学文化。刚才,陈石匠的儿子陈满银主动来要求参加基干队,这种精神就体现了屯里青年的理想和追求,这是一件好事,我们应该大胆鼓励和支持。我已经基本同意他加入基干队了,我们应该多发现这样的青年,这样我们的队伍就会很快壮大起来。队伍壮大了,我们的力量就大了,你们说对不对?"

鲍长海没有回答对不对,他立刻想到了赵凤林五儿子赵印要参加基干队的事情,就说:"赵凤林的五儿子赵印也要参加基干队,我没有答应,我想他虽然是地主子弟,但他追求进步还是可以考虑的。"

蒋弼仁考虑了一阵说:"明天贴出公告吧,在全努图克范围内征招基干队员,潘指导员拟一份公告张贴出去。"

"好。"潘祖胜回答道。

"今后有事我们随时碰头交流,好,散会。"蒋弼仁说。

蒋弼仁觉得还需要深入老百姓中去多听听他们的声音,对今后的工作才会有利。

五

征招基干队的公告贴出来以后,在屯里掀起了小小的波澜,青年们奔走相告,但大多数人还是持观望态度,不敢轻易表达自己真实的想法。只有家庭非常贫困的青年人态度是坚决的,他们想通过革命走出一条生存之路。

公告贴出去十多天,报名参加基干队的人数包括陈满银和赵印两人不到十人。这十来个人经过蒋弼仁、鲍长海和潘祖胜的严格审查后,组成新的基干班与原有的老队员一块进行训练。

这天下午,大夫李国芳来到陈石匠家,陈石匠在院子里正在凿刻石磨。李国芳站在院墙外面,问:"大哥,手里活忙吗?不忙的话,一会儿到我家把我家的药碾子给我凿凿啊。"

"行,到屋坐会儿吧。"

"不了。"

"我这就过去。"陈石匠撂下手里的活,收拾好工具,坐在石磨上抽烟。他要等李国芳到家了才出门,这样就显得自己的身份重了一些。他孩子小时候每次找李国芳给孩子看病,越是着急李国芳越是迟迟不到,现在轮到他找自己了。他抽了一袋烟,估计李国芳早到家了,也许把茶水也沏上了,他把烟袋里的烟灰磕掉,背起工具袋出了门。来到李国芳家,李国芳没在家更别提给他沏茶了,他有些不满地把工具袋撂在地上,里面的工具落到地上时发出丁零咣啷的碰撞声,而且他还故意咳嗽了两声,问李国芳的老伴:"国芳去哪了?"

"这不是说你要来修药碾子,给你打酒去了。"

陈石匠心里暗暗高兴起来,赶紧掏出工具修起药碾来。

李国芳不知从哪弄来一瓶烧酒,手里还拎着两块豆腐,乐呵呵地对陈石匠说:"你还真有口福,昨天我还抓了点泥鳅,泥鳅炖豆腐是上等的下酒菜,今天咱哥俩好好喝喝。"

陈石匠想自己足有半年没闻到酒味了,今天得喝一顿。他没作声用钢钎一下一下仔细地铲着药碾。这副药碾是陈石匠特意为李国芳做的,个头不大,就是大磨的缩小版,陈石匠因为这副药碾很是得意。李国芳也很感谢陈石匠为他做了一副精致的小磨,使他加工起药来又方便又快捷。李国芳对陈石匠还是心存感激之情的,有事没事地找陈石匠喝点小酒,两个人唠唠手艺和一些愁苦之事。陈石匠爱听李国芳的劝告和开导,听完心里就会敞亮许多,再加上喝点酒就会忘掉一切烦恼。等陈石匠干完了活,李国芳老伴早把泥鳅炖豆腐做好了,还没等陈石匠洗完手,热乎乎的饭菜已经端到了桌上。李国芳把酒壶倒满了酒,把碗筷摆好,就等陈石匠上桌了。陈石匠洗过手,也不客气地与李国芳在炕上对着坐下。还没等吃菜,李国芳端起酒盅说:"来,先喝一盅!"

陈石匠不说话,端起酒盅,俩人几乎同时干了进去,陈石匠喝时还带着"嗞"的响声,仿佛酒真的是如此之香,只有"嗞"的声音才能把酒香带出来。李国芳用筷子指了指泥鳅炖豆腐说:"尝尝这个,看你弟妹的手艺咋样?"

陈石匠夹了一块豆腐,豆腐颤巍巍的,吸满了泥鳅鱼的汤汁,味道非常鲜美,这是巴拉格歹的一大特色。外地人或者家里有贵重客人来了,家里人都会尽量张罗这道菜以表重待之心。一瓶子酒在他们俩你一盅我一盅的进行中很快没了半瓶,不过李国芳还是让陈石匠比自己多喝了二两,他给陈石匠敬了三盅,又让老伴也敬了三盅。陈石匠双眼迷离,每次喝酒李国芳总是说:"你酒量大,又干体力活,你多喝点。"每次陈石匠总是比李国芳多喝,这样李国芳才高兴。

"国芳,我听说努图克在招基干队员?"

"听说都招完了,你家满银也报了名。"

"我咋不知道他报名。"

"你真不知道?"

"真不知道,这兔崽子看我回去咋收拾他的。"

"大哥,孩子大了就随他们吧,硬扭是扭不过来的,参加基干队有什么不好,年轻人要求进步是对的,那蒋弼仁和潘祖胜是新四军干部,跟着他干没错,你就别反对了。"

"我两个儿子,一个当了胡子,一个参加了基干队,你说这是什么家庭,不叫人笑掉了牙吗?"

"满金当胡子也许是被逼无奈,他有他的苦楚,我从小看他长大,他还是挺仁义的。"

"可我就是想不开啊,什么革命不革命的,靠手艺吃饭才是长久的事,看你我不都是靠手艺吃饭的吗?"

"我们有饭吃了,还有多数人赶不上咱们啊,咱还要多替别人想想才对,等大伙都有饭吃了,那社会就平安了。"

"道理是那道理,这年头管好自己就行了,谁还管那么多。"

"共产党、八路军是咱百姓的引路人啊,不再让百姓受穷,是咱百姓的大靠山啊。"

"我信!"酒劲上来了,陈石匠的话越来越少了,"天不早了,我得回去。"

"喝过茶再走吧!"

"不了。"陈石匠慢慢挪下地,背起工具兜摇摇晃晃地往回走,回到家扔下工具袋问:"满银,你报名参加基干队了?"

"爸,今天才批下来,我还没来得及跟你说呢。"满银忙解释说。

"谁让你去的?!"

陈满银见父亲喝了酒又要生气,没敢回答。

"你们两个没有一个听我的话,都是自作主张,我这辈子做了什么孽啊。"陈石匠这次由于酒喝得太多,悲从中来,呜呜地恸哭起来。

满玉关切地问:"爸,你这是咋了,我二哥参加基干队不挺好的吗?你咋还哭起来了!"

"你知道什么呀!他们这干的都是断子绝孙的活。"

"看你说的,照你说那还没人参加革命了呢。"满玉辩解说。

一般情况下,陈石匠耍脾气,只要女儿满玉一说话,陈石匠很快就会消气的,他最疼爱的还是这个闺女。可是今天听满玉这么一劝,陈石匠不但火没消下去反而更加发火了。能顶事的就这么两个儿子,本指望能借上点力,可现在一个叫胡子绑走没着落,这一个又参加了基干队,还有一个小儿子才一岁多也指不上,越想越来气,他这一来气全家人谁也不吭声了。满玉也不劝他了。由于酒喝得比平日多一些,酒劲和生气比,还是酒劲大过了他的气,过了一会儿,睡倒的陈石匠就打起了呼噜。

六

陈满金被两个胡子挟持到了古迹轿顶山的地窨子里,姚占江见了陈满金就像见了熟人似的,说:"我就知道你不会拒绝我,所以才派人去接你。"

"姚占江,我跟你无冤无仇,你为啥这么刁难我!"

"哈……哈……"姚占江大笑起来,说,"我问你,你们家是不是买了赵凤林家的地?是不是就在河边?"

"是。"

"这就对了,我上你家偷过苞米,结果被你爷爷抓住了,把苞米抢下了不说,还狠狠地扇了我两个嘴巴,当时我嘴角出血了就往回走。你爷爷叫我站住,让我返回来,我以为还要揍我就站着没动。你爷爷把烤好的蚂蚱和泥鳅鱼递给我说,'记住,就是饿死也不能偷东西,知道吗?'我点点头,他这才让我走了。从那以后我想,一定要报答他的救命之恩。我姚占江是个知恩图报的人,我要让你过上好日子,不再过你爹他们那种苦日子,你应该感谢我才对。你现在长成了一条汉子,你说你待在家里没吃没喝连媳妇都难娶上,跟你喜欢的女人只能偷偷摸摸地去相会。现在我还可以让你要啥有啥,不缺吃不缺穿。人一辈子为的啥,不就是吃喝玩乐吗?你说你还得给人家放马干那奴才活,这年头男人就得轰轰烈烈地活,那才是英雄好汉。"

经姚占江这么一说,陈满金也说不出更多的话来反驳他,不过当胡子就不是正经事,为什么非要当胡子才能改变自己呢?难道就没有别的出路吗?跟荞麦花在一块的时候,自己也有过当胡子的想法,但那想法只是一闪就过,不能当胡子,绝不能!

"既然你要报答为啥非叫我当胡子,用什么办法不能报答!"

"呵呵呵,胡子有啥不好,我们不祸害老百姓,只跟那些富裕人家过不去,这不也是你的想法吗?我准备让你做三当家的,怎么样?如果你看不上我们这些草莽英雄,也可以走,但你没地方去,只能回到家里一辈子与土坷垃打交道。不过我告诉你,你回不去了,白锁柱那些马你赔得起吗?你好好想想,别白费了我的一片好心。"

姚占江的一席话在陈满金的大脑里发了酵,他觉得这些草莽英雄也是英雄,自己不也想成为英雄吗?不也想闯出一片天地让父母过上好日子吗?他们虽然看上去凶野,但都是有良心的人。他反复考虑着,回去以后白锁柱的那些马用啥来赔,白锁柱虽然没说啥,但他还是觉得对不起白锁柱,他用什么来补偿那些损失。

陈满金的顾虑像一堆被锁住的铁链子,现在哗啦一下子被打开了。

他要做个英雄好汉,让父母享福,让弟妹们不再叫人欺负,过上好日子。陈满金对姚占江说:"既然你这么看中我,那我就跟你干,不过你得答应我一个条件。"

"什么条件?说。"

"我随时都有不干的可能。"

姚占江哈哈大笑,笑完说:"这算啥条件,要是觉得没劲,随时可以走。"

"有你这句话,我就放心了,我会好好跟弟兄们干的。"

"我早就看出你是一条好汉,弟兄们,过几天就有活儿了,早点歇了吧。"

七

花斑马归陈满金使用,它不再像以前那么暴躁,那么野性,变得有些温顺和沉稳了。他看到黑公马被一位兄弟骑着,但大腿上有一道明显的伤痕,黑公马见了他便向他摇晃着脑袋表示亲近。白锁柱的二十多匹马都分给了弟兄们。

他们沿着树木沟狭长的山谷向西慢慢行走着,山路两旁是茂密的柞树和黑桦,夏日的山谷很幽静,偶尔有一两只野鸡从柞树棵子下扑棱棱飞起来,那翅膀的扇动声使人心惊肉跳。

姚占江在前面不远的地方停下,命令弟兄们下马,他摇摇晃晃地骑着马走到半山坡上,向西面看了看,大喊道:"谁到前面看看有没有影儿?"

再往前就是桃合木草原,从桃合木再往西是锡林郭勒草原,往东就是阿力得尔、乌兰毛都、大石寨,陈满金听白锁柱说过,这是一条拉盐及其他物资的重要通道。

一个骑枣红马的中年人答应着,歪骑在马上向西跑去。

"兄弟们上山。"姚占江命令道。

第三章

　　大伙从马上下来牵着马向山坡上走去,马偶尔低头想吃一口草,但带着嚼子无法吃到,只能闻着草和身边柞树叶的香味。

　　王巴拉瓜不愧是二掌柜,他带头走在前面,到了山顶,他叉着腰站在山顶上,微风吹着他的衣襟露出里面粗布的白衬衣,说是白衬衣但已经变成黄白色的了,远看还真挺威风,到了近处就不是这个样子。他居高临下地看着远处,也看着弟兄们。等弟兄们都上来了,他坐在一块裸露的石头上,弟兄们围拢他坐下,马牵在每个人的手里。山顶的风比下边凉爽一些,有的马竖起耳朵望着远方似乎在捕捉着什么声音,有的马低着头张开鼻孔贴着地面震颤着软软的双唇想吃草,地面上的薄土被马鼻孔里呼出的气体吹走。

　　还没等探子回来,姚占江已经看到了一队人马向这面移动,他喊道:"躲到树丛里去。"

　　大伙急忙牵着马躲进柞树丛里。下午的阳光就像熔化了的铜水又黄又热,就是躲在柞树丛的阴凉处也是大汗淋漓,就在大家坐在柞树棵子下迷迷糊糊发困的时候,听见姚占江发出声嘶力竭的喊声:"上马!"

　　大伙像一群出巢的黄蜂扑向大道。十来辆勒勒车已经到了面前,这是一队拉盐的车队,车上除了盐没有别的东西,再就是赶车人身上带的零散的财物。这些人都是从牧区来的,见了姚占江的人知道是抢劫的,为了保住性命,没进行一点反抗也没四处逃窜。陈满金跟在后面,其他人向天空中开了一顿乱枪吓唬那些拉盐人,只要有反抗的或对他们开枪的,他们是一个不留。陈满金来到中间一辆盐车的跟前,那个赶车人全身哆嗦着蹲到勒勒车下面,嘴里叨咕着:"随便拿吧,只要不杀我们就行啊。"

　　陈满金对他喊道:"把你的金银全扔过来!"

　　"我没有金银,只有这点盘缠和首饰。"那赶车人把衣服里装的一些首饰扔到陈满金的面前,陈满金刚要捡地上的一副银手镯,那赶车人从胸前的袍子里抽出蒙古短刀向陈满金刺来,陈满金赶紧缩回手,听到"呼"的一声,短刀已经离他不到一寸远了,他向左一躲,短刀从他的左耳边穿过,他愤怒地举起枪把向那赶车人用力砸去,只听到沉闷的"砰"的一声,赶车人的脑袋歪向了一边。陈满金把地上的银手镯和其他一些首饰捡起来往回跑。他的花斑马非常顺从,他跑出挺远,听到有人在后面喊:"头,这些盐咋办?"

"把牛卸下赶回去吃肉,其他的都扔下。"姚占江大喊道。

直到跑出很远,陈满金紧张得手还在哆嗦,等大伙都聚到一块的时候,各自掏出各自抢到的东西。虽然是第一次抢劫,陈满金却比别人抢到的多一些。

傍晚淅淅沥沥地下起了小雨,扔在路上的盐在雨水中慢慢融化,和雨水一起向路边漫延扩散,最后流进草地。

到了驻地,姚占江对大伙说:"今晚都去享乐吧。"

听到这话,大家兴奋得欢呼起来,各自忙各自的准备下山。陈满金躺在自己的铺上翻来覆去地回想着抢劫时那个赶车人惊吓的表情。他想,要尽快融进这帮人里并适应这个帮,必须跟大伙有一样的嗜好,否则就会格格不入,被兄弟们瞧不起。他带上所抢的东西骑上花斑马直奔家乡。

小雨已经停了,天上没有一丝云,满天星斗在他头顶上伴随着马蹄声一闪一闪的,不管他怎么跑,就是跑不出落在头顶上贼亮的星光。花斑马非常熟悉这条路,它一会儿小跑一会儿快走,身体均匀地摇摆着,在沙土路上踩踏出好听的有节奏的声音。

陈满金回到熟悉的家门口时,三星已经升到头顶,多数人家都已经睡觉,屯子静静的。家里漆黑,陈满金从马上下来,他想走进去却犹豫了,站在院外,眼泪落了下来。他是胡子了,他为什么不让这个家安宁呢?如果不当胡子,他才有资格回这个家。他擦去眼泪,从兜里掏出抢到的那些金银首饰,放在墙的里边,然后重新跨上马去,心想:爸妈原谅儿子吧,儿子不孝。然后,他向东走去。他来到荞麦花家门前,屋里也是一片漆黑,他跳下马推开院门,把马拴在门框上,马打了一个响鼻。他从马鞍子的后面卸下一个帆布连搭,从里面掏出几穗苞米扔在马的前面,马很熟悉地啃起来,他这才满意地离开。这时,他听见屋里传来荞麦花纤细的声音:"谁呀?"

"是我。"他低声回答。

荞麦花听出是他的声音,迅速把门打开一条缝,穿着花裤衩站在他的面前。

鸡叫三遍的时候,陈满金穿好衣服准备回去。荞麦花抱住陈满金说:"你别再当胡子了,你回来干啥都行,只要你在我身边,叫我干啥都行,我等你。"

陈满金一声不吱,低头整理着自己的衣服,最后他把特意留给荞麦花的一只银手镯放在她的手里,出了大门。荞麦花趴在窗台上听着他的声音渐渐远去。

八

清晨,陈满金母亲起来看见墙边有一个小小的布包,打开一看吓了一跳,这是谁放在这里的?她抱着布包急忙跑进屋里,拿到陈石匠的跟前:"你看看这是什么?"

陈石匠急忙坐起来,看见这些首饰脸色阴沉起来,吼道:"一定是陈满金放的,给我扔出去,我就是饿死也不要他的东西。"说完他用手狠狠地拍打着炕沿,拍得炕沿扬起一股灰尘。老伴急忙把东西拿到外屋,低头擦着泪。陈石匠一袋接一袋地抽着烟,他想不开儿子为什么当了胡子,得找刘铁山问问去,他气得跟老伴招呼也没打摔门而去。刘铁山正在小菜园里拔草,见了陈石匠,忙笑着说:"我昨个才回来,还没倒出工夫找你呢,走,进屋说去。"

陈石匠憋着一肚子气走进屋里。刘铁山捏了点茶叶放在白瓷茶壶里,然后从炉子上拎来正在沸腾的开水倒上,浇得茶壶里的茶叶咝咝地响。他又找出两个茶碗放在茶盘里,然后盘腿坐在一边,陈石匠也盘腿坐在刘铁山的对面。等了一会儿,刘铁山端起茶壶倒满了两碗水,推到陈石匠面前一碗,摆在自己面前一碗,说:"白锁柱说没有满金的事,是他跟姚占江的过节儿,他还稍信给你,满金那一个多月的工钱等卖了牛羊给你结。"

"钱倒好说,我是想问问我儿子是怎么被绑走的,还有没有回来的可能?"

"要是硬绑走的就有可能逃回来,要是……"刘铁山下半句话没说,而是喝了一口茶。

"你的意思是他自己愿意的话就不回来了?"

"对啊,你说谁能困住了他啊。"

"也对,不然这小子早跑回来了,还给我拿什么东西。"经刘铁山这么一分析,陈石匠终于想通了一点,也许儿子自己愿意当胡子。

"哎,这年头胡子越来越多,听说索伦一带还有一伙胡子也挺邪乎,还有东面的扎旗和南面的洮南一带,你说王爷庙从西到东大半圈都在闹胡子,当胡子也是一种活法,你就认了吧。"

"我后悔把我儿子送到白锁柱那了,不然他也就不会当胡子。"

"哪有后悔药啊!都是为了活命有啥后悔的。"

"我总在想,他要是不离开家就不会出这事了,你说满金整丢的那些马咋整?"

"能咋整,白锁柱都说了跟满金没关系,你还瞎寻思啥!"

"我总觉得对不住人家白锁柱。"

"放心吧,白锁柱是明白人,不然也不会就这样拉倒了,再说了还有我这一层关系呢,他不看你面子,还不看我面子嘛!咱们也别着急,这天下要变成穷人的天下了。"

"只要胡子没有了,这天下也就太平了,老百姓的日子也就安稳了。"

九

那些拉盐赶车人魂飞魄散地跑回家，向牧主孙达赖说了盐被抢的事，孙达赖气得眼睛蹦出了火星，他立刻去找在蓝斑马队当副队长的弟弟。

"这帮野胡子敢冒犯我们草原人，在什么地方？"弟弟问。

"树木沟一带。"

"我带人把他们灭了。"弟弟说。

过了两天，孙达赖的弟弟带着十四五个蓝斑马队队员反穿着皮袄骑着马背着枪来到树木沟一带，寻找姚占江的踪影。这时姚占江带着弟兄们已经回到古迹轿顶山上休息。孙达赖的弟弟他们一连找了几天，也没见到一个胡子。

过了几天，他派出队员去侦察姚占江的踪影，结果还是没有一点蛛丝马迹。

一个月过去了，仍没见到姚占江的影子。孙达赖的弟弟说："我还听说白锁柱家的马群也叫这帮胡子赶走了，这两笔账有机会一块算。"这事就这样拖着，哥哥的事弟弟始终记在心里没有忘掉，只要有姚占江的信，他随时都能出击消灭姚占江。

第四章

一

陈满金回到住处,姚占江没在。王巴拉瓜心里早就对陈满金有些不满了,见陈满金回来没给他带些烟酒,一股不快涌上心头。陈满金不知道胡子里还有这种规矩,也没把这种规矩放在心上。王巴拉瓜故意问陈满金:"听说你们屯子出好烟叶,没给哥带点回来啊?"

"哥,对不住了,这次没带,下次带回来孝敬你。"陈满金觉得王巴拉瓜是欺负自己,但又不能顶撞只好推脱说。

"还有什么下次,不知道哪天就上西天了,咱们是活一天算一天,你这是糊弄我呢。"王巴拉瓜说。

"大哥,你说糊弄就糊弄,没有给你拿啥,你就欺负人呐。"陈满金不服气地说。

"新来乍到的,不懂你就问问,别装傻。"王巴拉瓜继续威胁说。

"我新来咋了,这里是什么好地方咋的。"陈满金说。

"不是好地方你可以滚,没人请你来,他妈的。"王巴拉瓜更加凶狠起来。

许顺见状劝解说:"都少说两句,干吗像吃枪药了似的?"

"跟你没啥关系,今天我就想治治这小子,让他知道知道咱们的规矩。"王巴拉瓜强硬地说。

"你们这叫啥规矩,我就不信了。"陈满金也来了倔劲。他到这来是为了能够让家里过上好日子,没想到过的是这样的日子,他的美好愿望化作胰子泡飘散了。这里根本就不像他想象的那样,这些人也不像他想象的个个都是英雄好汉,顶多也就是胆大不怕死的人。他本想跟王巴拉瓜较劲,一想也没必要,这里不是长留之地,不如回去跟父亲种地,他越想越觉得没劲。他不是怕王巴拉瓜,只是他不想跟他一般见识,于是回到自己的位置上不再吱声。

王巴拉瓜也不再吱声。

他现在很饿又很累,躺在土炕上想到荞麦花的劝告和父亲的不满,吃过晚饭,大家都回到各自的地窨子休息去了,躺了一会儿,他决定今晚就回去。他听听没人的走动声,急忙下地穿好鞋,什么也没带,头也没回地朝山下走去。

青灰色的月光洒在大地上,洒在山路上,路面就像一条死蛇的肚皮一道一道地带着横纹,远看隐隐约约很平,近看却坑洼不平。他沿着山道朝家的方向快步走去。

二

天快亮时,他终于站在了家门口。院子里静悄悄的,摆满了父亲拉来的大块石头,现在看到这些往日让他烦心的石头反而感觉到亲切和温暖。他站在门外期待着母亲推开家门的那一刻,可是,时间太早了,母亲不可能起这么早。他不敢这么贸然推门进去,就把大门轻轻推开,就像一个犯了错误的小孩子胆怯地走到父母身边时的样子。他来到父亲拉来的石头前,仔细观看着这些石头。父亲一辈子与石头打交道,一心想让他学好这门手艺,父亲的心意他是理解的。爷爷在时拉着他的手说:"孙子,手艺是咱穷人的饭碗,长大以后,你要把这门手艺学会,别把咱老陈家的手艺丢了,这是爷爷这辈子的心愿。"爷爷的话就像早晨清凉的微风在他耳边轻轻吹过,他现在觉得学一门手艺是一辈子生活的根本,可是父亲一辈子起早贪黑地凿刻石头,手指裂了无数口子,好了又裂。每次看着父亲手指流血,他既心疼,又对这门手艺反感,心想这辈子不能再像父亲这样干这种活,决不学这门手艺再像父亲一样遭罪。可是父亲不把石刻活中的痛苦当回事,他感觉到很幸福并乐在其中,不管手指多疼,他都乐呵呵干着。父亲这种执着劲真让人难以理解。别说外人不理解,就是自己的亲人也不理解。父亲对石头的那种发自内心的亲近和执着简直无法形容。陈满金正在观赏着父亲凿刻的石头,屋门"吱"的一声开了,父亲睡眼蒙眬急匆匆地走出来,以为有生人在院子里走动,他定睛看了看,认出了陈满金,自言自语地问道:"难道是满金?"

"爸,是我。"

"你回来了……"陈石匠说了半句话赶紧转身回屋,他想让儿子赶紧进屋。陈满金跟在父亲的后面进了屋,见了母亲,陈满金立刻给母亲跪下了,说:"妈,我错了。"

母亲眼圈红红的,急忙伸出双手把满金拉了起来。她仔细打量着满金,好一会儿才醒过神来说:"饿了吧,妈去做饭。"她擦着眼泪急忙跑到外屋去烧火。

父亲把烟袋找出来慢慢地装着烟,烟袋锅把皮烟口袋蹭得沙啦沙啦直响,父亲好像有什么话要说又没有说。

过了一会儿,父亲问:"还走吗?"

"不走了。"满金回答。

"真的不走了?"父亲疑惑地问。

"真不走了。"满金回答。

陈石匠心想,儿子终于回到正道上来了,但他表面上没露出高兴的样子,仍然不动声色地说:"有句老话说得好,'庄稼人离不开土地,就像鱼离不开水,离开就活不成'。"

满金没吱声,过了一会儿说:"我帮你搬石头,顺便也学学刻石头。"

听到这话,陈石匠乐了,心想这才是老陈家的根啊,终于像我了。陈石匠还是心疼儿子,说:"先歇两天,不急。"

"待着更难受,不如干活舒服。"满金说。

"行,你先把那些石头慢慢归拢归拢,手艺这玩意儿急不得。"父亲说。

"行。"满金回答。

第二天,陈满金换了一套旧衣服,清理起院子里父亲留下的碎石头。快到中午时,荞麦花手里拿着鞋底边走边纳着,她斜靠在大门框上,微笑着问:"满金,你啥时回来的?"

"昨晚儿。"陈满金有些不好意思地回答。

"回来也不去看我。"荞麦花有意地说。

"这不还没倒出工夫吗?你不会生我的气吧。"陈满金边抱着一块石头边说。

"这不我来看你来了,"荞麦花咯咯笑着说,"我没生气。"

陈满金把石头扔到一边,站在那仔细看着荞麦花。荞麦花也仔细看着他。不知为什么,他见到荞麦花,就像吃了香瓜一样心里甜滋滋的,也不知是什么原因,他牵挂着荞麦花,心里放不下她。荞麦花也是一样,见到陈满金就高兴,见不到就像没吃饱饭似的全身总是打不起精神。陈满金很快就把那些碎石清理完了,院子比从前干净许多。按照父亲的指示,陈满金找了一块画好线的石头,坐在院子里一下一下凿刻起来。被父亲使用旧了的钢钎在坚硬的石头上乱跳,根本刻不下石头,钢钎震得他手掌生疼。父亲是怎么刻下这些石头的呢,父亲的手怎能忍受这样的震痛,他坐在石头旁不得其解。

天空中没有一块云彩,下午的阳光毒热,就是不干活坐在院子里也会被晒得满头流汗。荞麦花也许是被晒得忍不住了,她跑到房檐下边纳着鞋底边瞅着陈满金。陈满金没时间看荞麦花,偶尔抬头看看荞麦花也不说话。

陈满玉坐在屋里不出来,她知道荞麦花是想跟哥哥唠嗑,直到太阳偏西,荞麦花才进屋跟满玉打声招呼回去了。

吃晚饭时,母亲看见陈满金的手已经肿起来了,心疼地说:"明天就别整那玩意儿了,干点别的活儿吧。"

"不能见硬就退,挺过一阵就好了。"父亲撂下饭碗说。

"他手都肿了还挺啥呀,赶上你不疼了。"母亲继续说。

"你知道啥,我学刻石头时比他这肿得还厉害呢,可我也没吭声,吭声就要挨揍。"父亲说。

"别提你那时候了,你那时候连鞋都穿不上。"母亲继续为儿子争辩。

陈满金想到了父亲手指的裂口,心里不免有些自责起来,自己真是干啥啥不行,就连刻石头都干不了,将来还能干啥呢。

母亲连夜为他缝了一副帆布手套,带上帆布手套觉得不再磨手,但震动还是没有减轻,如果不使劲凿,钢钎就不会把石头刻下,一使劲手就钻心的痛。每凿一下就像在动摇他的决心,也像考验着他的意志。

荞麦花这两天不知道干啥去了没来,陈满金内心空落落的,没兴趣再凿石头。坐在院子里,太阳晒得他后背的衣服上留下了汗碱的白印,他要让父亲看看,自己遇到苦楚是不会退缩的。一个农民会害怕太阳的照晒吗?即使太阳再热,他也不会屈服。母亲看着儿子被晒得满脸通红更加心疼,他给儿子端来一盆井水,把毛巾放在里面拧干,递给满金说:"你这是在折磨自己,快擦擦脸。"

陈满金也不回答母亲的话,接过毛巾擦过之后,把毛巾扔进盆里继续凿石头。

"这脾气越来越像你父亲了。"母亲自言自语地端着盆走了。

晚上,母亲烧了半锅艾蒿水让满金烫烫手,肿胀的手伸进热乎乎的艾蒿水里更加钻心的疼。

"啥时出茧子就不疼了。"父亲坐在一旁抽着烟说。

"那得啥时才能出茧子啊,我看这活就不是满金干的活。"母亲说。

"那是谁干的活?"陈石匠瞪着眼睛说。

"就像你这样死倔死倔的人干的活。"母亲说。

"要是没这手艺,你们早饿死了,你看那些贫雇农,累得也不像人样,可还是吃不上饭。"陈石匠很满足地说。

母亲不再跟他犟了,大家都不作声了,知道再说下去父亲就又要急眼了。

三

这天下午,陈满金坐在院子里正在凿着石头,荞麦花像往常一样拿着鞋底边纳边走到陈满金的身边,看到陈满金戴着手套在凿石头,惊讶地问:"哎呀,你的手咋的了?"

"没咋的,就是肿了。"陈满金回答。

"那就别干这活了。"荞麦花有些心疼地说。

"这几天你上哪儿了?"陈满金问。

"我娘有病了,我回去看看。"荞麦花说。

"你娘在哪个屯子?"陈满金问。

"轿顶山底下那屯。"荞麦花回答。

"噢。"姚占江他们的窝点就在轿顶山上,王八拉瓜他们经常到山下的屯子里要东西,冬天的时候还到老百姓家去吃杀猪菜。

一想到杀猪菜,还真有点馋了。小时快到过年的时候,家里杀了猪就要请一些亲戚邻居到家里来吃顿猪肉。记得杀猪那天早晨,母亲早早把水烧开了,猪还在圈里,父亲和杀猪人守在圈门口的两边,杀猪人腰里别着搓好的麻绳,等要杀的那头肥猪出来。父亲打开圈门,小猪崽们先冲了出来,接着是老母猪哼哼叫着扭着屁股冲了出来,最后是那头肥猪。它好像知道了自己将要被屠宰,抬头看看守在圈门口的两个人,在圈里来回走着就是不肯出来。杀猪人急了用石头打它,它往后缩着躲开杀猪人撒的石头。父亲说:"把圈门关上,看它往哪跑。"父亲刚要关上圈门,那头肥猪忽地一下冲了过来,父亲急忙躲开,肥猪冲出二十多米,跑到墙边回头看着杀猪人和父亲。最后,在亲戚和邻居们的围追堵截下,终于把那头肥猪抓住了,杀猪人对这头猪恨之入骨,说:"杀了半辈子猪,从来没见过这样的猪。"在刮猪毛的时候,他显得特别狠,好像在给自己报仇。不过,陈满金对杀猪人还是很感谢的,他把猪的膀胱掏出来后,在外面的地上揉了一阵,然后吹成了足球大小递给陈满金说:"拿去踢球去吧。"

陈满金拿着猪膀胱在院子里和弟弟满银踢开了,累得满头大汗,结果没吃到他们偷偷给妹妹先煮熟的血肠。

荞麦花见陈满金低着头,手停在原处不说话,问:"满金,你想啥呢?"

"噢,我想小时候吃猪肉的事呢,那时多好,无忧无虑。"陈满金深有感触地说。

"你这么一说我也馋了,可现在也不是吃猪肉的时候啊,只能等到过年了。"荞麦花说。

"你在这唠什么呢,这么来劲。"郭长河从墙外拐了进来。

荞麦花见郭二愣鼓起一只眼睛吓得脸色煞白,忙说:"我是来找满玉借顶针的。"

"你是来找他的吧。"郭二愣说着冲到荞麦花的面前,一把薅住荞麦花的头发,荞麦花的头被郭长河拽到跟前,他照着荞麦花就是两嘴巴,荞麦花的嘴角顿时流出血来。陈满金立刻站起来把郭长河的手掰开,郭长河趁此机会照陈满金的脸打去。陈满金向后一仰头,郭长河的手抡空,陈满金就势一拽,郭长河差点摔倒在地上。他从地上捡了一块石头照陈满金打来,陈满金一闪身躲开石头,伸手照郭长河的头打来,郭长河躲闪不及,被陈满金打个趔趄。陈满金还想再打,被荞麦花紧紧抱住,她大喊道:"别打了,求你了。"

陈满金攥着拳头站到一边。荞麦花也站在一边,看着郭长河。郭长河发现自己的鼻子流血了,他捏住鼻子把流出的血甩到很远的石头上,那血在石头上像礼花一样怒放后凝固了。郭长河一条腿跪在地上,狠狠地说:"陈满金,你这个胡子,我这辈子死了都不会饶你。"说着站起来问荞麦花:"你走不走?"

荞麦花微微低着头,跟在郭长河的后面走出陈满金家的院门。

四

还没到家,陈石匠就听到了陈满金和郭长河打架的消息,气得他走路都带着"咚咚"的响声,暗自骂道:"这个王八犊子,又勾引起那个骚娘们了,天生就不是一个省油灯。"见院子里没有陈满金,他把锄头扔到窗下,锄头在地上跳了两下倒向一边。他用力拽开门,老伴在外屋烧火,见他气鼓鼓地回来就知道他已经听说满金和郭长河的事了,急忙说:"你就别发脾气了。"陈石匠没理会老伴的话,见满金坐在炕边正在包着手指。

"你说你,只要在家就给我惹事,能不能让我省点心。"陈石匠说。

"根本不赖我。"陈满金说。

"你说你惹他干啥吧,打听打听谁不知道郭长河,他爹活着的时候就游手好闲,是屯子里的一霸,到了他这辈就更别提了,吃喝嫖赌啥事不干,五毒占全了,你说哪有好人家的人嫁给这样的人啊。"陈石匠说。

"荞麦花也是被自己家的亲戚骗了,没办法才嫁给他的。"陈满金说。

"就算她被骗了,你也不应该再跟这样的人来往啊,你们俩整得满屯子风言风语,咱们家八辈祖宗的脸都叫你给丢尽了。"陈石匠说。

"你就少说点吧。"满金母亲进来劝老伴。

不如不劝了,这一劝,陈石匠还真就来劲了,他大喊道:"我说说咋的了,你儿子还不行说了,他不是有能耐吗?有能耐就别在家待着了,当你的土匪去。"

满金低着头一声不吱,他是不应该再气父亲了,父亲也是快到五十岁的人了,白发已经出现在了两鬓,想到父亲的手指,陈满金更是心酸,刻磨、刻碾看似是挺悠闲、挺自在的活,实则不是一般人能干得了的。父亲不是一般人,他有一种独特的生活方式,不理解他的人是不会看出来的,他表面上跟谁都和和气气,内心里却有一股强劲的骨气。这一点满金还是佩服父亲的,不管父亲说啥,他都不应该再顶撞父亲,父亲见满金不再吱声也就不再训斥了。

  吃过晚饭,陈满金来到归流河边,河边非常安静,他坐在河边的沙滩上望着静静流淌的河水,内心涌起无尽的苦水。今后的路在哪,他该往哪里走,他找不到方向。

  虽然晚上了,河岸的沙土被太阳晒过后现在还热乎乎的。他脱掉衣服扔到一边,一步一步走进就像缎子一样柔软光滑的河水里。河水一点一点在他胸前晃动着上升,当河水升到他的胸前时,他慢慢向前游去,游到河中间的时候,水流的速度明显加快,浪花也密集坚硬起来。为了不被冲到远处,他双手双脚并用奋力向前划动着,浪大了他就把头钻进水里,尽力保持着直线距离,这样才能体现出他游泳的技术和力量。冲过十几米宽的激流就是平缓的水流,水也浅了,游到对岸后,他感到了一种从未有过的轻松。几个月来的奔波疲劳好像都被河水冲走了,他内在的青春活力再一次被唤醒。他走上东岸,远处的灯火好像在向他招手,他突然想起了姐姐满粮。这里离姐姐家不过几十里地,他好长时间没看到姐姐了,他决定看看姐姐,即使徒步走着也要去。可衣裤扔在了西面,只好返回去把衣裤抱过来。他又一次扑到河里,就像一条白亮亮的鱼向家乡的方向游过去。他很快就游到了刚才下水的地方,把衣裤包好顶在头上再一次下水,一只手划着水,双脚不停地在喧响的河水中用力踩踏,来到东岸,他选择了一条既好走又便捷的路,向东南方向的王爷庙走去。

五

  差不多快到半夜的时候,陈满金走进了王爷庙小镇。小镇上的街道

第四章

坑坑洼洼高低不平,街道两边的路灯距离很远,灯光像一朵一朵黄菊花开在灯杆下,根本照不到路面。再就是住户的窗户里闪着微弱的灯光,估计也都是菜籽或大麻籽油灯。姐姐家住在小镇东侧的两间平房,院子里停放着拉毛柴的驴车,这是姐姐家很明显的标志。姐姐家看上去黑乎乎一片,为了早起卖毛柴,姐夫早睡下了。陈满金为自己的鲁莽决断感到有些后悔,不该来打扰姐姐。他在院外站了一会儿,既然来了就别犹豫了。他轻轻敲了两下门,姐夫用很沉重的声音问:"谁呀?"

"姐夫,是我,满金。"他回答道。

屋里有划火柴的声音,不大一会儿灯亮起来了,姐姐披着衣服跑来给满金开门,小声问:"这么晚你咋来了?"

"就是来看看你。"陈满金顺口答道。

陈满金来到屋里,姐夫还在摸索着穿裤,姐夫边穿裤子边问:"听说你当胡子去了?"

"当是当了,当就不行来看看你呀。"陈满金也不让分。

"你来我当然高兴,还没吃呢吧?"姐夫问。

"没呢。"听了姐夫的话,陈满金好像饿得一下没力气了。

姐姐赶紧把剩饭和剩菜热了热端上来,姐夫见了说:"把我打的兔子肉炒了呗,我跟满金喝点。"

"都啥时候了,明天还得早起呢,将就着吃点得了。"姐姐说着还是到外屋做去了。不大一会儿,端来一碗炒盐豆回来了。姐夫在破烂瓶子堆里找出半瓶子白酒说:"这可是咱们王爷庙烧的好酒啊,你尝尝。"

陈满金早就知道王爷庙烧锅酒,姐姐每次回去都给父亲买两瓶。他只是看父亲喝,自己还从来没喝过这酒。姐夫小心翼翼地给满金倒了一盅,洒到手上一滴赶紧舔去,满金暗笑他这小气的举动。姐夫有些不屑地说:"你笑啥,这可珍贵呀,喝了不疼洒了疼。"

陈满金端起酒盅一饮而尽,感觉嗓子眼一阵热辣辣的直通到小腹。姐夫没说假话,真是好酒。姐夫惊讶地看着他咧嘴的表情,问:"咋一下子全揪了？喝这酒你得小口抿。"姐夫说着又给满金倒了一盅,然后举起盅说:"来,抿一口。"姐夫举盅跟满金撞了一下,自己先喝了一小口,也不吃菜,微笑着仔细端详着满金。满金见姐夫这种眼神也不在乎,说:"喝啊。"说着把剩下的那半盅酒干了。

"你也不像胡子啊。"姐夫又给倒满了说。

"你别总胡子胡子的好不好啊!"姐姐插嘴说。

"你说说胡子都是咋生活的呗。"姐夫问。

"咋生活,跟咱们差不多。"陈满金说。

"不一样,肯定是想干啥就干啥,个个都是英雄好汉,骑马打枪百步穿杨,就像书上说的那样吧。"姐夫说。

"也不像你说的那样,他们那里也是穷人多。"陈满金说。

"照这么说,他们也像你似的。"姐夫问。

"有的是,有的不是。"陈满金回答。

"你说你当那玩意儿干啥,不如跟我搂点毛柴卖。"姐夫说。

"我就是想让家里过好点,也没别的想法。"满金说。

"这就是你的不对了,过好点非得去当胡子啊,干点啥不中。"姐夫的脸红起来了。

陈满金不吱声,心想,我杀过人了,回来是不可能了。他把酒瓶拿过来,给姐夫倒上酒说:"敬你一盅,这盅你得干了。"

姐夫只好喝了,说:"话说回来,我这活你也不是不知道,也够辛苦的了。有时候我也想不如给地主扛活去,可又一想那铲地割地的活我也不会干,只能守着这辆破毛驴车过穷日子。"

"这年代老百姓的日子都不好过。"陈满金说。

"别看我是个卖柴火的,可买我柴火的啥人都有呢。那些人里就有西科前旗的大官,一个旗长亲自来买我的柴火,后来熟悉了,跟我讲了很多形势的事。"

"你还真行啊,能认识旗长,再敬你一盅。"陈满金说。

"他对老百姓真挺好,他说他家缺柴火了还自己上山去搂呢,他跟咱们百姓没有多大区别。"姐夫说。

陈满金没吱声。

"你们俩别喝了,早点睡吧。"姐姐说。

"好,早点睡,姐夫明天还卖柴火去呢。"满金说。

听了这话,姐夫也不再喝了,也不脱衣服倒头就要睡。

满金说:"姐夫,你不脱了啊?"

"天快亮了,眯会儿就该走了,你睡吧。"姐夫说。

陈满金也没脱衣就睡了。

六

早晨,姐夫卖柴火走后,姐姐问:"你没惹啥事吧?"

"没有。"满金回答。

"那你咋三更半夜上我这来了。"姐姐追问。

"就是想看看你。"满金微笑着回答。

"听说你净跟咱爸顶嘴,咱爸一天天变老了,你别再跟他顶嘴了。自从你当了胡子,咱爸的背都弯了,我这也帮不上咱家啥忙,家里还得依靠你呢。"姐姐说。

"我也想让咱家过好,可我找不到太好的出路。来之前我在家里也刻过石头,我也想一辈子干好那活,可我就是干不了,姐,我也不知道究竟能干啥?"

"你跟荞麦花还联系呢吗?"姐姐问。

"荞麦花也是受苦人,你们俩挺好,你是知道的。"满金说。

"我们俩挺好,可她是有丈夫的人,现在传得满城风雨,你就离开她吧。"姐姐说。

"我天天都在想她,离不开她。"满金十分痛苦地说。

"你在我这多待几天,静下心来好好想想。"姐姐说。

"那我帮姐夫搂毛柴吧。"满金说。

"这个季节不是搂柴的季节。"姐姐说。

他想起了跟姐夫搂柴时的情景。那次是他想到山上去玩,也想帮姐夫搂点毛柴,起初姐夫是不同意的,后来在姐姐的劝说下,姐夫同意带他到山上去。

当时正是早春三月,天还没亮,姐姐早把从家里拿来的黏豆包蒸好,还摆了几碟小咸菜,怕到山上饿。满金比平日吃的都多,吃完黏豆包,姐夫去套车。姐姐找出一件厚厚的花棉袄让他披上。姐夫坐在车的前面,他坐在中间,他们俩在灰蒙蒙的晨曦中向东山出发了。两匹小毛炉已经熟悉了这条搂柴的路,脚步"哒哒哒"就像上满了发条的时钟,声音整齐清脆。姐夫抱着鞭杆半睡似睡,偶尔喊叫两声继续迷糊。车到山脚下,姐夫清醒过来从车上下来,陈满金也跟着下来了,两匹小毛驴喘着粗气低着头向山坡爬去。姐夫这时也不喊了,他知道毛驴这时候不用喊也在使劲拉车。姐夫牵着毛驴来到半山坡上,拐向南面找了一块平整的地方停住,然后把毛驴卸下来拴在车帮上,从车上拽下草料兜摆在毛驴的嘴巴下面。草料兜里是轧好的谷草,毛驴摇晃着脑袋拱了拱,专心地吃起来。姐夫这才解开绑在架木上的大耙,拽起大耙,姐夫就像变了一个人似的,脚步飞快地小跑起来,大耙在他身后"哗哗"地响着,搂起一股黄烟。陈满金也学姐夫的样子加快了脚步小跑起来。不大一会儿,姐夫就搂了一帘子毛柴。姐夫选的地方茅草比别的地方浓密,没有被搂过的痕迹,所以搂起来快。过了一会儿,姐夫的全身已经湿透了,他说:"快够了,来,吃点东西。"他从兜里拿出苞米面大饼子和一个军用水壶,黏豆包是不能带的,黏豆包凉了吃不消化,对胃肠也不好,姐夫深谙此理。陈满金坐在他的对面,姐夫递给他一个大饼子,然后自己大口大口地吃起来,他嘴唇上的短胡茬也跟着上下一动一动的,他吃了一个大饼子喝了几口水说:"你慢慢吃着,我再搂点就装车。"说着又跑走了。等陈满金吃完的时候,姐夫已经搂够柴了,来到车前,驴这时也吃饱了睁着大眼睛望着远方。他套好毛驴说:"你在前面牵着驴,我装车。"陈满金牵着毛驴贴着一堆一堆毛柴走,姐夫就一堆堆装。快到中午的时候,他们俩把搂的柴火全装到了车上。姐夫围着车转了几圈说:"没偏,你上车坐稳了啊。"他牵着毛驴慢慢往山下走去。来到山根后,他爬上了高高的毛柴车说:"上正路就快了,你好好睡一觉吧,保证舒服。"陈满金早困了但不敢睡,怕翻车,听了这话,他心里有了底,安心地盖上姐姐的花棉袄,在暖暖的阳光中香甜地睡去。这是陈满金第一次跟姐夫搂柴的情景,至今都在他的眼前浮现。

七

吃午饭时,姐夫也没有回来,满金说:"姐,我去看看姐夫搂的柴卖没卖出去。"

"有时一两天都卖不出去,拉回来第二天再买,你想去就去吧,溜达溜达也好。"姐姐说。

陈满金从姐姐家出来,顺着南北路来到了大十字街的拐角处,看见街的东面有几辆卖柴火的毛驴车。远远看去姐夫的车在中间,姐夫的个子矮小,正在东张西望地等待买柴人。他来到姐夫跟前,姐夫看见了他忙凑过来问:"你咋来了?"

"我溜达溜达,你吃饭了吗?"满金问。

"对付吃了一口。"姐夫回答。

"你回去歇一会儿吧,我替你看着。"满金说。

"不用,我们都习惯了。"姐夫说。

陈满金看到姐夫的脸上落了一层尘土显得灰突突的,只有黑眼珠是明亮的。旁边那些卖毛柴的人也都跟姐夫一样,抱着肩膀在车跟前走来走去,眼睛寻找着买柴人。陈满金站了一会儿,坑坑洼洼的街道上毛驴车、马车过后带起一股股的灰尘。姐夫说:"你回去吧,我一会儿就回了。"

　　陈满金本想再站一会儿，回去太早也没事干，听到姐夫的话，他沿着原路返回。

　　太阳已经西斜，金色的光线把街道旁边房屋的玻璃照得明晃晃的，十分刺眼。他路过一家向西开门的妓院门前，姚占江从里面走了出来，见了陈满金稍稍一愣，马上反应过来问："你咋在这？"

　　"我到我姐家串门来了。"陈满金回答。

　　"我不在时，你跟王巴拉瓜吵架跑了，你也太小气了吧，今天跟我回去。"姚占江说。

　　"大哥，我不想干了。"陈满金说。

　　"你不干干啥，你是杀了人的人，叫政府抓到是要死的，跟着我保你平安无事。"姚占江说。

　　一提到杀了人，陈满金的心就像被锋利的尖刀刺了一下，顿时感到说不出的痛苦，他站在那里不再往前走。

　　"我的马就在大车店，跟我走。"姚占江的话像一道命令，又像一道魔咒。

　　陈满金瞬间像被施了咒法一样，站在那里动弹不得。

　　"想啥呢，走。"姚占江低声说着，拽起他的一只手。

　　"我得告诉我姐夫一声。"陈满金说着跑到姐夫跟前。

　　"你咋又回来了？"姐夫问。

　　"姐夫，你告诉我姐一声，我走了。"陈满金眼泪汪汪地离开了。

　　"你回哪去啊？"姐夫在后面喊。

　　陈满金没有回答姐夫的问话，他小跑着去追赶姚占江。

第五章

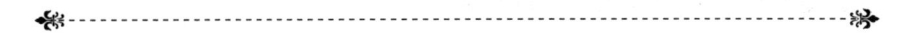

一

这天下午,陈满金正在用铁刷子给花斑马刷着脊背,马舒展着腰身,经过他细致的洗刷后,那些花斑更加明显起来,圆圆的花斑像落在马身上的雨点,组成美丽的图案,为马增添了无限的魅力,让马比平时更加优美好看。姚占江走过来看了看,说:"你对马还挺爱护的啊,过一会儿跟我走一趟。"

"到哪?"

"去就知道了,把马好好喂喂。"

陈满金不知道姚占江说的是什么意思,刷完,他割了一捆青草,花斑马"咔哧咔哧"地嚼起来。

"王巴拉瓜,你把枪先借给陈满金。"姚占江说道。

"他会用吗?"王巴拉瓜故意说。

"你他妈瞧不起人是不是,叫你借你就借,还敢跟我顶嘴!"姚占江吼道。

"我就是怕他不会用,走火伤了人。"王巴拉瓜不情愿地把枪递给陈满金。

陈满金第一次拿到真手枪,这是一把自制的手枪,像砂枪的缩小版,威力不会太大,但在短距离内还是可以打死人的。小的时候,他磨父亲给他做一把枪,父亲是一个心灵手巧的人,别人做的都是木头枪,没想到父亲给他做了一把石头手枪,沉沉的非常压手,很多小朋友羡慕他的枪,都想摸摸他的枪。那时,他走到哪都有一帮小朋友跟在他的后面,他和小朋友们分成两伙在屯子里"战斗",直到很晚才领着弟弟回家。后来弟弟不慎把枪筒摔断了,他还踢了弟弟几脚。

"走。"姚占江说。

陈满金把枪别在腰里跟随姚占江往东南方向走去,走了一段路,姚占江问:"你知道咱们到哪去吗?"

"不知道。"

"到赵凤林家,不过你得提防点,他的几个儿子可不是好惹的。以前我带领弟兄们到他家去劫过他们,结果没成功倒结下了仇,今天他请我过去不知是何动机。"

陈满金不敢轻易插嘴,只是"噢噢"地附和着,他知道姚占江可不是一般的匪首,是几十里内出了名的凶狠狡猾、做事果断的人,就连乌兰毛都的蓝斑马队的人也惧他三分。

"你知道我原来是干啥的吗?"

"不知道。"

"我从十七八岁也就是你这个年龄当胡子,到现在也有十几年光景了,你说我是不是个老匪?"

"是。"

"哈哈哈……我从来没怕过谁,就是赵凤林对我也得客气点,不然他不会有安宁的日子。你不知道,其实咱们跟他们不是一个道上的人。"

"他们坑害老百姓,咱们从来不欺负老百姓。"

"你说对了一半,咱们还要对付共产党,因为他们要灭咱们,咱们还得生存,你说对不对?"

"对。"

第五章

"这辈子你跟我干没错,我保你吃香喝辣的,要啥样女人有啥样女人。"

"那你这一辈子还结不结婚啊?"

"那是以后的事了,现在只能闯天下,有今天没明天,我这可不是吓唬你啊,你也得有这个准备,我这是实话。"

陈满金不再搭话,他的想法和姚占江的想法不一样,荞麦花还等他呢,他不能不管荞麦花。见陈满金不搭话,姚占江也不再说话了。快到屯子的时候,陈满金感到一丝胆怯和不安,即使带着枪也不敢大白天这样耀武扬威地走进屯子去。姚占江却满不在乎,就像走在非常熟悉的地方一样,没一点陌生和畏惧的神情。

赵凤林家所在的屯子叫赵家窑,离陈满金家也就三四里地,陈满金曾来过一次,但对赵凤林家却不熟悉。他跟在姚占江的后面来到了一座大院前,姚占江跳下马来,把缰绳交给陈满金。院里的群狗听见动静一块狂叫起来。这时,从屋里走出一个中年男子,见了姚占江忙拱手示意友好。姚占江边举起手表示友好边走进屋去。陈满金把马拴在院子边的拴马桩上,跟在姚占江的身后进去。三间宽大的土房,中间是厨房,有几个人在忙着烧火做菜,东屋里已经来了几个人,都是本地知名人士,姚占江也不太熟悉,赵凤林面对姚占江一一介绍。陈满金被赵凤林的儿子带进西屋,由赵凤林的大儿子赵玉招待这些跟班的客人。不大一会儿,菜就端上来了,凉菜先上,凉菜上完,热菜一道一道陆续端上来。赵凤林亲自打开酒坛给每人斟满并热情地招呼大家先吃点菜,见大家吃了一些东西,赵凤林端起酒盅慢条斯理地说:"今天来的都不是外人,为了友情咱们痛痛快快地喝一盅,来!我先饮为敬。"他先干了一盅。伪警察署的警察李振东紧跟着干了,大家都跟着干。赵凤林见大家都干了,说:"我再敬大家一盅,多年来,在兄弟们的帮衬下,我赵凤林才积攒下了这么点家产,这是我们祖宗三代付出的努力和辛苦换来的,现在共产党要搞什么减租减息,要把我们家应得的租子减掉,那我靠什么收入,我怎么活。这我接受不了。听说那个工作队长蒋弼仁正在招兵买马,要大干一场,他们要是在这块地盘上落了脚扎了根,那我们还有好日子过吗？我看好了,他们就是冲着我们来的,在座的你们想想,谁的日子也不会好过,来,干了!"他又带头喝了。没等大家吃菜,他接着说:"这第三盅,我祝大家团结一致,抱成一团,友情为重,以前的恩恩怨怨从今天起一笔勾销,我们就是朋友,是朋友的干了!"他又带头喝了。盅子虽然不大,但酒的度数高。稍稍沉默了一会儿,李振东端起酒盅,见大伙的盅里都满了酒,说:"我先敬东家一盅,感谢东家热情的款待,我的职责就是维护好这片土地的平安,只要大哥吩咐一声,老弟会尽我所能地去做。干!"酒盅里早有人倒满了酒。"这杯酒我再敬咱们姚大掌柜一盅,有句老话说得好,'井水不犯河水',咱们各自相安无事都是朋友,以后还请姚大掌柜多多关照。"李振东又干了。姚占江与李振东第一次见,只好干了。酒喝完就有人满上。姚占江说:"我也敬两盅酒,第一盅我先敬咱们的大哥,小弟有不对之处请多多包涵,过去的事已经过去,以后还请多多关照。"他举盅跟赵凤林碰了一下喝了。"这第二盅敬初次相识的李大哥一盅,你可不是一般人,听说国民党那面你也有人,以后请多多提携啊,来,干!"姚占江又干了。几轮下来,大家喝了不少,话匣子慢慢打开了,也不顾忌什么。赵凤林说道:"叫青兰唱段京剧给大家助助兴。"大伙早有耳闻,贺青兰是这一带土生土长的美人,因为爱好京戏经常到王爷庙听戏,嗓子好记性又好,渐渐学会了不少京戏段子,后来在与外界频繁接触中自觉不自觉地沾染上了大烟,把家里弄得一贫如洗,结果母亲被她气死,父亲把她赶出家门。后来赵凤林收留了她,但赵凤林也管不了她,她想上哪就上哪,经常不在家,说她有家又没有固定住所,说她没家她又经常在家飘飘忽忽,赵凤林也没办法。不过,只要赵凤林有事,她是在所不辞全力以赴地做。贺青兰轻轻推门进来,带来一股香气,她确实是美女中的美女。她、荞麦花和陈满粮不愧是屯里的三朵花。她走近每位的身边倒满酒,然后退到一边说:"今天我替老爷敬大家一盅酒,我先用歌声表达了,唱得不好请多多包涵。"贺青兰连续唱了几首她最熟悉的段子。赵凤林让大家把酒盅里的酒喝了,大伙只好喝了。李振东见了贺青兰主动跟她撞了一盅,不一会儿,就歪在了炕里。赵凤林这才说:"今天酒就到这,改日再喝。"姚占江也有些摇晃地站立起来,陈满金急忙去扶。他一挥手把陈满金扒拉到一边,自己走出屋外,跟赵凤林打了招呼,跨上马就像粘在了马上,一路歪歪斜斜着往回走,陈满金怕他掉下来紧紧跟在后面。

二

这天早晨,王金海向潘祖胜汇报说:"新来的赵印与老队员何国喜、付林和于真他们经常夜不归宿在外面喝酒打牌。"

潘祖胜说:"这事得向蒋弼仁汇报。"他来到蒋弼仁的办公室汇报了此事。蒋弼仁觉得纪律涣散是基干队致命的弱点,也是战斗力减退的主要因素,应该及时进行整顿。他说:"对那几个老队员应该批评,新队员在训练期内如屡教不改的,可以辞退。"

"这个赵印确实很难管理。"潘祖胜说。

蒋弼仁皱了皱眉。

"当时为什么同意他参加基干队?"潘祖胜问。

"当时鲍长海介绍的,我没好意思拒绝,现在看来问题严重。"蒋弼仁说。

潘祖胜轻叹了口气。

"不能因为赵印,对基干队的管理就放松了,基干队一定要严加管理,这是保证努图克工作稳步开展的根本,你先起草一份基干队纪律公布一下。如果再有散漫不遵守纪律的,可以开除。"

"赵印就是仗着跟鲍长海的关系才在基干队里耍横的。"

"赵印父亲是本地的地主,下一步我们还要进行减租减息工作,会涉及他的家庭,有可能他会给基干队带来负面影响,如果那样,就可以名正言顺地清出去。"

送走潘祖胜，蒋弼仁觉得农村工作确实复杂，还需要更加细致地调查了解，不能简单行事。

基干队纪律公布出来后，纪律好转了起来。赵印比以前收敛了很多，晚上不再出去喝酒打牌，偶尔出去向王金海请假，归队也很准时。蒋弼仁的内心这才平静了一些。

这天下午，天气非常舒适，蒋弼仁见陈满银正在打扫院子，说："走，跟我到外面溜达溜达。"

陈满银放下扫帚，来到马棚牵出蒋弼仁的白马，然后问："蒋努图克达，我就不骑马了，跟在你的后面跑吧。"

"那怎么行，你随便选一匹，咱们现在又缺马又缺枪，大家就串换着用吧。"

陈满银从马棚的最边上牵出一匹马来，随蒋弼仁来到归流河边，他们沿着归流河向上游慢慢行走着。蒋弼仁走在前面，陈满银跟在后面，蒋弼仁停下来等陈满银赶上来，问："你想不想给我当警卫员？"

陈满银听到这突然的问话愣住了，他不知道警卫员具体是干什么的，就问："我不会干警卫员，我就想打胡子。"

"打胡子是我们共同的任务，你年龄还小，在我身边跟着我也一样，也许更适合你。"

"我就想拿枪打仗。"陈满银有些失望又期待地说。

"像你这样的年龄，打仗的机会还多着呢，你着啥急，你跑跑腿送个信还是蛮可以的嘛，就这样说定了啊。"陈满银不再吱声，他一心想打胡子的梦想看来还远着呢，既然努图克达说了，他不敢反抗只能顺从。

"来，坐会儿，谈谈你的具体工作：第一，我说过的话不能对任何人说，一定严守秘密；第二，不给你配枪，可以骑马，不参加战斗，必须保证领导的安全；第三，打水、扫地、送信不能耽误，必须保证按时完成任务；第四，发现任何新情况要及时如实向我报告，不能耽误。这四条能记住吗？"

"能记住。"

"好,从明天起就算上任了,回去不要跟任何人说。"

"知道了。"

"来,向我敬个礼,咱们演习一下。"蒋弼仁站了起来站直了身体,陈满银举起左手向蒋弼仁敬了一个军礼。"不太正规,手举得不到位,手指并拢再高一点。"陈满银把手举到眼角处看着蒋弼仁。

"好,就是这样,走,回去。"蒋弼仁说着接过马缰,但他没骑,继续牵着马走着,思考着其他问题。

这时,阳光已经不太强烈了,从西山背面照射过来,把暗淡的山影投射在庄稼地上,金黄色的光线穿过柳树的枝丫。河面就像一条柔软光滑弯弯曲曲的彩带铺展在黑色的土地上,起伏荡漾着伸向远方。

回到努图克,蒋弼仁把刚才跟陈满银谈话的内容大致向潘祖胜讲了讲。潘祖胜说:"陈满银确实是个不错的年轻人,勤奋又机灵,挺适合做警卫员工作。"

"他和赵印一块参加基干队,赵印不但不能吃苦,还有一些坏习惯,不过现在好像比原来强点了。但我就是转不过弯来,他为什么参加基干队,他哥哥赵玉是民团的头子,他咋不去他们那里偏偏到咱们这来?"潘祖胜问。

"开始我也想不通,后来我觉得他父亲是地主,他本人又不是,咱们要辩证地看问题,他父亲不能代表他。他追求革命是好的,我们应该支持他鼓励他走上革命的道路,这种情况历史上也很普遍。我觉得鲍长海看问题还是比较有远见,我也就想通了。"

"鲍长海是本地人,他们互相都很熟悉,也许鲍长海考虑熟人的因素更多一些,这只是我的想法。"

"也不完全不对,很难看清,如果他的表现仍然不好,就要清理出去。"

"我看从民团过来的那几个都很难管。"

"再观察观察,看准一点。"

"好。"

送走潘祖胜,蒋弼仁在院子里观察了一圈,队员们都在自己屋里休息,他这才来到老地方开始练拳,直到全身出汗才回屋休息。

三

陈满金和陈满银不在家,家里的重活全落在了陈石匠一个人的身上,不遇雨天不知房屋漏,这话真对。陈石匠家的房屋因年久失修,没想到一场小雨连续下了三天,原本看着很好的草房还是挺不住了,开始小漏后来就大漏,不知是什么原因,漏的水都是黄红色的。陈石匠看着盆里的红水感到奇怪,这水怎么是这个颜色呢,难道这些草都糟烂了?这些苦房草的确年头长了,在雨水的浸泡下没有干透的地方正在腐烂。陈石匠听着"叮叮咚咚"漏雨的声音觉得闷得慌,他来到刘铁山家,他家院子里栽的烟叶快长到院墙高了。见到这笔直的院墙,陈石匠的内心生出一丝的自豪,这是他亲手为刘铁山家砌的院墙,曾得到过屯里很多人的赞许。陈石匠来到屋里,刘铁山正在搓绑烟的马莲绳子,再过几天烟叶就可以割了。见了陈石匠,他忙放下手里的活。陈石匠说:"你忙你的,我家里漏得没法待了。"

"你那老房子也该换房草了,我去年割的苦房草还剩半车,你拿去吧。"

"那可好,等天晴了就拉过去,算我借你的。"

"什么借不借,先拉去用吧。"

"好吧,那我就不客气了,今年你这烟的收入一定不会错。"

"不错啥啊,就是闹点小收入,不像你啊,常年有活,不愁。"

"哪有那么多活呀,石头活可不是那么好做的,做一副碾子能使几十年,谁能总来做,再说了也都是年底算账,还是烟叶来钱快。"

"满金那儿有信吗?"

"没有,这两个儿子谁都指望不上了。"

"满银不就在身边吗?"

"哼,当什么警卫员了,每天比我还忙。"

"这是好事啊,满银将来会有出息的。"

"家里活儿是一点指望不上。"

"我听说那个蒋弼仁还会武,每天晚上都练一阵,三五人靠不上前。"刘铁山说。

"没听说啊,为了干革命撇家舍业到这么远来,也真是不容易。"

"是啊,他们为了啥,还不是为了受苦的百姓。"

这时,外面的雨停了,陈石匠坐不住了,他忙下地。刘铁山说:"这下雨天忙啥,就在这吃完午饭回吧。"

"不了,等天好了,晾两天我得抓紧修房子,不知哪天还会下呢。"陈石匠说着回到家中,家里还在"叮叮咚咚"地滴着雨。他对老伴说:"我借到苫房草了。"

"哪天天晴了就修吧。"老伴说。

"我也是那么想的。"他忙着把滴满雨水的盆端到外面倒了,把盆摆回原处,结果不小心把另外一个盆碰翻了,水洒了一地。老伴生气地说:"你到一边歇着去吧,我自己倒。"陈石匠只好躲在没漏雨的炕角。

四

第二天早晨,天一放晴,陈石匠和陈满玉赶紧到刘铁山家把苫房草拉回来。为了赶时间,刚到家陈石匠就急着爬到房上去了,房盖确实是老化了,草上面盖满了一层厚厚的细土,一踩上去"咔哧咔哧"发出断折的声音,陈石匠小心翼翼试探性地寻找着漏雨的地方,结果越是小心,脚就越陷在里面。他们从一面开始修补,陈满玉在下面给父亲递草,陈石匠在上面把腐烂的草清除掉,然后把新草续进去压在下面。有的地方腐烂的程度比想象得还要严重,简直无法修补。他尽力使自己焦躁的心情平和下来,一块一块耐心地修补着。快到中午的时候,才修上不几块。这时,离陈满玉的距离已经有些远了,陈满玉递上来的草还在原来的地方,他得来回取草,就在他抱着一捆草往修补的地方返回的时候,脚下"咔嚓"一声,一根椽子突然断了,他的一只脚踩进屋里,他使劲一抬脚摔倒在了房盖上。他的手还抱着草,来不及松手抓任何东西就迅速向后面的斜坡滑去,当他扔掉手里的草时,已经来不及了,他用手指死死地抠住房草上的土,那些没干透的泥土被他的手指划出几条印痕,最后房盖上的一块盆大的泥土被抠了起来,随着他的身体重重地摔在房后沙土地上,那块被他抠下的土落在了他身上碎成几瓣,有的碎块飞到他的脸上,细小的土末进进他的嘴和鼻孔里,霎时间他就昏迷了。陈满玉吓得扔下手里的草绕过房后大喊起来:"爹……爹……你咋的了,快醒醒!"

　　母亲从屋里跑出来说:"快!叫大夫去!"陈满玉疯了似的向李国芳家跑去。听到陈满玉的喊声,左邻右舍都赶过来围观,荞麦花听到喊声也赶过来了,她急忙和一邻居把陈石匠抬进屋里,忙着烧开水,陈石匠这时慢慢苏醒过来,但不能动弹。李国芳问了陈石匠一些话,陈石匠都对答如流,意识清醒。李国芳这才从脚开始一点一点向上摸他的骨头,当摸到小腿的时候,陈石匠疼得忍受不住,龇牙咧嘴地说:"这里疼得厉害。"

　　"可能是骨折,得绑夹板,你们先等一会儿,我去去就来。"李国芳急忙回去了。

　　陈石匠这时才感觉到一条腿有些疼痛,但他没有吭声,他的额头上冒出了密麻麻的黄豆粒大的冷汗,他忍受着钻心的疼痛。李国芳很快回来了,说:"把剪子找来。"

　　满玉赶紧把剪子递给他,他把陈石匠的裤腿"嘎吱嘎吱"几下就剪开了,露出青紫色小腿。他仔细看了看,用手突然一掰,陈石匠"哎哟"大叫一声。

李国芳说:"别动,骨头才回位。"他迅速用一块板托起受伤的腿,然后对旁边的人说:"来,帮一下忙。"荞麦花眼疾手快急忙过来托着板,李国芳把第二块板放好,然后用纱布缠好,动作非常娴熟地包扎完,对陈石匠说:"不能乱动,不能下地,药每天吃两遍,吃完再抓。"陈满玉手里拎着一只公鸡对李国芳说:"大叔,别走了,饭马上就做好了。"

"我还有别的事,今天就不在这吃了,好好照顾你爹啊。"说着走了出去。荞麦花紧跟在李国芳的后面也回去了。

陈满玉在后面对荞麦花说:"姐,你留下吃过饭再回吧。"

"不了,我还有事,以后有事就喊一声啊。"她走了一段路转过身来,向陈满玉招了招手示意她过去。陈满玉急忙跑到荞麦花跟前问:"啥事?"

"告诉不告诉你哥,叫他回来?"

"怎么告诉他?"

"我有办法。"

"告诉吧,先谢谢你了。"

"谢啥,我回去就告诉去。"说着荞麦花快速走出了院门。

五

从陈石匠家出来,荞麦花没有回家,她直接来到郭长河的表弟家,表弟知道表哥郭二愣经常和姚占江手下的人打牌。荞麦花来时,表弟正在园子里薅草,见了荞麦花忙问:"嫂子,这么有闲空到我家来?"

"你跑一趟,把你哥找回来,就说家里有急事。"

"哎呀,这可难,我已经好长时间没和他在一起了,让我到哪去找啊。"

"你不给办是不是?等以后看我咋收拾你的。"

"你看我这手里不有活嘛!"

"撂下手里活,快去。"

"早不来晚不来偏偏这时来。"表弟把手里的草扔到墙边,在房檐下的盆里洗了洗手说:"谁知道他在哪呢?"

"你顺便告诉姚占江手下的人,就说陈满金的爹腿摔伤了,让他回来一趟。"

"他们家的事谁管呐!"

"就是捎句话的事,这咋还叫管,让你说就说,别那么多废话,我先走了啊。"

"嫂子,到时候把你家的酒给我留点啊。"

"行。"

荞麦花头也没回地走了,回到家里,看了看房盖,有几处已经塌陷,马上就要掉下来了。她用锄头捅了捅,一些碎土顺着锄头掉了下来,她又把屋里简单打扫了一遍,这才放心地等郭长河回来。

太阳偏西的时候,郭二愣摇摇晃晃地回来了,一进门就问:"啥事这么急找我?"

"房子快塌了,你看看吧,该修修了。"荞麦花说。

"哪漏了?"

"你看看。"荞麦花指着刚才她看过的地方说。

"大惊小怪的,你看谁家在这时候收拾房子了。"郭二愣说。

"陈满金家就收拾呢,他爹的腿还摔折了。"

"折了好,活该。"

"你咋这么没人性呢,人家惹你了还是招你了?"

"陈满金到底给你什么好处了,你这么关心他家。"

"咱们家啥时修啊?不修再下雨可真就塌了。"荞麦花停了一会儿问。

"这事还有比的吗?谁爱修谁修,关咱屁事。"郭二愣不耐烦地说。

荞麦花不再吱声,她坐在炕里一动不动。

第五章

"下地做饭去,我还没吃呢。"

荞麦花这才下地烧火,毛柴在灶坑里燃烧着,火苗仿佛在燎着她的心口,她想着陈满金,不知陈满金得到没得到消息。

吃过晚饭,荞麦花六神无主地睡了。由于耍牌太累,郭二愣比荞麦花睡得还早,鼾声震得房棚好像都在颤动。

早晨,郭二愣还没吃饭就被人叫走了。荞麦花急忙来到陈满金家,房山处拴着陈满金的花斑马,陈满金一定回来了,荞麦花的心这才放下来。陈满金躺在父亲的身旁正在睡觉,荞麦花想:这些男人咋一回家都爱睡觉呢。陈满玉没在家,她静静地坐在一边端详着陈满金那有些苍白的脸,她想在他的脸上找出他生活的细节。他的脸太像他的父亲了,他躺在那里就像从他父亲身上扒下来似的。陈满金正香甜地睡着,陈石匠见荞麦花坐在一边,本想说些不好听的话,但想到自己摔伤那天荞麦花的帮忙还是忍住了,内心还有些感激。荞麦花见陈石匠睁开眼睛了,忙问:"大叔,腿好些了吗?"

"好点了。"

"让满金回来伺候伺候您吧。"

陈石匠没吱声。荞麦花觉得说得不投机就急忙改口问:"满玉呢?"

"和满银拉草去了,这房子修到半拉,途中草还不够了,真糟心。"

"您就别着急上火了,很快就会修好的。"

"哼,这天气不饶人呐,说不上哪天又下上了。"

"大叔,您好好养病。"荞麦花说着回去了。

六

第二天早晨,陈满银说:"哥,我得先到努图克把活干完了再回来,等我回来再苫房吧。"

"我和满玉先苫着,你忙你的。"陈满金说。

陈满银来到努图克,蒋弼仁早起来了,正在洗漱。他来到办公室在地上掸了掸水,然后扫地擦桌子烧水,等把这些活干完了,来到蒋弼仁的跟前,蒋弼仁刚要阅读文件。

"努图克达,我家房子漏雨了,今天我得回去修修房。"陈满银说。

"噢,需要不需要人手?"蒋弼仁问。

"不用了。"

"听说你哥回来了。"

"嗯……回来了。"

"你告诉他,就说我说的,不要与努图克为敌,改邪归正,前途光明。"

"是。"

离开努图克,陈满银觉得很不好受,他不会撒谎,不能不说哥哥回来了,可是蒋弼仁怎么知道哥哥回来了呢?他会不会派人来抓哥哥?不行,得先告诉哥哥让哥哥赶紧走,他们一旦来了哥哥就有危险了。他加快脚步回到家里,哥哥正在房上修补着漏雨的地方,告诉不告诉哥哥,难道是自己多虑了?最后他还是决定告诉哥哥:"哥,努图克的人知道你回来了,你赶紧走吧。"

"我知道,干完就走。"陈满金头也没抬回答。

"哥,你还是快走吧,他们会来把你抓走的。"

"是你跟他们说的?"

"不知道是谁说的,他们早知道了。"

"我知道。"

"哥,你就别再当胡子了,就在家干活吧。"

陈满金从房上轻松地跳下来,说:"他们咋知道我回来了。"

"不知道是谁通风报的信。"

"好吧,咱爸的腿受伤了,你和妹妹多伺候伺候,有事找我。"陈满金的话虽是这么说,他内心也知道,找他是不容易的。这次要不是王巴拉瓜告诉他,他还真不知道家里发生了这么大的事。王巴拉瓜经常到赵家窑耍牌,和郭二愣认识,有时玩完了就在一起喝酒,彼此就成了好朋友。荞麦花让他表弟找郭二愣时正好遇见了王巴拉瓜,他表弟顺口就把陈满金爹腿折了的消息告诉了王巴拉瓜,让他顺便告诉陈满金一声,这也正是荞麦花的意思。

"哥,吃完饭再走吧。"陈满玉说。

"不吃了,我跟爹说声就走,苫房的活就交给你们俩了。"

"哥,你就别当胡子了,在家铲地吧。"满玉眼泪汪汪地说。

"别说了。"满金低着头拍了拍身上的泥土,回到屋里对父亲说:"爸,我得走了,你不用操心,好好养病。"

"走吧!走吧!"陈石匠悲痛万分地转过脸去。

陈满金毅然走出了家门,他的内心沉重又无奈,无法言说。望着远处平静的归流河水缓慢地流淌着,他的内心却不能平静,脚步踉跄,自己究竟走的是什么路,说不清。他不敢回头再看家一眼,迅速翻身上马,骑在温热的马背上,他的内心稍觉安稳了一点。妹妹说父亲摔了后,荞麦花忙前忙后帮了不少忙,应该感谢她才对。可是,这大白天的,他不敢贸然走进荞麦花家,他停在她家门口望了望打马跑去。

下午,蒋弼仁和潘祖胜他们俩到供销社买了一斤茶叶和二斤果子来看望陈石匠。陈满银在房上忙着苫房,见了蒋弼仁和潘祖胜忙打招呼。蒋弼仁说:"你忙你的,我们待会儿就走。"

陈满银也就没从房上下来,他和满玉继续干活。蒋弼仁和潘祖胜来到屋里,陈石匠想坐起来,但被蒋弼仁制止了。陈石匠说:"你看我的腿怎就这么不争气呢。"

"您别着急,伤筋动骨一百天呐,您就耐心养病,家里的活计不还有满银和她妹妹嘛,您有什么困难就跟我们说,我们会帮助您的。"蒋弼仁说。

"那些石头都堆在那里,都是我的活儿,可现在又不能干,我五个孩子没有一个学我手艺的。"

"等你好了还能做,眼下把伤养好,有困难就让满银告诉我们啊!我们回去了。"

"你们再坐会儿吧。"

"不了,改天再来。"

"哎,给你们也添麻烦了。"

"不麻烦。"说着,蒋弼仁和潘祖胜告辞出来跟满银打过招呼走出大门。

"怎么没看见陈满金的影子?"蒋弼仁问。

"是不是躲起来了?"潘祖胜说。

"不会,一定是走了,不然满银不会那么镇定。"

七

陈满金来到上次喝醉酒被胡子绑走的地点,两个空酒瓶还趴在那里,感伤和苦涩油然而生。他踢了一脚酒瓶,酒瓶飞出挺远碰在草丛里的石头上,"砰"的一声碎裂了,他飞身上马直奔白锁柱家。花斑马好像知道他要干什么,兴奋起来,四腿像四根晃动的柱子又快又稳,有节奏地弹拨着地面。

中午时分,来到了白锁柱家。白锁柱见了他仍然很高兴,他老伴立刻端上奶豆腐、炒米,沏上奶茶。陈满金这时真的饿了,吃着老额吉为他拌好的乌日莫,觉得这是世界上最好吃的食品了,长这么大这是他吃过的最香的一顿。以前听父亲说过,蒙古族的奶食品如何好吃,但没有机会吃,现在真的吃上了。刚吃完,老额吉又端来了新煮的羊肉,白锁柱拿出了一瓶老烧酒。看到那酒瓶,陈满金想起了自己在山坡上把白锁柱给父亲的酒喝了的场景,内疚感再一次涌上心头,他不敢再那样喝酒了,内心仿佛被烧出了一道深深的疤痕。现在,白锁柱一颗火热的心,他又不好拒绝,再说自己还是在中午饭时来的,不喝又觉得难为情。这时,白锁柱早给摆在自己面前的银盅里倒满了酒,说:"你现在是我尊贵的客人了,今天来得正好,我也想喝点酒,咱们先干了这盅酒。"他先干了,看着陈满金,陈满金只能干了,脸立刻涨红起来。老额吉还在外屋切着羊肝和羊肚等食物,不大一会儿就端上来了。

陈满金感觉吃不进啥东西了,但他还是夹起一块羊肉吃起来,这也是他吃到的煮得最好的羊肉。顿时,他感到出汗前那种热,白锁柱看出他的热。

"把衣服脱了,我也热了。"说着他带头脱了衣服。陈满金这才脱了外衣,他决定就像姚占江到赵凤林家那样喝一顿:"叔,我敬你一盅。"他端起酒盅接着说:"这盅酒还代表我爹,来。"白锁柱毫不迟疑非常爽快地喝了。

"您丢的马我有责任,可是您原谅了我,我感激不尽,我心里还是觉得对不住您,以后我一定会赔偿的。"他发自内心的自责。

"孩子,跟你没关系,你就不要总责备自己了,我丢那几匹马对我来说不算啥。你知道吗?今天你来我非常高兴,蒙古族有句谚语叫'好马不论跑出多远,总能找到家的'。那马不用你赔,你就放心吧。"

陈满金没有立刻理解白锁柱话的意思,疑惑地问:"那些马不能回家了,叫姚占江他们使唤了,您就别等了,就算我欠您的。"

"哈哈哈……"白锁柱大笑起来说,"我没指望那些马回来,我是说你来了我就高兴,叫萨如拉给咱们倒酒。"

萨如拉是白锁柱的闺女,微笑着走进来。她中等个,圆脸白白的,眼睛不大,却是双眼皮,陈满金只是听说但从来没见过她。她来到桌边先给父亲的盅里斟满了酒,再给陈满金的盅斟满,然后用蒙古语唱起民歌来。陈满金只是感到她的嗓音纯美,歌声好听,却听不懂歌词。白锁柱说:"这是在科尔沁草原上流传了上百年的民歌,叫《努恩吉雅》,你边喝边听,然后我给你讲讲我和姚占江的故事。"陈满金听到这有些哀愁的曲调仿佛一下醉了,他举盅一饮而尽。

"有一回,姚占江骑马路过附近草原的时候,看到了我闺女萨如拉在山坡上放羊,他想把我闺女抢走。我正在院子里干活,听见我闺女撕心裂肺的喊叫声,我骑上马拎着洋炮跑去,那时的他武器还没我的好呢,我举着枪瞄着他的脑袋,他只好放了我闺女。可是他没死心,秋天,他带着一个人,天刚摸黑的时候藏进了我家的草垛里。我不知道啊,可是我早有准备,我有个朋友叫孙达赖,他的弟弟在乌兰毛都蓝斑马队里当副队长,那天正好在我家住。早晨,我闺女刚赶着羊出去,就听见我家的狗不是好声地叫。我出去一看,姚占江和他手下的人把我闺女捆住了,嘴也堵上了,正往马上抬呢,我跑进屋里拿出洋炮朝天上开了一枪。姚占江和那个人没管我,继续搵着我闺女,我闺女挣扎着蹬着腿。我又放了一枪,他们还是没放开我闺女,这时孙达赖的弟弟出来了,抢过我的枪,一枪把姚占江手下的人打倒了,姚占江这才扔下我闺女跑走了。可是他还不死心,不久领着十来个人到我家门前对我威胁道:'你闺女不嫁给我,你就得给我二十匹马,不然没完。'谁能想到他到现在还没死心,这次终于叫他得手了。可我给他记着这笔账呢,这笔账早晚得算。来,喝。"他喝了一小口接着说:"今天你来了,我高兴,你是好人。"

"叔,我也不是好人了。"陈满金哭着说。

"你是好人。"

"我当了胡子了,"陈满金说,"大叔,咱们今天不要再喝了,我喝得实在多了。"

"你当胡子的事我知道,我觉得你就是当了胡子也跟他们不一样。不过现在形势挺紧,听说南方和内蒙古西部区土地运动搞得很火热,一开始,我们这里的蒙古人主张内蒙古东部独立。还听说内蒙古的东西部成立了自治运动联合会,这样的话,形势慢慢会稳定的,牧民的日子也会稳定了。你听大叔的话,哪别去了,就在我这里吃住干活多好。"

"大叔,我不能在你这里,会给你带来更多麻烦。以后,我会来的,今天就喝这些吧。"陈满金下地做好走的准备。

"孩子,你啥时想来都行,我双手欢迎。"

"大叔,天不早了,你也该歇着了,我该回去了。"陈满金摇摇晃晃地走出了白锁柱家,骑上花斑马说:"大叔,你这马……"

"你就骑着吧!"白锁柱爽快地说。

花斑马有些不愿离开这个院子,但在陈满金的示意下"咴咴"叫了几声,无奈地缓慢行走起来。

八

陈满金从白锁柱家出来没有回轿顶山的窝点,他骑着花斑马慢悠悠地往回走着。夕阳西下,道路铺上一层金辉,田里的苞米端着一支支红缨枪笔直地站立在那里,显得阴森、威严。陈满金想起了自家那三亩地里的苞米,现在也许也都这么高了。母亲说过,红缨出来十八天,苞米就长粒了。今年不知长得咋样。再过些天,母亲就会到地里掰苞米烀了,家里就能接上新粮食吃。大姐没出嫁时,跟着母亲到地里掰苞米,约莫全家人能够吃了,背回来扒完烀上。现在大姐嫁到了王爷庙,回来的时间少,没时间帮母亲干活了。

天完全黑下来,陈满金来到屯子边,街道上没有人在行走,这是各家吃晚饭的时候。他绕个小弯穿过屯子前面的树林,直接来到了荞麦花的门前,他没有担心郭二愣在不在家就径直走了进去。荞麦花正在吃饭,吓了一跳,转过身来见是陈满金,脸色由白变红,扔下饭碗,跳到地上双手搂住陈满金的脖颈,双腿离地吊在陈满金粗硬的脖颈上。陈满金忙抱住她抡起来,双腿碰到了炕沿这才放下她,荞麦花忙问:"吃饭了吗?"

"我什么也不想吃了,就想喝水,"陈满金的酒劲还没消散,"我先躺一会儿,实在太累了。"荞麦花跑到被垛前找枕头,陈满金说:"把你的给我。"

"这就是我的。"荞麦花说。

陈满金这才安心地枕在枕头上,不一会儿,鼾声如雷。荞麦花把桌子收拾下去,烧了半锅开水,只等陈满金醒来洗脚。

直到深夜,陈满金才醒,他睁开眼睛还以为在窝点呢,再仔细一看荞麦花坐在自己的身边,这才知道自己是在荞麦花家。

荞麦花说:"水都凉了,我再去热热。"

"不用了,我自己来。"陈满金下地先来到水缸前,舀了一瓢凉水"咕咚咕咚"喝了一瓢,这才好像恢复了正常。荞麦花端来一盆稍微热些的水放在炕沿下:"洗吧。"

陈满金这才脱掉鞋,一股刺鼻的臭味顿时弥漫了整个屋子。荞麦花上炕把被子抱下来堆在脚底,自己仰倒在被子上等陈满金。陈满金洗过脚,把脚晾干这才爬进炕里躺在荞麦花的身边,把手伸到荞麦花的头下扳过她的脸亲吻着。荞麦花的胸脯上下起伏着,呼吸急促起来,他们俩紧紧地搂在一起半天没动一下。

月亮很快爬过了房顶,斜射进来的月光像灰白色的面粉洒在半面炕上,又仿佛一半是水一半是岸,他们俩就好像在水边的岸上。蛐蛐在窗外的不远处使劲地叫着,节奏是那样的紧凑,就好像一位演奏家在为他们俩独奏着生命狂想曲。他们俩互相对看着,荞麦花说:"带我走吧,这样的日子,我过够了。"

"现在我这个样子怎么养活你?"

"咱们搬到远远的地方去过安稳的日子。"

"我是入伙的人,他们不会放我的。"

"带我远走高飞,走得越远越好。"

"现在世道很乱,等我有了钱就带你走。"

"那得等到啥时候呀?"

"不会太远了,地主赵凤林都想靠我们了,等我们打下了天下,那时我就会有钱,我就用马车来接你。"

听了这话,荞麦花仿佛沉浸在了那幸福的时刻。

这时,灰色暗白的光已经爬进了窗格,这是东方照射过来的鱼肚白,与月色的银白不一样。陈满金说:"天快亮了,我该回去了。"

"一个人赶路小心些,走在路中间。"

"放心吧。"

"我等你。"

陈满金很快穿戴好衣裤,出门后一路奔轿顶山而去。

第六章

一

经过一段时间的侦察,孙达赖弟弟终于发现了姚占江一伙人的踪迹。这天下午,孙达赖弟弟带着十多个队员守在古迹轿顶山通往树木沟的山口。

太阳偏西的时候,姚占江带着十几个人出山了。他还想碰碰运气,刚走到山口,发现山坡的柞树丛里有人晃动,他警觉地对手下人喊道:"都精神点,别马大哈!"话音刚落,从柞树棵子里传来一声枪响,蓝斑马队的人向姚占江开了一枪。他急忙趴在马背上向前跑去,他手下的人也跟着跑去。刚跑到山口,又遇到蓝斑马队的人,他知道蓝斑马队厉害,他们的枪法十分精准。他知道不能正面抵抗,也不能不抵抗,他直起腰向蓝斑马队的人打了一枪,同时大喊道:"打!狠狠地打!"胡子们这才缓过神来,向山坡上柞树丛里蓝斑马队的人射击,那些翠绿色的柞叶被零星的子弹打得七零八碎,像被蚕群扫荡了一般。陈满金举一支射程不到三丈远的老旧砂枪,向对面山上晃动的柞树丛里放了一砂枪,只听"砰"的一声冒出一股白烟,砂粒打在对面的柞树叶上就像扬了一把沙子根本没有杀伤力。他急忙蹲下身再往枪筒里装火药,然后再从砂袋里掏出砂粒装进枪筒,再用铁条捅了一下,这才又端起砂枪向远处放一枪。这种枪根本不用瞄准,

第六章

只要大概方向对就行,射出去的砂粒呈扇形飞出。陈满金放了两枪后蹲在柞树棵子底下继续装弹药。蓝斑马队的人把枪担在柞树枝上,活动起来非常自由。姚占江和手下的人只能快速钻进对面山坡的柞树丛里。陈满金把身体紧紧贴在马上,花斑马像一条游龙快速穿过柞树丛,遇到矮树丛,它会腾空而过,把姚占江远远甩在后面。蓝斑马队的人不慌不忙,一枪一枪瞄准了再打,就像打狍子和黄羊,只要姚占江的人一露头就会听到枪声。姚占江蹲在柞树丛里不敢露头,只能等到天黑才能冲出去。蓝斑马队的人已经知道姚占江的人被困在了山口,正在等待机会冲出去。他们都是猎人出身,比姚占江更有耐心,他们也不露面,知道姚占江是个心狠手辣的胡子。姚占江看看自己的人已经死了三四个,还剩不到十人,根本无法对抗只能保全自己。他慢慢清醒过来,要想黑天冲出去,就必须以攻为守,不能让蓝斑马队靠得太近,否则他们围上来就会全军覆没。他对手下人喊道:"沉住气,不要乱打,看清再打。"蓝斑马队最先与姚占江接火的那些人在孙达赖弟弟的指挥下果然慢慢从后面围过来了,前面的还堵截在那里,形成了夹攻之势。现在,逃出的路线只能是向山顶上走,翻过山顶就安全了,但越往山顶处,柞树越稀少,就越容易暴露。只要一暴露就会挨打,硬拼硬闯伤亡更大。姚占江做着最后抉择,只有队形排成一条线,向山顶跑才能逃脱夹击。陈满金还没等放第三枪,就听姚占江压低声音喊道:"王巴拉瓜,你在前面带队,我在后面压阵,一个跟一个不准拉横排,向山顶撤!"王巴拉瓜骑着马向山顶跑去,姚占江指挥手下一个跟一个在柞树丛里七拐八拐地向山顶撤。山越来越陡,陈满金只能牵着马跟在同伙们的身后撤。等他们撤到山顶上的时候,蓝斑马队发现了姚占江的人,他们快速向山口跑去,想在山的那面截住姚占江。姚占江他们没有顺着山坡下去,而是沿着山脊向蓝斑马队相反的方向跑去。

天慢慢黑下来了,他们钻进另一条山沟,可是就在他们要走出山口的时候,努图克基干队听到消息说,胡子跟乌兰毛都的蓝斑马队打起来了,蒋弼仁立刻命令基干队出发,在离山口不远的地方堵到了姚占江他们。

姚占江见到基干队大骂道:"老天灭我,给我冲出去!"他趴在马背上带头向山口冲去。

天已经黑下来了,再加上山的影子,这些胡子像一只只惊恐的马蜂向山下冲去,他们没有时间打枪,只凭着马的速度逃出了基干队的射击,基干队这最后的堵截在姚占江的心里留下了一道深深的刀疤。

二

白锁柱听说蓝斑马队打击了姚占江一伙胡子,非常感激孙达赖,赶着勒勒车拉上五只羊特意来到家住乌兰毛都的孙达赖家。孙达赖拉着白锁柱的手说:"你这是干啥,咱哥俩还用这个吗?"

"就是一点心意,慰劳蓝斑马队兄弟们。"白锁柱说着把勒勒车牵到院里。孙达赖接过牛绳拴到木桩上,然后把白锁柱让进屋里,按惯例放上小桌,端出奶茶和炒米、奶豆腐、乌日莫等食品。白锁柱在家已经吃过了,一路干渴,他只是专心地喝着奶茶,并没吃这些奶食品。孙达赖吩咐老伴把现成的羊肉煮上,又吩咐外面一个干活人把他弟弟请来,都安排好了这才坐下来,喝了几口奶茶问:"最近听到什么消息没有?"

"好长时间没去王爷庙了,听察尔森的哈达大哥说,1月,在葛根庙成立的东蒙古自治政府已经被撤下了,现在成立了自治运动联合会,内蒙古的政权统一由自治运动联合会领导。国民党正在东北扩大地盘,已经接近王爷庙的西南部地区了,西满军区进驻了王爷庙。"

"东蒙独立的希望已经没有了,权力集中在了自治运动联合会,东蒙的民族先进人士逐步在被感化。我见过哈丰阿和博彦满都,他们都不再主张东蒙独立了,只有一些少数蒙古人还在主张独立,蒙古族向何处去,还没有完全找到方向。"孙达赖说。

"土地改革的经验是从南边和内蒙古的西部苏尼特右旗学过来的,把地主的土地分给了穷人,穷人年年可以种。我担心咱们的牛羊分给穷苦牧民，他们拿去怎么办？杀吃了就没了，不会再长，这个做法我想不明白。"白锁柱说着猛喝了几口奶茶。

正说着，孙达赖的弟弟走进屋来，孙达赖说："这是你白大哥，特意拉来羊慰问你们蓝斑马队，今天好好招待一下白大哥。"

"我们认识，我还在他家住过打过姚占江呢。"他说。

"你弟弟是我们家的恩人呢，救过我闺女的命呀。"白锁柱急忙下地抓起孙达赖弟弟的手让他上炕里坐。

"这帮胡子也太狂妄了，不消灭他们咱们这草原就不得安宁。"孙达赖弟弟边脱鞋边说。

"要不是你们打击了那些胡子，我是真没办法，你们不但保护了整个乌兰毛都草原，还保护了我们的财产。"白锁柱感激地说。

孙达赖的老伴把羊肉端了上来，孙达赖把奶食品撤了倒上酒，说："酒都倒上了，咱们喝吧。"

喝了几盅后，孙达赖的弟弟说："姚占江不愧是有名的胡子，够狡猾的，我们两面夹击还是让他跑了，不过这次他也伤了元气，一时半会儿缓不过来。"

"啥时把这帮胡子彻底消灭了，咱们这块地方就消停了。"白锁柱说。

王爷庙四周的胡子现在比牛毛还多了，也不知道是什么原因形成的，真是个问题。他们三个人谁也没向谁敬酒，就那么和和气气地边唠嗑边喝酒，直到太阳偏西。孙达赖让白锁柱住一宿再走，白锁柱说："家里还有很多活儿呢，你们啥时候去溜达溜达啊！"

"有时间就过去。"孙达赖说。

白锁住牵着牛走出大门，然后躺在勒勒车上任老牛慢悠悠地向家的方向走去。

三

一个多月来，蒋弼仁总感觉到胃隐隐作痛，他默默地忍耐着，吃过饭后疼痛就更加明显。陈满银见蒋弼仁半卧在行李上脸色苍白地问:"努图克达,你怎么了?"

"没什么,就是胃有点不舒服,过一会儿就好了。"

"我去把李大夫找来看看吧。"

"不用,你给我倒点热水,喝点热水就好了。"

陈满银端来一杯热水,蒋弼仁喝了几口,停了一会儿,把剩下的全喝了,感觉稍稍好了些。他坐起来,陈满银又给他倒了一杯热水。

"你通知潘指导员一声,让他明天到王爷庙参加办事处召开的会议,我就不去了。"

"好。"陈满银出去了。

可是胃疼还是不止,他用拳头垫住胃的部位以减轻疼痛。

陈满银回来见蒋弼仁还是那样难受,说:"我告诉了潘指导员,他明早起就去。"

"好。"

陈满银从蒋弼仁办公室出来,飞快地向李国芳家跑去。李国芳正在看着药书,见陈满银慌慌张张地进来问:"你爹的腿咋样了?"

"不是,是蒋努图克达肚子痛,你快去看看。"

李国芳放下药书,背起药箱跟陈满银一路小跑来到努图克。蒋弼仁还在半躺着,见陈满银把李国芳请来了,忙坐起来。李国芳问:"哪儿不舒服?"

"就是这。"蒋弼仁用手拍了拍胃的部位。

李国芳号了号脉,又让蒋弼仁伸出舌头看了看,问:"最近吃饭咋样?"

"还行啊,很好。"

"主要是水土不服再加上饮食不佳导致的胃病,我给你开点养胃的药,每天煎服,十天半月就见效了。"李国芳拿出纸和笔写了十几味药名:"明天到王爷庙抓就行。"他看了一眼陈满银说:"你先到我家取一把艾蒿,我先给蒋努图克达灸灸。"陈满银快速跑去。见陈满银出去了,李国芳

第六章

说:"你的胃肠主要是因为伙食不好引起的,以后要少吃些高粱米和苞米碴子,多吃点小米,小米养人。"他又在蒋弼仁后背的部位进行了推拿。陈满银气喘吁吁地跑回来,拿着一把艾蒿叶搓成的绳和一个木制的工具递给李国芳。李国芳让蒋弼仁把衣服撩起来,蒋弼仁撩起衣服露出白净干瘦的前胸。李国芳一边把灸具放在蒋弼仁的胃部中脘的部位,一边说:"缺乏营养,以后多吃些肉和鸡蛋补补身体,不过你的肌肉还是挺发达的。"

"我有习武的基础,所以体质还行。"

"中国武术那可博大精深,它和中医堪称中国之瑰宝。我小时就崇拜武术,苦于没有人教,结果学了中医。"

"中医和武术都讲一个气血贯通,中国的养生之道离不开这两样,提高国人素质也离不开老祖宗留下的这些东西。咱们这山上能有多少种中药材?"蒋弼仁问。

"据我所知咋也有上百种,不过多数都不认识。"

"把这些天然药材好好利用上服务于人民,造福于人民,你就是功臣呐。"

"啥功臣,现在老百姓连饭都吃不上,有了病也不治,硬挺着。"

"怎么提高他们的思想意识,就得多想办法,你看一次病收多少钱?"

"哎,没多少钱,有的就是给也不能要,做医生的以救死扶伤为根本,凭良心为老百姓看病。"

蒋弼仁觉得李国芳说的如果是心里话,他已经差不多达到了共产党员的标准。他想问问李国芳想不想加入共产党的组织,但止住了,不能毛躁,还需要进一步了解了解,慎重行事。一个时期以来,发展新党员,壮大党组织的想法一直在他的脑际里转悠,但由于接触老百姓的机会不是太多,发现这方面的人就不多,应该多与李国芳这样的人接触接触,才能发现更多像他这样的人。

一根艾条燃烧得只剩一寸多长了,李国芳取下艾条,问:"感觉怎样？"

"比刚才舒服一些。"

"那我先回去了，改日再来。"

"我不送了。"

李国芳走出蒋弼仁的办公室。

"满银，你也早点回去休息吧。"

"明天我跟潘指导员一块去王爷庙给你抓药吧。"陈满银说。

"已经好转了，等两天再说，你休息吧。"

陈满银走后，蒋弼仁坐了一会儿，打开笔记本写道：

雅娟：

最近，我有些忙了，但对土地改革怎么搞仍然感觉一片茫然。不能完全借鉴外地经验又不能不借鉴，只能走一步看一步，一步一步摸索着干。

父母都好吧？两个孩子都好吧？二妮已经会爬了吧？母亲的身体不太好，晚上睡不着觉，主要是想念我的关系，你多劝劝她，不要惦念我，我们这里的土地改革现在是调查了解阶段，任务很重，暂时回不去。等工作结束了，我一定回去看她老人家，请她放心。母亲一天一天老了，不抗磕打了，也需要你照顾。你要保重身体，家里主要靠你了，你的身体健康我就放心了。这里的苞米碴子和高粱米吃不惯，我的胃最近有些不舒服，这是在部队时走南闯北落下的老毛病，不过推拿和艾灸后再加上吃中药很快就会好的，莫惦念！今天就写这些。

祝全家安康！

六月二十四日

蒋弼仁写完信，闭上双目坐了一会儿。

四

早晨，蒋弼仁见到鲍长海，问："翻身大学情况怎么样？有报名的人吗?"

"我已经布置下去了,宣传也做了,参加的人不多,多数人吃完饭都待在家里不敢出屋。"

"啥原因?"

"好像有人在做反面宣传,什么'黑灯瞎火地出来,不是被胡子打死就是被抓走'。"

"提高百姓的文化是推动土地改革最好的动力,不然我们的工作就很难推动啊。"

"道理是这个道理,可是老百姓还是按自己的想法活,有的人是跟着别人做才做,自己不动脑筋总爱跟在别人的后面跑。"

"抓点紧吧。"

鲍长海没回答,他回到自己的办公室,低沉的情绪像雾慢慢升腾起来:蒋弼仁他们就是工作队,工作完就撤了,也就是临时的或者是一段时间的工作,他们走以后怎么办?现在努图克的权力由蒋弼仁掌握着,过去都是由他说了算,现在自己干的都是零零碎碎的工作,这也是上级部门对自己的不信任。不能完全听他的,自己是土生土长的坐地户,对当地情况了解得比他们多,他们知道啥,了解农民吗?干吗非得听他们的?既然上级这么不信任自己,那就让他干好了,将来看结果咋样。他想不通,在办公室坐了一会儿就回去了。

下午,潘祖胜从王爷庙开会回来,急忙来到蒋弼仁的办公室说:"上午会议的内容主要是:尽快加强基干队建设和社会稳定工作,确保土地改革的顺利进行。哈拉黑努图克达在会上发言,汇报了他们的工作情况。宋振鼎书记讲话说,'当前形势是向着好的方面发展的,但各种谣言四起,老百姓人心惶惶,地主富农蠢蠢欲动,内蒙古形势整体是好的,东西蒙在承德召开会议,内蒙古民族自治运动联合会成立了,东西蒙工作将由联合会领导,但王爷庙地区仍有一小部分人想独立,一定不要听信谣言,坚信中国共产党的领导,坚信群众的力量,把当前的工作做好'。"

"最后由张策作总结讲话。他说,'各努图克工作不统一,有的地方土改已经开展起来了,有的地方还没有动静,没动静的地方要抓紧赶上去,土改只有前进,没有后退'。"

"按照上级的部署精神,我们的摸底工作已经进行差不多了,下一步就是落实的问题,现在的情况是,土改工作先从贾家街地主贾振山开始,还是从赵凤林开始,明天一早咱们研究一下定下来,不能落在其他努图克的后面。"蒋弼仁插话说。

"张策还要求各地要及时总结经验,为上级部门多提供可借鉴的先进经验和典型。"潘祖胜继续说。

"我们的压力很大,阻力也很大。"蒋弼仁说。

"我也觉得压力不小。"潘祖胜说。

五

第二天早晨,贺青兰派人到鲍长海家说:"鲍努图克达,贺青兰让我来请你到她家去一趟,请你无论如何也得来帮圆个场。"

鲍长海想了一会儿,努图克现在也不是很忙,贺青兰找他可能是打牌,就对来人说:"我一会儿就到,你先回吧。"鲍长海带了一些钱,把上好的烟叶装好就去了。来到贺青兰家,屋里坐着三个人,有一位不认识的人可能就是她舅舅,其中一位是伪警署署长包玉春,他早就熟悉,只是交往不多,都各自干着各自的工作互不干扰,彼此也没什么矛盾,萍水相逢,大家寒暄了一阵便开始玩牌。

早晨,蒋弼仁和潘祖胜在努图克等了一阵,没见鲍长海来就派陈满银到鲍长海家看看。陈满银来到鲍长海家,见鲍长海不在家便问:"大娘,鲍努图克达到哪去了?"

他老伴回答:"刚走,不知干啥去了?"

"将努图克达找他开会。"

"等他回来我告诉他啊。"他老伴回答说。

陈满银赶紧回来向蒋弼仁汇报:"鲍努图克达不在家,他老伴说不知道上哪去了。"

蒋弼仁看了一眼潘祖胜,潘祖胜的脸上表现出无可奈何的神情。"那就明天开吧。"蒋弼仁说。

"行。"

潘祖胜走后,蒋弼仁想,鲍长海不来理应告诉一声才对,怎么说不来就不来了呢。他想不通,他刚来时,宋振鼎握着他的手语重心长地告诫他,下去后一定搞好团结,特别是与鲍长海搞好团结,他是本地干部又是民主人士,对本地情况熟悉,多向他征求意见。他来了后,对鲍长海一向很尊重,不知什么原因他却与自己有些疏远。这只能在以后的具体工作中慢慢化解。当前的主要问题不是他与鲍长海的关系问题而是尽快推进土地改革的进程。

鲍长海不知道努图克在等他开会,他出来时没告诉老伴是贺青兰找他玩牌,他只说串个门,也没说去哪,反正是在屯子里,老伴也就没细问。鲍长海始终觉得蒋弼仁和潘祖胜不会待长久,土地改革搞完就得离开努图克,这里还得他说了算,要让蒋弼仁他们知道,将来这里的努图克达还是他的。在贺青兰家玩了大半天,回到家,老伴告诉他:"你刚走,陈满银就来找你。"

"没什么大事,都是一些鸡毛蒜皮的事。"鲍长海对老伴又像对自己说。

第二天,他懒懒地去了,蒋弼仁立刻叫陈满银把潘祖胜找来了,鲍长海和潘祖胜来到蒋弼仁的办公室。蒋弼仁说:"根据上级的指示精神,第一步要发动群众,充分调动群众的积极性,现在群众还不了解党的政策,只要群众了解了党的政策,我们工作才能好做。现在各努图克都在按照南方和比邻地区的经验推进土地改革的工作,我们也不能落后,近期我们也要有一个新的举动。我个人的意见是,先从贾家街开始,这个屯子我进行了深入的了解,屯子小人口不算多,贫困程度很大,苦大深仇的人数比较多,群众基础不错,工作开展起来难度应该不大,这是我个人的想法。咱们都谈谈自己的想法。"

"贾振山这个人与赵凤林比,财产是没有赵凤林多,势力也没有赵凤林大。据我所知,他没有赵凤林那样狠毒和狡猾,百姓为难的时候,有个过不去的坎了,他也没袖手旁观,能帮则帮,百姓对他没那么大的仇恨。老百姓贫穷主要原因还是因为没有土地的关系。"鲍长海说。

"鲍努图克达说得也有道理,贾家街屯子小、人口少,群众好发动,对我们把握局势有利。"潘祖胜说。

"如果这样的话,还是可以考虑从贾家街开始。"鲍长海说。

"一定要稳妥,基干队员全力配合,按照咱们事先拟定好的计划行事,这项工作由潘指导员亲自抓,不得疏漏。潘指导员还有啥意见?"

"没有。"潘祖胜回答道。

"好,一定保密不能走漏风声,大体时间就在这几天,具体时间再通知,回去咱再细考虑考虑。"

鲍长海回到办公室想,蒋弼仁根本没向他通报上级的精神,他根本不知道上级精神是什么精神,他也没想到动作这么快,脚步迈得这么大。现在老百姓什么也不知道,只想靠翻身大学就能改变他们的思想,那不是闹着玩呢吗?老百姓认的是实在的东西,你让他挣多少钱、分多少粮食,他才会拥护你,否则他是不会愿意跟你走的。

中午,他闷闷不乐地回到家,老伴问:"有啥重要事?"

"没啥,还是那些事。"鲍长海一句话都不想多说,他搪塞了一下老伴,闭目躺在炕上。

第七章

一

早晨,蒋弼仁和基干队员来到贾振山家的时候,他正躺在炕上抽着大烟,旁边还有一个女佣在伺候。潘祖胜喊道:"贾振山,起来!跟我们走。"

"你们是什么人?"他仍然躺着问。

"努图克的,我们来是押送你到会场斗争你的。"潘祖胜大声说。

陈满银和一名基干队员上前把贾振山拽了起来,他家女人吓得哭着跑到外面乱叫。

贾振山脸色苍白地被夹在陈满银和一名基干队员中间,脚步拖地迈不开步伐。

会场设在屯子中间的一片宽阔的空地上,蒋弼仁事先已经通知了屯里农会的干部,农会干部早把村民们召集起来,这时空地上已经站满了村民。一部分基干队员站在四周维护着秩序,一些村民举着彩纸做的小旗,那些粗糙的纸张在微风中"哗啦哗啦"摆动着,把会场的气氛搅动得蓬蓬勃勃。蒋弼仁、鲍长海和潘祖胜,还有农会干部坐在前面等待把贾振山押解过来。当贾振山被带进会场的时候,有人举起拳头带头高声喊起来:"打倒地主贾振山!把土地改革进行到底!共产党万岁!"人们跟着喊起来。贾振山被押到前面,身体被转了过来,头被基干队员按了下去。鲍长海主持会议,他大声喊道:"乡亲们,批斗地主贾振山大会现在开始,请蒋弩图克达讲话,大家鼓掌欢迎。"前面人群里响起一片掌声。

"父老乡亲们,今天是我们受苦的百姓翻身的日子,从今天起我们不再受地主贾振山的剥削和压迫了,我们有自己的土地了,靠我们勤劳的双手种地,日子会一天比一天好起来。下面公布各家各户所分的土地和生产工具。"蒋弼仁讲完话,老百姓鼓起掌来。

"下面请潘指导员宣读各家分到的土地数。"鲍长海喊道。

潘祖胜按照登记好的名单一家一户地念着,贾振山仍然低着头,脸上的汗珠在往下滴答,他的双腿颤抖起来,不大一会儿,他双腿一软倒在了地上,基干队员急忙扶起他。潘祖胜宣读完以后是贫雇农的诉苦发言,会场从后向前慢慢蠕动起来,有小声说话的,也有抽烟的。最后一项内容是游街,但贾振山已经支持不住了,只好取消。大会结束以后,是丈量土地和分地的具体的活计,由农会干部和贫雇农代表执行。会议结束,老百姓高高兴兴地回到家里,基干队员忙着清理会场,贾振山的家人和亲属把贾振山抬了回去。

天刚黑,赵凤林拎着二斤苹果和二斤茶叶来到贾振山家。贾振山闭眼躺在炕上,见了赵凤林忙坐起来说:"大哥,劳您看我,里边坐。"

"老弟吃了蒋弼仁这么大的亏,我能不来吗?"赵凤林边说边脱鞋来到炕里。

"大哥,你说我们这一辈子积攒的加上祖上留下的土地,一夜之间就叫他妈的穷人们给分了,你说我这心里能好受吗?"贾振山说。

"你的地,他们全给分了?"赵凤林问。

"全分了。"

"这地没了,咱们跟那些穷人有啥区别了,看来这世道真要变了,下一个也许就是我了。"赵凤林喝了一口茶水,接着说:"蒋弼仁这个人不好琢磨,不过咱们也不能怕他们,大不了跟他们拼了,你说呢?"

"我看共产党这一套也长不了,国民党一进来他们很快就会完蛋的。"贾振山说。

"现在看来,国民党进入东北慢了一步,让共产党先行了,不过国民党一到,共产党肯定垮台。你现在也别上火,等那一天到了,又是咱们的天下。"赵凤林说。

"听你这么一说,我心里好受点,只能等着有那么一天了。"贾振山说。

"这一天不会太长,有好的消息我尽快告诉你。"赵凤林说。

"大哥,那真得感谢了。"贾振山说。

"咱们是一根马尾巴上的蚂蚱,已经拴在了一起,逃是逃不脱了,好,你早点歇着吧。"赵凤林说着下了地。贾振山一瘸一拐地把他送到门外,见赵凤林的儿子在外面等他,再一次打过招呼后转回屋里。

二

初战告捷,蒋弼仁心里得到了一种安慰,这样的斗争他从来还没搞过,总算没有出现大的错误和漏洞,受苦百姓都分到了自己的土地,有了生活的保障,日子慢慢就会好起来。土地改革就是解决农民平等的问题,少数人掌握着多数的土地,造成了多数人没粮吃的困境,这种不合理的现象终于得到了解决。自古以来,为什么会出现不公平?将来怎样呢?还会出现不公平吗?他想不清楚,不过,现在他亲自参与了这场斗争,他的内心是激动的,他想把这种喜悦的心情告诉妻子,打开笔记本写道:

雅娟:

今天是令我非常激动的日子,我告诉你一个大喜讯,今天我们斗争了这里的一个地主,穷苦老百姓都分到了土地,百姓们那种喜悦的心情无法表达,从此,他们的日子会越来越好。以前,我也没见过地主是啥样,只是听说地主对穷人特别凶狠、特别狡猾,其实他们也是软弱的,在愤怒的百姓面前不得不低头认罪。我们的工作总算打开了局面,取得了一点战果,但我们的路才刚刚开始,还有很远的路要走,还有一个叫赵凤林的地主没有斗争,工作顺利的话很快就会斗争,那样我们的工作很快就会结束的,工作结束后我就可以回去了,那样也就减轻了你的负担。两个孩子都好吧?她们俩是不是像小狗崽子那样淘气了?我这里就是这些,不过我的胃病好些了,你不用挂念,照顾好父母我就放心了。今天就写到这吧,来客人了。

祝你快乐!全家幸福!

七月二十日

李国芳背着药箱进来见蒋弼仁在写字没去打扰,他站在一边等蒋弼仁写完。

蒋弼仁合上笔记本说:"快坐下!"

李国芳把药箱放到炕上问:"最近咋样?"

"陈满银给我抓的药已经吃完,不像以前那么难受了。"

"前几天我到王爷庙顺便给你抓了几服,这不我给你带来了。"说着李国芳打开药箱拿出药。

"哎呀,真感谢你啊!"

"感谢啥,当大夫就是为他人看病的,这也是做大夫的义务。"李国芳说。

蒋弼仁从挎包里找出钱币递给李国芳:"这是买药钱。"

李国芳说:"你这是干什么,没多少钱,先放着等有空再算。"

蒋弼仁只好把钱放在一边。

李国芳说:"一定按时吃药,饮食也要注意,胃病主要是靠慢慢调养。"

"最近小米粥还是起作用了,不过我还是喜欢咱们本地的黏豆包和猪肉炖粉条。"蒋弼仁说完,哈哈大笑起来。

"等你的胃病好了,到我家吃黏豆包,你嫂子做的黏豆包那可是咱们屯子里数得上的。"

"黏豆包确实好吃，它也像谷子那么种吗？"

"也跟谷子似的，不过它的穗不像谷子紧紧抱在一起，它的穗是散状的，成熟后低垂下来像鹌鹑尾巴。"

"咱们这儿真是宝地呀，土地肥沃，四季分明，生长这些五谷杂粮。常言说，'一方水土养一方人'，在这里真算对上号了。"

"等年底到我家，让你嫂子给你做点荞面饸饹，还有散状这些都是你没吃过的，老好吃了。"

"哈哈哈，你都把我给说馋了，好，一定去！"

"那我回去了。"说着李国芳离开了蒋弼仁的房间。蒋弼仁觉得农村像李国芳这样有文化的人实在太少了，像他这样的人对革命一定会大有好处的。他主张的医道与共产党主张的为人民谋幸福是不谋而合的，文化知识也是可以救中国的，没有文化知识，社会就不会进步。

三

斗争贾振山的第二天晚上，赵印以自己肚子疼为由请假回到家里。父亲急不可耐地问："斗争贾振山之前咋没听到一点风声呢？这回你得多留点心，一旦有信就别再耽误了。"

"他们的嘴巴很严，外人一点信也打听不到。"赵印说。

"看来下一步就该轮到咱们了。"赵凤林说。

"现在，各努图克都在搞土地运动，爹你得想想办法呀。"

"我有什么办法，只有硬挺着，要么就是鱼死网破，没有别的出路。"

"贾振山势单力薄，咱们没那么好欺负的，大不了就跟他们拼了。"大儿子赵玉说。

"不要蛮干，一定要稳住，现在的局势看不出来谁占优势，国民党已经到了洮南一带，要沉住气，不过共产党要是真对咱们下狠手，那咱们也不客气。好在咱们还有喘气的机会,能把家里贵重的东西藏起来,免得到时候吃不上饭,你们哥几个今晚就干吧。"赵凤林说。

"那别的财产呢?"二儿子赵林问。

"那些不值钱的就不要藏了,免得叫人看出来。"赵凤林说。

吃过晚饭,赵玉、赵林和赵印他们三个把放在父亲屋里的金银抬到马棚南面的一个土豆窖里。这个土豆窖已经多年不用,现在正闲着。赵玉爬到下面,在里面点燃一根蜡烛,然后招呼上面的弟弟放下绳子,赵林和赵印用绳子慢慢把装满金条的土篮放下去,直到赵玉抓住为止。赵玉把金条摆放好,上来用土把窖门重新埋好,哥仨这才放心地回到屋里。赵凤林躺在炕上沉思着,似乎还在想着什么,瞬间好像又计上心头,紧蹙的眉头慢慢舒展开,有了微笑的样子。

"爹,我该回去了,晚了,他们会多心的。"赵印说。

"你们多动动脑筋,看看还有啥好的办法。"赵凤林问赵玉和赵林。

"谁敢动咱家的财产就跟他干到底,没啥好说的。"赵玉说。

"不过咱们的枪支太少,还得再添几支枪才行。"赵林说。

"这事好办,咱们拿钱买不就行了嘛。"赵玉说。

赵凤林听着两个儿子的对话,一声不吱,他还没想好怎么应付。

四

这天下午,躺在炕上的姚占江突然坐了起来,他对王巴拉瓜和陈满金说:"咱们现在这个熊样还能东山再起吗?眼下弟兄们伤的伤、亡的亡,吃的东西快没了,怎么过冬?"

"那怎么办?"王巴拉瓜问。

"前一段时间,赵凤林请我喝酒,看那意思是想拉我跟他们和好,我看也没什么不行的,咱们被乌兰毛都的蓝斑马队打成这样,该好好休整休整了,休整期间就靠赵凤林帮咱们吧。"

第七章

"他现在正需要我们跟他联手对付努图克。"王巴拉瓜说。

"不过咱们也得留一手,赵凤林可是个心狠手辣不好惹的家伙,啥事都能干得出来。"姚占江说。

"也不能全听他的,他给咱银两和粮食,咱们就替他干活不就得了。"王巴拉瓜说。

"明天我跟陈满金去一趟探探他啥想法,陈满金,你说呢?"姚占江问。

"我没说的。"陈满金回答。

正在赵凤林心慌意乱心里没底的时候,姚占江和陈满金的到来给赵凤林的内心带来一股新鲜的空气,但他表面上仍然像没事似的热情地接待着姚占江,等姚占江和陈满金坐稳之后问:"你的生意现在咋样?"

"半年来勉强活着,苦了弟兄们。在这块地盘上您德高望重,我来就是向您讨教的。"姚占江假装谦恭地说。

"哈哈哈!过奖过奖,我的日子也不好过,前两天贾家街的贾振山被斗了,形势对我越来越不利啊,不过共产党应该能分出轻重。我不与他们作对,也不招惹他们,我就是一个会过日子的农民,地比别人多一点,他们能把我咋样?"

姚占江想,这话不是他的心里话,他是在说好听的,故意与他周旋呢。"大哥做事从来都宽宏大量,令人佩服。"

赵凤林听到姚占江的恭维话,心里还是很舒服的,他微笑着谦虚起来:"哪里哪里,不过共产党那一套也摸不透,不知道哪天就对我下手了,我现在心里也没底啊!不像你那么自由,干一单子就够活半年,我这好几十人得靠土地来养活。"

"大哥说得有理,不瞒你说我们差点被他妈乌兰毛都蓝斑马队给吃掉了,还得仰仗大哥,尽快把蓝斑马队灭了。"

"那蓝斑马队个个都是神射手,他们游走在草原上不是好对付的,听说索伦一带的绺子都不敢轻易惹他们。"赵凤林说。

"我姚占江还真就没服过谁,这次虽伤了点元气,不过我不会就此罢休,只要大哥暂时助兄弟一臂之力,兄弟日后必有重谢。"

"老弟不要客气,大哥一定会帮你,不过眼下要审时度势,不要跟他们闹得太僵,损失兵力不算,对自己也没好处,现在要保存好实力。现在看,共产党成了我们最大的对手,你跟蓝斑马队的恩怨先放一放,先跟我干,等把共产党赶走了,再回过头来收拾他们也不晚。"

"这么一说,我就明白了,就现在我的实力跟他斗也不是他们的对手,你是知道我的。"

"哈哈哈……我没跟他们打过交道,不过跟共产党比,蓝斑马队还不是我的对手,今天不提这个,上酒。"赵凤林喊道。听赵凤林一喊,外屋早把做好的菜和酒端上来了。

喝酒时,姚占江和赵凤林又唠了一些陈年老谷子的事,姚占江没有像上次那么喝,赵凤林也没太劝,俩人就像多年未见的老朋友一直喝到深夜。

第八章

一

蒋弼仁来巴拉格歹前,宋振鼎曾向他交代,下去后对伪警署要采取果断措施,它就像伪满洲国留下的一个毒瘤,只有尽快割掉才能使身体保持健康。蒋弼仁和潘祖胜没有与鲍长海商量,因为鲍长海与伪警署署长包玉春是不错的牌友,如果信息透露出去,对蒋弼仁可能有一定危险。蒋弼仁认为:伪警署与地主比较起来不是主要矛盾,但会阻碍他们解决主要矛盾。对包玉春采取行动不能太急也不能不急,蒋弼仁始终考虑着这个问题,经过一段时间的思考后,决定对包玉春采取行动。

这天早晨,陈满银还有三名忠诚可靠的基干队员跟随蒋弼仁来到伪警署,来之前蒋弼仁吩咐潘祖胜带领全队基干队员在伪警署墙外做好隐蔽,一旦枪响立刻冲进去消灭包玉春,如果没有大的响动说明安全,不要冲进去。

伪警署在努图克东面不远的地方,有一个大院,黑色的大门半开着,院墙有半人多高,四五间土平房连在一起,其中一间是包玉春的办公室。旁边的厢房有几间是马棚,但马棚是空的,马都在山上放着。蒋弼仁让陈满银先进去通报一声,陈满银快步走进伪警署的大院,有一个年轻的伪警察问:"你找谁?"

"你们的署长在吗?"陈满银反问道。

"你是谁?"年轻的伪警察问。

"蒋努图克达来见你们的署长,你去通告一声。"陈满银像是下命令似的。

年轻伪警察有些不相信地扭头看了看大门,这时蒋弼仁已经走进了大门,年轻伪警察看到了蒋弼仁这才快步进了包玉春的办公室。不一会儿,包玉春满面春风地走了出来,他中等个、胖胖的,眼睛不大,正微笑着弯腰站在门口迎接蒋弼仁,他身上携带着一把匣子枪。蒋弼仁在来时的路上,向陈满银和其他三名基干队员交代过,看他眼色行事,见形势不好要立刻动手把包玉春身上的枪下了。见到包玉春,蒋弼仁灵机一动,何不在门口动手,这是最好的时机。等蒋弼仁接近包玉春、离包玉春只有一步远的时候,他看了一眼陈满银,陈满银就在自己的身边,他快速拔出手枪顶在包玉春的胸前大喊道:"把他身上的枪下了。"陈满银立刻冲上去抓起包玉春的一只手,一名基干队员同时冲上去抓住包玉春的另一只手,另外一名队员拔出包玉春的手枪。

包玉春望着蒋弼仁问:"蒋努图克达,初次见面开什么玩笑!"

"包署长,没跟你开玩笑,我这是执行上级命令,收缴伪警署的全部武器,现在我宣布:从今天起,伪警署停止一切活动,人员解散,所有财产归努图克所有。"

"你们这是胡子,我要到上面告你们去。"包玉春喊道。

"喊什么,你的主子已经垮台了,现在不是日本人的天下了。"

包玉春不再挣扎,身体像一堆肉一样沉下去,但没有堆下去。

年轻伪警察吓得退进屋里正在翻找手枪,陈满银立刻冲进去用枪顶住他的后背喊道:"把枪交出来!"伪警察见势不妙,只好交出手枪。

过了一会儿,李振东摇摇晃晃地走进伪警署,进屋一看,大吃一惊,不知究竟发生了什么。伪警署空无一人,桌椅板凳东倒西歪,他感觉大事不好,慌慌张张退出伪警署,回家换了一身衣服急忙逃往洮南,去找他表弟。

二

这天,蒋弼仁不在努图克,赵印想进蒋弼仁的屋,陈满银拦住赵印:"努图克达不在,不能进去。"

"你是老几啊,我就是要进。"赵印将陈满银扒拉到一边,还想往里走,陈满银跑到他的前面说:"蒋努图克达说过,他不在谁也不许进他的屋。"

"我就是要进去,你能咋样!"他继续往一边拽陈满银,陈满银死死挡住不让他进去,俩人你推我拽地厮打在一起。见到陈满银和赵印厮打,一名基干队员急忙报告给了鲍长海,鲍长海说:"你把他们俩给我叫来。"

基干队员对陈满银和赵印说:"鲍努图克达叫你们立刻到他的办公室。"

赵印这才松开陈满银,他们俩来到鲍长海的办公室,鲍长海问:"为啥打仗?"

"我要进蒋努图克达的屋里,陈满银不让进。"赵印回答。

"你进他屋干什么?"鲍长海问。

"潘指导员让我取一本学习材料。"赵印理直气壮地说。

"你为什么不让进?"鲍长海问陈满银。

"蒋努图克达吩咐过,他不在时不许任何人进他的屋。"陈满银回答。

"难道我进也不行吗?他有这么大的权利吗?赵印取学习材料也不是干别的去,有什么不行的,你是基干队员,难道只归他一人领导吗?你以为是他的警卫员就权力大了,真是目中无人。你回去反省反省,赵印你进去吧。"从鲍长海的办公室里出来,赵印问陈满银:"这回该让我进了吧?"

陈满银没有办法,赵印在蒋弼仁的桌上翻了翻没有找到什么就出去了。

蒋弼仁从王爷庙回来问潘祖胜:"听说赵印和陈满银他们俩打起来了,是你让他到我屋拿的材料?"

"我正组织队员学习,没有材料,是他主动要到你屋里去找,我也就同意了,结果就整出这事来。"

"哦!"蒋弼仁沉思了一会儿问,"现在还有多少队员没有枪支?"

"有五六个人,还有几个人用土砂枪。"

"把从包玉春那缴获的枪支发给他们。"

"振鼎书记说,'咱地区的工作与上级要求还有一定的差距,外地的经验是可以借鉴的,但不要死搬硬套'。他还要求我们,一定要深入细致地了解实际境况,根据本地特点做出工作部署。我觉得,分斗贾振山是对的,采取的手段也是对的,群众是拥护的,也是按照旗里意见做的,成效是显著的,但后面的路会更艰难复杂。下一步,咱们面对的是赵凤林这个地主,他和贾振山不同,我们更不能轻举妄动,要细致稳妥研究,不能出现任何漏洞,先把政策学透,然后给老百姓讲透。"

"现在就是学习材料太少,群众高涨的情绪有些控制不住,难免会出现一些过激行为。"潘祖胜说。

"学习材料确实是少,尽量学好现有的材料,领会好上级精神,这样执行起来才避免走样。"蒋弼仁说。

三

陈满银发现赵印、何国喜、于祯和付林他们晚上还在偷偷摸摸地出去,直到很晚才醉醺醺地回来。他们一回来不是让这个队员打水洗脚,就是让另一个队员倒水沏茶,这些队员谁也不敢吱声,谁有不满就打谁。

这段时间,陈满银想向潘祖胜汇报这一情况,但又怕遭到报复,所以一直憋在心里。一块进基干队的时候,陈满银觉得赵印还算挺老实、挺和气,慢慢接触后,发现他说的和做的不一样,领导在时他表现得特别听话,

第八章

领导不在他变得就像另外一个人。陈满银最近还发现,赵印到处乱串,好像在寻找什么,不知道在干什么。陈满银内心翻腾着猜测着,他无法知道赵印在做什么,想做什么,没有确凿的证据汇报给领导。如果他死不承认,那自己就要吃亏;如果不汇报,内心又过意不去。蒋努图克达对自己这么信任,自己知道的情况不向他说,还怎么对得起他?

这天下午,陈满银正犹豫不决,闷闷不乐地独自坐在河边的柳树林里,听见不远处有人在说话,他慢慢靠近说话人,隐隐约约看见是赵印他们,他又往前走几步才看清楚确是他们,便急忙往回转。可是,赵印也看见了他,赵印跑过来截住陈满银问:"你跟踪我们?"

"我没跟踪你们,我早就在那坐着了,听见这面有人说话,我才过来的。"陈满银说。

"你过来是啥意思?不就是他妈的听声吗?不是跟踪是啥?"赵印说话显然粗鲁起来,声音也大起来。

何国喜、付林和于祯围拢过来,何国喜过来狠狠地踢了陈满银一脚,陈满银问:"为什么打人?"

"打的就是你。"何国喜说着又踢了一脚,陈满银也回他一脚,但被他躲开了。这时付林和于祯也上来照着陈满银的头上身上乱打一气。陈满银想跑也跑不出去,他双手抱头蹲在地上不敢还手。

见此现状,赵印说:"算了,这次饶了他。"几人这才罢手向树林深处走去。

陈满银回到努图克见到蒋弼仁,心里涌起一股热乎乎的酸水,他的眼泪在眼圈里直转,他强忍着没让眼泪掉下来,装作没事似的赶紧离开。蒋弼仁发现不对劲,问陈满银:"你要干啥去?"

"不干啥就是头有点疼。"陈满银说着低下头怕蒋弼仁看见被打的样子。

"怎么了?告诉我。"蒋弼仁追问道。

陈满银再也忍不住了,眼泪情不自禁地涌了出来,哽咽着说:"赵印他们打我。"

"为什么?"

陈满银把刚才和这些天来他们的事说了一遍。蒋弼仁没说什么,沉思了一会儿问:"赵印打没打你?"

"没有,但他总是在找我的茬。"

"我知道了,不要怕他们,你该咋做还咋做,多加小心就是了。"

陈满银点点头。

四

蒋弼仁的心里很难受,陈满银是个老实本分的青年,他们为什么总欺负他?他的心里闷闷的,胃也隐隐作痛起来,他找出李国芳为他抓的药,这才想起来,买药的钱还没有还给李国芳,明天无论如何也得让陈满银送去。要是往日陈满银看见就会主动为自己熬药的,现在只好自己熬了。他从灶坑里扒出余火,把黑土盆架在火上,蹲在药盆前,往火上添着毛柴。

小时,母亲总是蹲在灶坑前为全家人生火做饭,母亲起得总是很早很早,他从来就没见过母亲躺在炕上歇着的时候。等他和弟弟起来时,母亲早把饭做好了;等他们穿好衣服,母亲早已把饭端到了桌上;等他们吃完,母亲这才上桌吃饭。现在母亲苍老了,自己却不能回到母亲身边为母亲做点什么,离开母亲却又让母亲担心挂念。要是自己在母亲身边,她还会蹲在灶前为自己熬药,熬好药,母亲会端到自己的面前,然后看着自己喝。现在只能自己把药端回到房间,正想着,陈满银回来了说:"努图克达,我还没给你熬药呢。"

"你看这不熬好了吗?"蒋弼仁微笑着说,"你好点了吗?"

"好了。"

"你来得正好,替我把李国芳买药的钱给他送去。"蒋弼仁说。

"好。"陈满银拿着蒋弼仁准备好的药钱出去了。不大一会儿,他从李国芳家带回一把新采的蒲公英。

"这是什么菜?"

"李大夫说蒲公英对胃好,是叫你吃的。"陈满银说。

"噢,蒲公英原来还有这种功效。"蒋弼仁捏起一片叶仔细看着,自己多像一只蒲公英啊,跟随着新四军转战南北,走到哪里就在哪里扎根结出种子,然后再把种子留在那块土地上,待生根发芽,往复无穷,生生不息。他问陈满银:"你对共产党是怎么想的?"

陈满银被这突如其来的问话给弄蒙了,他想了想回答:"共产党就像你这样的人吧,为老百姓担忧,为老百姓办事,那当然是好人了。"

"你想跟我这样的人交朋友吗?"

"想。"

蒋弼仁问一句,陈满银回答一句,他说不出太多的话,急得头上冒出汗来。

"我想你应该先认字,学文化,有了文化就懂得更多了。有时间找个老师教你识字,怎样?"

"那太好了,谁?"陈满银着急地问。

"李国芳咋样?"

"他哪有时间教我啊。"

"你还可以到翻身大学去学呀,那里也会有老师。"

"我现在就差没文化,所以干不好自己的工作。"陈满银有些痛苦地说。

"你现在干得不错,把文化学好了,为家乡建设出的力就更大了。"

"一定。"

俩人唠到很晚,陈满银回到宿舍,翻来覆去睡不着,他想了很多。

五

过了很长时间,陈满粮才听说父亲的腿受伤,她急匆匆从王爷庙赶回来看父亲。母亲问:"听谁说你爸的腿摔伤了?"

"我在街上碰到刘铁山叔,他说我爹腿摔伤了,我这才急着赶回来。"

"就是一点轻伤,现在快好了也能干活了。"陈石匠说。

"那就好,听说你受伤了,我好几宿没睡好觉。"满粮擦着眼角说。

"这不已经快好了吗?"陈石匠说。

"当时咋不告诉我,我好来伺候你啊。"

"哪有人去王爷庙,再说了,你离开,家咋办?"陈石匠说。

"咋都能活着,你就不用担心了。"满粮回答。

大闺女回来,母亲就想做些好吃的给闺女吃,在屋里找了一圈也没找到啥好吃的东西。满粮最爱吃散状和酸汤子,还有粉面蒸饺,可现在到哪去借呢?母亲在地上转了两圈,还是硬着头皮出去了。

满粮是家里最听话最懂事的孩子,五六岁就跟母亲到地里挖野菜,有时挖的比母亲还多,家里的鸡鸭都是满粮来喂,为母亲减轻了不少劳苦。满粮大了以后就更替父母着想,家里的被褥、弟弟妹妹的衣裤都由她洗,她蹲在河边一洗就是半天,累得满头大汗从不吱声。她一门心思干活,就是不想让妈妈太累,只要能帮妈妈多干活,心里才有无限的快乐,她总是想着别人从不想自己。可是,她内心的苦楚别人却不知道,她从来不向爹妈说,爹妈以为闺女结婚了,有了自己的家,又有了孩子,日子就幸福了。其实,她也有很多不如意的地方,丈夫虽说在王爷庙居住,可只是一个卖毛柴的人,干起活来还不如她撒楞呢,窝囊得用鞭子抽都快不起来。为了儿女,她只能勉强活着。她曾跟丈夫一块到离王爷庙十几里外的东山上搂过毛柴,那可不像割地那么容易,她的肩膀在搂柴时肿起来了,可第二天还得去,不去就没钱买粮吃,当大耙杆压在红肿的肩上时,那种钻心的火辣辣的疼痛实在难忍,但她硬是咬牙忍住了。冬天就更不用说了,山坡上像树杈子一样坚硬的冷风扎得脸都肿胀起来,可棉衣里却冒着热汗,汗消了就像用凉水洗过似的,全身木个张的。可费好大劲搂回来的柴火,一车只卖三五块钱,一家人就这样勉强维持着生活。

第八章

过了好长一段时间,母亲终于乐呵呵地端着一碗做散状的面回来了,嘴都快闭不上了,边进屋边说:"我闺女的命就是好啊,出门就碰上荞麦花了,问我干啥去,我说满粮回来了,给她做散状吃不知谁家有面。她说刘铁山媳妇正在碾坊压糜子面呢,也想吃散状,我到碾坊她就先借给我了。荞麦花说一会儿还来看满粮。"

"我也好久没见到她了,她还好吗?"满粮问。

"好是好,就是她丈夫还是那样,她的命也真是的……"后半句话母亲没说。

"哎,女人摊上一个孬男人真就遭罪了。"满粮说。

荞麦花年龄比满粮小一岁,长得跟满粮一样漂亮,荞麦花嫁到这个屯子后,再加上贺青兰,三人被屯子里人称为"三朵金花"。荞麦花跟满粮最好,她们俩无话不说。听说满粮回来了,荞麦花很是兴奋,就要看到好朋友了,自己有一肚子的话要说。陈满粮不回来她到陈满粮家时心里也没底,就是来了也只是坐一会儿就走。有满粮在似乎就有了依靠也不在乎别的了。心想:着急归着急,咋也等满粮吃完饭再去。她在屋里溜达了几圈,把碗筷刷了,把活干完了,觉得还是太早,把地扫了,又洗了洗脸,这才出门。可是,不管荞麦花咋磨蹭,还是赶上了满粮家吃饭。

陈石匠以前见了荞麦花就来气,从心眼里不愿看到她。自从腿受伤后,他对荞麦花的看法有点改变了,全家人也都看出来了,对荞麦花也就胆大和实在起来。满粮拽着荞麦花的手说:"你来太好了,我还没吃呢,跟我一块吃。"

"大叔,腿好点了吗?"荞麦花问陈石匠。

"好多了,这不能坐起来了。"陈石匠笑着回答。

"满粮,在王爷庙待得越来越漂亮了。"荞麦花赞叹说。

"都累成啥样了还漂亮,你看我这手跟老鸹爪子似的。"满粮说着伸出手来让荞麦花看。

"咋看都比我的手好看。"荞麦花捏着满粮的手仔细翻着看了一会儿

117

甩开说。

"来尝尝我妈做的散状。"满粮把荞麦花推到炕上。

"我刚刚吃完,肚子还撑着呢。"荞麦花说。

"你就尝尝。"满粮往荞麦花的碗里夹了一块。

荞麦花只好咬了一口说:"婶子做的是好吃。"

"爸,我还给你打来了王爷庙的酒呢,你喝点不?"满粮问。

"好长时间没喝了,还真有点馋了。"陈石匠挪到桌边。

母亲这时端来了炖豆角,这也是满粮爱吃的菜。满粮和荞麦花唠得热烈,满玉因为小插不上嘴也就低头专心吃饭。父亲喝了几口酒,脸立刻红了。满银说:"爹,别喝了。"陈石匠放下酒盅挪回原来的位置。满粮和荞麦花很快吃完,满粮跟母亲打了声招呼就牵着荞麦花的手到她家去了,路上还在不停地说着什么。

第九章

一

陈满银回到努图克见蒋弼仁正在练拳,他站在一边看蒋弼仁打完拳,蒋弼仁用白毛巾边擦汗边问陈满银:"你想不想练拳?这可是强身健体的技艺啊。"

"想学。"陈满银回答。

"好,先从基本的动作练起,然后慢慢熟练。"

"蒋努图克达,别的队员都发了枪,我也想要一支,那样我站在你办公室前心里就有底了。"陈满银恳切地说。

"警卫员是应该有枪的,现在短枪少,等有了首先考虑你!"蒋弼仁说,"你爹的腿好点了吗?"

"好多了,现在能下地干活了。"满银回答。

"那就好,你爹有一身好手艺又勤快,是个很本分的农民。咱们努图克多一些像你爹这样的农民就好了,日子就不会这么穷了。"

"咱们这里还有粉匠、铁匠和木匠呢。"陈满银说。

"农民学点手艺是立家之本,我们老家土地少,一年打不下多少粮食,不够吃就得靠耍小手艺活着,不像咱们这里土地面积大,粮食品种也多,苞米、高粱、谷子,还有各种杂粮、杂豆都能种。我们那里只能种水稻,不过那水稻总吃，胃也不好受。"

"蒋努图克达，李大夫告诉我说，让你少吃高粱米和苞米碴子，他说，过两天让我去他家，他给你准备了小米，让我拿到食堂单给你做吃。"

"我不能搞特殊化，到时候别忘了给他钱，把小米拿到食堂给大家吃，长时间吃苞米碴和高粱米，队员们的胃也怕吃坏了。"蒋弼仁想起李国芳送给他吃的蒲公英问："你说蒲公英都爱长在什么地方？"

"一般都在地头和河边的草地上。"陈满银回答。

"有时间带我去挖点，它真是个神奇的植物啊，小时候和小伙伴把它伸出的长长的颈掐断，吹着它乳白色的小伞花，看着它飘远，直到看不见。想着它不知飘到了何处，也许漂过了海洋，也许飘过了大山，世界的每个角落里都有它的影子，它的生命力真是太强了。人要是也能像它那样，不管在怎样恶劣的环境下都能生存，那就好了。可是人却做不到，相比之下，人是最脆弱的。"

"蒋努图克达，你们为什么到这么远的地方来工作？"陈满银突然想到了这个问题。

"这是革命的需要嘛，革命人就是这样，四海为家，只有把那些剥削统治者推翻，受压迫的人才能过上好日子，这个世界才会平等。共产党人的初衷和理想就是以人民为主，让穷苦的老百姓都过上好日子。共产党人是革命的先进分子，也是最不怕吃苦的人。"蒋弼仁用尽量易懂的语言解释共产党和革命的含义。

陈满银似懂非懂，但他从蒋弼仁的身上看到了人的最美好的品质。

二

这天傍晚，气压很低，没有一丝风，各家各户烟囱里冒出的烟慢慢连成了一片，低沉地笼罩在屯子的上空。从山坡上看去，屯子前面的苞米地就像一片深绿色的湖水，苞米叶子一动不动。蒋弼仁、潘祖胜和王金海，

第九章

还有李国芳等十几个人悄悄来到努图克前面不远的苞米地里,苞米地边只有陈满银一个人在站岗放哨。蒋弼仁压低声音说:"根据斗争形势的需要,经过我们认真考察,觉得你们几个人符合中国共产党党员的条件,现在我念名字,念到谁,大家如果有意见就提出来,如果没意见就举手通过。"他第一个念到李国芳,大家举手通过了,随后参加会议的这些人依次都通过了。"从今以后,你们就是有组织的人了,一定要按照共产党员的纪律做事,听从指挥、对党要忠诚、不怕死、不背叛党,要维护组织利益,敢和坏人做斗争,要刀山敢上、火海敢闯。一定要保守党的秘密,能做到吗?"

"能。"除了潘祖胜和王金海,大家齐声回答。

"大家分散着出去不要叫外人看到,今后由陈满银负责联络,散会。"大家东一个西一个从苞米地里分散着走出来。

这是蒋弼仁和潘祖胜到巴拉格歹努图克以来,发展的第一批党员,这十几个人都是各村最老实本分的贫雇农,是经过潘祖胜和王金海他们三人反复商量、仔细研究定的。鲍长海虽然是正努图克达,但他是民主人士,所以没参加。党组织增添了新的人员,蒋弼仁的内心好像一下子充实了许多。以前总有一种力量薄弱、扎不下根、站立不稳的感觉。现在这些苦大仇深的人真正站在了他这一边,他感到踏实多了。农村目前正需要像李国芳这样有文化的人参加到党组织里来,党组织壮大了,革命才有了保障。

回到努图克,陈满银把熬好的药端了进来:"蒋努图克达,该喝药了。"

"还有几服了?我觉得比以前好多了,把这几服吃完就行了。"蒋弼仁说。

"李大夫说吃完这几服药,他要我再给你抓几服,还让我把你的生活管好,这样你的胃病就彻底好了。"

"没关系了,我没那么娇气。"

"我听李大夫的。"陈满银说。

"咱们不是说好了,要去挖蒲公英吗?有了它,咱们就不用吃药了。"蒋弼仁笑着说。

"那好,你早点休息吧。"陈满银说完离开蒋弼仁的宿舍。

三

这天晚上,李振东从洮南回到了家里。自从收缴了伪警署的枪,包玉春搬到了王爷庙。李振东本想靠弟弟在洮南谋一职业,可待了半个多月,弟弟没替他找到合适的,还不如回来混容易一些,为此,他离开了弟弟。临走时弟弟说:"哥,现在东北形势很紧,共产党的部队已经让开大路,形势向哪个方向发展很难预料,你先回去,等有了机会再告诉你。"伪警署是不能再回了,幸好家没搬,回到家里,媳妇为他做了一顿热乎乎的榆树皮和苞米面疙瘩汤,骑了一天的马,他吃完就睡了。赵凤林听说李振东回来了,派赵玉来找李振东,李振东媳妇喊道:"赵玉来了,快起来吧。"听见媳妇的喊声,他侧过身假装没听见。赵玉对李振东媳妇说:"我哥睡了,我爹找他有事。"

"你先回吧,待会儿醒了,我告诉他。"李振东媳妇说。

赵玉刚走,李振东伸了伸懒腰坐起来,掏出弟弟给他的一盒洋烟抽了起来。他想,赵凤林能有什么要事这么急找他,抽完一支,把烟头摔在地上,把烟盒重新揣进兜里下地。

赵凤林见了李振东,比从前亲热了许多,女佣急忙端来茶水放在李振东面前。赵凤林问:"你走有半个多月了吧,那面的形势怎么样?"

"国民党部队已经占领了不少地方,还在向北进攻,我弟弟说,共产党虽然放弃了大路,但其他地方没有放弃,形势很难看透。"

"正因为形势很紧,我想搞几支枪装备装备我家的护兵,你也不是外人,请你来就是跟你商量商量。"赵凤林单刀直入地说。

第九章

"枪可难搞到。"李振东说。

"你们警署的那几支枪叫蒋弼仁他们给收缴了,真是错过了一个机会,不然我跟包玉春说说,怎么也得给我个面子吧,没想到叫蒋弼仁先下手了,看看能不能从你弟弟那买几支?"

"这事我可没敢问他,再说了他也只是个副官,没啥权力。"

"我听说你在警署时到他那买过枪,真有这事?"

"没那回事,警署的枪都是日本人给的,不信你问包署长。"李振东说。

"你的路子怎么也比我宽呀,这事很急,你再辛苦一趟到你弟弟那问问,有的话我们可以比别人出价高一些嘛,你的酬劳事成之后肯定不会差的。"

李振东想了一会儿,从兜里掏出洋烟递给赵凤林一支,划着火柴给赵凤林点上,刚要给自己点,火烧到了手指,他急忙扔掉,又划一根给自己点上,抽了一口说:"要是能弄到那当然好了,弄不到的话您也不要怪我,这种东西不像烟土那么好办。不过您既然说了,我就再跑一趟,报酬不报酬的不重要,我刚回来,再容我两天。"

"这事越快越好啊!千万不能走漏风声,不然咱们就全完蛋了。"赵凤林把声音压得很低。

"过两天我就动身,你放心。"李振东回答。

"警署被蒋弼仁撤了,对你打击也不小吧。"赵凤林探询地问。

"我倒没啥,大不了种地去。"李振东不以为然地说,掏出洋烟又递给赵凤林一支。赵凤林说:"抽洋烟不习惯,还是抽老旱烟习惯。"他卷着旱烟接着说道:"包署长搬到王爷庙去,不受共产党的气了,不过蒋弼仁办事神出鬼没,看来很难摸透他的脾气,共产党的减租减息运动势头很猛,看来我是难逃啊。"赵凤林抽了两口烟,有些无奈地说。

"你也别怕,他们把你分了又能咋地,国民党来了,还不是归还给你。"李振东安慰他说。

"现在这形势风云变幻不好说,真是不好说。"赵凤林马上转过话题。

"大哥,没有别的事我先回了。"李振东说。

"你回吧,早点歇着,我这准备一些钱你带着路上用。"赵凤林叫赵玉拿过来一些银圆交给李振东。

"不用!不用!"李振东客气着,赵玉把银圆硬塞给了他。

四

李振东骑马走了一天的路来到了表弟住处。

"咋又回来了?"表弟问。

"赵凤林想买几支枪。"李振东回答。

"现在到哪儿去买呀。"表弟说。

"你想想办法,别让我空跑了。"李振东进一步央求说。

"你先待两天,我张罗张罗看吧。"弟弟说。

李振东不再勉强表弟,他知道表弟对他从来都是毕恭毕敬的,他说啥就是啥,从没提出过反对意见,这次也确实为难表弟了。

吃过晚饭,他在洮南府的街上闲逛,街上只有一些卖吃喝的小贩,没有多少行人,偶尔有一两辆毛驴车和几个骑马的人在街上跑过去,扬起一股一股的尘土。走出不远,他看见一处灯火辉煌的店门,门口站着一个漂亮的女人,看岁数不是太大。那女人见了他细声慢语地向他打着招呼,近了有一种麻酥酥的香味传过来,他全身顿时就变得火热起来,胆量似乎也大了起来,心想何不消费一夜。他想起了来时赵玉硬塞给他的那些银圆,表弟要是办成了,这些银圆也不够,还得让赵凤林加钱,要是办不成,赵凤林也不会再要回这些钱的,这些钱就是他的。想到这儿,他笑着挨近了那女人,只听那女人问:"这位爷是光临我们宝地的?"

"当然,带我去找一位娇美的妹妹,爷今晚就不走了。"李振东故意装成有钱人的样子说。

第九章

"爷,这边请!"那女人带着李振东来到了一间香味扑鼻的小屋,"爷,先歇着,你要的妹妹马上就来。"说完那个女人出去了。李振东四处瞅瞅,墙上挂了一些美女的画像,炕边有一个小方桌,桌上有几个酒盅和一个酒壶,还摆着一盒哈达门牌的香烟和白头火柴。李振东点燃一根烟刚抽了两口,只见门里走进一个年轻貌美的女人。李振东仔细端详,这女子确实是漂亮,浓浓的眉毛,水灵灵的大眼睛,小嘴不大,还抹了一点口红。这女子见了他微微一笑,带着香味走近他。李振东也是一表人才,多年在伪警署干活,有了一种军人的气质,那女子一眼也就看中了他,俩人坐在炕边唠了一些家常话。那女子要给李振东沏茶,被李振东拒绝,那女子打开方桌下的小柜,从里面拿出半瓶竹叶青酒,给李振东倒了一盅自己也倒了一盅,然后举盅与李振东撞了一下。那女子喝了一小口,李振东喝了一大口。这酒看似像果酒,但酒劲比果酒大,李振东急于想睡觉就主动举盅与那女子撞了一下,把盅里剩下的酒一口喝干了。那女子问:"爷,还要点吗?"

"不了,爷困了,跟爷睡吧。"李振东说。

那女子还想再跟李振东唠唠家常,见李振东有些睁不开眼睛也就罢了,故意扑到李振东的身上娇滴滴地说:"替俺脱了衣服吧。"李振东无奈只能给那女子脱了衣服,俩人这才吹了灯。

第二天早晨,表弟来到李振东的住处不见哥哥,吓了一跳,不知哥哥到哪去了,问旅馆老板才知道哥哥一夜没回。他坐在哥哥的屋里等到快中午时,李振东才无精打采地回来。

"哥,实在弄不到啊,你就别等了。"表弟说。

"行了,你也尽力了。"李振东说。

"我身上这支旧枪你带着防身用吧,千万不能卖了。"表弟说着把枪从枪套里取出来递给哥哥。李振东掂了掂问:"多少钱?"

"什么钱不钱的,这是我给你的。"弟弟说。

"那你带啥?"

"我好说。"

李振东也是带过枪的人,接过表弟给的枪知道这枪已经老得不行了,十米之内恐怕都打不到东西,但防身用还是能行的。

吃过午饭,告别表弟后,他一路向东北直奔王爷庙。他知道包玉春手里还有一支德国造的好枪,他肯定没有交出去,还在他的手里,不如到他那看看,他要是出手就更好,也算没白跑一趟。傍晚,他赶到了突泉,在那里住了一宿。

第二天下午,赶到了王爷庙,给了大车店的饲养员点零钱,把马存在了那里。他在伪警署时,曾跟包玉春来过几次王爷庙,包玉春有个侄儿叫包铁锋,在王爷庙做烟叶生意,到巴拉格歹收购过烟叶,去了就住在包玉春家。李振东在包玉春家见过他侄儿。有时包玉春和他到王爷庙,他侄儿都要请吃饭,后来还到包铁锋家去过。现在李振东只能通过包铁锋找到他叔叔。他记得包铁锋家就在大沟沿附近,从大车店往北走几条街,来到大葫芦医院附近一打听,说他家就在医院东侧的那条巷子里。李振东拎着二斤果子终于找到了有些面熟的那扇黑大门,敲了敲黑漆有些脱落的大门,里面走出一位夫人问:"你找谁?"

"这是包铁锋家吗?"李振东问。

"是,请进吧。"

李振东跟随那夫人走进屋,包铁锋正在整理着账目,见了李振东马上把账本推到一边,让李振东往炕里坐。他媳妇给李振东倒上茶放在面前。包铁锋坐在李振东的身边喝着茶,也不问他从何处来。李振东主动问:"今年买卖怎么样?"

"不太好,好烟叶不多了,种烟叶的人逐年在减少,不好收。"包铁锋说。

"听说古迹轿顶山一带的烟还不错,那里的产量咋样?"李振东问。

"那地方是胡子姚占江的老窝,只要烟叶一下来了,他们顺手牵羊就把老百姓的烟叶拿走了,弄得老百姓胆战心惊,种一点够自己抽不敢再多种。"包铁锋说。

"你叔叔咋样？他搬家时我也没帮上什么忙,我这次来就是想看看他,可不知住在哪？"李振东问。

"噢,他挺好,你想看他,我这就领你去。"包铁锋爽快地回答。

"那太好了,我这就去看他。"

从包铁锋家出来再往北走两条街就到了包玉春家。这是两间土平房,有个小院但院墙不高,包铁锋没敲门,他们俩径直走了进去。包玉春见了李振东有一种久违了的感觉。包铁锋见两人见了面,打个招呼忙着回去算账去了。

"包署长,搬家时我也没帮上啥忙,实在过意不去呀。"李振东说。

"我也是没办法再住下去才匆匆搬的,谁都没告诉,你现在咋样？"包玉春说。

"不瞒你说,到我表弟那待了几天,没地方落脚就回来了,包署长,我来找你是有人托我弄几支枪,帮我想想办法。"

"枪都叫蒋弼仁给收去了,一支没剩,到底是谁要买啊？"包玉春问。

"赵凤林。"李振东说。

"看来蒋弼仁要对他下手了,我虽不能跟蒋弼仁对着干,但我可以出出力助赵凤林一臂之力,枪的事我可以资助他,不要钱,听我信。"包玉春的内心涌起一股仇恨。

"包署长,你先别激动,这事若成了,咱们每支枪要他几十块银圆也是正常的,他家财万贯还差咱们这点钱吗？"李振东说。

"反正那枪也不是我的,给他就给他了,只要替我出了这口气,我心里也就舒服了。"包玉春说。

"那枪是谁的？"李振东问。

"日本人走时扔下的,叫我藏起来了。"包玉春说。

"藏在哪里？"李振东问。

"就在巴拉格歹。"包玉春说。

127

"啊,那咱们可就发了一笔洋财。"李振东兴奋起来。

"现在还不能高兴太早,不知道还有没有呢。"包玉春说。

"那咱们啥时去取?"李振东急着问。

"千万不能着急,看看赵凤林啥意思。"包玉春说。

"行,听你的。"李振东说。

坐了一会儿,又唠了一些别的事,李振东急忙告辞出来。

第十章

一

这天傍晚,姚占江对兄弟们说:"最近,赵凤林又给了我们一笔银子,不替他干点事也有点对不住他了,他妈的,今晚把努图克连窝端了。那次要是没有努图克基干队帮助蓝斑马队,我们不会伤亡那么多兄弟。兄弟们,到我们报仇的时候了,都给我玩命地打,听清了吗?"

"听清了!"十几个人虽然齐声回答,但听起来还是乱哄哄的。

"走。"姚占江带着十多个弟兄来到努图克的西山藏了起来,他内心矛盾重重。近一个月来,都是赵凤林送粮送肉供养着他们,现在又送一笔银圆作为酬劳,自己理应替他做些事回报一下。他做事从来不跟任何人商量,也不考虑后果,说干就干。

努图克像往常一样,基干队员吃过晚饭便回到自己的住处。四个炮台只有两个炮台上有基干队员在站岗,另两个炮台平常的日子一般没有人,一旦有情况马上就可以上人。

经过几场雨水的滋养,山坡上的柞树叶就像无数放大了的、刚从水里出来挂满了水草的鹅掌,拥挤着向四处伸展着。树旁空地上的蒿草也跟随柞树浓密地长起来。陈满金蹲在一棵柞树下有些不安,他担心着满银。别的人都像没事似的,有的躺着,有的坐着,只有他一会儿蹲着一会儿站起来。姚占江见他心神不宁的样子说道:"陈满金,你能不能稳当点,搅得大伙心里不安。"陈满金只好坐下来,现在他不敢离开也无法离开,内心就像有一捆毛柴被点燃了似的燎着、熏着,他说不出的难受。

三星偏西时,姚占江跨到了马背上,他看了看手下的弟兄们也都准备上马,他勒住马,马在原地转了几圈。他声音低沉地喊道:"走。"十多匹马成扇形冲下山去。

炮台上的基干队员先是听到有马蹄的声音,顺着马蹄声望去,见有一队人马向努图克冲来,还没等基干队员鸣枪报警,王巴拉瓜一枪,一名基干队员应声倒下。听到枪声,蒋弼仁急忙从枕头底下摸出手枪,立刻跑到院子里。基干队员也都跑到院子里,有的迅速登上炮台向姚占江为首的胡子射击。姚占江他们猛烈地向努图克大门两侧的炮台扫射,企图打开大门冲进努图克。蒋弼仁蹲在窗下边射击边指挥着战斗,他大声喊道:"不要慌张,守住大门。"基干队员们听到蒋弼仁的命令,坚守在大门两侧向外射击。赵印、付林、何国喜他们在院子里乱喊乱叫、虚张声势,没有目标地胡乱开枪。潘祖胜和陈满银爬到炮台上向大门两侧的匪徒开枪。陈满金紧跟在姚占江的后面,也许是距离太近的关系,一颗子弹从他后背上斜射过去,穿过他右肩胛骨,他感到右肩火辣辣的像被烫了一下,胳膊已经端不起枪来。他把枪横担在马背上,左手攥紧马缰低头趴在马背上已分不清方向,他的花斑马穿过大片的苞米地快速向河边跑去。花斑马跑到河边,见到白亮亮的河水掉头往回跑。陈满金疼得晕过去了,花斑马猛一拐弯,他从马上掉了下来,花斑马停顿了一下奋力向西北方向跑走。

天空渐渐发白,花斑马认识回家的路,太阳升起的时候,它到了白锁柱家门前,它全身是汗,前腿的肌肉在不停地颤动。陈满金的枪早不知了去向。白锁柱起来见花斑马站在门前,吓了一跳,以为胡子又来了呢,但仔细一看,只有花斑马仰着头看他,见了他"咳咳"地叫着。他看见马全身像水洗了似的,马鞍子也有些歪,鞍子后侧还挂着一个马鞭,再没有其他东西。白锁柱把花斑马牵进院子,拴在大门旁的马桩上,把它的脖子吊得高高的让它消汗。他想：陈满金很可能是被努图克基干队不是打伤就是打死了，不然他的马不会扔下主人跑回来。

二

夜里听到努图克激烈的枪声，陈石匠一夜没睡，他的两个儿子在互相厮杀，就像他的两只手拿着菜刀在互相砍杀，疼的都是他身上的肉。陈满金在河边的蒿草里躺到中午时分慢慢苏醒过来，他先听到的是苍蝇的嗡嗡声，就像远处的枪声由远而近又由近到远地响着，接着是水流的声音，他感到口很渴，能闻到土地潮湿的味道以及野草清香微苦的气息，这气息仿佛是从地里冒出来的。这里离爷爷的墓地不远，爷爷在地下也许看到了他。他仿佛听到了爷爷喊他名字的声音，那声音那么微弱、那么熟悉和亲切，他微微睁开眼睛，被他压倒的野草扎着他的脸颊，他知道自己已经没希望活了，受伤的胳膊压在身下根本不能动弹。他费了很大力气才把身体翻转过来，但那只胳膊已经没有知觉了。他仰躺在河边的草丛里，望着高远微蓝的天空，回想着凌晨攻打努图克时的情景，就像一场噩梦那么真切。好在没有攻进去，要是攻进去了那场面不堪设想，弟弟也许就会死在姚占江的枪下。弟弟为什么参加了努图克基干队？哥俩为什么走向了两个方向？如果哥俩有一个人像父亲那样就好了，可以继承父亲的手艺，父亲也不用再跟他俩生气了。小时候，父亲是多爱他们啊，带着他俩到河边打鱼摸虾。他俩在父亲的嘱咐下，到树林里拣干树枝，然后等着父亲，父亲拎着打上来的长短不一的小鱼来到他们跟前，他接过那些小鱼擎着。父亲把干树枝点燃，然后用柳条枝把那些小鱼串好，等火快着过了才把鱼放到上面去，等鱼烤好了，父亲让他们俩先吃。他到自家的苞米地里掰来苞米也放在火上，那苞米在树枝火上一烤，金黄金黄的，冒出甜香的味道，那是他们吃得最饱的时候。等他和弟弟吃饱了，就跳进河里游泳。他和弟弟在水中比谁潜水的时间长，弟弟潜水技能比他强，他从水里钻出很长时间了,弟弟还在水里潜着,他真怕弟弟淹死了。他主动认输不敢再跟弟弟玩潜水游戏了,他们俩玩累了也玩够了才上岸,这时父亲从远处往回走来,在草丛里的蚊子睡醒之前,他们回到了家里,然后香香地睡上一觉。

现在,他躺在河边不敢站起来,如果被人发现通报了努图克,努图克就会立刻派人来把他抓走,为了活命,他必须想办法治好伤口,但现在还不行,只有等到天黑。

他躺着不知是睡着了还是晕过去了,等他再次醒来的时候,已经是下午了。太阳像一面镜子从树林的后面照过来很晃眼睛,估计不会再有人来了,他四处看了看,马和枪已经不在了。他想:枪不在更安全。现在还不能站起来,站起来太显眼,为了安全,他坐了起来。尽管有些头晕眼花,然而一旦发现有人,他就可以马上躺下。

太阳终于快落山了,河边的蚊子离开草丛,在他身边、脸上乱飞,有的落在了被血浸透的衣服上。他的衣服牢牢地粘在了伤口上,稍一动弹衣服拉动伤口,伤口就会再次渗血。他现在觉得很饿,得先找些东西吃,身上带着火柴却不敢生火。他走到离他最近的苞米地掰了几穗很嫩的苞米生啃起来,那些乳白色的苞米浆就像母亲的乳汁入口甘甜,他一连啃了五六穗才觉得不渴也不饿了。他在苞米地里可以站起来自由走动了,他现在辨认出这里离自己家的地不是太远,可以到他和弟弟搭起的窝铺里。他向北走了几十米,见到了矮矮的用树杈和茅草搭建的窝铺棚,走进窝棚感到像回到了家里一样那么熟悉和亲切。这里虽说不是家,但离家很近。有时满玉找不到他和弟弟的时候,在家门口喊他们就能听见。伤口还在隐隐作痛,他强忍着,他翻遍全身也没找到一丝烟末,他坐在窝棚里一块很平整的石头上,这是他和弟弟从父亲的石料里偷偷抬来的,后来被父亲看见了,他们俩吓得够呛,但父亲没说什么也就过去了。

这一夜,伤口的疼痛使他无法入睡,除了坐着就是来回走动。他无处可去,只能尽快回到窝点,不然胳膊就会烂掉,到那时性命也许就难保了。没有马几十里地怎么走,花斑马现在不知在哪里。他必须尽快离开这里,一旦被人发现就会被抓,他弯着腰沿着归流河向北走了一会儿,穿过苞米地向西北走去。

三

姚占江以为陈满金死了,当时他感觉陈满金的身体一挺一歪软了下去。他用眼睛的余光看到陈满金的花斑马驮着他无目的地跑走了。主人不能驾驭的时候,马都是乱跑一气。陈满金的死对他来说,真是很大的损失。当初是他把陈满金引进这里来的,现在亲手把他葬送了,他的年龄还不算大,还没说上媳妇,真有点可惜了。他在时还是很听话的,脑子也活泛,有他在身边,自己觉得很省心,有的事他替自己想着,这辈子最对不起的人就是他了。对他家人应该给予一定安慰才对,他对许顺说:"你跟王巴拉瓜下去一趟,给陈满金他爹扔点银子,就说是我的一点心意,现在就去。"

"好。"许顺答应着和王巴拉瓜准备动身。

"陈满金有啥功劳这样对他。"王巴拉瓜有点不耐烦地低声问许顺。

"等你死了,咱们头也会这样去慰劳你爹的。"许顺回答。

"去你妈!我可不想死。"王巴拉瓜说。

"这不就得了,那还说啥!"许顺说。他们俩骑着马慢悠悠地往山下走,走到山口一块平地,王巴拉瓜看见远处草丛里一块黑乎乎的东西说:"那黑乎乎的东西是啥,是不是野猪啊?"

"也许是狼吃剩的牛马。"许顺说。

"我看不像,"等他们走近了一看,吓了一跳,"这不是陈满金吗?"王巴拉瓜用手摸了摸陈满金的脖子还有气,他们俩赶紧把陈满金驮到马上往回跑。姚占江一看陈满金活着,还能走回来,心里无比高兴。他仔细看了看陈满金的伤口说:"他的伤口开始化脓了,把烙铁烧上,把我的大烟膏子拿来给他灌上。"许顺把大烟膏子拿来用热水稀释了一下急忙灌进陈满金的嘴里。过了一会儿,姚占江问:"怎么样,可以动手了吧?"

"可以了。"许顺说。

"把烙铁拿来。"姚占江说。

一个会给马挂掌的小铁匠把烧红的烙铁递给姚占江,姚占江往上吐了一小口唾沫,烙铁"刺啦"一声冒一股烟,唾沫立刻变黑了。他用刀把陈满金的伤口处割开,黄绿的脓水流了出来,他拿着烧红的烙铁咬着牙对准陈满金后背的伤口烙下去,只听"刺啦"一声,陈满金大喊大叫,双腿乱蹬乱踹。王巴拉瓜和许顺急忙跑过来按住陈满金的另一条胳膊,又上来两个人按住陈满金的双腿,陈满金动弹不了只能嚎叫,但由于喝了不少的大烟膏子,他还是觉得能忍受那烙铁的烧烫,他紧咬着牙,额头上冒出密密匝匝的汗珠来。

以前姚占江对王巴拉瓜受伤的头也这么处理过,没受伤前,王巴拉瓜还不叫王巴拉瓜,在一次抢劫过程中,被人打伤,回到窝点,眼见他的右前额在腐烂,无奈之下,姚占江想到了给马挂掌的弟兄。那弟兄说:"可以把死肉烧死就不再腐烂了,比让他死了强。"姚占江给王巴拉瓜喝了点大烟膏子,觉得差不多了才动的手,果然把王巴拉瓜的伤治好了。现在,姚占江用这种办法来给陈满金治疗也起到了良好的效果。陈满金不再发烧,也能吃点东西了,身体轻飘飘地进入了幻觉的状态。

四

几乎全屯子的人都在议论陈满金被打死的事。荞麦花听说后,来到陈满金家问陈满玉:"村里人都说你哥死了,是真的吗?"陈满玉吓了一跳,说:"谁说的?我咋没听说。"陈满玉听说哥哥死了,吓得流出了眼泪。荞麦花见陈满玉流泪,自己也控制不住流着泪。荞麦花走后,刘铁山来了:"听基干队的人说,他们在西山坡的路上捡到一支胡子丢下的枪,在附近咋找也没找到胡子。"

第十章

陈石匠听了又气又憋屈,说不出是啥滋味,一个劲地抽烟。他知道,陈满金早晚得走这条路,这是他自己选的路。刘铁山坐了一会儿,也没多说话,走时说:"不管死没死,还是烧点纸去吧。"

陈石匠低头不语。

晚上,陈满银回来了,他一声不吭地坐在一边,母亲问:"你看见你哥真的被枪打到了吗?"

"没看到,不过炮台上人说我哥被打倒了,脑袋耷拉下去身子趴在马上,马驮着他跑走了。"

"这么说是真的了。"母亲说。

陈满玉跑到一边流泪去了。一家人互相无法安慰,无法面对巨大的痛苦,这种痛苦无法驱散,沉重地压在每一个人的心头。陈石匠对满银和满玉说:"不管是死是活,晚上去给他烧点纸吧。"说完,陈石匠到院子里凿石磨去了,他像要把失去儿子的痛苦刻进石头里似的。

天刚黑下来,满玉从仓房里取来烧纸装进了筐里,等着满银回来。陈满银没在努图克吃饭请假回来了,他吃不下饭。他感觉到赵印和何国喜他们似乎有什么事,而且买来了酒在食堂里喝。他和妹妹路过荞麦花家时,荞麦花站在院子里,手里拿着一沓纸对陈满玉说:"满玉,替我也烧点吧。"

陈满玉无法拒绝荞麦花的心意,只好接过荞麦花递过来的烧纸,紧跑几步跟满银来到柳树林里的一块空地上。陈满银用树棍在地上画了一个圆圈把纸点燃,蓝色火苗沿着纸边燃起,冒着细细的烟,慢慢变成黄色飘忽不定起来。陈满银内心苦苦的,哥哥在时处处让着他,有好吃的先让他吃,冬天在冰面上划冰车是哥哥拉着他跑……还有好多事一时想不起来了。满玉蹲在一旁只是落泪一声不吭,给哥哥烧过纸后,满银让妹妹自己回家,他回努图克。

陈满金失踪的第三天上午,陈石匠正蹲在院子里的石头前不停地凿着石头。白锁柱牵着马走进了大门,陈石匠急忙上前接过马缰,一着急却找不到拴马的地方，只好拴在仓房的门框上。白锁柱来到屋里直接坐到炕里，陈石匠老伴把茶沏好端到白锁柱面前，陈石匠挨白锁柱坐下问："从家里来？"

"是啊，满金有信吗？"白锁柱小心翼翼地问。

"都说死了，可到现在还没见到人。"陈石匠说。

"我来就是告诉你的，他的马跑回去了，就是没见到满金，我骑马四处找了两天也没找到，我担心他……"白锁柱把后半句咽了回去。

"让你操心了。"陈石匠说。

"满金是个好孩子，有眼力见又勤奋，啥活都能帮我干，从不说累。"白锁柱说。

"他是个懂事的孩子，可命不好，走错了路也是该着。"陈石匠说。

"大哥，你也得往开了想啊，咱们活着的人也不容易，古人说，'黄泉路上无老少'。"白锁柱说。

他们俩唠了一会儿，老伴把饭菜做好端了上来，满粮来时打的酒还有，他们俩喝上了。喝酒的时候两人没多少话，陈石匠让了几次，白锁柱也没喝，心情低沉，俩人没喝多少就吃饭了。白锁柱说："以后有啥事就吱声，咱们好朋友没说的。"他掏出几块银圆放在炕上："这是满金扛活的工钱，你就打点酒喝吧。"

"给这么多干啥，你拿一半回去。"陈石匠说着把银圆拿回一半塞给白锁柱，白锁柱忙下地躲避，陈石匠只好罢了，心中无限感激白锁柱。

第十一章

一

李振东在王爷庙待了两天后回到巴拉格歹,他心怀喜悦,表面上却不露声色地来到赵凤林家。

"老弟,这次去顺利不顺利啊?"赵凤林关切地问。

"我表弟那里白搭,一点希望也没有,不过我在王爷庙找的人要价高啊。"李振东故意把价钱提高了一些。

"咱们不怕高,只要能弄到就行。"赵凤林说。

"要多少支?"李振东问。

"至少二十支,要是再多一些就更好了。"赵凤林说。

"大哥放心,我尽力办就是了,货很快就会到。"李振东说。

"这我心里就有底了,有了家伙什儿,你就在我这干,帮赵玉把我家的民团好好训练训练,我不会亏待你的。"赵凤林说。

"你不还有姚占江帮衬着呢?"李振东说。

提起姚占江,赵凤林一肚子的不满,姚占江袭击努图克是一种盲目的挑衅活动,什么也解决不了,反而激化了矛盾。本可以相安无事互不干涉的局面叫姚占江给打破了,到底还是草莽之人。对姚占江又不能教训也不能打骂,只能慢慢让他归顺。他对李振东说:"不可委以重任,这次袭击努图克你也知道,也没跟我打个招呼,就是一介莽夫。"赵凤林说。

"听说他手下有一叫陈满金的小伙不错?"李振东问。

"陈石匠的大儿子,上次跟姚占江来,你们见过,很有抱负,不过跟姚占江去打努图克叫基干队给打死了。"赵凤林说。

"太可惜了。"李振东惋惜地说。

"干他们那行就是把脑袋掖在裤腰带上,不知啥时就没了。今天你来就别走了,正好给你接风,顺便把贺青兰也找来陪你打打牌。"赵凤林说。

此话正合李振东的心意,他心里美滋滋的。

二

吃晚饭时,何国喜、付林和于祯三人喝酒,陈满银匆匆进来坐在一边吃饭。他低着头不与何国喜他们打招呼,也不看他们。在他们眼里,陈满银当上蒋弼仁的警卫员后高高在上,瞧不起他们了。陈满银觉得,他不能跟他们一样,他是领导的警卫员就应该听话、遵守纪律,不能散漫,惹不起他们但躲得起。他处处小心翼翼地躲着他们,可是越躲着他们,他们越觉得陈满银看不起他们,就越是想找茬欺负他。他们偷偷看着陈满银吃饭,等他快吃完时,何国喜说:"看我的。"

吃完饭,陈满银跟在别的队员后面走,刚走过何国喜他们饭桌时,衣服几乎擦到了饭桌。何国喜乘机把酒瓶推下饭桌,就像陈满银把酒瓶刮下去了,酒瓶落到地上碎成好几瓣,半瓶酒洒了一地。陈满银听到酒瓶碎裂的声音站住了,以为是自己不小心刮倒了。何国喜看着陈满银问:"咋办?"

"赔你一斤酒就是了。"陈满银说。

"说得轻巧,我就要这酒,你咋赔?"何国喜问。

陈满银意识到这是在找茬,不能跟他们硬来就软下来说:"我给你们打二斤还不行吗?"

"我叫你收起来,不收你趴下给我喝了。"何国喜借着酒劲继续喊道。

"你这不是欺负人嘛。"陈满银的火气一下子蹿到了头顶。

"你别以为当了警卫员就牛了,今天就欺负你了,咋的吧!"何国喜站起来拽着陈满银的衣服说。

陈满银把他的手扒拉开,不让他拽,俩人撕扯起来。上次挨打的场面再次浮现在陈满银的眼前,他也是男子汉,再不能受他们的欺负了。何国喜举拳照他的头上打过来,他快速挡住了何国喜的拳头,然后向何国喜的头部猛打过去。何国喜没想到陈满银敢反抗,而且力量如此之大。付林、于祯见陈满银竟然打了何国喜,都跳起来,向陈满银扑过来。陈满银后退着,他看到一把椅子立在门边迅速抓过椅子向他们抡去,正好打到冲在前面的付林身上。这时于祯也冲上来了,陈满银抬起一条腿一蹬踢到于祯的肚上,于祯歪了一下。他们一齐冲上来抱住陈满银,陈满银疯了一样,他的全身爆发出一股巨大的能量,从他们的围困里挣脱出来。他跳到桌上,那些碗碟被他踢得乱飞,何国喜他们没想到陈满银竟有如此的本事。这时,已经有人跑去报告了潘祖胜,潘祖胜进来见何国喜他们还要围堵陈满银,大声喝道:"住手,你们想干什么?!"何国喜他们这才住手。潘祖胜继续问道:"为什么打架?"

"陈满银把我们的酒弄洒了,我们让他赔,他不赔还跟我们犟嘴。"何国喜说。

"陈满银你说。"潘祖胜问。

"我说给赔,他们让我收起来喝了,这不是欺负人嘛。"陈满银争辩说。

"谁先打的。"潘祖胜问。

"他们拽我不让我走,何国喜先打我。"陈满银说。

"旁边有人看见吗?"

"没人。"陈满银说。

"你们四个等待处罚。"潘祖胜说完走了。

回到宿舍,赵印对何国喜等人说:"你们几个咋还闹事呢,这是什么时候啊。"

"我就是逗逗他,没想到他还不怕咱了。"何国喜说。

"你们以为他是好惹的呢,连我都不怕还怕你们。"赵印说。

"他妈的,这次算他狠,等以后再收拾他。"何国喜说。

"以后少惹事吧,别能请神不能送神。"赵印说。

他们谁也不再吱声,就那么默默地坐着。

三

蒋弼仁见到陈满银时,陈满银说:"你开除我吧,我打架了。"

"是不是他们又欺负你了?"蒋弼仁问。

"是,这次我没考虑那么多,还手了。"陈满银说。

"哈哈哈……这就对了,听说你还把跟我学的武术用上了。"蒋弼仁笑着说。

陈满银有些不好意思地低下头说:"我也不知道是咋回事,觉得全身都是劲儿。"

"那是你心理上不怕他们了的关系,你先去通知潘指导员和鲍努图克达,一会儿所有人开会。"

"是。"陈满银跑着去通知。

蒋弼仁觉得基干队员喝酒必须严格制止,否则会影响基干队的建设和管理,导致战斗力减退。

这一次,潘祖胜把口哨吹得非常急促和用力,所有人都感到了气氛的紧张,不到五分钟集合完毕。基干队员们整齐地站在努图克的大院中间,没人说话。何国喜他们都站在队列的后面,陈满银仍站在队列的前面。蒋弼仁望了一眼大家,对鲍长海说:"鲍努图克达,你先讲吧。"

鲍长海往前走了两步大声喊道:"听说又有人喝酒闹事了,这成何体统！这里不是你们的家,想咋的就咋的,这是努图克,你们是努图克招来的基干队员,是保卫努图克的。你们手里的枪不是你们自己的,是老百姓给你们的,也是努图克给你们的。你们这样散散漫漫的,对得起谁？有的人仗势欺人,这样的害群之马坚决要清除出去,别让他再给基干队丢脸了。在这我就不点名了,不愿在这里干的可以回去,不是你们想干啥就干啥,没有一点组织纪律性。我做过多年努图克达,什么样的人没见过,别说你们这些小生个子马,就是比你们调皮的地痞癞子也都叫我调教过来了,就是你们的老子我也不怕。以后你们都给我老实点,不然我可不客气了,再乱来的拉出去毙了。"鲍长海讲完回到原位上。

蒋弼仁说:"潘指导员你讲几句。"

"各位队员,打架闹事为什么屡屡不断,一句话就是管理不严。下一步要严加管理,如果再发现谁在努图克打架立刻撵回家去,绝不留情。何国喜你们几个向陈满银道歉,每人站一天一夜岗不得替换,不同意的来找我。"潘祖胜说完向蒋弼仁点点头表示讲完。

蒋弼仁说:"前些日子,胡子刚刚袭击了我们努图克,虽然没有得逞,但警示我们不能放松警惕性,胡子和地主富农,他们在等待时机,随时都有可能向我们进攻。如果我们不够团结就没有战斗力,就不能打胜仗,就会流血牺牲,我们的政权就会丢失,人民就不能翻身得解放。基干队员不是普通老百姓,不能混同于普通的老百姓,你们的身上肩负着政府和人民的期望。目前,全国和内蒙古的形势是喜人的,在承德已经成立了自治运动联合会,这使得东西蒙不统一的现状得到了解决,土地改革将逐步推进并取得全面胜利。西科前旗的领导对我们地区非常关心也非常重视,要求我们搞好减租减息和清算反霸运动,我们要不断学习和领会好上级精神,坚信我们一定能搞好这场关系百姓切身利益的运动。"蒋弼仁讲完后,征求鲍长海和潘祖胜还有没有话要说,他们俩都摇头示意没有话说。

"解散。"蒋弼仁宣布道。

第十二章

一

伪警署有一间秘密的地下仓库,只有包玉春和他侄子包铁锋知道。这是日本人左木森郎接到上级命令准备到巴拉格歹伪警署担任署长前,从白城运来存放在这里的。不知什么原因左木森郎迟迟没有到任,后来左木森郎不知去向,这批枪就落在了包玉春手里。但他不敢动,四处打听左木森郎的去处,都没有结果,直到日本投降,包玉春这才放心。这批枪就真正成了他的,他代替左木森郎当上了伪警署署长。

李振东再次来找包玉春的时候,包玉春说:"把枪拿出来我就不与赵凤林见面了,全由你代办。"

"行,我把钱带来了,咱们俩一人一半每只十块大洋,二十支是二百块,每人一百块。"李振东说。

"你算这么清干啥,都是老朋友,你给我八十块就行,剩下的归你。"包玉春说。

"署长大人大量,你就不用跑路了,警署我还不熟吗?您把地下室的钥匙给我就行。"李振东说。

"地下仓库的门就在马棚东山墙的正中,把那里扒开就会看见铁门,拉完东西就不用管了。"包玉春说。

"好。"李振东拿着钥匙当天夜里就把二十支枪拉到了赵凤林家。

赵凤林看着这些八成新的枪异常高兴,比他民团的枪好多了。有了这些枪他还怕什么,别说努图克的基干队,就是西科前旗的基干队也不怕。

二

这天傍晚,何国喜在屯子里遇到了郭二愣。郭二愣刚刚喝过酒正迷迷瞪瞪往回走。何国喜早就听说过陈满金和荞麦花的事,现在见到了郭二愣就想取笑取笑他说:"当王八是好啊,天天有酒喝。"

"你说谁呢。"郭二愣站住了,斜着一只眼问。

"说你呗,这路上还有谁。"何国喜说。

"你他妈找死啊。"郭二愣举拳要打何国喜,何国喜早猜到郭二愣肯定会打他早躲到了一边。

"你心里早知道还装什么相啊,现在陈满金死了,你这个王八也该解放了吧。"

"你再说我真的揍你了啊。"郭二愣瞪着一只眼说。

"不闹了,陈满金死了,你知道不?"何国喜问。

"他该死。"郭二愣说。

"他死了,你这口气就咽下去了?"何国喜进一步煽动。

"那你说咋办?"郭二愣问。

"有一招保你出了这口恶气。"何国喜在郭二愣的耳边小声嘀咕了一阵,郭二愣停顿了一会儿说:"干这种事也太缺德了吧。"

"又不是让你自己干,还有我呢,你怕啥?"何国喜说。

"你干老子还怕啥!"郭二愣说。

"走。"何国喜说着与郭二愣来到陈石匠家的墙外。陈石匠家的灯还亮着,能看到屋里人影在晃动,但街道上已经看不见人影了。

"他妈的还没睡呢,要么再等一会儿?"郭二愣征求何国喜意见。

"你跟他们家的仇比我大,你去点我给你放哨。"何国喜说。

"你咋不去点呢?"郭二愣说。

"你媳妇跟我了啊,咋分不出里外呢,要是我点叫你来干啥,熊包!去不去?不去走吧。"何国喜连催促带吓唬地说。

郭二愣停了一会儿,猫着腰向前摸去。陈石匠家的毛柴垛在院子的东南角上,郭二愣贴着陈石匠家的墙靠近毛柴垛。可是毛柴垛离墙还有两米多宽,郭二愣扔烟头根本扔不到,他只好借着毛柴垛的遮挡跳进了陈石匠家的院子。他划着火柴先点燃一片苞米叶子,然后将苞米叶子放在毛柴上,他干得非常坦然和自信,没有一点恐惧,见毛柴冒出了一股黑烟,他这才跳过墙与何国喜一起逃走。他们俩跑了一阵拐进胡同里,这时陈石匠家的柴火垛还没有猛烈地燃起来,何国喜问:"你点着了吗?"

"肯定点着了。"郭二愣回答。

"走,我请你喝酒去。"何国喜拉着郭二愣来到贺青兰家,他们俩刚进屋,李振东也来了说:"咋这么巧,人手这不就够了吗?"

"还没吃饭呢,没心思玩。"何国喜说。

"吃饭还不容易嘛,家里有啥就吃啥。"贺青兰到外屋端来了一碗炖豆角和一盘芥菜疙瘩。何国喜从炕上的柜子里找出酒来倒在小饭碗里,仨人也不客气碰了一下就各自喝起来。郭二愣心里有事喝两口就撂下了。何国喜猜出郭二愣还惦记着刚才的事就故意说:"二愣喝啊,家里还有啥事咋的?"

"噢,没……没有没有,我实在喝不下去了,我昨晚一宿没睡困得不行,我回去了。"郭二愣回过神来说。

"回这么早干啥,不玩了?"何国喜说。

"太困了,你们玩吧。"郭二愣摇摇晃晃地站起来回去了。

三

这时,一股旋风从墙边吹向柴火垛,陈石匠家的柴火垛忽闪忽闪烧了起来。黑烟就像一条巨蟒,身躯扭动着向上直立起来,然后歪向一边变得越来越粗壮。起初,陈石匠家里人还没发现,后来有人拍他家的窗户大喊:"你家柴火垛着火了。"

陈石匠这才看见院内一片火光,他大喊一声:"不好了,咱家柴火垛着火了。"老伴和陈满玉急忙穿裤子下地。陈石匠跑到外面一看没救了,柴火垛就像一个烧红的大火球正在熊熊燃烧而且越烧越旺,把半个院子照得通红。柴火垛还发出"噼噼啪啪"的响声,就像无数根绳索被抻断。搂柴时陈石匠是净到长有蒿秆的地方去搂,蒿秆又好烧又抗烧,所以陈石匠宁可让自己累点也要到那样的地方去搂,结果弄成了这样的结局。邻居们围站在那里束手无策,谁也帮不上忙,只是发出一些议论和惋惜的声音:"什么人干的,这么缺德!"

"再大的仇也不能把人家的柴火垛点着啊。"

"不得好死。"

"陈石匠可能得罪什么人了吧。"

"放火的人让他生孩子没有屁眼。"

荞麦花和满玉站在一起,一只手挎着满玉的胳膊。满玉几乎歪倒在她的肩上。她知道肯定是哥哥得罪了什么人,是大哥还是二哥呢?不能是二哥,二哥在努图克也不会得罪人啊,肯定是大哥杀了人,人家在报仇。人们站在火光之中想了很多很多,多半是猜测。陈石匠想:我这一辈子也没得罪什么人呐,噢,有一次,老韩头家的老母猪夜里从圈里跑出来进了他家的苞米地,把他家的苞米地祸害得足有一间房那么大。他找到老韩头理论,结果老韩头说猪是自己跑出去的没办法,不但没说好话还跟他吵了起来,气得他不知如何是好。后来老韩头家的那头老母猪又钻进了陈石匠家的地里,陈石匠真的用镰刀砍伤了他家的老母猪,这下老韩头不让了,说:"猪是牲畜,你砍它干啥?有事你找我说啊。"陈石匠真是哭笑不得。从此两家就不再往来,见了面也不说话。这是他在屯子里唯一争吵过的人,除此之外就没有别人了。

  郭二愣远远地站在一边看着,心里有一种说不出的感觉,心里积压多年的怨气也算出了,就算是被人知道了又能咋的,抢妻、杀父、夺子那是谁也容忍不了的事情。他迷迷瞪瞪回到家里,荞麦花不在家,头沾到炕上就打起了呼噜。他不知道荞麦花啥时回来的,但他闻到荞麦花的头发上带着一股浓重的烧毛柴的味道,他知道她肯定在陈石匠家柴火垛跟前看热闹了,不然不会有这么大烟味。他拽了拽她,她翻过身去。他凑近她,酒气熏到了她,她把枕头搬到他的脚下,把头调过去睡。他也照她那样做,她用脚狠狠地踹他。他继续贴近她,她就继续踹,她累了终于停下了。他猛地翻身骑到她的身上,压得她喘不过气来。可是就在他稍稍有点得意忘形的时候,她使尽全身力气一拧身把他推了下去。一开始郭二愣以为荞麦花在跟他开玩笑,其实一开始荞麦花就是认真的。她从陈石匠家回来心情就不太好,她想自己单独一个人待着。她沮丧地回到家见郭二愣睡得跟死猪似的,心里就有些不耐烦,再加上他散发的酒味和打的呼噜声使她更加烦躁起来。荞麦花的烦劲还没消,郭二愣还跟她撩骚上了,她就更加生气。郭二愣从荞麦花的身上下来后来气了,他们已经很长时间没干那事了,这也实在不应该了。他是她的丈夫,她不能拒绝他,他的要求也是正当合理的。她为什么这样对待自己,自从她跟了陈满金后,她就不接受他了。他越想越窝囊,越想越来气,今晚他非要跟她睡。他又要往上爬,荞麦花立刻抱着枕头坐了起来,枕头挡在他们俩中间。他的一只眼睛慢慢鼓了起来,问:"为什么这样对我?我是你丈夫!"

  "我就是不乐意。"

  "你不要再想陈满金了,他死了。"郭二愣说。

  "死了我也想。"荞麦花说。

"你个不要脸的东西。"郭二愣猛冲过去一把薅住了她的头发,荞麦花挠郭二愣拽她头发的手,疼得他猛地一缩,荞麦花的头发被他拽下一绺还带着肉皮,鲜血立刻顺着荞麦花的耳边流了下来。荞麦花疯了似的抓起枕头朝郭二愣的脸上砸去,虽然不是太重,但给了荞麦花喘息的机会。她从炕席底下抽出剪子放在胸口:"你敢再胡闹,我就死在你面前。"

　　郭二愣见到这架势手也软了,他微微闭上眼睛说:"好、好……我惹不起你行了吧。"说着跑到一边睡去了。

　　荞麦花坐在墙角一夜没睡。

四

　　陈满银跑回家时,柴火垛已经变成了一大堆火,他坐在院里的石头上不知如何是好。陈石匠躺在炕上越想越觉得蹊跷,越想越睡不着。这辈子为了这个家,为了把这几个孩子养大,吃的苦比他凿的石头还多,除了把老韩头家的老母猪砍伤赔了钱外,从来没做过什么对不起人的事,怎么就有人跟他过不去呢?都是这两个孽种惹的祸,不然怎会有人点柴火垛呢?这两个孽种被他妈惯得想干啥就干啥,他妈说啥是啥,就是不听他的,不然也不能闹到这个地步。陈满玉见爹坐起来问:"爹,你咋不睡呢?"

　　"这要是连雨天烧啥?"陈石匠说。

　　"还有啥想的,不就是柴火垛吗?等春天再搂几车不就得了。"满玉说。

　　"说得轻巧,这柴火垛被烧了是那么简单的事吗?这是有人在欺负咱,你知道啥!"陈石匠生起气来。

　　满玉一看父亲又要生气不敢再犟嘴。

　　恰在这时陈满银进来了,一看到满银,陈石匠的气就又涨满了胸腔,问:"你咋才回来?咱家的柴火垛被人点了。"

　　"我知道,可努图克训练正忙,不准许请假。"满银回答。

　　"看看你们两个,一个当胡子当死了,一个加入了努图克基干队,哪个让我省心,我早就跟你们说过,咱们家祖宗八辈都是本分的庄稼人,有些事咱们是干不了的,可你们就是不听,总想自己闯,干大事,这个家不叫你们整黄了,你们不会罢休。"陈石匠说。

"爹,你别瞎说了。"满玉劝道。

"我瞎说什么,就是这么回事。前两天,你妈找大仙来咱家算了一卦,结果说我命硬,说我方走了你哥,还说咱家还要有一次大祸临头,他妈的!我陈石匠这辈子咋的了,还叫不叫我活啊!"陈石匠越说越气愤。

"爹,你别信那些迷信了,那就是骗钱呢。"满银说。

"你哥抢来的那些东西我让你妈全给大仙了,说是破财免灾。你们说,你哥的尸首到现在也没见到,不闹心吗?"陈石匠说。

深夜里,全家人陷入了比黑夜更加黑暗的痛苦之中。

"他爹,你别磨叨了,让他们俩早点睡吧。"母亲从满根嘴里拔出奶头说。可是满根"哇哇"地哭起来。母亲只好再把奶头送进满根的嘴里,满根这才止住了哭泣。

陈石匠不说话了,磕掉烟袋里的烟灰依然坐在那里。

五

清晨,刘铁山来到陈石匠家,他不提昨晚柴火垛被烧的事,问:"今天你有空吗?"

"有啥事?"陈石匠问。

"昨天白锁柱捎来话说,今天他闺女出嫁,请咱们俩去喝喜酒,本来昨晚想告诉你,可出了这事,我回去想来想去觉得还是告诉你的好。"

"不管出了多大事,白锁柱闺女结婚那得去。"陈石匠深有感触地说。

"那咱早点去吧,我回去套车。"刘铁山说。

"好,我这就去找你。"陈石匠说着到屋里找出一件干活时舍不得穿的衣服换上,又把平时攒的钱揣在裤兜里急忙赶到刘铁山家。刘铁山早把借来的驴车赶出来等在门口,俩人到白锁柱家时快到中午了。蒙古族接闺女的仪式清晨已经举行完毕,这个时候正是招待客人的时间。白锁柱见刘铁山和陈石匠赶来特别高兴,把他们俩让进最尊贵的蒙古包里。蒙古包内铺着毡子,把四个方桌子对接起来组成一个大方桌,客人们围坐在桌子四周。穿着新蒙古袍的小伙子、大姑娘端着肉端着酒穿梭在各个蒙古包。不大一会儿,手把肉上来了,那些姑娘给每个客人的碗里倒满了酒,有人提议:"喝吧!"大家互相谦让了一下喝起来了。刘铁山小声对陈石匠说:"大哥,这可不像在家啊,蒙古族人实在,让咱喝咱就得喝,不喝他们就会生气,不再跟咱做朋友了。"

"那咱们怎么办?"陈石匠问。

"那能怎么办,只能喝呗。"刘铁山说。

同桌的蒙古族朋友用笨拙的汉话敬他们俩,蒙古族朋友一饮而尽,刘铁山看了看陈石匠,陈石匠没办法只能喝了。不大一会儿,白锁柱和老伴来给大家敬酒,特意来到刘铁山和陈石匠跟前说:"两位大哥虽然是汉族,但我们是好朋友,蒙汉一家人。今天是我闺女结婚的吉祥日子,你们不喝醉不能回去啊,我敬两位大哥,来!这碗酒喝了。"白锁柱先喝了,刘铁山和陈石匠也都喝了。过了一会儿,白锁柱的闺女和女婿来给大家敬酒,刘铁山沾了沾嘴,陈石匠喝了半碗总算过去了。大家坐在那闲唠,进来几个年轻人端着银碗,银碗下面是纯白色绸子哈达,年轻人来到刘铁山和陈石匠的跟前微微弯下腰,唱起蒙古族敬酒歌。虽然他俩听不懂歌词,但曲子还是好听的。刘铁山和陈石匠从没见过这样隆重的礼节,只能喝,喝过了这碗酒,陈石匠的眼睛有些睁不开了,他感到双腿有些麻木不听使唤,蒙古包好像有些偏斜。这么多年来,他第一次喝这么多酒,喝得这么高兴,蒙古族朋友是可以交的。白锁柱就是蒙古人中最值得信赖的朋友,刘铁山这时跑到外面吐去了,陈石匠慢慢歪倒在了桌旁,刘铁山回来后也睡倒了,等他俩醒来时已是下午。桌上又端上来新煮好的羊肉,陈石匠一口也吃不下了,就那么躺着,等他俩回到家时已是第二天早晨。

第十三章

一

半夜,赵印喝得酩酊大醉回到家里,见了父亲便说:"爹,我实在忍受不了了。"

"怎么了?"赵凤林问。

"蒋弼仁现在办起了什么翻身大学,每天很晚才回努图克,不知道忙什么,什么也打听不到。"赵印说。

"还有什么情况?"赵凤林问。

"听说上边给供销社拨下了一批物资,解决老百姓日常生活困难。"赵印说。

"啥时拉来的?"赵凤林问。

"大概是前两天。"赵印说。

"你咋不早说。"赵凤林说。

"早说能咋的?"赵印说。

"早知道的话告诉姚占江一声,他要是带人下来也许就成他的了,就不用我们养活他了。"赵凤林说。

"蒋弼仁鼓动得一些老百姓都相信共产党了,说共产党是给他们办实事、给他们带来好处的党。"赵印说。

"只要保住我们的土地,他爱咋鼓动咋鼓动,鲍长海都不信蒋弼仁能待长了,我更不信了。"赵凤林很自信地说。

"鲍长海在努图克说了不算,他就是一个摆设。"赵印说。

"不能这么说,要不是他,你能进基干队吗?他这就算帮我们大忙了。"赵凤林说。

"不过,我觉得蒋弼仁不拿他当回事。"赵印说。

"他们俩矛盾越大,对我们越有利。"赵凤林说。

二

从翻身大学回来,蒋弼仁仍然很兴奋,参加学习的青年人比原来增加了不少,热情也比原来高涨了许多。年轻人对革命充满了信心和希望。虽然他对土地改革还有些担心和迷茫,但年轻人对新文化、新知识的接受还是充满信心的,不像鲍长海说的那样,年轻人对土地改革抱着观望态度,不积极、不热情。虽然有一部分人持观望态度,但也是可以教育和引导的。这些天来,他的努力还是起到了一定的作用。共产党的革命宗旨就是为人民谋幸福,提高人民的生活水平,让人民过上不愁吃不愁穿的日子。想到这儿,他打开笔记本写道:

雅娟:

今天是我最高兴的一天了,几个月来,我的努力没有白费,收到了一些效果。这里的年轻人积极参加学习班学习了,只要他们努力学习,革命就有了希望。现在我已经慢慢适应了这里的气候,饮食也比以前好多了,这个地方的小米还是很好的,我胃病也好多了。刚来的时候,不知道这片土地能产这么多好东西,我现在告诉你,这里的土豆比咱那里的好吃,这里的粉条,还有黄米做出的黏豆包,豆腐和干豆腐也比咱那好吃,这里还种荞麦和各种豆类,好多东西都比咱那好吃。这里的山上还能打到野鸡和野猪,不过我没去打过。这里不但地大物美、土地肥沃，人也朴实善良。现在，我除了看书学习还得研究当前的形势，把握好方向不能偏差和走样。不知咱爸的病好些了没有，能不能自己下地活动，他要是能下地活动就减轻你和妈的负担了，我也就放心了。大妮和二妮都好吧？真有些想她们了，她们是不是也想爸爸、找爸爸了？我在这里很好，不用惦念，祝家里一切平安！

八月十一日

写完，他洗了洗脚就睡了。

三

早晨起来，吃过饭，蒋弼仁对陈满银说："跟我到王爷庙开会去。"

"好。"陈满银到马棚里解开蒋弼仁的马，又解开一匹临时用的马，跟在蒋弼仁的后面离开努图克。

蒋弼仁和陈满银刚走，基干队员铁蛋跑来向潘祖胜报告说："潘指导员，刚才听羊倌说，他看见有几个骑马的人在咕里咕歹沟里转悠，挺可疑。"

"你找个队员和你一块到咕里咕歹沟附近侦察一下，速去速回。"潘祖胜说。

"好！"

铁蛋和那名队员很快回来报告说："指导员，咕里咕歹沟里确实有骑马人，都背着枪，好像是胡子，我们没敢靠近。"

潘祖胜陷入沉思，几个月来，胡子越来越猖狂，真是无法无天了，消灭胡子是早晚的事，可是现在是去剿匪还是守在努图克，他犹豫不决。他来到鲍长海办公室，鲍长海正在看报纸，潘祖胜说："鲍努图克达，基干队员发现咕里咕歹沟有胡子，怎么办？"

"确实是胡子吗？"鲍长海问。

"铁蛋说像是胡子,都背着枪。"潘祖胜说。

"你负责基干队的工作,又是指导员,你决定吧。"鲍长海推脱说。

"你是努图克达,我怎么能一个人做主?"潘祖胜说。

"我虽然是努图克达,但我分管的是翻身大学和妇女工作,是有名无实的努图克达。"鲍长海说。

潘祖胜觉得鲍长海还是有些怨气,回到基干队,他直接问王金海:"你说打不打?"

"胡子是不是在向咱们示威啊,应该给他点厉害看看。"王金海说。

"可是现在蒋努图克达不在,怎么办?"潘祖胜说。

"鲍努图克达啥意见?"王金海问。

"他不表态还一肚牢骚,真是没办法。"潘祖胜说。

"这种情况的话……你负责基干队,有权调动基干队。"王金海说。

"即使消灭不了胡子,对胡子也是一种震慑,对基干队也是锻炼,有利而无害,集合队伍出发。"潘祖胜说道。

"好,我去通知。"王金海立刻通知基干队员集合。

二十多名基干队员很快站好队,潘祖胜来到队列前喊道:"刚才发现有一股胡子在咕里咕歹沟里活动,我们不能坐视不管。为了老百姓和努图克的安全,现在考验我们的时候到了,能不能消灭他们就看我们的了,有决心吗?"

"有!"

"出发!"潘祖胜喊道。

四

赵凤林觉得时机已到,一切都在他的掌控之中,表面上他战战兢兢,背地里却在详细策划着如何把努图克推翻的阴谋。他让赵玉和李振东带着十几个弟兄故意在咕里咕歹沟转悠引出基干队,他还把姚占江请来交代了下一步的任务。

　　蒋弼仁到王爷庙开会是赵凤林没想到的,他只是猜测蒋弼仁如果看到咕里咕歹沟的人,有可能带领基干队员上山剿匪,还有可能静观胡子的动静不敢轻易出动。

　　蒋弼仁和潘祖胜没有预料到赵凤林的阴险,这一段时间,蒋弼仁主要忙于把供销社的物资运来发放给老百姓,看到百姓有了盐和火柴等日常生活用品,他感到了些许的慰藉。

　　基干队来到山下,看到胡子在远处的树影中晃动,有意躲着他们也不开枪射击,基干队员前进一步,胡子们就后退一步,有时还躲到石头的后面。基干队员们向东追击,胡子们就向东撤退,让基干队看到却不让基干队靠近,故意与基干队周旋。

　　九月的天气虽然没有夏天那么炎热,但中午还是很晒的。东西走向的山沟足有几十里地长,地面开阔,杂草丛生,蝈蝈们在草丛里不知疲倦地鸣叫着,柞树叶都已长得肥大和坚硬起来。基干队员们只能牵着马在柞树丛中艰难行走,汗水已经浸透了基干队员们的后背。可是基干队员们只能看见胡子的身影却无法打到他们。潘祖胜觉得胡子是在跟他们耍花招,是在试探他们的忍受力,他对王金海说:"这帮胡子为什么不跟咱们直接接火又不逃走?"

　　"他们是不是在故意消耗咱们的体力,等咱们的体力下降了再跟咱对抗?"王金海说。

　　潘祖胜看了一眼挂在西边的太阳,说:"咱不跟他们拖了,撤。"

　　"撤。"王金海大声向队员喊道。

　　基干队员们从柞树丛里慢慢撤了回来。

五

　　傍晚,临下山之前,姚占江问许顺:"此去凶多吉多?"

第十三章

"我早算好了,吉多。"许顺说。

"你算的这玩意儿到底准不准啊,他妈的上次你还说大吉大利呢,结果陈满金差点没死。"姚占江说。

"不过这玩意儿也就是个大概,有许多说不清的原因,不好说。"许顺说。

"大哥,这次下去,请大哥高抬贵手别杀了我弟弟陈满银,以后我一定效犬马之劳。"陈满金恳求说。

"我这好说,不过听说你弟弟跟赵印他们关系不太好,他们放过你弟弟就算放过了,他们不放,我这也是白搭。"姚占江说。

"大哥,你是老大,你说放过谁就放过谁,谁敢不听你的。"陈满金说。

"话是这么说,到揹劲儿上就不是那么回事了。既然你说了,我照办就是了,走。"姚占江说完便带领弟兄们直奔赵凤林家。

赵凤林摆了十几张桌子的酒席就等姚占江和弟兄们来了开桌。姚占江有十几天没有改善伙食了,见赵凤林这么隆重地款待自己的兄弟们,内心很高兴。李振东见了姚占江问:"陈满金真死了?"

"哈哈哈……他还活着,不过一条胳膊抬不起来打不了枪。"姚占江说。

"他的枪找到了吗?"李振东问。

"找到个屁,叫人捡去交给努图克了。"姚占江回答道。

赵凤林大声咳嗽两声,大家都不说话了,他扫了一眼大伙说:"各位弟兄,今天晚上,我们要来一个大的行动,我不说大伙也都知道了。不过现在我们就是喝酒不谈别的,大家吃好喝好休息好,到时候就全靠你们了,我先敬大家一杯,祝这次行动马到成功,干杯。"赵凤林带头喝了小碗里的酒,姚占江和李振东也跟着喝了,那帮匪徒也都喝了,大家有说有笑,酒席很快热闹起来。

赵凤林早已安排赵印、何国喜等匪徒听到暗号在努图克内部接应。

吃晚饭的时候,何国喜和付林拿出酒来偷偷给每个基干队员的碗里倒了点酒要大伙喝,队员们都不敢喝。何国喜故意煽动说:"今天大家都累了,喝点酒解解乏,指导员不会说的。"王金海见了制止道:"谁准许你们喝酒了,基干队不是规定任何情况下都不许喝酒吗?"

"王班长,大家累了一天,喝点酒解解乏,就破个例嘛。"何国喜说。

潘祖胜这时正好进来,见何国喜请求喝酒制止道:"不行,谁也不许喝酒,这是规定。"

何国喜见阴谋没有得逞就说:"这也太死板了吧,队员们都想喝点也不是我一个人的意思。"

"谁的意思也不行。"潘祖胜果断地说。

何国喜和付林见潘祖胜态度坚决也不敢再说什么了,没有煽动成功也就默默地吃起饭了。要大伙喝酒是赵印让何国喜挑头张罗的,想把基干队员们灌多,对他们的行动有利,但被潘祖胜严厉制止了。

潘祖胜说完离开了食堂,何国喜仍然不死心,他说:"头儿回去了,咱们该喝还喝,谁不喝他妈的是王八蛋。"

他这一骂队员们也就不得不喝了,慢慢地所有队员都被何国喜煽动得偷偷喝了起来。

六

会议下午结束后,陈满银跟蒋弼仁说:"蒋努图克达,我姐家就在王爷庙,我先到我姐家看看,明一早就回去。"

"你去吧,我自己回去。"蒋弼仁爽快地说。

"那你路上注意点啊。"陈满银关切地说。

"你放心吧!"蒋弼仁说。

晚上八点多钟,蒋弼仁回到了努图克。潘祖胜也早早休息了。炮台上有两名基干队员在站岗放哨,院子里非常安静。蒋弼仁从王爷庙回来感觉也有些累了,回到屋里他翻了翻会议材料,简单洗了洗就睡了。

第十三章

夜间气温有些微凉,地里早熟的庄稼有的已经被割倒了,有的还长着。大地一条一框显得参差不齐,远处山野的颜色变得更加沉重起来。

三星偏西的时候,何国喜和付林他们俩来到炮台上对站岗的基干队员说:"你们回去歇着,累了一天,我们俩替你们站。"

"谢谢两位大哥。"两名基干队员无限感激地说。

"客气啥,都是一家人,回去赶紧睡吧。"何国喜说。

两名队员走下炮台回到宿舍。过了一会儿,见队员们都睡熟了,赵印和于祯悄悄把基干队员们的枪抱到大门附近的墙根,顺手把大门打开了一条缝。赵印来到蒋弼仁的屋里,蒋弼仁听到有脚步声问道:"谁?"随手去摸枕下的手枪没摸到,他翻身跳起来去摘挂在墙上的大枪,大枪也没有。他感到情况不妙,他拎起板凳向赵印砸去,赵印急忙躲开。蒋弼仁顺势跳到地上冲出屋去。这时站在门外的何国喜、付林突然抱住蒋弼仁,蒋弼仁大骂道:"反了你们!"他使尽全身力气把他们俩甩到一边,奋力跳到近两米高的大墙上,就在他即将翻过大墙的一瞬间,一颗子弹打中了他的大腿根部。他感到身体一热一股鲜血涌了出来,但他仍坚持着向东南方向跑去。

此时,天空漆黑漆黑的,正是黎明前的那种深重的黑,努图克的大院里基干队员们惊醒的时候,根本找不到枪,枪早叫赵印他们抱走,他们毫无反抗能力,在胡子的枪口下眼睁睁地被活活打死。

姚占江带领一帮胡子冲到潘祖胜和王金海的房前,潘祖胜和王金海蹲在炕沿下进行射击,潘祖胜被一颗子弹打中昏了过去,王金海赶紧把他藏进刚运来还没发放下去的棉花包里。姚占江在外屋门口向屋里喊道:"快投降吧!投降给你们一条生路。"

"去你妈的!老子给你们投降!去死吧!"王金海大喊道。

话音刚落,王巴拉瓜踢开门向王金海打了一枪,王金海应声倒下。姚占江来到藏着潘祖胜的棉花包前,潘祖胜这时慢慢醒过来了。姚占江听到棉花包里微弱的声音,他用枪口对着棉花包一顿乱打,潘祖胜的鲜血一点一点渗出棉花包,染红了一大片洁白的棉花。

七

东南天空在血色的黑暗中渐渐发白,蒋弼仁跑到姜家街一家菜园子的矮墙下昏迷过去了。

早晨,第一个发现蒋弼仁的村民急忙向李国芳家跑去。李国芳听到枪声没敢贸然出门,他感到一种无法预测的凶险正在向他逼近,压迫他的心脏,他感到呼吸有些困难。就在这时,那个村民猛烈地敲响了他家的门,他预感到一种不祥之兆已经降临。村民呼哧带喘地说:"蒋努图克达……他……倒在我家的菜地里。"

"快!"还没等村民说完,李国芳已经知道是咋回事了。他们俩跑到蒋弼仁的跟前二话没说,李国芳用手摸了摸蒋弼仁的颈动脉,还有脉搏在微微跳动,不能耽误必须马上送往王爷庙的医院抢救。他环顾四周没有担架,怎么抬?他大声喊道:"都快回去找找有没有可做担架的木头和木板,越快越好!"

有几个农民跑回家里去寻找做担架的木头去了。李国芳把蒋弼仁抱在怀里仔细观察着他的呼吸和脉搏的跳动。有的村民拿来了褥子和棉被给蒋弼仁盖好,蒋弼仁的身体慢慢暖和一点了。有的村民拿来几根橡子和麻绳,李国芳一看这些东西不可能结实。他焦急地问:"再也找不到木板了吗?"

村民们都在摇着头,不能就这样看着蒋弼仁死去。有一个村民突然想起了什么,转身向自家跑去。不大一会儿,他抱来一扇门板,他把自己家的门卸下了来,李国芳立刻感到有了希望,说:"好,把蒋努图克达抬到门板上。"

村民们七手八脚地把蒋弼仁抬到门板上,李国芳扶着蒋弼仁,村民们抬着蒋弼仁向王爷庙的方向一路小跑起来。

第十三章

当村民们跑到巴拉格歹东南的玛尼吐山梁上时,蒋弼仁睁开了双眼,微红的阳光斜照着他苍白的脸颊,他的脸上像敷了一层薄薄的油彩,苍白中透着微红。他舔了舔嘴唇,李国芳马上给他喂了点水。蒋弼仁用微弱的声音问道:"队员们咋样?"

"蒋努图克达,都没事,你放心!"李国芳回答。同时,他示意大家把门板轻轻放在地上。大伙轻轻地把门板放在地上,太阳这时已经变得不那么红了,一丝的凉风从远处的高坡上吹来,把蒋弼仁的头发吹乱了几绺。

"我……对不起……他们。"蒋弼仁的声音非常微弱。

"没有。"李国芳抬起头来大声回答道。

蒋弼仁还想说什么,但没有说出来,他向远处的山峦看了看,慢慢闭上了双眼。这个叫玛尼吐的山冈距离王爷庙还有四十多里地,如果蒋弼仁再坚持一个多小时,他的生命就会再放异彩;如果再早发现一个小时,他的生命也将不会终止在这里……一个年仅二十九岁的生命结束在了这北方的高山之巅。

李国芳向蒋弼仁跪了下来,热泪流出眼眶,那些村民们也都跪了下来,玛尼吐的山冈在一片抽泣声中显得格外空旷。远处山冈上,迎风站立的柞树已经深红,它与浅黄颜色的白桦树一起,把崇山峻岭装扮得格外庄严肃穆。

第十四章

一

早晨,陈满银回到努图克时,见到大门敞开着,老百姓都站在门外不敢往里走,他意识到可能发生了什么事情。他挤过人群,当看到满地鲜血,基干队员们横七竖八地躺在地上,他不敢相信自己的眼睛,这是真的吗?他全身一点力气也没有了,蹲在地上抱头痛哭。

过了一会儿,鲍长海急匆匆走来,黎明时,他听到了密集的枪声,但他不敢贸然出门,只能等到天亮再说。他觉得不会有什么大的事情发生,顶多也就是胡子闹闹就走了。当他看到这悲惨的一幕时,他也震惊了,没想到事情如此严重,他命令陈满银立刻返回王爷庙汇报情况,陈满银哭着爬到马上向王爷庙飞奔而去。

中午时分,陈满银赶到王爷庙办事处,宋振鼎、张策听了陈满银的报告后,立即跟随陈满银来到巴拉格歹努图克。尸体还没有运走,都用炕席盖着。鲍长海走过来与宋振鼎和张策握过手后低头不语。张策问:"蒋弼仁同志在哪里?"

"我们正在寻找蒋弼仁同志。"鲍长海回答说。

"努图克除了你,还有谁活着?"张策问。

"这个……我不知道。"鲍长海回答。

第十四章

"一定要找到蒋弼仁同志,立即组织老百姓把这些队员的尸体安葬了。"张策说着和宋振鼎来到了蒋弼仁的办公室。宋振鼎说:"咱们在这开个临时会吧,研究一下努图克当前的工作。"

"好。"张策回答。

宋振鼎坐在蒋弼仁的椅子上,桌上放着蒋弼仁的笔记本。他打开笔记本,看了几页眼泪涌出来模糊了双眼,他合上蒋弼仁的笔记本擦去眼泪说:"这是西科前旗有史以来第一次重大事件,也是一次沉痛的教训。我们不但失去了年轻的革命同志,还使我们的事业遭受了重大的挫折。我们一定要吸取这次惨痛的教训,总结工作中的不足,把下一步工作做好。下面,鲍努图克达先谈谈你的意见。"

"这次事件我有一定责任,组织上怎么处理我都接受。"鲍长海说完低下了头。

"你的问题,我们回去再研究,当前努图克的工作你先主持一段时间。"张策说。

这时,李国芳来到努图克,见了宋振鼎和张策不知说啥是好。鲍长海介绍说:"这是西科前旗宋书记、张主任。"

"我刚从山上回来,正想找领导汇报,我们抬着蒋努图克达在去王爷庙的半路上,蒋努图克达牺牲了。"李国芳说着落下了眼泪。

"立刻派人,把蒋弼仁烈士的遗体抬回来。陈满银,把党员们召集一下,一会儿我们召开一个紧急会议。"宋振鼎说。

"好,我这就去执行。"陈满银回答道。

过了一会儿,所有党员都来到了努图克。

宋振鼎看看大家说:"今天是个十分悲痛的日子,我们要化悲痛为力量,在关键时刻要表现出我们共产党员的坚强意志,决不能被敌人的嚣张气焰所吓倒!我们要不怕流血牺牲,我们要压倒敌人还要战胜敌人,越是在困难时期越要挺身而出,为实现革命的伟大目标而奋斗。现在,我提名李国芳同志为兴安村党支部书记,这也是蒋弼仁烈士的遗愿,大家有意见吗？没意见鼓掌通过。"

大家对李国芳任劳任怨肯于帮助人都非常认可，大家热烈鼓掌表示同意李国芳为党支部书记。

"好，当前我们的任务就是坚定信念，一切行动听党指挥，积极稳定局势不动摇，彻底地把胡子消灭掉，把土地改革进行到底。共产党员要发挥先锋模范作用，带领广大老百姓参加革命。其他事情我们回去再研究决定。李国芳留下，其他同志回去吧。"宋振鼎说。

其余的人慢慢走出了蒋弼仁办公室。

"蒋弼仁生前曾向我介绍过你的情况，现在形势很严峻，反革命的势力正在威胁着我们，随时都有掉脑袋的可能。努图克的工作暂时由鲍长海负责，你要挺起腰板，顶住那些邪恶势力，一定要担当起支部书记这个职责，把工作干好，有信心吗？"

"有！我要向蒋弼仁同志学习，我有决心完成他没有干完的事业，组织上这么信任我，让我担任这么重的担子，但为了老百姓能过上幸福生活，我就是死了也不怕，我一定尽职尽责把党支部的工作做好。"李国芳说。

"好，你先把这里的群众工作开展起来，回去我们再安排其他工作。"宋振鼎说。

"请领导放心，我一定不辜负领导的信任。"李国芳回答。

"张主任，你还有啥指示吗？"宋振鼎问。

"没有。"张策回答。

"咱们马上回去研究部署下一步工作。"宋振鼎说。说完他和张策离开了努图克。

第二天下午，西科前旗的会议室里烟雾缭绕，几乎看不见人。参加会议的人有宋振鼎、张策、杰尔格勒、官布扎布和各努图克的领导，巴拉格歹努图克没有人来。宋振鼎说："巴拉格歹这次惨案是西科前旗有史以来的第一次重大惨案，我们应该深刻反思，为什么会发生这么严重的惨案，是蒋弼仁他们做得不对还是我们的过错,为什么会在不同地区引起了不同程度的震动,我们将如实向上级领导汇报这一情况。下一步在土地改革正常进行的情况下,我们将把工作的重点转向剿灭胡子上来,以保证土地改革的顺利进行。这些胡子一天不消灭干净,我们的土地改革就一天不会安宁。巴拉格歹努图克的工作由官布扎布同志负责,把哈拉黑基干队调过来,再加上西科前旗基干队,对巴拉格歹地区以姚占江为首的胡子进行全面清剿,发现一个消灭一个,绝不姑息。巴拉格歹努图克达鲍长海同志在这次惨案中负有一定责任,暂时停止他的工作并写出书面检查。陈满银同志熟悉巴拉格歹努图克情况,调旗基干队任通讯员。大家还有什么意见都谈谈!"

参加会议的人有的点燃烟抽着,有的小声议论着。

"现在,基干队的枪支少还陈旧,最好向上级请示拨一批新枪支。"官布扎布说。

"向西满军区打个报告,力争让他们支援一批新枪支给基干队。"宋振鼎说。"

"我初步了解到,乌兰毛都地区的一些牧主人心惶惶,他们也害怕像分土地那样分他们的牛羊。"杰尔格勒说。

"过一段时间,再到牧区了解了解。大家还有什么问题?"

"没了。"大家回答。

"今天的会议就到这吧。"宋振鼎宣布。

二

快天亮时,姚占江带着弟兄们十分疲惫地回到了窝点的地窨子里。许顺赶紧凑上前问:"这次出山成果咋样?"

"他妈的,把努图克全灭了。"姚占江边脱鞋边说。

"我就说嘛,我算的卦就是八九不离十。"许顺有点得意地说。

"他妈的,以后就叫你许八九得了,别叫许顺了。"姚占江说完哈哈大笑起来。听到姚占江说的话,陈满金的心咯噔一下,弟弟完了。他从炕上跳到姚占江跟前问道:"大哥,你答应过我,放过我弟弟,可现在你说全灭了是啥意思?"

"这黑天半夜的,根本不知道你弟弟在哪儿,又没法喊,杀急眼了哪还有时间找你弟弟啊。"姚占江不以为然地说。

"你也太狠了吧,杀了那么多人究竟为了什么啊!"陈满金大声喊叫起来。他感到无法理解,过去是为了得到一些钱财误杀了一些人那还有情可原,可这次竟然就是为了杀人而杀人,他感到无比气愤,待在这种地方还有什么意思,他感到彻底地失望了。

"不为什么,就是想把共产党赶出这块土地。"姚占江说。

"这块土地是你的吗?是那些地主的!你得到了什么?你连一个小孩都不放过,还是人吗!"陈满金几乎哭叫起来。

"你他妈的是不是想反了,怎么站到共产党一边去了?"王巴拉瓜喊道。

"你们杀了我弟弟,我反了怎样!"陈满金喊道。

"你再说那些没用的话,我就灭了你。"王巴拉瓜掏出手枪对准陈满金头说。

"老子今天就说了,你动我一下看看。"陈满金也举起砂枪对准王巴拉瓜的脑袋。

"你们两个把枪放下。是他妈汉子跟共产党干去,别他妈在这打。"姚占江说。

王巴拉瓜先放下了枪,陈满金把枪扔到一边说:"老大,今晚我下山了。"

"随你便,走了上哪儿去?"姚占江问。

"哪儿还不能去。"陈满金说。

"这王八羔子是不是想闹事啊?"王巴拉瓜说。

第十四章

"我就闹了,你才王八羔子呢!"陈旧的怨恨在陈满金的内心又一次涌动出来,他把枪重又捡起来握在手里,眼里充满了红红的血丝盯着王巴拉瓜,他真想把王巴拉瓜杀了以解心头之恨。现在他已经完全恢复了体力,跟正常人一样。

"你弟弟不知道是谁杀的,你干吗跟我们较劲?再说他要是不加入基干队谁会杀他,你跟王巴拉瓜发什么脾气。"姚占江很冷静地说。

陈满金听到姚占江的不是道理的劝解,想:如果杀了王巴拉瓜,自己肯定走不了,暂时忍了离开后再说。他不再作声。

第二天早晨,姚占江还在睡觉,他看看王巴拉瓜也在睡觉,只有伙夫起来了。陈满金说:"一个月来多谢你的帮助,我的伤才好得这么快。多谢你了,咱们后会有期,你替我告诉老大一声'我走了'。"

"你骑我的马走吧。"伙夫说。

"不用,我走着回去。"陈满金说。

"那你得走到啥时候,就算是我帮你了。"伙夫说。

陈满金从兜里掏出仅有的几块纸币递给伙夫说:"大哥,我身上就这些东西了,你先收着,改日我一定好好报答大哥。"陈满金跪下给伙夫磕了一个头。

"你这是干啥?咱们之间不用这个。"伙夫急忙跑过来扶陈满金。

"大哥,那我就不客气了!"陈满金站起来牵着伙夫的老马离开了窝点。

这是他第一次走出藏身的窝点,离开这个既让他向往又让他失望透顶的地方,他的内心就像卸下了一块沉重的镣铐一样轻松。

已经是九月末的天气了,山坡北面上的柞树已经深红了,桦树叶有的飘落了,稀稀拉拉挂在树上的叶子在微风中轻轻摇晃着。地里的庄稼全被割倒收回去了,苞米地里一些微绿的植物紧贴苞米茬子中间长了出来,呈现出一片难得的绿色。

老马在路上小跑着,山谷里只有陈满金一个人在行走。

太阳很快升起来了,照在山坡上,山坡上的色彩更加斑斓起来。陈满金想先到赵凤林家打听一下弟弟的消息,但觉得不妥,还是先回到屯里再说。

下午,他来到了离屯不远的西山坡,他不敢贸然进屯。远远看去,屯子里没有人在走动,显得冷冷清清。努图克的人被姚占江和赵凤林给灭了,是不是真的现在还弄不清楚,还有没有活着的人也弄不清楚。

山坡上的柞树叶看上去虽然是柔软的,但实际上已经比苞米叶子还坚硬了,走在中间发出"哗啦哗啦"的响声。离天黑还有一段时间,他来到屯子前面的苞米地里,苞米都割完了,只剩下几步远一捆的苞米秆还堆在那里,如果待在地里肯定还会被人看见。他绕到归流河边的树林里,来到他熟悉的窝棚。他看到了自家的地也已经收割完了,他的心里好像踏实了一些。他把马拴在窝棚的木架上,到地里抱来一捆苞米秆扔在马的头下,老马顺从地吃起来。

他坐在从前他和弟弟经常洗澡的地方。由于秋季的雨水少,河水变得清凉起来,望着那永不疲倦流淌的河水,他感受到了大自然无尽的力量。他曾无数次地在河水里嬉戏,这条河记录下了他的多少故事,留下了他多少童年的记忆已数不清了。

柳树的枝条不再那么柔软了,树叶吊在细细的枝条上显得有些僵直和沉重,枝条不再那么轻柔地摇摆,都僵直伸展着就像要睡去的样子。他必须先回到家里才能知道弟弟的消息,太阳迟迟落不下去,他有些焦躁起来,在柳树林里来回踱着步等待太阳落下去。

三

天终于慢慢黑下来,陈满金找了一棵更粗的树拴好老马,老马见他走开,抬头"咴咴"地叫了两声。他停住脚步向它挥了挥手,老马甩了几下尾巴不叫了,低头继续拱着苞米秆吃。他没有从前门回家,他翻过后院的矮墙来到了屋门前,内心既有些紧张又有些激动。他轻轻推开门,门发出"吱嘎"一声的怪叫,家里人见了他都睁大了眼睛,以为是见到了鬼。妹妹吓得缩到墙角,父亲坐在炕里立刻挺直了腰身。母亲看了一会儿,问道:"满金,你还活着吗?"

"妈,我还活着。"满金微笑着说。

"你真的没死?"父亲问。

"我真的没死。"满金说。

母亲激动地掉下了眼泪,嘟嘟囔囔嘴里不知说着什么,大意是"老天保佑我儿子"之类的话。

"你在哪儿了,咋一点消息也没有?"满玉问。

"我受了伤,在古迹轿顶山里待了一个多月,伤好马上就下来了。"满金回答。

"快脱了衣服让妈看看你的伤口。"母亲说。

陈满金脱下衣服露出被子弹打穿的右肩,伤口虽然好了,疤痕依然红亮红亮的有些坚硬。

"现在还疼吗?"母亲关切地问。

"下雨阴天还有些疼。"满金回答。他回答着家里所有人的问话,但他还是在观察着大家的表情,他在搜寻弟弟在家里留下的遗迹。他不敢问弟弟的情况,怕再次引起家人的痛苦,最好是在与他们的闲唠中唠出弟弟的情况,可是谁也不提弟弟的事。满金等了一会儿,实在等不住了就问:"我听说努图克……"下半句话他说不下去了。

"哥,你也听说了?"满玉问。

全家人谁都不吱声了,停了一会儿。父亲摸起烟袋,把铜烟锅插进烟口袋里,铜烟锅在羊皮烟口袋里蹭得"沙啦沙啦"响,父亲用手指在外面将烟锅摁了摁,然后唉声叹气地说:"蒋弼仁可是个好人呐,没有他咱们这的贫雇农还能过上好日子?甭想。他一心一意为了咱们这块地方把年轻的命都搭上了,这些王八羔子也太狠了,对他下了死手,包括你满金,你们都想干什么？他对满银多好呀！咱不能忘了人家的好处啊！"

"满银咋样？"满金急忙问。

"他命大，躲过了这一劫。"父亲说。

"真没想到，那天他跟蒋弼仁到王爷庙去开会，开完会他到你姐家住了一宿，要是当天回来也就完了。"母亲说。

"没事就好，我担心的是满银。"

"这帮胡子作孽啊，现在努图克就剩满银和鲍长海他们俩了。"父亲说。

陈满金不再说话。过了一会儿，满玉下地了，他跟到外屋小声问："郭长河在家吗？"

"我去看看。"满玉说。

满玉出去后，母亲蹲在灶坑前忙着烧火做饭，满金说："妈，我来烧吧。"

"我一个人忙得过来，你快进屋歇着吧。"母亲说。

满金没有回屋，他站在一边看着母亲手脚笨拙的动作，内心翻腾起一股酸汤子般的感觉。母亲走到哪儿，他的目光就盯到哪儿。母亲确实老了，而且老得这么快，双腿也有些弯曲了，再也不像年轻时那样利索了。他真想抱抱母亲，但他迟疑了一下忍住了。母亲见满金还站在那不走就说："你在这多碍事啊，快进屋去！"说着用肩膀把他挤进了屋。

吃饭时，满玉小声告诉满金："他没在家。"

满金不动声色地点点头，慢慢嚼着饭说："爸妈，努图克出的事跟我没关系，可我也不能在家久留，毕竟落下了个坏名，我得自个找出路。你们二老放心，别替我操心，我得混出个模样来。"

"出息不出息不重要，只要你平平安安我们就放心了。"母亲眼里涌满了泪水，急忙撂下饭碗。

"你准备往哪去啊？"父亲问。

"还没想好，不过我是不想回胡子那儿了。"满金说。

"只要不回那儿去,我就放心了。"父亲说。

母亲扭过脸去在偷偷擦眼泪,大家都默默地吃饭。吃过饭,知道满金该走了,谁都不说话默默地坐着,满玉也不收拾桌子,跑到一边哭去了。满金快步走出家门,消失在街道的黑夜里。

四

满金从家里出来,他敲了敲荞麦花家的后窗户,荞麦花推开后窗急切地说:"哎妈呀! 你是鬼是人?"

"你说呢!"陈满金说。

"你真还活着!"荞麦花随后打开了前门。

陈满金绕过东房山拐进荞麦花的屋。

"我以为你真的死了,让我想得好苦啊。"荞麦花说着眼圈红了。

"你看我这不是好好的吗?"陈满金说着抱起来了她。

荞麦花把脸蛋歪在陈满金的胸前,感受着陈满金心脏的跳动,她的脸颊慢慢红润起来,把手吊在陈满金的脖颈上,陈满金顺势把她抱了起来,在地上转了两圈顺势坐在炕上。荞麦花从他的怀里挣脱出来把陈满金推倒在炕上。他们两个在炕上滚动了一阵,这才又重新抱在一起。屋里变得更加宁静起来,荞麦花吹灭了灯,只等陈满金冲上来。

没有月光的屋里黑洞洞的,他们两个像黑洞里的两条蛇紧紧地缠绕在一起,谁都不想动,谁先动了就好像失去了对方似的,他多想做一条冬眠的蛇与荞麦花在一起永不分离。

高远的星光照不到屋里,直到天空泛白屋里才变得微亮起来。陈满金一下爬起来,荞麦花还想再挽留他。可是看到发白的窗户,她知道留也是留不住的,她披着被角坐起来。陈满金跳过障子,直奔河边的小树林跑去。老马闭着眼低着头好像累了,听到陈满金的脚步声微微抬起头来。陈满金拍了拍马背,心里说:委屈你了。他解开马缰来到河边,河水在晨曦中闪着白亮的光泽。马低头在水面上闻了闻,然后呼呼地喝起水来,喝饱了水,马抬起头望着河面,河水静静的像一条长长的丝带在微风中起伏飘动。马摇晃了两下脑袋,把嘴里剩余的水甩进河里。陈满金牵着马在河边站了一会儿,他刚转过身,身后站着一个人,吓了一跳,一看是刘铁山:"刘叔,是你啊!"

"昨天晚上,我就看见这匹马拴在这儿,原来是你的马,都说你死了,你没死?"刘铁山说。

"我这不还活着嘛。"陈满金说。

"活着就好,活着就好。"刘铁山重复着。

"刘叔,你这是……忙啥呢?"陈满金问。

"下套子想整点野鸡、兔子,你啥时回来的?可把你爹妈愁死了。"刘铁山说。

"昨晚回来的。"陈满金说。

"满金呐,我听说现在开始清剿胡子了,你得躲远点啊。"刘铁山说。

"噢!知道了,刘叔。"陈满金说。

"听我一句话,你可别再做坑害老百姓的事了,给自己留点后路啊,你看你爹一辈子老老实实本本分分,不也挺好吗?做老百姓的都是命苦的人,就别想登天的事了。"刘铁山说。

"刘叔说得在理,我放心里了。"陈满金说。

"你爸我们俩从小在一块长大,都是靠劳动活了一辈子的人,走正路不犯说道。"刘铁山说。

刘铁山和父亲是无话不说的好朋友,曾无数次帮助过他们家。他喜欢打猎,有时候打到一只兔子,抓到一只野鸡,也要给他们家拿点来,改善一下他们的生活。这份恩情陈满金是不会忘记的,只是现在无法报答。刘铁山也不是想让他们回报什么,他就是一个愿意帮助人的人。陈满金还记得,一次,刘铁山给他们家送来半只野鸡,母亲用野鸡肉煮了一大锅白苞米碴子粥,那粥又烂又香,陈满金吃了三四大碗撑得肚子都疼了,还

第十四章

要让母亲给他盛一碗。母亲怕他吃多撑坏了没给他盛,结果满金还生了母亲的气。那个时候,偶尔能吃到一点肉真是不容易。想到这儿,他说:"刘叔,你放心,我不会干那些坑害老百姓的事。"

"听你这话,叔就放心了。"刘铁山说。

"叔,我走了。"陈满金说着骑上马,走出好远刘铁山还站在那望着他。刘铁山父亲般的话语激起了他内心一股无法言说的滋味,他想,将来一定要好好报答刘叔。

现在,他想马上见到李振东,尽快找个安身之地,穿过树林他直奔赵凤林家而来。

距离赵凤林家还有不到半里地,陈满金突然听到了稀稀拉拉的枪声,他立刻拉住马仔细听了听,位置就是赵凤林家的位置。他跳下马来,牵着马躲进路边的柞树丛里,在柞树丛后面蹲了一会儿,见路上没有行人,他这才顺着山坡向洮南方向跑去。

第十五章

一

这天清晨,陈满银跟队长官布扎布带领的基干队悄悄包围了赵凤林家。官布扎布派两名队员从后面爬上了赵凤林家的房子。赵凤林听到有人上了房,立刻摸出褥子底下的手枪打开保险,蹲在炕下望着窗外。赵发端着枪急忙跑到外屋,从门缝里往外看,住在东西厢房里的民团也都端着枪不敢出来。贺青兰吓得蒙着棉被哆哆嗦嗦蹲在炕角,院子里的狗"汪汪汪"叫个不停。

西科前旗基干队员们守在赵凤林家大门两旁不敢轻易冲进院子,爬到房盖上的基干队员都趴在房盖上也不敢站起身来。

这时,哈拉黑努图克的基干队员也赶到了,队长胡殿士来到官布扎布面前问:"里面有多少人?我们先冲!"

"先不要冲,现在还不知道里边有多少人多少枪,他们的火力还没暴露出来。"官布扎布说。

"砸开大门。"胡殿士命令道。

基干队员抬起大门两边的上马石狠狠地向大门砸去,漆黑的松木大门"哐啷"一声咧开了一道缝儿。基干队员顺着门缝儿向里边打了几枪,房墙上立刻冒出几缕黄烟,窗户纸在子弹的射击中纷纷破裂。东厢房和西厢房里有人往外射击,打在天空或院墙上根本打不到基干队员。就在东西厢房的枪声停下的瞬间,正房上的两名基干队员掏出手榴弹扔向两个厢房的窗户,"轰"的一声,手榴弹在窗户下爆炸,窗户框炸成几截露出白茬,烟尘里出现了一个黑洞。大门外的基干队员迅速向里面冲去,有的队员弯腰接近窗户,然后站起来向屋里扫射。那些民团家丁被手榴弹炸得还没缓过神来,有的趴在地上,有的蹲在炕下不敢站起来,基干队员跳进窗户站在炕上向下扫射着,那些民团家丁来不及反抗就被打死了。有的家丁趴在地上向基干队员求着饶。两侧的基干队员立刻包围了正房。官布扎布向队员们喊道:"抓活的。"一名基干队员用枪托把后窗户砸开,向里面打了几枪,还没等一名家丁还击,基干队员踢开了门站在了他的面前,那名家丁还想反抗,基干队员用枪把他的枪打掉在地。赵凤林向基干队员打了两枪都打在了自己家的门框上,还没等他还击,一名基干队员死死地抓住他的手使他不能动弹。贺青兰还在炕角里哆嗦着,一名队员把被掀开把她拽了出来。院子里一片狼藉,碎石碎土满地,瞬间好似一片无人居住的废墟。狗还在乱跑乱叫着,一名队员用枪托打了一下它的头,狗这才跑回窝里不再乱叫了。官布扎布说:"把赵凤林和赵发押回努图克等待处置,留下两名队员把院子看守起来不许任何人进出。"

"官队长,那我们回哈拉黑了。"胡殿士说。

"你们回去吧。"官布扎布说。

胡殿士带领队员们离开了赵凤林家。

陈满银和基干队员押着赵凤林、赵发、贺青兰和几名家丁回到努图克。

老百姓听说赵凤林被抓住了,都趴在努图克的窗户上想看看赵凤林的样子。

官布扎布对大伙喊道:"都回去吧!明天公审!"

人们小声议论着像土包上的水一样四散开。

第二天上午,官布扎布说:"把赵凤林押到院子里公开审判。"基干队员把赵凤林押到努图克的院子里,在蒋弼仁办公室前摆好了桌子。张策和官布扎布坐在桌后面,官布扎布手里捏着一张写满字的纸宣布道:"地主赵凤林父子与胡子姚占江勾结对抗共产党,袭击努图克杀死工作队蒋弼仁、潘祖胜等二十多人,罪大恶极,立即押到蒋弼仁和潘祖胜墓前执行枪决。"贺青兰和几名家丁也被押到蒋弼仁和潘祖胜的墓前陪绑。在蒋弼仁和潘祖胜的坟前,贺青兰喊道:"我冤枉啊,我没罪,请青天大老爷饶了我吧。"

"你有啥冤枉的?"官布扎布问。

"我没杀过人,我只是他们家雇来干活的。"贺青兰说。

"就这些吗?"官布扎布问。

"我知道他们家藏的金银财宝,我说了,你们能保证不杀我吗?"贺青兰问。

"说了,保证不杀你。"官布扎布说。

赵凤林抬起头来凶狠地瞅着她。

"把他们两个先处决了。"官布扎布说。

枪声响起,赵凤林和他儿子赵发扑倒在地。

"饶了我吧。"贺青兰哆嗦着说。

"松开她。"官布扎布说。

贺青兰站起来抖了抖身上的衣服,拍了拍裤子,捋了捋头发,向赵凤林家走去。基干队员们跟在她的身后,来到赵凤林家院子的东南角,贺青兰用脚指着被土盖好的土豆窖说:"这里就是他家藏金银财宝的地方。"

基干队员用铁锹挖开窖盖,里面放着一个木梯子,两名队员从梯子下到里面,金条银锭摆放在菜窖的一侧,有一个队员向上面喊道:"找到了。"

"好,把里面的东西全部搬出来。"官布扎布说。

队员们用筐往上拽。

贺青兰问:"官队长,这回该放我走了吧。"

"走吧,以后再发现问题随时向我们报告。"官布扎布说。

"一定报告。"贺青兰回答。

二

姚占江醒来后,见陈满金不在很生气,觉得自己一片好心,结果落下这样一个后果。把陈满金拉进来他什么力也没出不说,还跟王巴拉瓜闹得不和,王巴拉瓜对自己还有了意见。本打算过一段时间让陈满金当个小头儿带领大伙干,现在看是白费心思。他对大伙说:"咱们把努图克灭了,共产党不会罢休,要时刻提防着他们对咱们下手。从今天起,派人在山下站岗放哨,发现生人和带枪的人立刻打死或抓来,谁要是出了漏子,一概枪毙。"

"大掌柜的,古迹王老六来信说他闺女要出嫁,请咱们去喝喜酒,去不去?"许顺说。

"这节骨眼上不能出去,一旦叫人发现了咱们就完了。"姚占江说。

"可王老六给咱们送过猪肉和土豆,不能不去啊。"许顺说。

"你带两个兄弟祝贺一下,我就不去了。"姚占江说。

"王老六特意请你去,你不去……"许顺没说后半句话。

姚占江低头想了一会儿问:"啥日子?"

"这个月的十七。"许顺说。

"还有几天?"姚占江问道。

"还有两天。"许顺说。

"噢,到时候再说。"姚占江说道。

牺牲的基干队员铁蛋与王老六在同一屯子住,铁蛋牺牲后,他父亲就像疯了似的每天在山坡上来回走动,也不跟屯里人说话。地主王老六的闺女出嫁前,先在家招待屯里人。这天,铁蛋父亲和乡亲们坐在王老六家东屋的热炕上,乡亲们你一盅我一盅地互相敬酒,这也是地主王老六最高兴的一天,他挨桌给父老乡亲敬酒。铁蛋父亲酒量不大,再加上一年也喝不上一次酒,刚喝了几盅就像困了似的歪坐在一边,等最后和大家一块吃饭。不过炕烧得太热,他实在坐不住就下地来到了后院凉快。后院里有两个人正在杀羊,一个人说:"屋里不还有那么多猪肉呢吗,咋还让咱杀羊?"

"听东家说,这羊是给姚占江准备的。"另一个人说。

"姚占江要来?"那个人问。

"送请帖的人说来,听说姚占江爱吃羊肉,所以特意杀的羊。"铁蛋父亲走近了,两个杀羊人不吱声了。铁蛋父亲以为自己听错了,就问刚才那个人:"你们说姚占江要来,真的?"

其中一个说:"东家就是这么说的,不过我还听说,他们把努图克给灭了,现在躲起来,不敢出来。"

"你说王老六办这么大的事,他能不来吗?"另一个说。

"姚占江真的能来?"铁蛋父亲又问。

"不信你问东家去啊!"一个说。

"我信。"铁蛋父亲说完扭头就走。他的酒劲顿时飞掉一半,他没回屋直接向努图克奔来,这个屯离努图克也就几十里地。下午,铁蛋父亲赶到了努图克。陈满银见过铁蛋父亲,他曾领着铁蛋来过努图克,后来铁蛋成了陈满银的好朋友,陈满银忙问:"大叔,您有啥事?"

"我要找你们的官。"铁蛋父亲说。

"跟我来。"

陈满银把铁蛋父亲领到官布扎布的办公室,并介绍说:"官队长,这是基干队员铁蛋的父亲,有急事找您。"

"您从哪里来?"官布扎布问。

"古迹屯。"

"那不近呐,快说有啥事!"官布扎布问。

"我们屯王老六的闺女要出嫁,这两天请客呢,我无意中听说姚占江

第十五章

过两天要参加王老六闺女的婚礼,这就跑过来报告。"

"我们正找不到他呢,这是个好消息,我们马上部署抓捕行动。"官布扎布说。

"那我回去了。"铁蛋父亲说。

"吃完饭在这里住一晚,歇歇脚再回吧。陈满银,你安排大叔休息一下。"官布扎布说。

"大叔,跟我来吧。"陈满银说。

铁蛋父亲跟着陈满银来到一间房子,这是基干队员住过的房子。由于长时间没人居住已落满了灰尘,炕席有的地方已经破损,炕席的缝隙里还留有深红的血迹。

"扫扫就行,这行李都是干净的。"陈满银说着上炕打扫起来。铁蛋父亲看着四周墙上的痕迹说:"好说,我在这歇会儿就回去。"

"我到食堂看看,一会儿就到开饭时间了。"陈满银说。

"好,那我就吃顿饭再走。"铁蛋父亲说。

陈满银到食堂去了。

铁蛋父亲坐在这清冷的房子里想起了铁蛋。要是不死也像陈满银一样在为努图克干活,可现在却被胡子杀了。这个仇他一定要报,他要亲自杀了这帮胡子。他躺在行李上,看到铁蛋来到了他的跟前,跪在地上在给他洗着脚,他的脚泡在温水里感到非常舒服。他的脚有好几个月没洗了,铁蛋的手很硬正使劲地搓着他脚上的皴,还用指甲抠他的脚底板。铁蛋抠完一只脚又去抠另一只脚,然后用毛巾把他的脚擦干,他感到非常轻松。铁蛋出去倒洗脚水去了,但怎么也不回来。他等了一阵子,仍不见回来,他出去找却怎么也找不到,他在院子里喊铁蛋的名字,可是铁蛋就是不见,铁蛋父亲在喊叫声中醒来……他坐起来,原来是个梦。这时,陈满银端着热乎乎的苞米茬子饭和白菜炖粉条进来了:"大叔,吃吧。"

铁蛋父亲闻到饭香一下就感到饿了,他接过陈满银端来的饭菜大口大口地吃起来,大锅做的饭菜很烂很香。一大碗苞米茬子、一大碗白菜炖粉条很快叫他吃光了,他抹了一下嘴巴把碗推到一边。陈满银问:"吃饱了吗,大叔?"

"嗯,吃饱了,这饭菜好吃。"铁蛋父亲回答。

"那就躺一会儿吧。"陈满银说着端着碗筷出去了。

铁蛋父亲现在没心思再躺下了,他抽了一袋烟,把烟灰磕到炕沿边掖好烟袋,把鞋里的土倒掉走出了屋子。他在努图克的院子里站了一会儿,不见陈满银回来,他走出大门直接向家的方向走去。

陈满银跑出来,在他后面喊道:"大叔,停一下,我还有事呢!"

铁蛋父亲停了下来。陈满银呼哧带喘地跑到跟前说:"我们队长让我告诉你,回去后继续盯住王老六家的人,有变化一定及时告诉我们。"

"放心,一定。"铁蛋父亲回答着,身体一耸一耸地走远。

三

十月十七这天早晨,姚占江起得特别早。许顺见姚占江起得这么早,判定姚占江是想参加王老六闺女的婚礼,他来到姚占江面前问:"大掌柜的,今天起得这么早是想去王老六家?"

"你觉得咋样?有没有危险?"姚占江问。

"也不敢保证,不过速去速回没啥危险。"许顺说。

"你总是不过不过的,到底危险有多大?"姚占江不耐烦地问道。

"大掌柜的,这个真是无法预测,为了安全起见,可以派两个兄弟把礼物送过去就行。"许顺说。

"王老六对咱们不薄,我应该亲自出马才对,可现在这形势对咱们不利。旗基干队正在找咱们,咱们还是小心为好。如果因为这次小事栽了跟头,那咱们的下场你是知道的。咱们得从长计议,对付共产党是咱们的目标啊。"姚占江说。

"说得极是……"许顺没说下半句话,等待姚占江。

第十五章

可是姚占江没说话。

许顺觉得自己没说是对的,马上问道:"你的意思……"

姚占江没有吱声。

许顺也不知道咋办好,越是关键时刻,姚占江越是不急于做出决定。他太了解姚占江的脾气了,他们俩从小在一个屯子里长大。他父亲是个老实巴交的农民,但胆大多疑,他出生的时候瘦若细草、奄奄一息,父亲差点把他扔到山上。姚占江的生命力十分顽强,八天之后才睁开眼睛活了过来。长到七八岁的时候,无比淘气,上树掏鸟窝,上房堵别人家的烟囱,往井里撒尿,无所不干,气得他爹追着用皮鞭打他,就是这样也管不住他。十多岁时,他娘因病死去,姚占江整天不着家,他爹也就更管不了他了。后来从洮南来的胡子头子把他带进深山,不久,胡子头子死了,姚占江顺理成章地当了胡子头。那时,许顺正牵着算命的瞎子各屯瞎走,给人算命要一口饭吃,姚占江听说后,把瞎子和他接到他的住处供他们吃喝,但要求他们做他的帮手,他这才跟姚占江当了胡子。

姚占江在地上转了几圈说:"我看还是先把礼品送过去为好,等过了这阵子,咱们再去拜访王老六吧。"

"行,我派人送去。"许顺说。

"不要去太多人,一定要小心,如果有人跟踪一定要甩掉再回来。"姚占江说。

天还没亮的时候,接亲的马车已经到了王老六家的门前,基干队员们埋伏在离王老六家不远的山坡上,只等姚占江的人出现。铁蛋父亲惴惴不安地在王老六家的院子里来回走动,他在等待姚占江和他手下的人的到来。就在新娘快上车的时候,姚占江派来的两个人骑着马大摇大摆地来到了王老六的院子。王老六忙出来迎接他们两个,那两个人对王老六说:"我们大掌柜的身体不舒服,特派我们来道喜祝贺,改日他要亲自登门拜访。"

"谢谢你们大掌柜的,两位爷里边请。"王老六点头哈腰地把姚占江手下的人让进屋里。

铁蛋父亲立刻跑到山坡上向官布扎布报告说:"来了两个胡子,不知道是不是姚占江。"

"谁认识姚占江?快去看看。"官布扎布问。

没人回答。

过了一会儿,陈满银说:"官队长,我只是听说过但没见过他本人,我过去看看。"

"不要被他们认出来,一定要小心谨慎。"官布扎布说。

"好的,我去去就来。"陈满银说着跟铁蛋父亲来到王老六家。

那两个胡子早被让进炕里,身边坐着一些有头有脸的人陪着准备喝酒。陈满银没敢贸然进去,他和铁蛋父亲在外面站了一会儿,没人认识陈满银。他屋里屋外地帮着干点零活,也没人问他是谁,都以为是王老六的亲戚。他看见王老六没亲自作陪,觉得不是姚占江。要是姚占江到来,王老六不会不陪,他来到东屋看了看那两个胡子,那两个人正狼吞虎咽地大口吃着肉,根本不看旁边的人,看那吃相就知道不是姚占江。陈满银心里有了底,与铁蛋父亲打个招呼,急忙回到山坡向官布扎布报告:"官队长,来人不像姚占江,估计是他手下的人,还打不打?"

"不要打草惊蛇,放他们回去,以免姚占江逃得更远,派两名基干队员化装成羊倌的样子,看他们向哪个方向走。"官布扎布说。

"那我去吧。"陈满银说。

"你和一名队员留在这里继续观察,我们先撤了。"官布扎布说。

铁蛋父亲看见那两个胡子仇恨顿时涌满胸膛,眼睛充血,恨得咬牙切齿但又不能发作。要是平常看见杀了自己儿子的仇人,他绝不会饶了他的,可现在如果他举起镐头也就打死一个胡子,会把王老六家的喜事打砸了,他考虑来考虑去还是忍了这口气。眼看着两个胡子喝到下午,骑着马歪歪斜斜地走了。铁蛋父亲只好拍打着自己的脑袋回家了,媳妇以为他喝多了,也没敢叫他,他一直睡到第二天中午。

两个胡子向西北方向的轿顶山方向慢悠悠地走去,陈满银和基干队员为了不暴露目标跟到山脚下,看清了大概方向就返回了。那两个胡子慢慢向山里走去。姚占江见两个人喝得醉醺醺地回来了,问:"后面有没有人跟着?"

"没有。"他们俩回答。

"一个人也没遇到吗?"姚占江问。

"连一个人影也没有。"一个回答。

"咱们俩撒尿时好像有两个羊倌跟咱们错过去了。"另一个说。

"看见羊了吗? 是真的羊倌吗?"姚占江继续追问。

"他们说找羊的。"另一个说。

"在王老六家发现没发现生人?"姚占江问。

"上哪记着去啊,都不认识。"

"明天搬家,这个地方不能待了,那两个羊倌肯定是基干队的人。"姚占江说。

"马上要冬天了,往哪搬啊?"许顺问。

"往北。"姚占江说。

四

陈满银和一名基干队员回来向官布扎布汇报:"那两个胡子向古迹轿顶山里去了。"

"你们俩再跑一趟看看他们到底有多少人,速去速回。"官布扎布说。

"好。"陈满银和那名基干队员骑着马再次来到古迹轿顶山脚下。轿顶山是东西走向的高山,西和西南面山坡逐渐变矮,中间有一条很窄的通道通往宝门一带。东和东南延伸出两条山脉,从远处高坡看去就像一个巨大鸡爪牢牢地抓着地面。陈满银和那名基干队员来到时,姚占江他们已经走了,一片狼藉。破败的地窖子里剩饭剩菜倒了一地,还有穿坏的鞋东一只西一只,锅台里还有没烧完的柴火在冒着细烟,但锅已经被拔走了,炕上只剩下一些茅草和一些杂物。

天黑的时候,陈满银和那名基干队员回到努图克,向官布扎布汇报了胡子逃跑的情况。官布扎布听完汇报没吱声,他感到姚占江的狡猾和凶险,这是一股很难对付的胡子。这时,派出去的另一伙基干队员也回来报告说:"赵玉带领一伙胡子正在向中旗方向逃窜。"

官布扎布对那名基干队员说:"你马上到哈拉黑通知胡殿士,让他们立刻赶往中旗与我们会合。"

听到集合命令,基干队员立刻在努图克院里集合起来,官布扎布站在队员们面前表情严肃地说:"同志们,古人说,'有债要还,有仇要报'。今天,为了我们死去的弟兄,为了广大受苦的百姓,考验我们的时候到了,出发!"

基干队员们纷纷上马,他们心中的仇恨像干柴上浇了煤油一样被点燃了,沙土路上马蹄发出"嗒嗒"的响声,马蹄偶尔磕碰出的火星就像天空上的流星一样瞬间消失在黑暗里,陈满银和其他队员一样憋着一肚子的怒火和仇恨。

科右中旗草原与乌兰毛都的山地草原不同,是开阔的沙丘草原。

何国喜、付林和于祯跟着赵玉和李振东带领的民团丝毫不敢停留,一路向西南方向的洮南而来。

基干队员们赶到中旗境内时,胡子们正在中旗南面的沙地里休息。基干队员们内心的仇恨就像沸腾的热水不停地在涌动翻花。夜里时分,基干队员们靠近了胡子,但天黑看不清人数,为了全歼胡子,官布扎布对副队长张财说:"先不要惊动他们,胡殿士的队伍还没到,等到天亮前再动手。"张财指挥基干队员们在胡子的两侧悄悄地隐蔽起来。不大一会儿,胡殿士带领基干队赶到了。官布扎布说:"你们来得正好,把他们包围起来,等看清了再动手。"

"好。"胡殿士答应。

第十五章

赵玉、李振东、何国喜、付林和于祯他们根本没想到西科前旗基干队和哈拉黑基干队这么快就追上了他们,他们东倒西歪地躺在土坑里,从努图克抢来的一些物资还装在马车上没卸。

基干队员们像老猎人发现了猎物似的激动和亢奋,官布扎布显得十分冷静和耐心,他仰坐在一处小土坡上紧闭双目,也不说话,他在等待着最佳时机。队员们按捺着巨大的仇恨在等待着命令,这命令就像无形的推动力,有了这命令他们就会尽全部力量去拼杀、去报仇、去发泄。

天空终于轻轻撩开了深灰色的被子,东边的地平线上出现一条窄窄白边,能模模糊糊地看清人的黑影。官布扎布低声命令道:"靠近点再打。"

"好。"胡殿士回答。

官布扎布看见有一个胡子站起来向前走了几步,正要解开裤带撒尿。官布扎布向那个胡子打了一枪,那个胡子还没解开腰带向前跟跄了两步栽倒在沙土坑里。赵玉和李振东听到枪声立刻拱了起来,又快速蹲下,他们俩想看看什么情况,胡子们都趴在原地伸出了枪管向四周观望着。

天空一会儿比一会儿亮起来,人的头轮廓依稀可见,胡子们蠕动着想冲出包围圈。这时候有几个胡子向南面冲去,陈满银一看正是何国喜、付林和于祯,为蒋弱仁报仇的烈火在他胸中顿时爆燃起来。他抢过一名基干队员的冲锋枪向何国喜他们冲了过去,何国喜他们几个没看清是谁,陈满银已经跳到他们面前。

"匪徒,还认识我吗?"陈满银喊着向他们扫射起来。何国喜和付林刚想说什么还没说出,子弹已经穿透了他们的身体,他们手里的枪甩出挺远发出沉闷的声响,身体向地面扑去。陈满银来到他们俩的跟前再次向他们的身体猛烈地射击着。于祯想骑马逃跑,被陈满银一枪打倒再也动弹不了。胡殿士带领基干队员们在另一侧向胡子们猛烈地扫射起来,打得胡子们抱头鼠窜找不到方向,死的死、伤的伤。赵玉和李振东趴在土坑下还在抵抗,张财从他们俩的后面冲上来,举着枪大喊道:"不许动,举起手来!"他们猛然转过身来向张财射击,官布扎布眼疾手快,"砰砰"两枪把他俩打死。基干队员们就像打野鸡似的两面夹击,十多个胡子连滚带爬地栽倒在地,基干队员们把胡子的枪摘下来背在了自己身上。官布扎布问陈满银:"发现赵印了吗?"

"没有。"陈满银摇着头回答。

"这个匪徒跑哪去了?"官布扎布问。

"真是怪事。"陈满银同时想到了哥哥,他心情沉重地回答道。

那天晚上,打散后赵印独自一人跑了,没人看见他的踪影。

"胡队长,撤!"官布扎布喊道。

"咱们分头撤吧。"胡殿士回答。

"好,分头撤!"官布扎布大声喊道。

天空已经大亮起来,东边露出一条细长的红边,太阳就要升上来了。

五

陈满金来到洮南时已经是下午了,太阳软绵绵地照着洮南的土路和那些灰土房,照得他全身没有一点力气。他随便找了一家大车店住下,睡了一小觉,觉得好多了。在大车店院里,他问一位喂马的老大爷:"大爷,我想打听一个人?"

老大爷站住了问:"你打听谁?"

"国民党部队里有个叫李振元的人。"

"我听说一部分国民党的部队已经撤走了,到哪去找李振元这个人?"大爷说。

陈满金内心的一丝希望像线一样断了,他在街道旁墙角的阴凉处坐下,跑了这么远结果一场空。这里举目无亲,回去又无处落脚。

太阳慢慢西斜下去,阴凉越来越大,他迷迷糊糊地坐在那里,路上来来往往的人连看都不看他一眼就走过去了,他感到了一种从没有过的

第十五章

失落。

这时,从他面前走过两个国民党部队的士兵,陈满金急忙站起来追上那两个士兵问:"兄弟,你们认不认识李振元?"

"李振元,你找他干啥?"

"我想参加你们的队伍。"

"他调走了。"

"你能不能跟你们的官说一下收下我。"

"哈哈哈……真是不可思议,还有人参加我们的部队,你等着,我去问一下。"那个当兵呵呵笑着转身走了。过了一会儿,他来到陈满金面前说:"你还真有命,我们那儿缺个喂马的,跟我来吧?"

陈满金急忙跟在那个士兵的后面走进了国民党军队的兵营,一个当官模样的人坐在一张小黑桌子前,见了陈满金问那个士兵:"你说的就是他。"

"是,长官。"那个士兵回答。

"你从哪儿来?"长官转过脸来问陈满金。

"我从王爷庙来。"陈满金为了让这位长官更清楚知道自己来自哪里,便故意把地域所属范围说得大一点。

"噢,你为什么想参加我们的部队?"长官问。

"我也说不好,我就是不想在家待了,想自己出来闯闯,改变一下家里的生活。"

"我们部队哪儿好?"长官又问。

"你们穿得好,枪也好。"

"你啥时见过?"

"以前。"

"我向上级报告一下。"长官拿起电话摇了几下电话机上的手柄,电话接通了。"喂!吴团长,有一个想当兵的青年在我这儿,你看能不能收下?"

"多大年龄?"电话那头传来问话。

"也就二十一二吧。"长官回答。

"你看行就留下吧。"电话那头说。

"我看还行,"长官放下电话问陈满金,"你喂过马吗?"

"我放过,但没喂过。"陈满金回答。

"我们这缺一个马夫,愿意干你就留下,不干就回去。"长官问。

"我愿意干。"说这话的时候,陈满金的内心是痛苦的,即使是喂马也算是有了落脚之地,总比没地方去强。要比别人过得好的想法此时已经灰飞烟灭,离陈满金十万八千里了。

长官叫来一个小兵把陈满金领到马棚一头的半间漆黑的小屋里,又发给他一套新行李,睡觉的地方也是一块长条木板搭起的床,他自己一个人住,但比姚占江的窝铺强。吃饭是按时按点由伙夫送来,这是陈满金想不到的。说是让他喂马,其实也就三匹马:一匹是团长的,一匹是警卫员的,再加上自己的马,但现在自己的马不许他再骑了,他只负责喂马。马厩不是太大,在白锁柱家时,看见白锁柱收拾过马圈,他照白锁柱的样子把马棚的地面收拾得干干净净。吴团长的马是一匹白色洋马,警卫员的是一匹稍微瘦点的红马,陈满金的是黄马,蒙古马个子比那两匹马矮。看见吴团长的马,陈满金想起了自己骑过的花斑马,如果自己不受伤,花斑马就不会丢,现在还会在自己身边的。花斑马能跑到哪儿去呢?它会不会回到白锁柱家了,将来还能见到它吗?

这天下午,他正打扫马厩,吴团长走了进来,看了看陈满金问:"你是新来的?"

"是!长官。"陈满金也学着那些士兵见了当官的都敬礼的样子,向吴团长敬了一个礼。陈满金没参加过兵营训练,所以他的敬礼也就不太标准,好在他穿了一身国民党军服。吴团长没想到陈满金是这么标致、帅气的小伙子,第一眼就相中了陈满金。他对陈满金说:"小伙子家是哪儿的?"

"王爷庙的。"陈满金回答道。

"噢。为什么到这里来啊?"吴团长问。

"为了混口饭吃。"陈满金回答。

"是谁介绍你来的?"吴团长问。

"没人介绍,噢,是李振元。"陈满金急忙改口道。

"他们团已经撤到通辽一带去了。"吴团长说。

"是他哥哥让我找他的。"陈满金如实回答。

"噢,我知道了,好好干,小伙子!"吴团长接过警卫员递给的马缰绳骑上马走了。吴团长走后,陈满金继续打扫起马厩来。

第十六章

一

基干队回到努图克后,官布扎布的内心仍然没有完全轻松下来,逃跑的大部分胡子虽然得到了严惩,也算给牺牲的烈士一个交代,但姚占江带领的胡子还没有彻底消灭,任务还没有完成,不彻底铲除姚占江这伙胡子,对巴拉格歹地区的老百姓就无法交代。特别是西科前旗领导最近要求,年底前一定要保障锡林郭勒草原到王爷庙这条通道的安全,以保证云泽同志的到来。这是一项十分重大的任务,不能有丝毫的麻痹大意。负责寻找姚占江的道尼如布带着两名基干队员回来向官布扎布汇报说:"附近几十里没有发现姚占江一伙胡子的踪迹。"

"再狡猾的狐狸也逃不出老猎人枪口,想尽各种办法也要找到姚占江的踪迹。"官布扎布说。

"姚占江是个孝子,他不能不管他的父亲,我派人到西崴子屯守候,年底的时候他必定回来看他父亲。"道尼如布说。

"秘密盯守他父亲的家,不要叫人发现。"官布扎布说。

姚占江父亲的家坐落在西崴子屯中间靠后的地段,两间房,院子不大,房后是山。姚占江的父亲六十多岁,身体虽然有点干瘦但很硬朗,每天把院子收拾得干干净净。他父亲除了干地里的活外,闲时还割些草喂喂鸡鸭,天气好的时候偶尔坐在窗下晒晒太阳,好像在盼望姚占江回来。

两名基干队员有时打扮成打柴人,扎着麻绳在离姚占江父亲家不远的山坡上割着蒿草。有时打扮成放马人骑着马在山坡上转悠,但眼睛仍盯着姚占江父亲的家。

一个多月的时间过去了,连姚占江影子都没看见,基干队员们完全泄气了。一个队员说:"干脆把姚占江的父亲抓到努图克算了,看姚占江来不来。"

"那他还敢来吗?不过这个姚占江真是挺狡猾啊,他就是不出现,是不是发现咱们的行动了。"另一个队员说。

"不可能,也许还没到时候呢。"那个队员说。

"他父亲究竟长得啥样?要么咱到他父亲家看看?"

"看看就看看。"

两个队员腰里别着短枪,把子弹推上膛,小心谨慎地走下山,来到姚占江父亲家。姚占江父亲在炕上躺着,见两名基干队员进来,立刻坐起来,目光紧紧盯着两个队员问:"你们找谁?"

"我们路过这里想找口水喝。"一个队员说。

"噢,水缸在外屋,"姚占江的父亲说着,把烟笸箩推过来说,"抽烟吧!"

"不会抽。"基干队员说。

姚占江的父亲装好烟划着火柴"吧嗒吧嗒"紧抽了几口,之后问:"你们是来找姚占江的吧?"

"不是,我们就是路过这里想找点水喝。"基干队员说。

"你们口渴了咋不去离道边最近的人家找水喝,偏偏到我家来?"姚占江的父亲问。

"我们走到屯子里随便就到了你家,大叔,别多心啊!"基干队员说。

"我早看出你们是努图克的人了,你们在北山上活动已经不是一天两天了,你们以为我没看到你们吗!"姚占江的父亲说着咳嗽起来。

"既然你已经知道我们是谁,那就直说了吧,你儿子现在何处?"基干队员问。

"我咋知道他在哪?"姚占江的父亲说。

"你告诉他让他及早认罪,也许还能免他一死。"基干队员说。

"他要是听我的也不会走到这步了。"姚占江父亲说着把烟灰磕掉又咳嗽起来。

"我们过两天还会来。"基干队员说完离开了姚占江父亲的家。

回到努图克,两名基干队员向官布扎布汇报说:"官队长,姚占江父亲知道我们在监视他。"

"他咋知道的?"官布扎布问。

"他亲口对我们说的。"基干队员说。

"你们见到他父亲了?"

"我们上他家去了。"基干队员回答。

"谁让你们擅自去的,这不暴露了吗?"官布扎布说。

"可是我们已经在那蹲守快一个月了,也不见姚占江的踪影,所以我们就进去看看。"基干队员回答。

"太没组织纪律性了,竟然干出了这么愚蠢的事,从现在起换人继续蹲守,一刻也不能停下,我就不信找不到姚占江。"官布扎布说。

二

这个时候,姚占江已经把胡子们带到了距离巴拉格歹几百里以外的锡林郭勒大草原东部边缘地带。这里地势平缓,有利于观察远处的动静,再就是这里离锡乌运盐通道很近,守住运盐通道有利于他们的补给。

十月的天气明显凉起来,这个冬天他和弟兄们将怎么度过还是个未知数。如果基干队不再围剿他们,他们将利用这段时间好好休整休整,让弟兄们好好享享福,等明年春天再返回古迹轿顶山的老地盘。

第十六章

姚占江让许顺寻找一个能够安全隐蔽的地方。许顺跑到山尖上看了半天,找到一处牧民废弃的接羔点,带领胡子们简单打扫了一遍就住进去了。许顺对姚占江说:"在这也不是长久之计,还得从长计议选一个长久之地。"

"眼下能活就靠自己活着,啥时山穷水尽了再说。"姚占江说。

"形势越来越紧,锡林郭勒草原上的胡子咱们惹不起,只能在他们的边界上生存。"许顺说。

"你带个兄弟到索伦找唐罗锅子,就说我们现在遇到了麻烦,借他的地盘暂时躲躲,顺便看看我爹。"姚占江说。

"好!我带个弟兄去。"许顺说。

许顺和一名胡子装扮成商人的样子一路奔索伦而来,第二天中午,进入了索伦。他们两人来到日本人建的火车站附近,见有一小饭馆,饭馆里没多少人。来时姚占江交代,不要乱说话、不要到人多的地方,免得惹出麻烦。他们俩坐在离门口最近的地方,要了两碗面条,眼睛望着外面的行人。这时,只听到里面一个吃饭的人说:"听说唐罗锅一伙没跑了,全被打死了。"

"兴安军区一个营的兵力把索伦包围得水泄不通,唐罗锅往哪跑啊。"另一个说。

"听说唐罗锅他们一伙也有三十多人,不然也杀不了喜扎嘎尔旗那么多人,也够狠的啊。"那个人说。

"这些胡子哪个不是杀人黑手啊。"另一个人说。

"胡子都是游手好闲的人,好人哪有当胡子的。"那个人说。

这时,面条端上来了,许顺他们俩急忙低头吃面条,吃完结了账来到外面,许顺说:"刚才都听到了吧,唐罗锅被打死了,咱们还去找谁啊,赶紧回去报告掌柜的吧。"

"那还去啥,现在兴许还在抓唐罗锅的人呢。"许顺手下的胡子说。

他们俩骑上马像逃跑似的从原路一溜烟奔姚占江父亲家而来。

第二天下午，他们俩赶到姚占江父亲住的西崴子屯。这时候，西崴子屯沉浸在午后黄铜色的阳光中，屯子里没有多少人走动，正是吃两顿饭的时间，有的烟囱里还在冒着细细的白色的余烟。他们两个在远处停留了一阵，见没有人看见，这才把马拴在房后树趟子里快速进了屋。山坡上两名基干队员以为姚占江回来了，既兴奋又紧张，他们俩拔出手枪靠近姚占江父亲家。许顺从外屋半开的马窗户也看见了两名基干队员，许顺他们俩马上躲在门后，基干队员不敢贸然往里冲，回去报信已经不可能了，许顺他俩又不敢出来。

太阳很快就要贴到山尖了，一名基干队员灵机一动向天空连打了几枪，他想用枪声报警让村里人听见，他的想法是正确的。这时，坐在炕上正在吃饭的温永海听见枪声，急忙撂下筷子穿鞋下地。妻子问："你干啥去？"

"我出去看看，好像姚占江他爹家附近枪响。"温永海披着衣裳走到了外屋。

温永海二十多岁，是西崴子屯的党员、贫协主席，他匆匆来到姚占江父亲家的附近，见两名基干队员正趴在障子外面的土包下。他猫着腰来到基干队员的身边自我介绍说："我是这个屯的贫协主席，我叫温永海，把姚占江堵到屋里了吗？"

"堵到屋里了。"基干队员回答。

"多长时间了？"温永海问。

"刚刚不久。"基干队员回答。

"我到房后看看。"温永海说着爬起来还是猫着腰跑走了。不大一会儿，跑回来喊道："他们跑了。"

两名基干队员快速爬起来问："他们从哪儿跑的？"

"后窗户。"温永海说。

"没想到这么狡猾，把姚占江爹抓起来送到努图克。"一名基干队员说。

"这不行吧,回去问问官队长再说。"另一个队员说。

"肯定是姚占江爹放走的,这个老坏蛋。"那名队员说。他们走进姚占江父亲家,姚占江的父亲坐在炕边上手里握着一把镐头,目光凶狠地望着温永海和基干队员。温永海见此情景大喊道:"你想干什么?快放下镐把!他们不会伤害你。"

"我们是抓你儿子的,只要你告诉我们他在哪儿就行。"基干队员说。

"我不知道他在哪儿,咋告诉你们!"姚占江父亲强硬地说。

"你儿子没说?"基干队员问。

"来的不是我儿子。"姚占江父亲说。

"那他们干啥来了?"基干队员问。

"他们来是看我的。"姚占江父亲回答。

"他们现在住在哪儿?"基干队员问。

"我哪知道?"姚占江父亲回答。

"他们啥时再回来要尽快告诉我们。"基干队员说。

"我咋知道他们啥时来。"姚占江父亲说。

"走!回去吧。"基干队员说。

"到我家吃完饭再走吧!"温永海说。

三

许顺他们两个吓得魂飞魄散连夜逃回窝点,第二天中午,到了窝点。胡子们刚吃过早饭,姚占江正端着碗吃着,他比一般胡子起来得晚,吃饭也晚。最近一段时间以来,伙食明显不如从前了,但也只能这样活着,偶尔碰到几只黄羊打来改善一下生活。见到许顺,姚占江停下筷子问:"见到唐罗锅了吗?"

"大掌柜的,到索伦后,听说唐罗锅灭了喜扎嘎尔旗的人,后来兴安军区三营的人包围了索伦,唐罗锅被打死了,听说后我们俩赶紧回来了。"

"有这事,你们到我爹家了吗?"

"到了,你爹挺好,我们俩差点被打死,幸亏从你爹家的后窗户逃出来。"

"你们俩辛苦了,快吃饭吧!"他又向蹲在门边的王巴拉瓜喊道,"巴拉瓜,告诉伙夫炒点肉慰劳慰劳这两个弟兄。"

姚占江与唐罗锅虽然没见过几面,但是是深交。唐罗锅为人仗义,那一年,姚占江刚刚拉杆子不久,唐罗锅听说后找到姚占江,要他加入他的队伍。姚占江一听那是想吞并他,婉言谢绝了唐罗锅的好意,给他送去了几石粮食和几头猪,唐罗锅有了山珍野味也总是派人给姚占江送些,保持着弟兄般的友谊。有时还派人来请姚占江过去喝酒,并多次说有困难一定要跟他说,他会尽全力帮助他,如果他不在找他堂弟唐书帽也行。现在,形势对姚占江来说不利,草原蓝斑马队对这条路看得很紧,他的日子越来越不好过,不过越是艰难他越要活下去。唐罗锅没了,他可以到他的地盘去休养一段时间,形势稳定的话还可以长期在那里居住下去,这对他来说无疑是件好事。唐罗锅的堂弟比他哥长得标致,性格也温和一些,曾跟他喝过酒,对他还是很敬重的,那里也是他最好的去处。去之前把父亲先搬过去,这样他就可以不用再为父亲操心了,可以更加大胆地、没有任何负担地干。晚上,他简单向许顺说了说自己的想法,看看许顺对他的打算有什么意见。许顺听了他的打算说:"结合现在的形势看,下一步只能退到索伦一带保存实力,等风头过后东山再起也不晚。"听到许顺的赞许,姚占江稍稍踏实了一些,但他仍然有些不安地问:"你刚才说结合形势,现在的形势究竟咋样我也不太清楚,努图克那儿是不是把咱们盯上了?"

"我昨晚回来怕你上火没细跟你说,现在努图克的人就是想抓到你,早盯上你父亲家了。"许顺说。

"没想到他们会盯上我父亲,赵凤林被杀了后,咱们的消息也断了,不过你还可以找找贺青兰,通过她还可以探到一点消息。"姚占江说。

"那倒是个路子。"许顺说。

第十六章

"我奇怪的是赵印和陈满金都到哪去了?"姚占江问。

"陈满金是你最看重的兄弟,他不应该忘了你俩之间的交情吧。"许顺说。

"世道就像一条大河,谁的水量好谁就能活,谁的水量不好谁就会被呛死,这是正常的。每个人也不一样,不过同在一条河里,有的上岸早变成了另一种人,也是没办法的事,我不强求,在一块能走多远都无所谓,只要一块过去就行了,能不能到达目的地那是另一码事,你说呢?"姚占江说。

许顺不置可否,没敢吱声。

姚占江内心对陈满金还是充满了好感的,陈满金不像许顺爱吹,也不像王巴拉瓜是个愣头青,陈满金具备了他们俩的特长,又狠又有头脑,遇事冷静,是一个难得的人才。

四

这天早晨,姚占江带着那两个弟兄向索伦走来,他们穿过阿力得尔白锁柱的牧场,然后再穿过乌兰毛都孙达赖的牧场。姚占江很久没有走这么远的路了,虽然急着要见唐书帽但还是被草原的广阔和四野自然的景色所陶醉,他的内心涌动起说不清的感觉。自己在这片草原上闯荡多年,也结交了一些兄弟。唐罗锅虽然死了,还有几个拜把子的兄弟各自占领着自己的地盘独霸一方,不愁吃不愁穿,要啥有啥,自己也算没白活一回。人不过就是一棵草,几十年过去就算完了,活着时就要尽力施展自己的能力,满足自己的要求,实现自己的抱负,只要还有力气就要不停地战斗下去直到最后。他一会儿打马小跑,一会儿让马慢走,心情随着马的步伐难以平静下来。他们三人来到了索伦火车站旁的小饭馆,已过饭时,小馆里没有客人,只有饭馆的老板。两个胡子互相看了看,小声问姚占江:"大掌柜的吃点啥?"

"吃顿红烧肉。"几个月来连顿烧肉也没吃上,闻到饭店炒菜的味真想吃顿大肉解解馋。

两个胡子要了一盘红烧肉和三碗面条,他仨坐下来,店小二很热情地沏上茶放在他们面前。三人走了大半天的路连渴带饿。三人都不言语,眼睛看着外面,心里急着想尽快吃上。店小二端着一大碗红烧肉放在桌上,两个胡子不敢动筷子,姚占江见状说:"出来了,咱们就是哥们,平起平坐,看啥,吃!"两个胡子这才敢夹红烧肉吃。姚占江见两个弟兄还有些不敢吃似的对老板说:"我两个弟兄挺长时间没吃到肉了,再来一碗。"两个胡子张嘴想说什么,姚占江在嘴上做了个手势不让他们俩吱声。两个胡子只好听姚占江的不敢再张嘴说话。姚占江把筷子放在面条碗上对两个弟兄说:"别急吃,等肉上来再吃。"两个胡子顺从地撂下筷子,脸上露出满意的神色。

店小二很快又端来一碗红烧肉,他们仨人吃了两碗红烧肉、三碗面条,就好像过年了一样心满意足打着饱嗝走出了小饭馆。这里离唐书帽住处还有二三十里地,天黑前赶到,时间绰绰有余。他们仨骑上马穿过索诺河,慢悠悠地向山沟里走去。

太阳偏西的时候,来到了唐书帽的住处。这是一条南北走向的山沟,再往里走十多里变成了东西走向的山沟,本地人管这样的山沟叫拐把子沟,也有叫镰刀沟。唐罗锅没死的时候,基本不来打扰他的堂弟,但他堂弟却在暗地里帮助着哥哥,唐罗锅主要是怕事后连累堂弟,再就是不想给堂弟带来麻烦,各干各的相安无事。唐书帽想,哥哥如果有困难可以到他这里来居住,这里地势险要、易守难攻,还可以长期居住休养生息。他多次邀请哥哥带他的弟兄们到他这来住,都被哥哥拒绝了。姚占江曾跟唐罗锅来过一次,但由于是夜晚,根本看不清这里的地形。现在走进这条山沟觉得既新鲜又陌生。这里三面环山,山上树木茂密,山峰陡峭,山沟底部还有一条小溪,水源就是远处山堵头脚下的泉眼。因为这水的滋润,土地肥沃、草木茂盛,形成了一个独特的小环境。山坡上几间草房,草房四

第十六章

周整理得平平整整很有秩序,远远看去就像一个独立的小屯。姚占江很佩服唐书帽的经营之道和勤劳吃苦的精神,一个人能把一条山沟整得这么好,真是不容易。自己手下有二十多人也没有把古迹轿顶山建造得这么好。走近了才看清,院子里还拴着一匹白马,几只狗看见他们凶狠地向他们冲了过来,他们骑在马上不敢下马,狗围在马的前后左右狂叫着,阻挡着马的前行。听见狗叫,唐书帽大声吆喝着狗走了出来,狗没有听他的话继续向骑马人狂吠。唐书帽来到大门口,狗才停止了狂吠。姚占江从马上下来边走边说:"好厉害的狗啊。"

"稀客啊,从哪里来?"唐书帽又客气又热情地问。

"你这里真是一块宝地啊。"姚占江赞赏道。

"啥宝地,就对付着活呢,快进屋。"等姚占江三人都进了屋,他才跟在后面进屋。屋里唐书帽的媳妇急忙把茶盘摆好,擦洗茶碗,见了姚占江忙放下手里的茶碗躲到一边去了。姚占江也不客气,自己先脱了鞋爬到炕里盘腿坐下,两个胡子坐在炕边。唐书帽抓了一把茶叶放进茶壶里,然后从炉子上拎来水壶往茶壶里倒水,滚烫的热水在茶壶里发出"咝咝"的响声,冲得茶叶上下乱翻,有几片茶叶被冲到茶壶嘴外,像跳上岸的泥鳅被晾在岸上了。唐书帽把茶壶盖盖上,并不急着给姚占江他们的茶碗里倒水,他把水壶送回炉子上,水壶又重新大响起来。唐书帽回到炕边拿出烟笸箩递给姚占江,姚占江从腰里拔出烟袋慢慢装了起来,他把烟梗捏出来扔到地上,把烟叶装进铜烟袋锅里用拇指摁了摁,唐书帽急忙划着火柴给他点上。姚占江抽了几口说:"我是投奔你来的。"

"投奔我?"唐书帽有些惊异地看着姚占江。

"你哥我们都是拜把子兄弟,我现在没处去了,我和兄弟们到你这里躲一段时间,等形势好转了我再做打算。"

唐书帽想到哥哥的惨死,对共产党仇恨顿然涌起,他说:"只要你们不嫌弃老弟,我愿意尽我的一份微薄之力。"

"我们来了也不白吃你的,我的弟兄在你这里干活,也可以种地打猎自己满足自己的生活需要。"

"都好说，只是别叫旗里的人发现了，不然后果不可想象。"

"这我考虑过了，我们来了以后可以分散着住，一部分人可以装扮成你雇来的雇工，绝不会给你带来太多的麻烦。"

"喝水。"唐书帽给每个人的碗里斟满了浓浓的红茶，接着说："我知道姚哥的为人，这我放心，你们啥时来都行，还有几间空房子没人住足够你们住了。如果不够住再盖几间，保证不让你们住露天地。"

"多谢唐老弟！哥日后定会报答。"姚占江说。

"姚哥客气了，你这也是替我哥做事，我应尽绵薄之力才是。"唐书帽说。

这时，唐书帽的媳妇已经把饭菜做好告诉唐书帽说："饭做好了，吃吧。"

"都饿了吧，咱边吃边唠。"唐书帽把桌子放在炕中间，他媳妇把碗筷放在桌子上。姚占江把茶碗推到一边凑到桌子前，两个胡子也脱了鞋，屋里立刻弥漫出一股臭脚丫子的气味。唐书帽的媳妇没敢进屋，蹲在外屋灶坑前望着灶坑里的火苗。唐书帽把保存多年的老酒找出来，没找酒壶和酒盅，平时来了客人就用饭碗喝，没那些讲究。姚占江对两个弟兄说："你们俩就别客气了，就像到家了，能喝就喝吧。"那两个胡子这才端起酒碗喝了起来。姚占江平时喝酒从不多喝，只有在外面应酬时才多喝，但今天他不能多喝。他以前跟唐罗锅喝酒时唐书帽也在场，大伙都没喝太多。这次，唐书帽简单劝了一下也就不再劝了，四个人喝了一点就吃饭了。姚占江内心感激唐书帽，吃过饭又喝了一会儿茶水，姚占江被安排在西屋，坐在热乎乎的大炕上就像回家了似的感觉特别温暖。姚占江伸开四肢不停地喊着："哇，真舒服。"不大一会儿就打起了呼噜。

第二天早晨，吃过早饭时，姚占江准备走。唐书帽说："忙啥，这么远来一回，多待两天嘛。"

"不敢多待，回去马上准备搬家，把我爹也顺便搬来。"姚占江说。

第十六章

"好,我等着你们。"唐书帽说。

"麻烦你了。"姚占江拱手作揖。

"外道了,一家人不说两家话,什么麻烦啊。"唐书帽说。

"好,我们走了。"姚占江说。

唐书帽从马圈里牵出姚占江的马,两个胡子自己牵出自己的马离开了唐书帽的院子。唐书帽送到院外,那些狗不再叫唤了,用友善的眼睛望着姚占江他们。

太阳像慢慢被挤出来了似的,两面的大山夹着这条山沟,没有风,风被挡在了山外面。虽然是十月,却难得能碰到这么一个好天气,十分暖和。休息了一夜的马精力充足,走起路来脚步格外有力。姚占江哼起了小调,听到姚占江的小曲,两个胡子在马上微笑起来。姚占江问:"你们笑啥,没听过我唱歌吗?"

"没听过掌柜的唱歌。"两个胡子异口同声地回答。

"那是你们没跟我出来过,不然还是能听到我唱歌的,我唱得咋样?"

"好听。"一个胡子回答。

"我从小就爱唱歌,后来我妈死了以后,我就再不想唱了,是一下子不想唱的,不知道为啥。"姚占江说。

"能为啥,就是太痛苦的关系。"另一个胡子说。

"也对也不对,有时候想唱了不唱,有时候想唱了就唱,我就是这么个人,没正性。你们两个谁来一段?"

两人互相推脱着谁也不唱。

"我觉得,人就是那么回事,世界上有一只无形的大手推着你,要么叫拽着你,你离不开命运的安排,你们俩跟着我觉得咋样?"

"我们觉得挺好。"两个胡子回答。

"好在哪?"

"说不出来。"两个胡子一个劲儿傻笑着。

"将来打下了天下,我不会亏待你们的。现阶段吃点苦没啥,你看古代跟皇帝打天下的那些人不都封了大官吗？跟着我拼死拼活的人，将来我说了算，都有你们的好处和地位。那个时候，你们的家人也都享福了。"

"跟着你，我们能混上饭吃就行了，没想别的。"两个胡子说。

"那也太简单了，不但要吃上饭，还要有钱花才行，你们俩好好干，我不会亏待你们的。"

"多谢大掌柜的。"两个胡子说。

"哈哈哈，今天晚上我就让你们俩享受享受男人的快乐，走！跟我到王爷庙去。"

"大掌柜的就别为我们破费了。"两个胡子央求说。

"今天我高兴了，是我想享受享受，你们跟着我从来没享过福，我慰劳你们一下。"

两个胡子不再吱声。

三匹马快速在山沟里行走着，马的脚步偶尔变得一致、整齐起来，带着节奏，节奏使马也兴奋起来。远远看去，姚占江像一个英雄似的，他的后面跟着两个随从，走出山口他们没有沿着来时的路线回去，拐向东南方向的山道。太阳落山时，他们仨赶到了王爷庙。姚占江说："咱们先到大车店把马存放在那里，然后吃饭，吃过饭洗个澡再去住宿。来到王爷庙，姚占江走到哪儿两个胡子跟到哪儿，不敢离开半步。大车店院子里没有多少车辆，马棚里也没有几匹马，姚占江把马牵到马棚里，大车店的喂马人打招呼道："几位客官是住宿的？"

"请告诉掌柜的一声，我们三人不在这住，马得在这喂养，明个一早就走。"姚占江说。

"我这就禀报掌柜的去。"喂马人说。

姚占江他们三人简单吃过晚饭又到澡堂子洗了洗澡，这才来到了大十字街的窑子房。站在窑子房的门前，姚占江说："今晚咱们就住在这，你们俩放心大胆地住。"说完哈哈大笑着先走了进去。老鸨见了姚占江十分热情地说："姚大掌柜的好久不来了，都把我们给忘了吧，好让我们想啊。"

"哪儿有时间来啊,今天正好路过这儿,把我两个兄弟好好安排安排啊。"姚占江说。

"你放心指定差不了。"老鸨说着领两个胡子到别的屋去了,最后才让姚占江进了另一间屋子。

第二天早晨,姚占江早早起来了,在大街上转了一圈回来,吃过早饭,那两个胡子还没起来。他在屋里等了一会儿,老鸨来了说:"我去叫醒他们?"

"别叫,让他们睡吧。"姚占江说。

又过了一会儿,一个胡子醒了,出来见姚占江在等他们,他急忙去叫另一个胡子。他俩就像犯了错误的孩子似的不知说什么是好。姚占江故意问:"咋样?"

两个胡子只是抿嘴笑不吱声。

"快去洗脸吃饭吧。"两个胡子急急忙忙去洗脸吃饭,这会儿他们俩的速度比平时快多了,很快就来到姚占江的面前等待姚占江的吩咐。

"走!"姚占江说。

三个人出来,老鸨送到门口热情地打招呼:"姚掌柜慢走,啥时再来,保证给你留着好的。"

"哈哈哈……多谢了。"姚占江抱拳说。三人离开窑子房来到大车店交了钱,马已经吃饱歇足。三人牵过各自的马刚出大门,姚占江就骑了上去,两个胡子也迅速骑上马,三人一路奔向西北。

中午,到了巴拉格歹,姚占江勒住马,马在原地转了两圈,两个胡子也停下来问:"掌柜的咋的了?"

"没咋的,你们说努图克的人是不是还盯着我爹家呢?"姚占江问。

"肯定还盯着呢,你的意思是想看看?"一个胡子问。

姚占江从马上下来,两个胡子也从马上下来。姚占江把马缰绳递给一个胡子,到地里去撒尿,撒完迟迟不系裤腰带,双手拎着裤子站在那里仰望天空,他极力控制着自己的感情,眼泪在他脸颊上颤抖着流。站了一会儿,他抹去眼泪,把裤子系上来到马跟前也不看两个弟兄,低头上了马。怎样才能把父亲解救出来送到索伦平平安安地生活,努图克的人这样不间断监视的目的就是想抓住他。哼!越是想抓到他,越是不能让他们抓到,走着瞧。他双脚磕一下马肚,马小跑起来。离贺青兰家还挺远的时候,姚占江又勒住了马。一个胡子赶上来问:"掌柜的,想回西崴子屯吗?"

"不是,你到贺青兰家看看她在家没有,在家的话咱们就在她家吃中午饭。"

"好。"一个胡子打马而去。

姚占江和另一个胡子远远看着那个胡子走进贺青兰的家。不大一会儿,贺青兰从屋里跑了出来,东张西望地看向远处,那个胡子向姚占江他们俩使劲挥了挥手示意他们过去。

中午时分,屯子里没有人走动,一片寂静,姚占江和另一个胡子胆怯而谨慎地低着头弯着腰骑马走进了贺青兰家的院子。进了院子,姚占江对手下的胡子说:"把马拴到山坡的柞树棵子里。"那个胡子似懂非懂牵着三匹马向山坡走去。姚占江进了屋也不客气地对贺青兰说:"快!整点好吃的,我们还没喂脑袋呢。"说着连鞋也没脱就躺在炕上。

"大掌柜的也不是不知道,我这日子还不如要饭的呢,上哪去整好吃的。"贺青兰说。

"杀鸡炖点粉条子就行,"姚占江从兜里掏出两块大洋扔在炕上,"到屯里买一只去,撒楞点。"

"撒楞也不能连毛吃吧。"说着贺青兰扭着大屁股出去了。

姚占江头枕着双手在炕里打起了呼噜,两个胡子看着姚占江的样子有些心疼,不敢给他找出枕头怕惊醒他,只好让他就那样睡着。姚占江有个特点,他随时都能睡着,但只要有一点动静马上醒。也许是多年当胡子的缘故,所以手下的人在他睡觉的时候不敢整出声来。有时他自己做梦

第十六章

醒了那没办法,要是被什么声音吵醒,他就会不高兴,睡觉对他来说比吃饭还重要。

贺青兰身体轻飘飘的,像个半仙似的到邻居家打听谁家有鸡鸭鹅先买一只急着用。走了几家,最后打听到有一家的一只大鹅的腿折了想杀了吃肉。贺青兰飞也似的过去硬是把人家的大鹅拎了过来。自从赵凤林被枪毙后,她就像一只没家的小猫,没有温暖的热炕头,也没有香甜可口的好菜可吃了。家就是一个四方的土方块,没有温度,空空荡荡,冷冷清清,没有一点人气,但又不能不活着,整天与牌友混吃混喝。姚占江他们来时,她正准备出去找牌友,结果没去成。姚占江虽然长得丑陋一点,但办事大气,出手也大方。那年在赵凤林家玩牌,她手里没有多少钱,是姚占江给了她一笔赌资,到现在也没还他,姚占江也没跟她要。她还是很感激姚占江的,为难着窄时只要吱一声,姚占江都会伸出手,从没拒绝过。姚占江这一点在她认识的朋友中是最讲究的,不过他也有不好的一面,就是没正性,摸不着他的脾气,本来大家都和和气气的,突然他就翻脸不认人,不给人家留面子,呜嗷喊叫大发脾气,发完没事人似的走了,不管别人受得了受不了。有几次因为她,他还当着牌友的面摔牌而去,钱也扔下走了。后来,他想玩别人不跟他玩了,他也不在乎,找新手继续玩,好像他是天下老大似的,想咋地就咋地。贺青兰拎着大鹅回到家里,姚占江还在打着呼噜,不过这时已经把脑袋枕在了炕上。听到贺青兰进屋的声音,他抬头看了一眼估计也没看清是谁就又睡去了。贺青兰问两个胡子:"小弟会杀鹅吗?"

"没杀过。"一个胡子回答。

"用菜刀把脑袋剁下来就行,我烧开水拔毛。"贺青兰说。

一个胡子下地接过大鹅拎到外面,一只脚踩在鹅的双腿上,一只手拽着鹅头,鹅刚叫一声,胡子举起刀照鹅脖子砍去,只听"咔嚓"一声鹅使劲扑棱起翅膀像要跑走的样子。胡子把鹅头扔到一边,急忙抬起踩着鹅腿的脚,鹅的颈部喷着黑红的血在地上不停地打转,把院子里的一块地扑棱出一小片干干净净的地面,鹅血像红色蜡烛的蜡油喷溅在鹅的四周。地面上立刻出现了几束鲜艳的梅花,最后鹅伸开翅膀再也不动了。那个杀鹅的胡子目光呆滞,嘴角紧闭,站在鹅的身边手里拎着菜刀仿佛不会动弹了,没想到鹅的生命力会这么强。贺青兰看到地上黑红的血也吓得不敢靠前,对胡子说:"小兄弟帮我把它拎过来,放到盆里。"那个胡子听到贺青兰叫他,如梦方醒拎过鹅放进热水盆里。贺青兰也不亲自动手招呼另一个胡子来给鹅拔毛。她去打土豆皮,土豆皮打好洗净,这时鹅毛也拔净了。她把菜板端到锅台上,鹅在她手里几下被剁成小块扔进锅里。灶坑里的柞树棵子已被点燃,鹅肉在大锅里被烫得发出"刺啦刺啦"的声音。贺青兰用铁铲擢动了几下把肉炒得发白,撒了点葱花和盐再加水盖上锅盖,收拾鹅毛去了。过了一会儿,她掀开锅盖又用铲子豁动了一阵,觉得肉快熟了,把切好的土豆块推进锅里。贺青兰放桌子时故意把声音弄得很大,姚占江睁开一只眼睛看了一下贺青兰问:"做好了吗?快困死我了。"

"哼,你不是快饿死了吗!"贺青兰说着扭身去取碗筷。

姚占江好像也睡足了,跑到院子里转了一圈向远处望了望,凑近西房在向山墙根撒尿,回到屋问贺青兰:"你有马吗?"

"啥意思?"贺青兰问。

"跟我走吧。"姚占江并不看她。

"呵呵呵……哪有女人干你们那行的!"贺青兰说。

"咋没有,女人差啥了,不就差那点肉嘛。"姚占江说。

"打死我都不干你们那活儿。"贺青兰说。

"要是有人杀你呢,你干不干?"姚占江问。

"我已经得到努图克的宽大处理了,杀我干吗?"贺青兰似懂非懂地说。

"你们三朵金花看看哪个享福了,荞麦花的丈夫郭二愣是个赌徒加酒徒,差一步就是胡子了,听说陈满粮的丈夫是王爷庙卖柴火的,你看你给赵凤林当小老婆也没享到福,扔下你他先走了,你说你靠啥?"姚占江问。

"认命了,过一天算一天,这样挺好。"贺青兰说。

"到我们那去你就享福了,每天还有人陪你打牌,不要你做啥,到哪儿去找这么好的地方啊。"姚占江说。

"别吹了,我还不知道你们咋过的。"贺青兰说。

"我们马上就会好起来了,你相信我。"姚占江说。

"你们的日子会越来越不好过,现在共产党的力量越来越强大,天下将来就是他们的。"贺青兰说。

"不要信鲍长海的话,国民党的势力比共产党大,将来天下是国民党的。"姚占江很自信地说。

贺青兰用一个泥盆把鹅盛了上来,又端来大饼子说:"没有酒,对付吃吧。"

"不喝酒。"姚占江说着狼吞虎咽地吃起来,那两个胡子也大口大口地吃起来。

吃过饭,姚占江掀开炕席在炕席边折一截席篾剔牙逢里塞的鹅肉。

太阳移到山的那面去了,山坡像罩上一层赶沙鸡的网由明亮变得灰暗起来,柞树叶子由红变成暗红,在一阵突如其来的山风中稀稀拉拉地飘落了一堆。天慢慢黑下来了,月亮斜在远远的天边没有一点光泽,好像被补水桶的洋铁匠用剪子铰过后扔在了一边的白铁片。

姚占江对贺青兰说:"谢谢你了,等你到我们那边我好好招待你。"

"我可不去你那边。"贺青兰说。

"有你想去的时候,不信走着瞧!"姚占江说着接过胡子递过的马缰,跨上马离开了贺青兰家。

五

李振元听驻守洮南的一位老乡说,有一个从王爷庙来的青年来找他,结果没想到竟然参加了他所在的部队。这让他感到奇怪,他想见见这个年轻人,看看究竟是个啥样的人。他来到原来待过的驻军院子,陈满金正在打扫马厩里的粪便,干得汗流浃背、满脸通红。李振元站在外面悄悄地观看着他,觉得这人一表人才,虽然带有一身英气,但缺少内在的风度。见陈满金推着独轮车出来,他向前走了两步问:"你是陈满金?"

"是,你是……"陈满金停住手推车问。

"我是李振元啊。"

"你就是李振元,你不是调到通辽一带去了吗?"陈满金问。

"是,到这面办事顺便来看看你。"李振元说。

"早就听你哥说了,就是没见过你。"陈满金说。

"干完,咱们到外面吃点饭。"李振元说。

"就这一车了,马上就完。"陈满金说着赶紧推车小跑而去。

李振元站在一边掏出香烟点燃慢慢抽起来,用一种欣赏和审视的目光看着陈满金。陈满金把车放在马厩的一角,跑到一边的屋里戴上帽子急忙出来。李振元扔掉烟头走在前面,出了大门向东拐进一条南北走向的小胡同,有一家西厢房的小饭店。李振元低一下头,进去找了一处很僻静的座位坐下,陈满金坐在他的对面。小饭店老板是个四十岁左右的人,见了李振元和陈满金客气地问:"两位客官想吃点啥?"

"来一盘红焖鲤鱼,一盘肘子肉,两壶洮南白酒。"李振元说。

饭店老板走了后,李振元低声问:"我哥咋样?"

"两个月前我跟他见过一面,后来就没再见过。"陈满金说。

"我哥跟我提起过你,想把你带到我这里来,现在看来……噢,你来多长时间了?"李振元问。

"不到一个月。"陈满金回答。

老板先把一盘切好的肘子肉和两壶酒端了上来说:"二位先慢用,红焖鱼马上就来。"

李振元给陈满金的酒盅满上然后给自己的盅倒满,举起盅跟陈满金碰了一下干了,然后给陈满金倒上,连干三盅一句话没说。他吃了几块肘子肉说:"这个不错,多吃。"陈满金夹了一块吃起来。这时红焖鱼也上来了,李振元又急忙吃起鱼来,吃了一阵子,他觉得很满意了,撂下筷子说:"来,喝酒。"

陈满金也撂下筷子。

"不瞒你说,我在这样的部队里待够了,可又没办法只好跟着混。听我的,赶紧离开这个地方,国民党战胜不了共产党,我在这里干十几年了,什么不知道啊!"李振元盯着陈满金说。

"你哥说国民党的军队是中国的正规军,将来前途无量。"陈满金说。

"哎,你别听他的,我跟他咋说都不听,他认准了国民党的部队,他没在这里干过咋知道这里的细事,别听外面人瞎传的,不真实。"李振元说。

"你哥说打垮日本鬼子国民党军队出了不少力。"陈满金说。

"不全对,打日本鬼子是起了一定的作用,有几个大的战役是国民党打的,但内部矛盾重重,互相对立、贪污腐化十分严重,对老百姓就像对待敌人,国民党打不下江山。"李振元说。

"我投奔你来就是想混出个名堂,也好对得起祖上。"陈满金说。

"在这里你就别想混出名堂了,我不会害你的,听我的,离开这个鬼地方,就是回去种地也比这里强。"李振元说。

"全屯子的人都知道我当胡子,现在西科前旗基干队在围剿消灭胡子,我不能再回胡子窝了。"陈满金说。

"你先到亲属家或朋友家躲一躲,等局势平稳了再想办法。"李振元说。

"我有个姐姐在王爷庙勉强维持生活,居住条件也很差,我姐夫卖柴火为生,根本帮不了我。"陈满金说。

"那只能暂时在这里维持了,等有了机会我再告诉你。"李振元说。

"多谢哥哥的帮助和指点,小弟敬你一盅。"陈满金端起酒盅跟李振元撞了一下一饮而尽,李振元一口喝了进去。喝进去的酒使两个人从兴奋到麻木，语言越来越少，盘里的肉所剩无几，鱼就剩下了骨头，四壶酒还剩半壶，差不多每人喝了两壶，六十度的洮南白酒在两个人的交谈中一盅一盅地被喝进去了。

　　李振元不像他哥哥，他接受过很好的教育，喜欢学习，读过很多书，遇事善于思考，乐于接受新事物，对人友善有正义感。他曾参加过四平战役，但由于对国民党内部的腐败不满，表现出不合时宜的言行受到了上级不公平的待遇，官职不升不降不被重用，满怀的救国大志就像秋天的树叶，在冷风中一片一片飘落在树下。他见到陈满金就像见到了兄弟，对陈满金满腔报国之心和对前途的不懈的追求表示同情和欣赏，但对他的无知和盲目又给予了指点和帮助，他的心里也是愉快的，能够引导一个青年走上正路，避免他走弯路是有好处的。如果陈满金能早几年认识李振元，也不会陷入这样的处境。李振元结账后搂着陈满金走出了小饭馆，来到小胡同口握着陈满金的手说："以后有事就告诉哥一声，后会有期。"说完大步流星穿过街道向远处走去。

　　陈满金有好长时间没这样尽兴地喝酒了，见了李振元真有一种相见恨晚的感觉。他说的是一片肺腑之言，让他的脑袋里见到了一丝亮光，透进了一股空气。他怎么也没想到跑到这样一个地方来，而且人生地不熟，他想到了家，想到了父母，想到了荞麦花。荞麦花不想让他当一辈子的胡子，可是他觉得胡子也不都像姚占江那样，也有好的胡子，就像李振元是国民党的兵，但他跟国民党的其他兵也不一样。他要走的路就是跟其他人不一样，他迷迷瞪瞪地回到马厩，躺在行李上昏昏沉沉地睡去。

第十七章

一

官布扎布觉得姚占江不会轻易上当,他的警惕性会越来越高,派基干队员把守他父亲家有点愚蠢了,姚占江不会主动送上门来。监视他父亲的行动已经叫他看破,但又不能放弃监视,只能改变监视的方法,叫他无法察觉。在不浪费兵力的情况下又能互相接应,只有这样才能抓到姚占江。

西崴子屯距努图克十多里地,把基干队全部部署在那里也不行,部署一两个人又抓不住姚占江,如果在西崴子屯能发现姚占江手下人的踪影也行,这样也能顺藤摸瓜抓到姚占江,可经过细致排查没发现有他的人。基干队怎样在很短的时间就能到达西崴子屯,官布扎布怎么想也想不出一个两全其美的办法,他把道尼如布叫来问:"咋样才能抓住姚占江?说说你的想法。"

"咱们在那死守就不信他不来了,这是最好的办法了。"道尼如布说。

"前几天咱们已经打草惊蛇了,叫他手下的两个胡子逃跑了,现在想一个他们一出现,基干队员就能发现的办法。"官布扎布说。

"谁知道他哪天来啊,除非住在那个屯,没别的办法。"道尼如布说。

"在那住又太明显,他更不会来了,让他感到没有人监视,他就会慢慢上钩。"

"他不会轻易上钩,咱们就是不在那监视,他也觉得咱们在监视呢。"道尼如布说。

"他一般也就带两个人加上他顶多三个人,咱们派五到六个人,监视他爹家还是两个人,外围再加两个不要被他看出来,听到枪声就能赶到,再加上屯里的党员、贫协主席温永海和贫农组成的农会成员,他们就是三头六臂也跑不出去。一会儿你通知一下李国芳,叫他去通知一下温永海。"官布扎布说。

"我这就去找他,我带几个基干队员去。"道尼如布说。

"你不用亲自去,让陈满银带四个队员去就行,让他在外围监视。"官布扎布说。

"陈满银不是调到旗基干队了吗?"

"旗里决定让他在旗里和努图克之间跑。"

陈满银对这里的地形还是比较熟悉的,西崴子屯有一条路通往外面,还有一条砍柴的小路通到西北山顶后拐进另一条山沟然后出去,小屯不大,前后两条街道把屯子分为三趟。姚占江爹家后面是一片杨树林,走出杨树林就拐进了山坡上的柞树丛,翻过山就是通往外面的山沟,上次胡子逃走选的就是这条路线。

陈满银和队员来到山顶俯瞰着这个小屯,如果没有胡子的骚扰这是一个多么平静安详的小屯。人们侍弄着土地养活着自己,现在共产党领导穷人分田地,将来他们有了自己的土地,日子就会越来越好了,那时不用再担惊受怕,可以过着平平安安的日子。望着远处白亮亮、弯弯曲曲流淌的归流河,它像一条乳白色的玉带滋润养护着这片肥沃的土地。勤劳朴实的农民,一代一代在这里生儿育女、繁衍生息,这是一片多么丰厚的土地啊。可是,有人却在这片土地上不安分守己地过日子,弄得人们不得安宁,究竟是为什么?他想到哥哥,想到了蒋弼仁和潘祖胜烈士,他弄不清楚也想不明白。他要尽心尽力,不能粗心大意,抓住姚占江为那些死去的人报仇。

二

姚占江苦苦思索着:是在搬到索伦之前把父亲接过去,还是搬到索伦以后再把父亲接去。现在基干队已经把他父亲盯上了,想通过父亲把他抓住,他绝不能轻易去父亲家,过了这一阵或者过了冬天再去接父亲。许顺早就知道姚占江在为父亲的事苦恼着,他不敢接近他,躲在一边跟王巴拉瓜玩牌。姚占江对他说:"许顺,你测测咱们啥时候搬走最吉利?"

许顺撂下牌,掐着手指,闭上眼睛,嘴里嘟嘟囔囔念了一阵谁也听不懂的话,说:"今天是九月初五,明天或大后天双日子搬就行。"

"明天一早就搬,今天开始收拾吧。"姚占江果断地说。

"说搬就搬啊!"许顺说。

听到姚占江的话,王巴拉瓜撂下牌到一边收拾东西去了。大家开始收拾东西。晚上简单吃了点剩饭,各自回到自己的位置躺下了,准备明天早起赶路。姚占江坐在一边突然站起来问许顺:"白天赶路一旦被人发现了,后果不堪设想。"

"最好趁天黑走,神不知鬼不觉让基干队永远找不到咱们。"许顺说。

"行!走的时候一定要小心,不许大声说话,子弹上膛随时准备作战,先派几个人在前面打前站,发现情况立刻鸣枪警告,拉东西的车队在中间,剩下的弟兄跟在车队后面保护车队,后面有情况立刻通报,我随时都在队伍里走,不报者格杀勿论。"姚占江说。

第二天傍晚,姚占江带着二十几个人,在灰蓝色的夜幕里悄无声息地从锡林郭勒草原东侧的边缘地带向东北方向的索伦河谷出动了。漆黑寒冷的峡谷里,人们听到的是马蹄清脆而又凌乱的声音,道路两边的柞树棵子里偶尔窜出一两只兔子惊慌失措地跑到马队的前面,一会儿又猛地拐进柞树棵子里。没有人理它们,要是往日,这两只兔子早就没命了。现在,它们这么耀武扬威地大胆地出来,而且还跑到了人们的眼前,没有丝毫惧怕的意思,真是难以想象。有些东西就是这样,当你不想要的时候,它却在你的眼前;当你想要的时候,它却在远处,你又得不到它。世间的一些事情真是想不清楚,也看不明白。

出发不久,姚占江跑到前面小声问领头的王巴拉瓜:"有情况没有?"

"一切正常。"王巴拉瓜回答。

"好,"他又回到队伍的后面问许顺,"有没有情况?"

"没有。"许顺回答。

姚占江在来回跑的过程中看到了这些年轻人的情绪还是比较稳定的,没有牢骚满腹,这才放心地回到队伍的中间。中间是最好的位置,一旦有了突发情况,第一时间就能做出决断不至于耽误时间。

漆黑的山谷里,姚占江的队伍像一条黑色的巨蟒爬出山洞并慢慢游走着,他们只能黑天出来寻找生存之地。

三星落下去了,队伍来到了姚占江非常熟悉的树木沟一带,在这里他曾打劫过乌兰毛都的拉盐车队,后来差点被蓝斑马队的人吃掉。再往东走就是阿力得尔白锁柱的地盘,在那里他抢过二十多匹马,还把陈满金拉进了队伍里。姚占江望了望天空,天有些发亮了,他跑到前面对王巴拉瓜说:"别再往前走了,拐进前面的山沟休息。"

王巴拉瓜对这一带也非常熟悉,他骑马向一条有水的小山沟跑去,后面的弟兄们紧跟在他的后面。一路上没有碰到去锡林郭勒拉盐的车,如果碰上拉盐的车或牧民,他们的踪迹就会暴露了。他们来到小山沟里面,有几匹马站在山沟过夜。有个胡子举起枪想打死一匹马,被王巴拉瓜制止了,那个胡子沮丧地坐在地上说:"快一个月没吃到肉了,啥也不让打,都快馋死了。"

"明后天到地方了,保你不馋,"王巴拉瓜对那弟兄说,"先抓紧睡觉,饭好了再召唤你们。"

这些胡子风餐露宿惯了,把马拴到自己伸手几乎能摸到马腿的地方,

第十七章

从马背上拿下各自准备好的羊皮或狍子皮铺在地上便睡。没有固定的吃饭时间,谁醒了谁吃。有的吃完接着睡直到有人推或踢才起来。姚占江也是如此,他走南闯北多年,身体已经习惯了这种无家可归的野外生活。他觉得这才是他的生活,自由自在、无拘无束,想睡到啥时就睡到啥时,想啥时吃饭就啥时吃饭,他就是这片土地上的英雄,一个英雄也不过如此。有的英雄比他还苦,英雄的成长是不容易的,只有在困难中滚出一身硬茧子的人才称得上英雄。这帮胡子见姚占江躺在一堆柞树棵子前两眼望着天空,大伙东一个西一个不敢大声说话,都离姚占江远远地躺下,不大一会儿,鼾声在四周的柞树棵子里连成了片。

太阳升高起来后,地面慢慢暖和起来,大家睡得更加香甜了,过了中午,姚占江突然坐了起来,王巴拉瓜问他:"咋了?"

"我好像听到了马队的声音向咱们这边过来了。"姚占江说。

"没有声音啊,是你睡毛愣了吧。"王巴拉瓜说。

姚占江把烟袋点上,抽了一袋烟仿佛这才清醒过来问:"有啥伙食,弟兄们吃了吗?"

"烤的黄羊肉和马肉干谁醒谁吃,没招呼弟兄们一块起来,为的是让他们多睡会儿。"王巴拉瓜说。

"酒还有多少?拿出来分给弟兄们喝了吧。"姚占江说。

"不留了啊?"王巴拉瓜问。

"晚上出发前喝吧。"姚占江说。

"好。"王巴拉瓜回答。

有了酒再差的伙食也就不差了,有了酒就是没有粮食也算是好伙食。酒能补救粮食和蔬菜的短缺,能以最快的速度提高人的精神,让人在最快最短的时间内充满活力,胆量增大起来,身体内的能量也能充分发挥出来,这是姚占江从自身的实践中总结出来的经验。他善于利用酒这个东西,只要有大的行动,他都要让弟兄们先喝上一些酒,但不能喝醉,这些人喝了酒一个个是英雄,没了酒就是狗熊。这么多年,他总是很重视酒的作用,不管到了哪里,都要想尽办法弄到一些酒带回去犒劳大伙。酒有时比他的金钱还重要,酒是他率领队伍的法宝。

　　中午,大伙随便吃了点肉干,无精打采地回到自己的位置。有的躺下继续睡,有的坐在原地玩牌赌博,有的独自仰天躺着想着心事,各种姿势都有,在山沟的阳坡上如一群落雁在暂憩。

　　终于等到太阳落山,大伙的体能也恢复过来了,再加上每人一碗酒,这些匪徒体内的恶火又被点燃了,骑到马上个个精神抖擞、喜笑颜开、忘乎所以,内心无比钢硬。姚占江想:只要安全地通过阿力得尔和乌兰毛都的地段就不怕了,他怕遭到蓝斑马队的突然袭击,到了农区特别是到了大石寨以北的林区,他就不怕了。

　　队伍缓慢地行走着,因为不是去抢劫也不是在逃跑,大伙的心情都是轻松的,大伙骑马的姿势也都是松散的,有的斜歪在马上,有的仰坐在马上。

　　马蹄敲击地面的声音好像震动了高空的星星,它们喘息似的一起一伏发出强劲的金光。骑在马上仰望天空,那些星星就像从巨大的双手里撒下的苞米粒在纷纷坠落,看得时间长了,人晕晕乎乎就像飞起来了。队伍过了阿力得尔到了大石寨南的山口,向北一拐就进入了索伦地区。姚占江心里的一块石头终于落地,他大喊道:"弟兄们!散开走吧。"刚说完,就有几匹马跑到前面去了,拉东西的马车慢慢落在后面。

　　天亮前,他们已经来到了索伦唐书帽所在山沟,唐书帽把新挖的地窨子全收拾好了,厨房单独设在一间宽敞的地窨子里,给姚占江单独留了一间阳坡的地窨子,其余的人住在长一些的地窨子里。胡子们虽然暂时住得挤了一些,但都没有怨言。唐书帽像雇到了一帮长工在家,院子里一下子多出了许多人,两只狗不再狂叫,趴在窗下不敢抬头。

　　姚占江有这样一个特点:越是平静的时候,他的内心越不平静,想得越多;越是混乱的时候,他的内心越是冷静,保持着清醒的头脑。忙了一天后,他手下的人都睡下了,他却睡不着,在考虑着下一步的打算。

三

这天上午,官布扎布参加完全旗土地改革工作会议,刚走出会议室,西科前旗委书记宋振鼎对他喊道:"小官,到我办公室来一趟,有事跟你商量。"

官布扎布来到宋振鼎的办公室,坐在靠墙的椅子上。宋振鼎说:"目前,国民党还没死心,还在向东北挺进。云泽同志不久要到王爷庙来。前一段时间,我们的工作是有成效的,得到了上级领导的肯定。云泽同志到来前,再进一步把工作做好,把那些残匪清剿干净,确保云泽同志的安全。你们那里是剿匪的重点,一定要尽快把逃跑的胡子姚占江一伙打掉,保证锡林郭勒到王爷庙这条通道的安全。力量不够还可以让哈拉黑基干队配合你们,还有乌兰毛都的蓝斑马队都可以配合你们,你看有没有困难?"

"困难是有的,但我们保证克服困难完成任务。"官布扎布说。

"喜扎嘎尔旗的事件你也听说了吧,对待敌人要像钐刀打草那样,运足了劲,决不能手软。只有这样,我们才能对得起牺牲的烈士。"宋振鼎说。

"是。"

"有困难随时向我们报告。"宋振鼎说。

"好。"

下午,官布扎布刚到努图克,鲍长海急忙过来问:"有什么新精神?"

"没有,不过我们的任务还是很重。"官布扎布说。

他看得出恢复了鲍长海的工作以后,他的工作态度比以前有了一定的转变。过去他对工作从来不着急,总是摆出一副坐地户的架子,工作没有开拓性,是个土生土长的老好人。他负责的农民夜校和妇救会工作到现在也没抓出什么起色,地主富农他也不得罪,贫雇农他也不得罪,两头好,上班到办公室一坐,有工作指挥下属去干,从不自己去做。努图克的工作有时找他商量,有时不找他商量,他也不在乎,该咋还咋。

官布扎布这次从王爷庙回来,没找鲍长海,他把道尼如布和张财找来说:"从今天起,基干队员除了在努图克值班的外,分头到各户排查与姚占江有来往的所有人,包括他爹家的亲戚朋友,看看他到底跑到哪儿去了?"

"姚占江父亲那还蹲守吗?"道尼如布问。

"那里不能放松。"官布扎布说。

他们仨又唠了一些其他工作。

这天下午,官布扎布来到西崴子屯,他想看看这段时间基干队员们的精神状态,再就是找陈满银问问陈满金的情况。陈满银在山坡上用桦树杆搭了个小棚子正在里面瞭望,见了官布扎布急忙站了起来,官布扎布问:"有姚占江的信儿吗?"

"没有。"陈满银回答。

"天冷,你们俩换班到温永海家去歇歇,两个人不要死守在山上。"官布扎布说。

"现在还不冷,等天冷了我们就去。"陈满银回答。

"你哥现在有没有信儿?"官布扎布问。

"没有。"陈满银回答。

"他知道不知道姚占江的行踪?"官布扎布问。

"他跟着姚占江干,有好长一段时间没回家。"陈满银回答。

"噢,你在这方面多留点心,多打听些你哥的情况,有情况及时向我报告。"官布扎布说。

"嗯哪。"陈满银回答。

是姚占江的行踪诡秘,还是老百姓害怕姚占江报复不敢举报,官布扎布如坠七里云层摸不着头绪。派出去排查姚占江踪迹的人纷纷回来向官布扎布汇报说:"姚占江没有亲戚,跟他来往的朋友也没有,他的亲人只有他爹一个人。"

官布扎布想:难道他们真的被打散了? 不能啊,他们自己解散隐姓埋名各回各的家了？也不可能。他跑到哪儿去了呢？官布扎布对回来的人说："他没有消失，他是害怕被我们抓到躲藏起来了，不会太久他就会露出马脚，只要我们不泄气，多留心，保持一定的耐心，早晚能抓到他。"

"只要找到姚占江的一点蛛丝马迹我们立刻报告。"排查的队员回答。

四

这天早晨，刘铁山来到陈石匠家。陈石匠正在场院里收拾苞米，今年打下的苞米虽然不是太多，但也足够自家吃的了。刘铁山问："老陈，今年收成咋样啊？"

"不咋样，也就七八成年景吧，你的粮食收完了？"陈石匠问。

"杂粮都整完了，苞米还没打呢，不交租子了，不急。"刘铁山说着走进场院里，他抓起一穗苞米仔细看了看："你这苞米不错啊，比我地里的强，籽粒这么饱满，不能少打啊。"

刘铁山是个真正的庄稼里手，谁都糊弄不了他，他估算出的粮食数上下差不了多少斗。陈石匠撂下手里的活儿，来到院墙根蹲下来说："今儿个你咋这么清闲？"

"努图克的人昨天到我家打听姚占江有没有啥亲属？看来上边的形势很紧了，我担心满金那孩子是不是还跟姚占江在一起呢。"刘铁山说着蹲在陈石匠的身边。

墙根下既挡风又很暖和，陈石匠和刘铁山紧挨着蹲在一起。陈石匠把烟口袋递给刘铁山，刘铁山从腰里拔出烟袋装满烟，在地上捡了一条苞米叶子先在陈石匠的烟袋锅上点着，然后再点上自己的烟袋锅。

太阳正好升到头顶，阳光很充足地直射着两个人的脸，他们俩眯缝着眼睛不敢看远处，低着头抽着烟。过了一会儿，陈石匠问："努图克的人都问啥了？"

"问的都是姚占江的事,没问别的。"刘铁山说。

陈石匠低着头抽着烟没有吱声,烟从他的嘴里一吐出来很快就飞过墙头不见了,墙外好像有一个看不见的吸烟机拽走他的烟,他只管使劲地抽着。

"你要是有姚占江的信儿赶快报告努图克,也许对满金有好处呢。"刘铁山说完看了陈石匠一眼,陈石匠还在低着头抽烟,"你咋不吱声呢,有满金的消息吗?"

"没有,我在想他们这是快到头了。"陈石匠把烟袋嘴挪到嘴角,嘴角被别得有些变形。

"也别那么说,满金是个仁义的孩子,他不会干过格事。"刘铁山说。

陈石匠没吱声。

"满玉在家吗?"刘铁山问。

"帮她妈做棉活呢。"陈石匠回答。

"满玉也到了该找婆家的年龄了,你大闺女的婚姻我是有责任,我是想让她过上好日子,谁想到是那么穷的人家。不过人挺好,人好日子就会慢慢过起来的,共产党是为穷人撑腰的,是穷人的救星啊。"刘铁山说。

"是啊,往后的日子会好起来的。"陈石匠磕掉烟袋锅里的烟灰站了起来。刘铁山也跟着站了起来说:"你忙吧,我回去了。"

刘铁山走后,陈石匠在场院里又忙起来了。

陈满玉出来喊他:"爸,吃饭了!"

陈石匠像没听见似的继续在干着自己的活,陈满玉来到场院走到他的身边说:"爸,吃完饭再干吧!"

他这才跟着满玉回到屋里。饭菜早摆在桌上了,陈石匠没有一点笑模样,蔫蔫地吃起来。老伴问:"你这是咋的了,谁又惹你了?"

他也不搭理,仍闷头吃饭。

满玉问:"我刘叔跟你说啥了?"

"没说啥。"陈石匠回答。

"没说啥,你咋气得鼓鼓的了。"满玉问。

"没你们的事,快吃吧。"陈石匠说。

"有话你就说嘛,有啥大不了的事,憋在肚里多难受啊。"满玉说。

陈石匠还是不吱声。

"你不说我去问我刘叔去啦。"满玉故意说。

"你刘叔说上边正在抓姚占江,他没说抓满金,其实是在抓他们俩呢。"陈石匠边嚼着饭边说。

"要我说抓住就抓住了,免得再干坏事。"满玉说。

"你知道啥,抓住还有个好?还不如让他赖活着。"陈石匠说。

这时,老伴撂下筷子扭过头去,眼泪又要掉下来,陈石匠和满玉不再说了,都低头吃饭。

五

一个晴好的上午,杰尔格勒和通讯员骑着马行走在王爷庙通往乌兰毛都的路上。道路两旁的苞米早已割倒,只有少部分秸秆还立长在地里,但苞米穗已经被掰走,显得轻飘飘的,在西北风的吹拂下,叶子在不停地舞动着,发出"哗啦哗啦"的响声。谷子和荞麦早被拉进了场院,各种豆类也早被拔走了,只剩下垄沟里的叶子被风搓成了一小堆一小堆。天空微蓝,蓝得通透,就像刚擦过的玻璃。进入阿力得尔境内,道路两旁的山明显多起来,已看不见庄稼,路两旁是连绵无尽的草地,直到山顶。现在,草已经变得枯黄僵硬,没有了夏天的颜色和柔软,没了浓浓的绿意,草原就不够热情了,变得冷清了,仿佛一些金属似的东西弥漫在旷野上。

几个月来,全旗各地的形势发展不一,有的地方土地改革进行得挺快,有的地方进行不下去,有的地方把外地的经验原封不动地搬来用上了,有的地方还在摸索过程中。巴拉格歹发生惨案后,对全旗震动太大了,特别是牧区的牧主在一些坏人的煽动下,感到要被分斗了,有的纷纷杀羊宰牛大吃大喝起来,免得被分斗了。杰尔格勒思考着农牧民们的处境,他已经向宋书记汇报了前一段时期乌兰毛都的情况,宋书记对这个问题也非常重视,已经向云泽同志做了汇报。

下午,他和通讯员来到了白锁柱家。白锁柱吃过午饭正睡觉。趴在窗下同样睡觉的狗见到陌生人开始大叫,后来狂叫着冲向陌生人。白锁柱急忙坐起来,从窗户看到了两个骑马人站在大门口,正在用蒙古语喊着:"虐甘和乐。"他吃喝着狗急忙来到外面,两个人还站在大门外面,"甘日奇。"白锁柱喊了一声,狗不再叫了,他走出屋才认出来是杰旗长,忙说:"旗长王爷,你们这是从哪里来啊?"

"王爷两个字就不要了嘛!"杰尔格勒笑着说。

"噢,快进屋!"白锁柱说着接过杰旗长的马缰,通讯员自己把马拴在马桩上。

"羊草都打完了?"杰旗长边走边问。

"早打完都拉进来了。"白锁柱说。

"牲畜过冬没问题了?"杰旗长问。

"没有白灾就不怕了。"白锁柱说。

杰旗长来到屋里,白锁柱的老伴急忙摆好小饭桌端上奶茶,然后到外屋准备奶食品去了。杰旗长脱了鞋坐在炕里,干渴了一上午,喝到了一口奶茶觉得有一种额外的满足感,说:"纯正的味道,好喝。"

通讯员也渴得够呛,低头默默喝着奶茶。白锁柱老伴摆上新做的酸奶、奶豆腐、乌日莫、黄油和炒米。杰旗长对通讯员说:"这是最好的食品了,当午饭吃吧。"

"你们还没吃午饭呢吧?"白锁柱问。

"吃这些东西就饱了,别做饭了。"杰旗长急忙说。

"那哪儿行啊,到了我家就别客气了。"白锁柱说着出去了。

白锁柱老伴不大一会儿就端来一小盆热乎乎的羊肉面片。杰旗长和通讯员每人又吃了一大碗,这面片又柔软又有羊肉的香味,非常好吃。

第十七章

白锁柱这时也回来了,杰旗长说:"你忙啥呢?"

"噢,我抓羊去了。"白锁柱说。

"现在出去放牧的牧民们都该回来了吧?"杰旗长问。

"都在往回走呢,下雪前差不多都回来了。"白锁柱说。

"你家现在雇几个放牧的人?"杰旗长问。

"两个羊倌、一个马倌,还有一个我自家的亲戚在院子里干零活,一共三个人。"白锁柱回答。

"每年给他们的工钱是多少?"杰旗长问。

"每年到年底的话,每个人能分到三五只羊,还有一些粮食和肉,合计起来有几百块钱吧。"白锁柱说。

"给你放牧的这些牧工常年在山上放羊,他们对党的政策了解吗?他们能听说周边发生的事情吗?"杰旗长问。

"有的知道一点,有的家里人知道点但都不全面,有的没念书不识字,根本不知道旗里的政策。"白锁柱说。

"你觉得现在的政策咋样?"杰旗长问。

"我的想法跟孙达赖的差不多,他是乌兰毛都的,我们俩在一块唠过,我们都害怕把我们的牛马羊都分走了,我们咋过日子。再说那些牧工把牛马羊拿去,一家几只没法放也没法养。"

"前几天,我跟乌兰毛都的人也问过,你们的情况跟农村不一样,这是个现实问题,待会儿我再到附近的牧点看看去。"杰旗长说。

"我领你们去吧。"

"你忙你的,我们随便走走。"

过了一会儿,他和通讯员走了几家牧户,这些牧户一般都是老人和孩子在家,这些老人和孩子过着清贫的生活,常年吃不到青菜,主要是以少量的肉食和奶食为主,几代人形成的生活习惯很难改变。青壮年常年在野外给牧主放牧,根本接触不到人,对旗里的政策一无所知。把牧民们组织起来开会很困难,得等他们都回到牧主家才行。白锁柱和孙达赖他们害怕的还是自己的那些牛马羊被分掉了,中央人民政府已经下发了有关土地改革的文件,土地改革就是要人人平等,这是谁也不可阻挡的洪流。可是,到了这里就变得毫无声息。一切权利都在牧主手里掌握着,那些牧工就是牧主的劳动工具,不单是经济上的剥削,还有更深层的人的生存和自由平等问题。这些牧工没有文化,不知道自己是个什么样的人,应该享受和得到什么,只知道劳动是为了养活家人和自己,甚至连劳动的所得权都不知道,认为牧主所给的是一种赏赐和恩惠,还要对他们毕恭毕敬的,毫无怨言地为他们劳动,没有牧主他们就会饿死,他们的吃喝是牧主给的,他们的上下辈子都得感谢牧主,这是一种更深层的剥削。

晚上,白锁柱准备了手把肉和烧酒款待杰旗长,杰旗长没喝酒,白锁柱见杰旗长不喝酒情绪也就不那么高,他和通讯员两个人喝了一会儿就吃饭了。

第十八章

一

这天早晨,官布扎布刚起来,一名基干队员进来报告说:"官队长,有一个老百姓找你说有重要的事情报告。"

"快叫他进来。"官布扎布说。

基干队员告诉那人说:"这是我们的官队长,有啥话直接跟他说吧。"

那个人瞅了瞅基干队员,官布扎布对基干队员说:"你先出去吧。"

那个人看基干队员出去了,这才说:"前两天我家邻居贺青兰家来了两个骑马的人,当时我没敢出屋,从窗户看见那两个人下了马就进了贺青兰的家,两个人天擦黑了走的,好像是从远处来的,我觉得有点可疑就报告你来了。"

"对我们很重要,有可能就是姚占江手下的人,以后再有情况,欢迎你及时向我们报告。"官布扎布说。

"是,以后有情况一定尽快报告你们。"那人说完回去了。官布扎布送到门口,那人头也没回地走了。官布扎布回到屋里,立刻叫基干队员找来道尼如布和张财。他们俩来了以后,官布扎布说:"你们俩到贺青兰家查一下,前两天来的那两个人是干啥的,有可能就是胡子。"

"好,我们马上就去。"说着,道尼如布和张财出去了。他们俩来到贺青兰家。玩了一夜牌的贺青兰脸色苍白,好像没睡醒似的一个劲打哈欠,见了道尼如布和张财,哈欠立刻没了。她不眨眼地盯着他们俩,想从他们的脸上找出他们来的意图。道尼如布坐在炕边没吱声,他扫视了一圈贺青兰的屋子,屋里的摆设很简陋,不过还带着一些富贵过后才贫穷的痕迹,她在地主赵凤林家时用过的东西虽然已经陈旧了,但档次还是很高的。贺青兰见他们俩都不吱声,有些疑惑地问:"两位大人有事吗?"

"当然有事了,前两天来你家的那两个人是谁?"道尼如布问。

"来打牌的啊。"贺青兰不动声色地说。

"真是打牌的吗?是哪的?叫啥名字?"道尼如布追问道。

"那我不知道,大家玩完了就散了,谁问那些没用的。"贺青兰说。

"赵凤林的下场你知道吧,那次你要不是主动交代,下场跟赵凤林是一样的,你以为你没事了吗?你应该悔过自新,不是跟我们对着干,跟我们对着干没你的好处,只能走向灭亡,你好好想想。"道尼如布说。

贺青兰不再说话,她想:道尼如布说得也有道理,就是交代了能咋的,反正他们也抓不到姚占江,如果不说他们不会轻易放过自己的,整不好还被动。她现在进退两难,说也不是,不说也不是。姚占江是她的朋友,她不能在关键时刻把朋友出卖了,姚占江跟赵凤林不一样,他对她差不多把心都掏出来了,她不会忘掉他的情义的。

"想好没有?你就是不说,我们也会抓到姚占江的,到那时你就会跟他一块被枪毙,别怨我们。"道尼如布说。

贺青兰想:如此严重吗?不会的,这是他们在吓唬人呢。她问:"我有什么罪,会跟他一块被枪毙?"

"通匪罪。"道尼如布说。

"我是清白的,你们问我他们那里的事情,他们根本不跟我说,你们说我有啥罪?"贺青兰说。

"那他们来你家干啥?"道尼如布问。

"他们只是问问姚占江父亲的情况,这跟你们有关系吗?"贺青兰说。

"是跟我们没关系,但姚占江是我们要抓的人,你说有没有关系。"

"那我不知道,那是你们的事。"贺青兰说。

"他父亲咋样?"道尼如布问。

"听说他父亲最近发高烧不退。"贺青兰说。

"你去看过吗?"道尼如布问。

"姚占江捎来钱让我买点药和好吃的去看看。"贺青兰说。

"你去了吗?"道尼如布问。

"没去呢。"贺青兰说。

"你先等我们的信再去,这是你立功的机会,就看你的表现了。"道尼如布说着向张财示意回去,他们俩走出贺青兰家回到努图克。

官布扎布听完他们俩的报告说:"这次姚占江肯定会来看他的父亲,这是一个难得的机会,我们一定要把握住,决不能放过姚占江,让李国芳跟着贺青兰一块去,就说是贺青兰请的大夫,进一步了解他父亲的病情,你们俩看行不行?"

"行。"

"去通知李国芳,另外,尽快找一个监视贺青兰一切行动的人,但又不能让她知道。"官布扎布说。

"找谁呢,这个人可不好找。"道尼如布说。

"这个慢慢找,让李国芳和贺青兰啥时去看姚占江的父亲?"官布扎布问。

"现在我们俩就去找李国芳。"道尼如布说。

二

快到中午的时候,李国芳和贺青兰来到了西崴子屯姚占江父亲的家。贺青兰买了一只鸡和几十个鸡蛋再加两棵白菜。姚占江父亲头向里躺着,身上盖着一件破大衣。见贺青兰和李国芳来了,慢慢坐了起来,脸红红的,不知是在发烧还是因为蒙头睡觉的关系。李国芳内心充满了仇恨,这个养育了凶狠狡猾胡子头的人,现在在普通感冒面前变得如此衰弱。他眼前立刻浮现出蒋弼仁牺牲时的情景,仇恨的火焰立刻燃烧起来,但为了治病救人暂时还是忍住了,他放下药箱对姚占江父亲说:"把手伸出来让我号号脉。"

姚占江父亲伸出干瘦带着黑皱的手,李国芳简单号了号脉搏,说:"把舌头伸出来。"

姚占江父亲把舌头伸了伸,那舌头黄腻肥大带有齿痕,由于抽烟牙齿内侧都是黑颜色的。

初步诊断是:脾胃不和导致的体质虚弱,再加上外感风寒、急火攻心。李国芳对贺青兰说:"普通感冒没有大毛病,吃几服药就好了。"

贺青兰点了点头。

李国芳打开药箱给姚占江父亲抓了几样药,对姚占江父亲说:"一天吃三次,都是饭后吃,记住了吗?"

"记住了。"姚占江父亲说。

"你儿子最近来过吗?"李国芳问。

"没有。"姚占江父亲回答。

"他在哪儿呢?知道吗?"李国芳问。

"不知道。"姚占江父亲回答。

"他再回来你就问问他。"李国芳说。

"他从来不跟我说。"姚占江父亲说。

李国芳想:他也许没说实话,但又不能强迫他说实话。他和贺青兰从姚占江父亲家出来,贺青兰心事重重地跟在李国芳的后面。走了一段路,贺青兰问:"李大夫,你看他的病重吗?"

"不重,不过年龄大的人也不好说啊。"李国芳说。他有些厌恶这个女人,除了给地主赵凤林做小老婆外,还跟胡子有来往。一辈子好吃懒做,总想吃香的喝辣的,被别人瞧不起不说还不以为然,她的脸皮长到哪

第十八章

儿去了？屯子里的三朵金花之一，现在落到这样的结局真是叫人唏嘘。那时他是多么羡慕她们啊，有朝一日要是能娶上这样一个女人，这辈子也算幸福了，可现在最差的是她了。这世道真是没法说清楚，什么事情都有可能发生。他快步走着，贺青兰在后面跟不上李大夫，就在后面小声喊道："李大夫，你等等我呀，我都跟不上你了，我有话问你。"

李国芳只好站下来等她。

"李大夫，你说，我也没犯啥罪，他们硬说我有罪，你说说这世道还有说理的地方吗？"贺青兰有些委屈地问。

"只要你跟努图克好好配合，就不会给你定罪。"李国芳说。

"让我干啥我就干啥，我这不配合得挺好吗！"贺青兰充满理由地说。

"叫我说还差挺远呢。"李国芳说。

"你是咱们屯最公道的人，也是最有威信的人，你说我差哪儿了？"贺青兰问。

"要我说啊，你差在没说出姚占江的事。"李国芳说。

"不是我的事，是姚占江缠着我，是他找我，你说这怨我吗？"贺青兰说。

"是不怨，可你也得主动向努图克报告啊，你不说就等于和他穿一条裤子了。"李国芳说。

"哎呀妈呀，还和他穿一条裤子了，多难听呀！那他每次来还都得向努图克报告啊。"贺青兰说。

"那得报告，现在他是胡子，杀过人的人。"李国芳说。

贺青兰低着头不吱声，瞅着自己的脚尖走着，路上一个不大的石子被她踢到一边滚进草丛里去了。他们俩很快来到了屯里，贺青兰说："到我家吃过饭走吧。"

"不了，家里人还等着我呢。"李国芳说。

贺青兰轻飘飘地拐进了自己家。他来到努图克，官布扎布正在办公室里看文件，见了他，撂下文件问："怎么样，他爹的病严重吗？"

"不严重就是感冒发烧,给他抓了几服药慢慢就会好的。"李国芳说。

"姚占江能不能回来看他爹?"官布扎布问。

"不好说,姚占江明知道咱们在抓他,他不会冒着危险回来看他爹的。"李国芳说。

"也是,要是他爹死了,他也许会冒着生命危险来,现在这种情况调动不了他。"官布扎布说。

李国芳没吱声。

"有时间你勤去几趟,他不防备你。"官布扎布说。

"行,过两天我再去看看,没别的事我先回了。"李国芳说。

三

姚占江听派去的两个弟兄说他老爹有病了,既痛苦又后悔,早就该把爹接过来让他待在自己的身边。可是被努图克基干队盯上了,要把爹接出来那得冒生命的危险,弄不好自己的性命也得搭上,作为儿子他感到无能为力。现在听到爹病了,他好像听到了父亲那微弱的呻吟和咳嗽声。

几天来,他考虑的就是怎样把爹从基干队的监视下解救出来,完成一个做儿子的最基本的责任。他想过很多办法,想让贺青兰把爹送到王爷庙医院或洮南医院,然后从医院把爹解救出来。他还想过带着弟兄强行闯进自家把爹带走,可那样会伤害了弟兄们,也许连爹也伤害了。现在他不能动,一动就会被努图克发现,后果不堪设想。自己打天下不就是为了让爹有个好日子过,来补偿多年来对爹的不孝,至于自己的个人生活也得往后放放。他走到王巴拉瓜的跟前说:"我爹病了,我这个做儿子的,是接来好还是不接好?你说说看。"

"大掌柜的,现在不能去接,差不多整个西科前旗都在抓你,形势对咱们不利,只要咱们不动他们就发现不了,咱们就有机会反攻。"王巴拉瓜说。

"你说得有理是有理,可不近人情。"姚占江说。

"为了大计着想,为了弟兄们,还是放弃你个人的想法吧,大掌柜的。"王巴拉瓜几乎是恳求地说。

姚占江没有吱声,作为大掌柜的不能全为了自家的事不管弟兄们的生计,弟兄们跟着他为了什么,不就是想过上好日子,能养家糊口吗?自己这样做不是要把他们带进死亡胡同,这不是罪过吗?宁可让爹有意见有怨气也不能这样做。他对王巴拉瓜说:"让弟兄们不要再随便下山,除非特殊情况,不要再出去打猎,更不能到屯子里去玩牌喝酒,想吃好的把钱给唐书帽,委托他买回来,免得被人发现。"

王巴拉瓜把姚占江的话原封不动地传达给了弟兄们,这些胡子东倒西歪地,哼哼唧唧地答应着。姚占江命令这些人每天吃完饭采伐木材、修建地窨子和一条通往外面的最便捷的道路。看上去唐书帽所居住的山沟一点没有变化,仍然是原来的几间草房,院子也是那么大。不一样的是,这里多了一些人,他们白天几乎都不出来,即使出来也都隐没在山坡上砍柴或割草,没人知道他们是胡子。

四

李国芳自己到姚占江父亲家来过一次,见姚占江父亲的感冒有些好转,能下地活动,能吃饭了,有时还到外面溜达,他的体力也恢复得挺快。

这些姚占江都不知道,贺青兰也不知道。

官布扎布以为姚占江能回来看他父亲,那是抓捕姚占江的最好时机,可姚占江没有来,这使官布扎布更进一步认识到姚占江的狡猾和凶狠,但他坚信姚占江肯定会出现的。努图克的工作除了当前的剿匪外,还有一项重要工作,就是把上级拨下来的物资尽快分配给贫雇农。

官布扎布找到李国芳说:"屯里的贫雇农还很多,有的没衣服穿、没有吃的,咱们一定要把这些物资公平分配下去,让那些贫雇农都能领到政府的救济,我跟努图克达鲍长海说过了,你们俩一块把这项工作抓起来。贺青兰那儿也不要放松警惕,派人偶尔到她那儿看看。"

"我正愁找不到跟她关系密切的人呢。"李国芳回答。

"噢,鲍长海负责翻身大学和妇救会的工作,他自从工作恢复以后精神面貌和以前也有了一些变化了,你多付出一些辛苦,把这项工作做好。"官布扎布说。

"我会尽力完成的。"李国芳回答。

"人手不够,你可以点名要人,我会支持你的。"官布扎布说。

"行。"

上级拨给的物资没分发下去的一部分已经被胡子抢走了,这批拨来的物资主要是:布匹、棉花、食盐、煤油和一些锅碗瓢盆等生活用品,是专给贫困地区拨的帮助贫困地区贫雇农过冬用的。李国芳找来刘铁山到各家去登记所缺物资,然后按人口和实际情况再发给除了地主富农外的各家。

他们俩从屯子的一头开始,中午回家吃饭,下午还要接着走。有的人家缺食盐,熬白菜的时候只能放咸菜汤顶替;有的人家天一黑就睡觉,没有煤油点灯;有的人家锅和盆都漏眼了,用木塞和一些线麻塞上继续使用;有的人鞋底子已经漏了,只能用牛皮或马皮补上继续穿。李国芳和刘铁山他们俩挨家挨户走了七八天,终于把三十多户人家走完。哪家缺啥、哪家缺几样东西都一一记在本子上。所记缺少的物资有十多种,现有的物资也不过几种,每家只能根据现有的物资先领回急缺的物资。回到努图克,李国芳把本子递给鲍长海说:"鲍努图克达,你检查检查看有没有漏下的。"

鲍长海一页一页翻着,看得很仔细,最后把目光落在了陈石匠家上说:"他们家就不要给发了。"

"咋了?"李国芳问。

"他们家是中农,还是胡子家,给他发什么物资,那不是滋长他们家歪风邪气吗!"鲍长海说。

"鲍努图克达,他们家是中农不假,但生活挺困难啊,他们家不是还有陈满银在基干队吗?"李国芳说。

"陈满银在努图克已经得到不少照顾了,可以不考虑。"鲍长海说。

刘铁山深知自己家亲戚的脾气,他没敢插话,待在一边只是抽烟。过了一会儿,他说:"他们家缺食盐,我们家也缺食盐,就把我们家的先分给他们家一半,这样行不行?"

"那也不行,如果那样就乱套了,我领来给你,你的给我,不知道谁缺啥了,明天把名单写到纸上贴到墙上公布出来。"鲍长海说。

"那好,我领了以后再给他们家送去,这样总可以了吧。"刘铁山说。

"那就不管了,愿意咋交换就咋交换。"鲍长海说。

"这不还是一回事嘛!"刘铁山说。

"不一样,现在物资紧缺,不能家家都分到,只能分给那些实在没能力的人家。"鲍长海说。

晚上,李国芳把名单拿回家抄在纸上,抄好后他又对了一遍,觉得没有错了才睡下。

名单里没有陈石匠和贺青兰的名字。

当天晚上,刘铁山跑到陈石匠家把没有他家的原因告诉了陈石匠。陈石匠唉声叹气也没办法,内心里对满金再一次怨愤起来。

第二天早晨,人们陆续来到了努图克领走了应该得到的物品。一位七十多岁的老奶奶弯着腰对李国芳说:"我活这么大岁数,这是第一次遇到这么好的事情啊,不花钱就能领到东西,这社会真是不一样了。"

"这得感谢共产党的恩情啊!"李国芳说。

"咱们穷人这回总算有了盼头,就要过上好日子了。"老奶奶说。

"老奶奶,好日子还在后头呢,您多活几年就会看到了。"李国芳说。

人们把东西领走后,李国芳来到官布扎布办公室汇报说:"就差陈石匠和贺青兰两家了,我的意见叫刘铁山给陈石匠领一份,叫荞麦花给贺青兰领一份就得了。"

官布扎布想了想,说:"行,你安排吧。"

"鲍努图克达不能有想法吧?"李国芳有些担心地问。

"我跟他解释就是了,没关系,东西都分下去了?"官布扎布问。

"全分下去了。"

"这些物品只能解决百姓暂时的困难,大的困难还在后头,你们辛苦了。"官布扎布深有感触地说。

"老百姓还有很多没了解到的困难,现在了解到的只是眼前的一些困难。"李国芳说。

五

这天中午,陈满金做了一个梦,梦见自己正在被一伙凶恶的人追杀,他在拼命奔跑可就是跑不动,眼看被人追上,他的花斑马腾空而起,飞入深深的山沟,带着他逃出了坏人的追杀,醒来他吓出了一身冷汗。三匹马安静地吃着草,发出有节奏的"咔哧咔哧"的咀嚼声,那声音就像从家里传过来的,那么熟悉那么亲切,他仿佛看到父亲那慢慢吃东西的样子。他看看马槽子里还有一些草暂时不用添,马用嘴把槽子里的草拱成一堆一堆的,他把被拱成堆的草扒拉均匀,马继续吃着。他摸了摸自己的马脖子,马抬起头用嘴唇慢慢凑近他的手指,他感到有一股热流传到他全身,马用蓝汪汪的眼睛看着他,他抱住它的头,把脸贴近它的嘴巴,马一动不动。过了一会儿,他推开它,轻轻拍拍它的脖颈让它吃草。他离开它,它轻轻叫了几声低下头去。它难道不喜欢这种被绑在槽子边吃草的生活?它虽然不如花斑马跑得快,但对他就像对待老朋友似的亲近。他想起了花斑马,现在是不是还在白锁柱家呢?白锁柱现在咋样?如果我用这匹马去换回那匹花斑马,他能同意吗?这匹马是伙夫给他的,也是一匹不错的马,可跟花斑马比起来,他还是更喜欢花斑马。白锁柱还能像从前那样

第十八章

对待他吗？他回到小屋躺在行李上,想起了李振元的话:天下将来不是国民党的天下,国民党的内部腐烂到了一定程度,没有希望,你在这里不会有前途的。这是李振元发自肺腑的话语。他虽然看不到部队内部的事情但从那些当官的人身上还是感觉到了不正常的作风,这里不是他想象中理想的地方,他寻找的不是这样的军队。

他一直躺着不想干活也不想吃饭,这时太阳已经偏西了,他决定离开这里先到白锁柱家看看。花斑马在的话把花斑马换回来,让花斑马和自己不再分开,然后再寻找活路。走之前,他把发给他的那套服装脱掉,找出过去的衣裤,把那两匹马的缰绳全解开了,这才牵着自己的马走到大门前对站岗的哨兵说:"出去买东西很快就回来。"

站岗的哨兵微笑着向他点点头,他心里愉快地想:这么小的年纪等他熬到官位得啥时候啊。他轻松地跨到马上仿佛有一种解脱了的感觉,轻松愉快地向东北飞奔而去。他走了以后,那些被解开缰绳的马慢慢走出马厩在院子里溜达起来,当官的这才发现陈满金已经走了。

陈满金一路飞奔,这段时间由于在国民党的部队里,马的体力也上来了。前半夜,他赶到了突泉小镇,找了一家大车店住下。

第二天,他没起那么早,在附近的小饭店吃了一碗面条和两个鸡蛋,回到大车店又躺了一会儿,这样中午就可以不吃饭了,傍晚就能赶到白锁柱家。

陈满金没有沿着大道走,他从山路或田间小道直奔阿力得尔方向而来,没有路的地方只能牵着马走,看上去他就像一个寻找丢失羊羔的牧人,在大山与大山之间,在沟塘与沟塘连接处,一个人走着,没有引起任何人的注意。

比他预计的时间还早一些的时候,陈满金到了白锁柱家的门前。当他要迈进门槛时不自觉地停了一下,他感到有些为难,仅凭自己突发奇想就贸然来到白锁柱家是不是有些异常,不过为了自己喜爱的马也只能这么做了,不行的话也就断了这个念想。白锁柱家的狗狂叫了几声又停下了,然后又叫起来,但不那么凶狠,似乎不那么用力地叫,只是在履行职责似的告诉主人有人来了。白锁柱果然迅速走了出来,见了他先是一惊,然后热情地把两只手放在肚子上不停地摸索着没处放似的,上下打量着陈满金的马。陈满金把马拴在桩上,随白锁柱进了屋。白锁柱让陈满金往炕里坐,自己坐在一边,白锁柱的老伴端来奶茶和一些奶食品摆在小炕桌上,微笑着问:"还当胡子呢吗?"

"没有。"陈满金回答。

"你问这些干啥,快做饭去!"白锁柱对老伴说。

"问一下能咋的,也不是外人,早该不干了。"老伴说着走了。

老伴走了以后,白锁柱问:"从哪儿过来的?"

"洮南。"陈满金回答。

"真不当胡子了?"白锁柱问。

"有两三个月没干了。"陈满金回答。

"能不干就别干了,现在的形势你还不知道吧?那些胡子连待的地方都没了,斗争了地主富农以后土地归了老百姓,老百姓有了土地,日子很快就会好起来,回家种地多省心,再娶个媳妇,小日子就像蜂蜜一样甜了。"白锁柱说。

"我爸总想让我学石匠手艺,我从心里不愿干那活,出来想走自己的路,走成现在这个样子了。"陈满金说。

"哈哈哈……乱世出英雄,你是想当英雄啊,要是日本鬼子还没投降的话,你可就有用武之地了。"白锁柱说。

陈满金不吱声,喝了一口奶茶,低头想了想问:"大叔,花斑马还在吗?我这次来就是想换你家花斑马的。"

"我就知道你有事,不然你不会来的。"白锁柱说。

"我想花斑马,它救了我的命,我不能离开它,有了它我的心就安稳了。"陈满金说。

"这匹马跟你算有缘,我闺女出嫁时作为陪嫁,让她带走了,可不几天它就跑回来了,咋撵它都不走,我闺女也不愿要它了。它这才安心地跟着马群,我也奇怪,其实马对我来说不稀奇,花斑马就送给你了,你就拿去吧。"白锁柱说。

"我不能白要,我把这匹老马给你,然后再把我这几个月挣的钱给你。"陈满金说着从衣兜里掏出一沓纸币。

"不要这样,闯荡江湖也不容易,我守家待业的生活还算过得去,你的马我留下放在群里,钱不能要。"白锁柱说。

看到白锁柱态度这么坚决,陈满金也不坚持了,白锁柱就像在他的嘴里放了一勺白糖,这勺糖一直甜到了他的心坎里。他在白锁柱的言行中感受到了蒙古族人特有的善良和淳朴,这是蒙古民族最优秀的品格。

六

离开白锁柱家,陈满金直奔自己家而来。花斑马微微抬起头保持着高度集中的状态,两只小小的耳朵警醒地竖立着搜索着旷野里的任何声音。走了一小段路,他勒住马,心疼地从马上跳下来,仔细打量着花斑马。花斑马抖动了一下身体也看着他,想从他的眼神里搜索到指令。陈满金从马的脖颈抚摸到马的脊梁,马的肌肉是那样坚实和光滑,鬃毛柔顺油亮。他简单查看了一下它的蹄子,由于长时间没有钉掌,蹄壳有些磨损变形,得先到挂掌的地方给它挂了掌才行,不能再等,否则它就会瘸。他想到前屯的苏铁匠,陈满金跟姚占江曾经到那里钉过马掌。苏铁匠也认识陈满金,每次去都很热情地为他检查马掌,一来二去熟悉后也就不外道了,有吃的就吃,有喝的就喝。有时陈满金给他带点酒去,有时带点羊肉,俩人相处得很好。现在回到屯里还有些早,正好绕道铁匠炉把马掌钉了再回去。他来到铁匠炉,苏铁匠见了他,先是一惊,随后胆怯地东张西望急忙把他让进屋里问:"你从哪儿来?"

"从阿力得尔。"陈满金回答。

"你没跟姚占江他们走吗?"苏铁匠问。

"没有,他们去哪儿了?"陈满金问。

"不知道,挺长时间没他们的信了,不过姚占江来打听过你的消息。"苏铁匠说。

"他打听过我?"陈满金问。

"打听好几次呢!"苏铁匠说。

"哦。"

陈满金沉默了一会儿,问:"苏大哥,这马蹄是不是该换掌了?"

苏铁匠绕着马前后看了看马蹄说:"是该换了。"说着进屋拉起了风匣。随着风匣的拉动,炉火慢慢从黑炭中冒出金黄色的火苗。陈满金蹲在一边,观看着苏铁匠爷俩熟练地各干各的活,一股煤烟带着硫黄的味道钻进鼻孔,弄得鼻孔很痒。花斑马被架在木架子中间很安静,苏铁匠很麻利地搬起花斑马的后腿用短把镰刀削去马掌的坚硬边缘,然后把早打好的铁掌对好,取来烧红的烙铁把马蹄烙平,嘴里叼着几根马掌钉,他钉好一根捏出一根,几下就钉完。见四条腿都钉好了,陈满金掏出钱给苏铁匠,苏铁匠说什么也不要,说:"都是老熟人,不用这个。"

"不行,你挣钱也不容易,还是收下吧。"陈满金说。

"多亏你们护着,我感谢还来不及呢。"苏铁匠说。

"还有人来捣乱吗?"陈满金问。

"自从你们收拾了那几个地痞后,他们再也不敢来了。"苏铁匠说。

"不行,一码是一码,以后有事跟我说一声。"陈满金把钱再次递给苏铁匠,苏铁匠见推脱不了,只好收了。

陈满金牵着马走了几步,然后骑到马背上,在马上向苏铁匠拱手告别。他向前微一哈腰,花斑马飞快地奔跑起来,马蹄在地上踏出清脆的声音,带起一些细碎土片向身后飞扬而去,由于新挂掌,路面即使坚硬也留下了马蹄那花朵般清晰的印记。花斑马越走越有力量,太阳快落山时,来到了屯子附近。屯子上空笼罩了一层灰蓝色的炊烟,整个屯子灰蒙蒙一

第十八章

片,没有人走动。他穿过门前的杨树林来到了自家的房后,把马拴在小树上,拍拍马脖子,花斑马甩了甩头,用嘴拱了拱他的手表示友善。

父亲正歪坐在一边抽烟,母亲坐在炕里,满玉没在家。父亲见满金突然进屋,赶紧磕掉烟灰,母亲从炕里爬到炕边问:"满金!是你吗?"她抓住满金的手,眼泪立刻流了出来。

"妈。"满金双手攥着母亲的手。

"你这是从哪来啊?"父亲问。

"从白锁柱家。"满金回答。

"啥时去的?"父亲问。

"到那儿换了一匹马就回来了。"满金说。

"前些日子,努图克的人特意查找姚占江的线索,现在的形势比以前紧多了,满银他们在姚占江爹家附近守着呢。"父亲说。

满金低着头不吱声。

"分地的时候,咱家的地给保留下来了,有了好地,咱们的日子也就不愁了,你回来侍弄这些地也够活了,还闯什么天下,再说你干的那是正事吗!"父亲说。

满金不再吱声,不知道哪句话说不好又惹父亲生气了。他不想再气父亲,可父亲就是气大,动不动就生气。他不说话,父亲的话也就少了。他觉得自己走的路也不能说错,只是在这条路上怎么走的问题,当了胡子就不能做好事吗?不干伤天害理的事,不干坑害老百姓的事,为老百姓伸冤,关键时刻拔刀相助,那是一般人做不来的。他想走的就是这样一条路,路是没法分好坏的,只要自己走得正就是正路,自己走得歪就是歪路,世上每个人都在走自己的路,你走不了别人的路,别人也走不了你的路。

母亲把饭端来,还特意炒了一碗咸盐豆。吃饭时,父亲不再说话。陈满金后悔没给父亲打点酒来。父亲很快吃完离开了饭桌。满金慢慢吃着,母亲做的饭就是可口,即使是再不好吃的东西,母亲也能做出好吃的味道来,也许这就是他想家的原因。他边吃边问母亲:"妈,满玉上哪儿去了?"

"不知道跑哪儿去了,最近一段时间总是不着家,也不知道干啥呢。"母亲回答。

"满玉也到了该找对象的年龄了。"满金说。

"你姐说,他们那儿有个挺不错的小伙,想给她介绍介绍,她就是不干,说啥也不去王爷庙,也不知道咋想的。"母亲说。

"都是命里安排的,张罗也白张罗。"父亲说。

满金想到了荞麦花,其实来的时候就想到了,只是他不应该先去找荞麦花,他说:"爸,咱家羊草呢,我的马在房后呢,我得喂喂马。"

"你吃饭吧,我去给你喂不就得了。"父亲说着磕掉烟袋锅里的烟灰下地了。

"你也想出去?"母亲问满金。

"嗯。"满金回答。

"那就快走吧,你爸回来又该唠叨了。"母亲关切地说。

满金急忙走出屋,父亲还在墙角那拽着羊草。

七

见到陈满金,荞麦花既高兴又有点高兴不起来,她没有往常那样热情,她早就猜道陈满金会来的,他不会忘记她,即使走到天涯海角,他都会回来。这一段时间,她从贺青兰那听说陈满金没在姚占江那,这使她心里七上八下的,感觉不落底,他上哪儿去了呢? 怎么一点信儿都没有。她担心的是陈满金在这条路上越走越深,再也回不了头了。一时的失误使他走到了这一步,不过现在回头也不算晚,现在土地都分给了个人,好日子一步步向老百姓走来了。

陈满金觉得荞麦花表面上不像以前那么热情,而是变得稍稍平淡和有一点距离感了,是因为他长时间没来看她的缘故,还是另有别的原因,他控制不住自己上前抱住她。她不再那么主动地搂住他的脖子把嘴唇凑近他的脸颊,但在她的扭捏中他还是感觉到她没有变,而是长时间没在一起自然产生的陌生感,荞麦花还是以前的荞麦花。不大一会儿,荞麦花的脸慢慢变得微红起来了,也没了那种故意冷淡的表情,微笑着紧紧地抱住他,眼睛里冒着热烈的渴望。他在她的脖颈上亲吻着,她闭上了眼睛,等待着他更加亲热的举动。他把她抱到炕上,感受着她胸脯跳动的节奏,他几乎听到她心脏剧烈的"咚咚"的跳动声。她软软地躺下,他躺在她的身边,她枕着他胳膊,他们俩就那么静静地躺着。过了一会儿,她问:"你饿不饿?"

"不饿,在家吃过了。"他回答。

"你别再走了,咱俩回我老家过日子吧。两个人一块种地,一块铲地,打下好多好多的粮食,不再缺粮,想吃啥我就给你做啥,多好啊。"她恳求似的说。

"我现在还不能过这样的日子。"他说。

"那你东躲西藏啥时是个头啊?现在努图克到处在抓姚占江,他的日子不会太长了,到老家也许能躲过这一劫呢?"她说。

陈满金没有回答,他现在确实是没地方可去了,只能走一步说一步,但他绝不甘心就做一个石匠或一个长年铲地种地的人。可是他又不好拒绝荞麦花的好意,到她的老家躲一阵也行,等有了好的时机再说。他答应她说:"那就到你老家待一段时间,躲过这阵风再说。"

"你答应了,那咱天亮就走吧!"荞麦花兴奋得翻身骑在他的身上,她柔软的身体紧紧地压着他,她把脸贴着他的脸仔细地瞅着他。

"听你的。"他又把她压在了身下。

天不亮,荞麦花就起来了,她小心翼翼地收拾着要带走的衣物,她把衣物放在一个大包袱皮上,在炕的一边铺展开没有系,她在等把所有的东西都带上后再系。等把衣物都收拾好了,她开始做饭,家里还有一点小米,做小米饭是最省事最快捷的了。做好了小米饭,天还没亮,她坐在炕边看看还有啥东西需要带上,她向四周瞅了瞅,觉得没啥可带的了,这才看了看陈满金,陈满金还在炕上打着呼噜沉睡着。她屋里屋外转了转,小米饭盆在锅里"咕噜咕噜"响着,她满意地回到里屋,推了推陈满金小声说:"天快亮了,起来吧。"

陈满金哼哼着连眼睛也没睁地说:"我再睡一小会儿。"

"吃完饭天就亮了。"荞麦花说。

陈满金根本没听见,他翻个身打着呼噜又睡去了。

天终于亮了,窗户纸变得灰白起来了,只有那些木制的窗格还是黑色的,把灰白的窗户纸分割成了很规范的小方格,偶尔在微风的吹拂下发出"哗啦哗啦"轻微的震动声。

荞麦花再一次催促陈满金:"快起来吧,天真亮了,再不起来就晚了。"

陈满金一骨碌爬起来,揉了揉眼睛说:"这么快亮了。"

"我早就起来了,可你还在睡,快洗脸吃饭吧。"荞麦花说。

陈满金跑到房山撒尿,荞麦花已经把小米饭、芹菜和疙瘩白咸菜端到炕上。陈满金在外屋洗了洗脸进屋就吃,吃过饭,荞麦花给他端来一碗米汤说:"喝了吧,道上就不渴了。"

"走!你在前面等我,我去牵马。"陈满金说。

荞麦花拎着包袱锁好门,回头看了看房门,有些恋恋不舍地离开了家。

第十九章

一

这天早晨,李国芳匆匆赶到官布扎布办公室报告说:"姚占江的父亲昨天晚上死了。"

"谁说的?"官布扎布问。

"西崴子屯的温永海说的。"李国芳说。

"前两天他的感冒不是快好了吗,咋突然死了?怪事!"官布扎布说。

"我也觉得蹊跷。"李国芳说。

"能抓姚占江的线索断了,你最好亲自去看看。"官布扎布说。

"好,我这就去看看。"李国芳说。

李国芳走了以后,官布扎布来到道尼如布的身边说:"姚占江的爹死了,把看守的队员撤回来吧。"

"我马上派人去。"

"这些天队员们挺辛苦,晚上整点好吃的犒劳犒劳他们。"官布扎布说。

"好。"道尼如布回答。

姚占江父亲不明原因的死亡确实令人费解,杀死姚占江父亲的人可能是想中断基干队寻找姚占江的线索。如果是这样的话,那姚占江的后面还有人在与努图克对抗。那这个人是谁呢？是赵印还是另有他人？

下午，李国芳来到官布扎布的办公室说："西崴子屯里的人已经把姚占江父亲的尸体埋了，据说屋里狼狈不堪，很是吓人。"

"贺青兰最近到姚占江的父亲家去过吗？"官布扎布问。

"她也是刚听说他爹死了。"李国芳回答。

"怪事，真是怪事。"官布扎布好像是在自言自语。

姚占江父亲死了的消息很快传到了索伦，这天下午，唐书帽刚刚把买的日用品装上车，就听见旁边一个人说："听说胡子头姚占江的父亲被人给杀了。"唐书帽急忙停下手里的活，听另一个人问："什么人杀的？"

第一个人说："不知道，也有说是暴死的。"

"这个人跟姚占江肯定有深仇大恨，不然不会下这么狠的手。"另一个人说。

"那姚占江谁敢惹啊，就是那些有名的胡子头青山、大主义也怕他三分。"第一个人说。

"这下惹大麻烦了，等着看好戏吧。"另一个人说。

"跟咱老百姓有啥关系，咱们过咱们的日子，这些人也快作到头了。"第一个人说。

听到这，唐书帽赶紧离开说话的现场一路直奔自家而来。回到家里，车上的东西都没卸就跑到姚占江的地窨子里说："大哥，你心里得有点准备啊，我听说你爹过世了。"说完，唐书帽紧紧盯着姚占江。姚占江的脸由红变白，又由白变黑，头发里淌出一层水。

过了一阵子，姚占江半信半疑地问："不会吧，你听谁说的？"

"两个赶集的农民唠嗑，我听到的不会有假。"唐书帽说。

"噢，我知道了。"姚占江只问了这几句话就不再问了，他躺在行李上默默地流下了泪。

父亲是个坚强的人，他十一岁时，母亲去世，父亲一个人把他养大，一心只想让他做个本分的农民。可他却当了胡子，父亲对他当胡子极为不满,气急之下抓起锅铲打了他,从此,他就离开了家。对此父亲总觉得对不起儿子,一生都在自责。结果坏事变成了好事,从此,别人见了自己畏惧三分,自己也就成了胡子头。自己到现在也没让父亲享过福,就是把父亲接过来待在自己身边这件事也没做成。

直到吃晚饭的时候,大伙才发现姚占江的脸色蜡黄,姚占江说:"我想喝点酒。"

"大掌柜的,把西崴子屯扫平了吧。"王巴拉瓜说。

"跟西崴子屯没关系,把事情弄清了再说。"许顺说。

等大伙都走了,姚占江还是控制不住自己了,他来到唐书帽的屋里说:"兄弟,把你的酒借我二斤,我想一个人一醉方休。"

"哥,酒有的是,不过不可过量,你要冷静思量今后大事啊。"唐书帽关切地说。

"放心,我好歹是个头,不会让弟兄们操心。"姚占江说。

"有两瓶原浆老白干拿去吧。"唐书帽说。

"常言说'一人不喝酒,二人不赌牌',老子今天就是要一人喝酒。"姚占江说着迈出了唐书帽的屋门。

唐书帽觉得姚占江没喝就已经醉了似的,他真担心会出什么事。

姚占江把自己关在地窖子里,静静地等待了一会儿,没人敲他的门,他这才用牙咬开瓶盖顺势喝了一口,真是好酒,绵软醇厚不是太辣,他又喝了一口,酒的香气立刻在地窖子里弥散开来。姚占江要的就是这样的感觉,一个人静静地喝酒使自己平静下来。他让心中的烈火在酒精中熄灭不再燃烧,别人是借酒浇愁愁更愁,而他是借酒浇愁愁不愁。他越是喝酒越能保持冷静,越能果断地处理事务。他一个人喝着酒,谁也不敢打扰他。他感到越喝越热,最后把衣服脱了。

唐书帽给他端来一大碗狍子肉,递给姚占江说:"兄弟,注意身体啊!"

"放心,让我一个人清静清静。"姚占江说。

唐书帽见他还清醒也就放心走了。姚占江确实与一般人不一样,他并没有借酒浇愁,而是借酒灭愁。他觉得父亲的死与努图克基干队有直接的关系,也许就是基干队的人干的,他要在某个夜晚给努图克一个突然袭击以报胸中之仇。他甚至把袭击努图克的细节都想到了,快到天亮时,他喝了一瓶子白酒。他一夜没睡,两眼血红,站在院子里望着远处。

二

第二天下午,姚占江晃晃荡荡地走出了地窨子,脸色更加难看,但不像前一天那样蜡黄,他简单吃了点饭,站在院子里仍望着远处。

王巴拉瓜问:"大掌柜的,你没事吧?"

"你看我像有事的样子吗,你来得正好,我准备给努图克再来一次袭击,如果成功那我们就能站稳脚跟了,如果不成功再另想办法,你看咋样?"姚占江问。

"这个时候下山,我觉得不妥,老爷子刚刚去世,在这样悲痛的日子里不能有大的活动。"王巴拉瓜说。

"我要在他们意想不到的时候,让他们看看我姚占江不是好惹的,我要跟他们决一死战。"姚占江说。

"现在的形势不比上次,上次行动我们占了便宜,结果赵凤林全家被灭了,西科前旗基干队的实力不是好惹的,如果这次非要去,一定要谨慎,确保万无一失。"王巴拉瓜说。

"告诉弟兄们,把子弹预备足了,再检查检查马具,做好出发的准备。"姚占江说。

"路途这么远,到达的时候马的体力已经消耗差不多了,战斗力就会下降。"王巴拉瓜说。

"从这里到努图克也就二百多里地,对一匹马来说不算啥。"姚占江说。

第十九章

"啥时出发?"王巴拉瓜问。

"今晚如何?"姚占江问。

"我去通告弟兄们做好准备。"王巴拉瓜说。

长时间蹲在山沟里,这些年轻野蛮的汉子们感到有些憋闷了,听到王巴拉瓜说要出山,虽然是冒着生命去打仗,但还是有一种莫名的兴奋,他们有说有笑地整理着自己的马具,装点着自己的子弹。

吃过晚饭,姚占江心情沉重地跟唐书帽做了简单的告别后,带着弟兄们顺着山沟向努图克方向走去。

三

陈满银在姚占江父亲家附近蹲守,有好长时间没回家了,傍晚时回到了家里。父亲问:"你哥回来了。"

"啥时回来的?"满银有些吃惊地问。

"昨儿晚上。"父亲回答。

"有没有人看见他?"满银问。

"不知道。"父亲回答。

满银见满玉正在炕里躺在母亲的腿上,说:"满玉,你去看看他走没走?"

满玉不情愿地起来噘着嘴说:"到现在我都没看见他的影儿呢。"说着像蝴蝶一般轻盈地走出了家门。

满玉走后,满银说:"我问过官布扎布,像我哥这样的人只要悔改好,政府还是会宽大处理的,即使杀过人,只要有立功表现,政府都会根据情节轻重宽大对待。"

"这些政策他知道吗?"父亲问。

"他整天东躲西藏,咋会知道这些。"满银说。

"让他学手艺就是不学,是他自己毁了自己。"父亲抱怨着抽了几口烟,说:"这还不算,还跟寡妇不是寡妇,媳妇不是媳妇的勾搭上了,你说我这脸往哪搁呀,咋整出个这样的孽种。"

"他跟姚占江不一样,他是有良心的。"满银说。

"有良心还当胡子!"父亲又生起气来了。

满银见状不敢再说下去了。

满玉这时推门进来说:"荞麦花家的门锁着,不知上哪儿去了。"

"他们俩不会一块跑了吧?"父亲说。

"跑就跑吧,管那么多闲事干啥。"满玉顶了父亲一句。满玉咋顶他都行,可两个儿子顶一点都不行。

满银坐了一会儿,移动了一下位置要回努图克。

"哥,你好长时间都不回来了,忙啥呀?"满玉问。

"现在挺忙,以后会多回来的。"满银说完还是走了。

努图克的大门已经关上了,他从小门进来向炮台上站岗的基干队员挥了挥手回到宿舍。有的基干队员已经睡下了,他轻手轻脚地回到自己的位置躺下。不知过了多长时间,突然听到炮台上枪声响起,基干队员们赶紧爬起来拿枪跑到外面。官布扎布站在院子里喊道:"不要慌,看准了打!"

道尼如布弯着腰来到炮台上,对准妄想打开大门的胡子就是一阵扫射,胡子们急忙躲到一边,向道尼如布射击,子弹呼啸着撕破了寂静的夜空,道尼如布在黑暗中倒下了。

张财在大门一侧向外面的胡子猛烈地射击着。

陈满银胸中的怒火再一次燃烧起来,他想到了牺牲的蒋弼仁和那些基干队员,他跑到东北角的炮台上大喊着:"奶奶的,有种的上来!"他的双眼喷着仇恨的怒火,对准外面那些像幽灵一样的胡子,没有一点惧怕的感觉。

姚占江举枪照陈满银就是一枪,子弹穿过陈满银的左胸。陈满银用手摸了一下左胸,鲜血热乎乎地涌了出来,在他的手指缝里淌出来,他感

第十九章

到腿一软倒了下去。

有几个胡子想从挖通的墙洞里钻进来,被张财看见,胡子刚一露头,张财一枪正好打在胡子的脑袋上,胡子像一个瓶塞塞在了洞口,后面的胡子急忙把他拽了出去。

王巴拉瓜从墙洞里钻进半拉身子,正好见到张财,张财躲闪不及被他打倒。一名基干队员见张财被打倒,急忙向墙洞扫射,王巴拉瓜早缩回去了。他想打开大门,但基干队员集中火力向所有靠近大门的胡子们扫射着,王巴拉瓜躲到大门边不敢露头。

哈拉黑基干队队长胡殿士听到队员的报告,立刻集合队伍向巴拉格歹赶来。

姚占江骑在马上对他的弟兄们喊道:"把炮台上的火力压下去,爬进去把大门打开。"

基干队员向姚占江的方向打了数枪,姚占江跑到了西南角,他在寻找能跳进院子的地方。经过了最初紧张激烈的射击之后,基干队员们逐渐稳定了下来,不再盲目地射击,而是找准了目标再打。就在双方都感到焦灼的时候,姚占江背后响起了枪声,胡殿士带领基干队员突然向围着努图克的胡子们开了火。有几个胡子被突然从背后射来的子弹打倒。姚占江全身一震,不知道是哪来的火力,难道是旗基干队赶到了,突然的打击使姚占江蒙了头,他不敢再停留,对弟兄们大喊道:"撤!快撤!"

王巴拉瓜也对弟兄们喊着:"快撤!"

胡子们听到喊声跟随姚占江向西南方向逃去。

王巴拉瓜想跟姚占江一起跑,但已经看不清他们逃跑的方向了,他向另一个方向跑去。

胡殿士跳下马走进大门,官布扎布握着胡殿士的手说:"感谢你们及时支援啊。"

"听到报告我们就来了,可还是晚了一步。"胡殿士说。

"得到了你们的救援,我们减少了不少伤亡。"官布扎布说。

"这帮匪徒已经没剩多少人了,我们去追击!"胡殿士说。

"好,咱们一块去。"官布扎布说。

姚占江和许顺带着十几个弟兄吓得魂飞魄散,向西南方向的山沟逃去。黑暗中,他们拐进一条山沟,姚占江喊道:"分两路隐藏起来,后面的人追上来咱们就从两面夹击。"

哈拉黑基干队追到山沟边缘,见姚占江他们不见了踪影,黑暗中分不清是哪条山沟,地形不熟不能贸然进去,胡殿士命令队伍停止追击。

天亮以后,见基干队没有追上来,姚占江对许顺说:"咱们顺便再弄些粮食和物品。"

"听你的。"许顺说。

"这次我是抱着回不去的想法来的,没想到老天爷还是成全了我,让我报了杀父之仇,现在没地方可去了,先派人给弟兄们整些酒和吃的。"姚占江说。

"行。"

"一定要小心!"姚占江嘱咐道。

四

星星稀稀落落地一个一个隐去了,暗黑的大地随着黎明的光线渐渐发亮了。张财倒在大门边,手里还紧紧地握着枪。道尼如布和陈满银被基干队员从炮台上抬了下来,地上这里一片鲜血那里一片鲜血,有些渗进土地里,没渗进去的凝固在了地面上。

队员们的身上都溅了一些血迹,有的队员脸上带着一些血迹,勉强控制着自己的情绪。

李国芳第一个赶到努图克,看到又一次惨烈的现场,不由言说地跪在受伤的基干队员身边进行抢救。

刘铁山猛烈地敲着陈石匠家的窗户,陈石匠问:"谁呀?"

第十九章

"半夜你没听到枪声吗?快起来到努图克去,满银他……"刘铁山没说完就跑走了。

陈石匠急忙穿好衣服来到努图克,见院里躺着几个队员,他仔细寻找着陈满银,在道尼如布和张财的身边找到了满银。他跪下去抱起了儿子,儿子的尸体还有热度,他的泪水一下从眼眶里滚了出来,滴落在儿子的脸上,他用袖口小心翼翼地擦拭着儿子脸上的血迹。

陈满玉也赶到了努图克,见了哥哥号啕大哭起来。

官布扎布对陈石匠说:"大叔,快起来!我们一定要替陈满银他们报仇!"他蹲下身扶起陈石匠,又对陈满玉说:"快扶你爸爸回家。"陈满玉站了起来扶着父亲。官布扎布说:"陈满银是为革命牺牲的,国家永远都不会忘记他们。"

陈满玉说:"爸,咱们回去吧。"

陈石匠没听见似的一动没动。

"爸,咱们回家吧!"陈满玉又说一遍。

"你哥他葬哪儿啊?"

"这个努图克管了,你们不用操心了,快回去吧!"官布扎布说。

陈满玉扶着陈石匠痛苦地一步一步挪动着双脚迈出了努图克的大门。

回到家里,陈满玉脸朝下趴在炕上大哭起来,她的身体随着哭泣抽动着。陈石匠一句话也不再说,他原来就是不爱说话的人,现在就更不想说了。老伴问:"满银他咋的了?"他也不吱声,只是使劲地抽烟。老伴没办法了,就把他的烟袋从他的嘴里拔出来摔在地上。他满含热泪地捡起烟袋说:"你问满玉吧。"

"我二哥被胡子打死了……"满玉翻过身来说,哭得眼睛红红的,说完还在小声抽泣着。

母亲坐在一边无声地落泪,她不知道说啥是好。

"我要替我二哥报仇。"满玉翻身坐起来说。

"这可不行,咱们家已经被他们俩闹成这个样子了,你还嫌不够吗!"父亲说。

"我跟他们不一样。"

"有啥不一样的,不要相信他们的鬼话,踏踏实实地过日子就是最根本的了。"

"不把这些土匪打光了,哪有好日子!反正我就想参加基干队。"满玉说。

"这些孩子咋没一个听话的呢。"母亲边擦眼泪边说。

"妈,别哭了,这冤气我受不了,我一定替我二哥报仇。"满玉说。

"我替他报还不行吗?你就别去了。"父亲几乎恳求似的说。

"我不小了,我知道咋办。"满玉说。

父亲不吱声,母亲也不说话,只是默默地流泪。

五

得到巴拉格歹再次被袭击的消息后,西科前旗立即召开紧急会议,会场里的气氛非常沉重,没有人说话。上午九点会议准时开始,内蒙古自治运动联合会的刘春和东蒙总部的哈丰阿等领导也坐在会场的主席台上。会议由张策主持,宋振鼎讲话,他看了一眼会场低沉地说:"同志们,就在今天凌晨,巴拉格歹努图克又发生了一起惨案,又有三名同志付出了宝贵的生命。我们今天的会议就一个内容,就是:我们要用最短的时间、最快的速度、最强大的力量开展一次全面的大清剿。旗里成立指挥部,我任总指挥,杰尔格勒同志任副总指挥,除巴拉格歹的鲍长海外,各努图克努图克达任成员。这是今后几个月的主要工作。旗里要集中财力物力,要全力以赴地投入剿匪战斗,乌兰毛都蓝斑马队和旗基干队,两队联合从锡林郭勒盟边界向东、东北方向推进直到王爷庙,哈拉黑努图克基干队和巴拉格歹努图克基干队从王爷庙向西、西北方向推进直到宝格达山,不落过一

第十九章

个可疑地点,形成一个半圆形的夹击的态势,让土匪无处藏身。"

张策说:"下面请内蒙古自治运动联合会的领导讲话,大家欢迎!"

下面鼓起掌来。

刘春看了看大家说:"我受云泽同志的委托来到王爷庙,下面就当前的形势谈一点看法。当前,国共两党合作已经破裂,八路军在南方取得了节节胜利,党中央对土地改革也做出了决定,但由于各地实际情况不同,出现了一定的差异,局面纷繁复杂,政策执行起来困难也很大,再加上对政策理解得不透彻,出现了一些偏差,引起了部分地区地主富农的恐慌,特别是引起了草原牧区的震动,这个问题云泽同志已经了解到了,他对我们地区非常关心,他嘱咐我们一定要多调查研究,按照实际情况办事,不可冒进。现在,王爷庙四周是匪患不断,北面索伦我们消灭唐罗锅,东北面扎赉特旗还有土匪在闹,与黑龙江的匪徒十三省已经串通上了,西面、西南面是巴拉格歹的土匪,再远一点还有洮南,我们的三面都有土匪在干扰我们的工作,我们首先要清除这些土匪,确保我们的工作逐步向前推进。内蒙古东部不会也不可能独立,只有在共产党的领导下才能走向光明,不久,内蒙古自治政府就会成立,到那时,在中国共产党的领导下,我们的各项工作就有了方向,人民的生活就会逐步得到改善。请同志们坚定信念做好当前工作。"

刘春同志简短的讲话使大家振奋起来。会议开得很简短,散会以后,官布扎布找到宋振鼎问:"咋没让鲍长海参加清匪指挥部?"

"这样的干部简直就是废物,他的职务已经免去了,"宋振鼎气愤地说,"回去把烈士们的抚恤金及时发放下去,多做他们家属的思想工作,多为他们解决生活上的困难,这样,老百姓才能信任我们,才能依靠我们,敌人才钻不了我们的空子。"

"对于这次惨案,我是有责任的,没防备胡子的再次突然袭击。"官布扎布诚恳地承认道。

"不能完全怨你,我们对胡子的行动估计不足,没有重视,那个胡子头子姚占江是个顽匪,他有可能狗急跳墙还要进行疯狂反扑,再给你们拨一批武器,提高基干队的战斗力。"宋振鼎语重心长地说。

"有一部分枪支是该更换了。"官布扎布说着从宋振鼎的办公室出来,内心生出苦涩感,组织上的信任和老百姓的期待像利箭一样扎在他的心上,这些胡子在乡间横行霸道、作恶多端,让老百姓不得安宁,他的内心有一种负罪感,一定要尽快消灭这些胡子,确保这片土地的平安。

下午,官布扎布刚回到努图克,来一农民报告说:"在古迹的小北沟发现姚占江带领十几个人冒充基干队员,向老百姓家收缴粮食和枪支,有的人家信以为真主动为他们捐粮捐钱。"

官布扎布对一名基干队员命令道:"立刻去通知队伍集合。"

基干队员们仇恨满胸,恨不得马上飞到小北沟把这伙胡子彻底消灭了。可是等基干队员们赶到时,姚占江他们已经离开了这个小屯。官布扎布带领基干队员在屯子里转了两圈,没碰到一个人,各家各户关着门,有的人家见了他们赶紧把门关上很怕他们进屋。官布扎布来到一户院子收拾得很干净的人家,把马拴在院门上,敲了敲屋门,从里面走出一个中年男子,官布扎布问:"大哥,你家来过收粮食的人吗?"

"昨天晚上来过,说是巴拉格歹努图克基干队的粮食不够吃,正在各村筹集粮食和物品,每户必须交出五升以上的粮食,否则按对抗努图克处理。"那个中年人说。

"他们有多少人?"官布扎布问。

"有十几个人,都带着枪,不交粮食就来横的,谁敢不交啊!"中年人说。

"他们是胡子,你们没看出来?"官布扎布问。

"黑灯瞎火的,哪看得清谁是谁啊。"中年人回答。

"他们向哪个方向走了?"官布扎布问。

"不清楚,谁敢看他们啊。"中年人说。

从这一点看,姚占江他们已经到了弹尽粮绝的地步,他们虽然走得不远,但没有具体的落脚点。官布扎布又问了几家,有的说向西南方向,有的说向西北方向,还有的说向东北方向,没有一个能肯定说出姚占江逃走的方向。但有两个地点是最有可能的:一个是他长期居住过的古迹轿顶山,另一个就是洮南一带,逃往洮南一带的面大。要想及时发现他的踪迹,只有广泛宣传动员男女老少,只要发现胡子就立刻报告努图克。

晚上,官布扎布召开了党员干部会,他说:"上次到各家排查姚占江收到了一定的效果,这次下去排查要比上次更加细致,范围也可以扩大一些,外屯有亲戚的人告诉外屯的亲戚,只要他们发现了姚占江活动的迹象立刻报告努图克,努图克绝对给予保密,党员、农会和妇救会由李国芳抓,散会后立刻行动。"

六

姚占江带领手下的弟兄们在小北沟收了一些粮食和一些钱物,还有几支枪。没走太远,离屯子不远处有几间破房框,姚占江跳下马来问:"你们谁见到王巴拉瓜了?"

"没看见他。"一个胡子回答。

过了一会儿,姚占江说:"在这咱们散了吧,有家的回家,没家的跟我回轿顶山。"

"大掌柜的,回去我们也得死,还不如跟着你死呢。"有个胡子说。

"有父母的回去尽尽孝,也不白活一回,没有钱我这有,你们拿去,算没白跟我混一回。"姚占江说。

"大掌柜的,我这辈子也忘不了你的大恩大德啊,我回去伺候我妈去。"有个胡子给姚占江作揖说。

其他几个人见有回家的了,也相继跟姚占江告别。姚占江站在破房框前与那些离开的弟兄们作揖告别,说:"我对不起大伙了,今天走到了这一步,让弟兄们吃了这么多苦,也没混出个模样来。"

"我家里没亲人了,我不回家了,跟着你干也不枉活这一生。"一个胡子说。

姚占江看了看还剩四五个人,问许顺说:"你跟我走还是回家?"

"我哪儿有家啊,你去哪儿我就去哪儿。"许顺回答。

"那咱们回老地方?"姚占江说。

"只好回老窝了。"许顺说。

"走。"姚占江一只脚蹬着马镫,马在原地转了两圈向远处奔跑而去。

路过古迹屯时,姚占江想起了王老六家就在屯的东头,上次他闺女结婚没去上,这次何不到他家看看顺便歇歇脚再打听打听眼下的情况,不过他记不住王老六是哪家了,他勒住马问跟在身后的许顺:"王老六家是哪家?"

许顺也勒住马,看了看说:"我也记不清了。"

这时,一个大院子里的狗听到院外有声音狂叫起来,引起了邻居家的狗也汪汪地大叫起来。一个中年人从大院家门里走出来向外张望,许顺赶紧喊道:"大哥,哪家是王老六家?"

"你们是?"那人仔细看着姚占江这伙人问。

"大哥,不认识我了。"姚占江说。

那人好像忽然想起来了喊道:"大掌柜的,好久不见了。"说着打开了大门,迎接他们进了院子。王老六关门时警惕地向左右看了看,然后关好门。姚占江和许顺等兄弟拴好马来到屋里,王老六急忙问:"弟兄们吃饭了没有?"

"到现在还没吃上一顿正经饭。"姚占江回答。

"赶紧烧火做饭去。"王老六对老伴说。

王老六的老伴急忙下地做饭去。姚占江和许顺等弟兄在炕上等待吃饭。

铁蛋父亲吃过晚饭,正在屯子里溜达,见到王老六家的院子里拴着五六匹马,他立刻感觉到这些马就是胡子们骑的。自从儿子被胡子打死以后,他的内心总也打消不了要为儿子报仇的想法。王老六女儿结婚那次,由于自己的疏忽跑到努图克,结果叫两个胡子跑了,现在要是跑到努图克去报信回来恐怕又跑了,不管他们几个人,这次他决定自己干。回到家里,他找杀猪的侵刀咋也找不到,老伴问他:"你翻啥呢?"

"侵刀你放哪了?"

"你找那干啥?"

"不用管了。"

"叫我放仓房里了。"老伴回答。

老伴把侵刀别在房笆上了。铁蛋爹从仓房的房笆上抽下侵刀别在后腰上出了家门。他家离王老六家不太远,刚到王老六家的大门前,狗就叫了起来,他没管那些从墙头上跳进去。狗见他跳进来以为是要攻击它们,更加狂叫起来。王老六听见有人进来急忙出来,差点没撞在铁蛋爹身上,一看是铁蛋爹问:"你有啥事?"

"你家来的啥人?"铁蛋爹说着仍然往屋里走。

"有事,明天说,回去……赶紧回去!"王老六挡着不让铁蛋爹进屋。铁蛋爹把王老六扒拉到一边闯了进来,见炕边坐着一个黑瘦的胡子,他猛地抽出侵刀照那个胡子捅去。姚占江正歪躺在炕里,他手疾眼快抽出压在身下的手枪照铁蛋父亲连打两枪,铁蛋父亲倒在炕沿下。

王老六吓得魂飞魄散:"这下完了。"说着蹲到了地上。

"跟你没关系,是我打死的。"姚占江说。

"我也逃不了干系。"王老六抱头痛哭起来。

"天亮前拉到野外扔了,"姚占江说,"我一人做事一人当,他的尸体让他家人收拾吧。"姚占江看了看王老六,"大哥,原谅我吧!"

他们连夜把那个弟兄扔进废弃的土豆窖埋了,把铁蛋爹扔在了山坡上,这才回到王老六的家,姚占江说:"大哥,不行就跟我们一块走吧。"

"政府虽然分了我的地,可我还有院子,还有老婆孩子,我走不了啊。"王老六说。

"大哥有事只要吱一声,弟二话不说。"姚占江说。

"这是老天灭我啊,"王老六边哭边说,"天快亮了,你们还不快走啊?"

"不急。"姚占江说。

天一点一点地亮起来了,东边一些黑蓝色的云慢慢连在一起堆积起来,灰白色的光从云层后面向上向下穿射出来,四周越来越亮。

姚占江坐起来说:"走!"

许顺和一个瘦小的胡子立刻坐了起来,五个人牵着马走出王老六家的院子。

第二十章

一

过了两天,铁蛋妈见到村里人就问:"看没看到我家老头子?"

"是不是叫胡子抓走了啊。"有人回答。

"那天晚上,屯子里可来胡子了,还听见枪声了,吓得我没敢出门。"还有人说。

"我家老头子找侵刀,是不是到别的屯给人家杀猪去了?"铁蛋娘说。

"那也没准啊,现在正是杀年猪的时候。"有人回答。

这天夜里,稀稀落落地下了一层薄薄的小雪,像在地面上撒了一层白灰似的只把地面盖住了,地面上那些凸起的石头和牲畜粪还是原来的样子。早晨,麻雀们在场院里尽情地寻找吃的食物,一会儿起飞,一会儿落下,很是热闹,这样的雪天正是套兔子和抓鹌鹑的天气。见到这雪,韩庄子坐不住了,他是个待不住的人,有时间就爱在野外转悠,特别是雪天,运气好就会打到一些小猎物改善一下自家的生活。他腰里挂着铁丝套,肩上扛着鹌鹑网便出了家门。韩庄子来到山上想把兔子套先下上,然后再到谷子地去抓鹌鹑。他刚往山坡上走,就见不远处有个像人又不像人的东西躺在那里,看得眼睛有些花,眼泪给累出来了。他擦了擦眼睛,觉得还是像人躺在那里,他壮着胆子往前走了几步,仔细一看是个脸朝下趴着的人。他吓出一身冷汗倒退好几步,立马跑回家去。媳妇问:"咋这么快就回来了?"

"山上有个死人。"他磕磕巴巴地说。

"那还不快去报告农会会长。"媳妇说。

韩庄子这才战战兢兢地来到农会会长家重复了刚才的话。会长急忙问:"在哪个位置?"

"就在不远处的山坡上。"韩庄子回答。

"你先到山上看着点别让野狗给祸害了,我派人到努图克去报告。"会长说。

"我自己不敢。"韩庄子说。

"你这胆量还打猎呢,快去,一会儿我就去。"会长催促说。

快到中午的时候,派去报信的小青年赶到努图克。官布扎布听了小青年原原本本的汇报,觉得有些奇怪,胡子为啥杀一个农民,他猜想,也许胡子路过屯子时被这个人看见便杀了。他叫来两名基干队员说:"你们俩跟这小青年到那里看看,如果是胡子干的说明他们在那里出现了,弄清楚他们逃跑的方向,速去速回。"

"好。"两名队员回答。

傍晚时分,两名队员回来报告说:"铁蛋父亲,是被胡子打死的。"

"这说明胡子已经逃窜到那一带了,或者又回到了老窝。"官布扎布说。

"有可能就隐藏在那一带。"一名队员说。

"立刻去通知哈拉黑胡殿士队长,明天清晨围剿这帮胡子。"官布扎布说。

这名基干队员走后,哈拉黑基干队的副队长齐振荣来了,官布扎布握着他的手说:"你来得正好,我正要派人去告诉你们呢,发现了姚占江的踪迹。"

"昨天我们在小六堡子抓到了胡子王巴拉瓜。"我是特意来告诉你的。

官布扎布给齐振荣倒了一杯水端到他面前说:"你们咋发现王巴拉瓜的?"

齐振荣喝了一口水说:"那天早晨,老百姓向我们汇报说王巴拉瓜凌晨回到了家,我就带几名基干队员去抓王巴拉瓜。小六堡村西头也有一户姓王的,进去一问不是王巴拉瓜,他说村东头还有一户姓王的。我们怕惊动了王巴拉瓜,从屯子的后面摸到王巴拉瓜的家。进屋一看,有个戴帽子的人正在炕边搓麻绳。我厉声问道那人叫啥名字?他说叫王福和。我一看他的右额上有一块疤,我大喊一声,王巴拉瓜!他一惊。我马上喊道,捆起来!基干队员冲上去把他捆起来了,他没来得及反抗就被我们抓到了。经过审问,他说的跟我们掌握的情况一样。他说那天天亮前,他跟姚占江跑散了,他往东北跑想追上姚占江,可是越跑越没姚占江的影子。他想,姚占江他们不知道往哪跑了,以后碰上再说吧,这时,他已经跑出几十里地了,隐隐约约觉得好像离家很近了,他决定回家躲一阵子再说,就这样回到了家。我们在他家的鸡窝里找到了蒋弼仁的棉大衣和枪套,蒋弼仁的手枪被他装进坛子埋在了水缸下,现在王巴拉瓜已被送到了西科前旗。"

"王巴拉瓜是姚占江手下最凶狠的帮手,抓到他也是咱们的一大战果,你来得正好,明天到古迹会合围剿姚占江。"

"我马上回去向胡殿士汇报。"齐振荣说。

"好。"

二

荞麦花娘家住的屯子是个不大的屯子,十几户人家在一条东西走向的山沟里,土地不是太多,生活极其贫困。荞麦花出嫁后,母亲一个人过日子,弟弟几次让母亲搬过去一块住,母亲就是不搬。

荞麦花领着陈满金回来,母亲闷闷不乐的样子,让荞麦花的心里罩上了一层淡淡的阴影。母亲对女儿的做法有些不满,郭长河再不好也不能做出这种事来,不顾别人的议论闹得满城风雨。现在,又把他领回家来了,这让当母亲的在外人面前怎么抬头啊。荞麦花对舅舅也十分不满,舅舅收了人家的钱财把自己推进了火坑。

不管荞麦花咋想让母亲高兴,可母亲就是高兴不起来。陈满金不在的时候,母亲轻声说:"待两天就回去吧,别在我这儿住了。"

"我才不回去呢,我俩长期在这儿住了。"

"那你的家不要了啊?"母亲问。

"那不是我的家,这里才是我的家。"荞麦花说。

母亲既生女儿的气又心疼自己的女儿,母亲知道女儿一肚子苦水没处倒,只能自己装着,做母亲的能不心疼自己的女儿吗?可心疼又能怎样呢,帮不了女儿,只能怨女儿的命不好了。荞麦花也知道,母亲虽然好像在生自己的气,但心里还是心疼着自己,过几天母亲自然就会好起来的。荞麦花见母亲这个样子就对陈满金说:"我妈就是那样的人,你别在乎啊,过几天她就好了。"

"我知道,别为我操心了。"陈满金说。

"只要你安心,我就放心了。"荞麦花说。

早晨,基干队进屯搜查的时候,在院里劈柴火的陈满金想,基干队员是怎么找到这个屯子的。基干队员们发现了拴在院子里的花斑马,陈满金想把马牵走已经来不及了,几名基干队员来到陈满金的面前问:"你是哪儿的?"

"我……我就是这的啊。"陈满金回答。

"你叫啥名?"基干队员问。

"我叫啥名,你管呢!"陈满金说。

"你是胡子,不许动。"基干队员厉声喝道。

如果他迅速抡起斧子也许能砍倒两个基干队员,但最后他也逃不出其他基干队员的堵截。他放下手里的斧头,几名基干队员端着枪已经围住了他。只要他一动,他们就有开枪的可能。

荞麦花从屋里冲出来喊道:"你们干什么,他不是胡子。"

"荞麦花……你咋在这?"一名基干队员惊讶地问。

"我娘家在这啊,陈满金他已经好长时间不当胡子了,你们咋还抓他?"荞麦花说。

"他是陈满银的哥哥陈满金?"一名基干队员问。

"是陈满金。"荞麦花回答。

"他就是胡子,捆起来!"另一名队员喊道。

几名队员喊咔咔嚓用麻绳把陈满金捆了起来。一名队员说:"真够狠的,连自己的弟弟都不放过。"

"这帮胡子没有不狠的,先送到官队长那再说。"旁边的队员说。还有两名队员进屋搜了搜,没有搜到枪和其他东西,出来牵着花斑马跟前面的队员走了。

官布扎布和胡殿士正在一座草房子里等待搜查的结果。几名队员把陈满金押到官布扎布和胡殿士面前说:"队长,我们抓到了陈满银的哥哥。"

"噢,你就是陈满银的哥哥?"官布扎布问。

"是。"陈满金回答。

"你弟弟叫谁打死的,你知道吗?"官布扎布又问。

"不知道。"陈满金回答。

"就是你们这些胡子,你们到底想干什么?连自己的弟弟都不放过。"官布扎布问。

"我弟弟他死了?"陈满金不相信这是真的。

"多好的青年被你们这帮胡子给打死了。"官布扎布说。

"那不是我干的,我已经好长时间不跟他们干了。"陈满金说。

"你跟姚占江干了多长时间?"官布扎布问。

261

"不到半年时间,后来我就离开他了。"陈满金回答。

"后来你到哪儿去了?"官布扎布问。

"喂了几个月的马,再没跟姚占江联系过。"陈满金说。

"你弟弟跟我说过,想让你改邪归正争取宽大处理,现在我们就是来抓姚占江的,你在他的老窝轿顶山是不是待过?熟悉那里的地形吗?"官布扎布问。

"熟悉。"陈满金回答。

"你老老实实给我们带路,上轿顶山捉拿姚占江,给你个悔改的机会,愿意不愿意?"官布扎布说。

"我愿意。"陈满金回答道。弟弟不是被王巴拉瓜就是被姚占江打死的,他曾跟姚占江请求过不要杀死弟弟,可他们竟是这么无情,越是不要他们杀死弟弟,他们越是这么干,这帮嘴甜心黑的人,他要跟他们算这笔账。

"你要是敢逃跑,对你可就不客气了,知道吗?"官布扎布说。

"知道,我一定帮你们抓到姚占江。"陈满金说。

"好,把他的马还给他。"官布扎布命令道。

三

姚占江带着许顺和三个弟兄回到窝点的地窨子,地窨子里已变得破烂不堪,漏过雨的地方透着冷风,一股寒气袭上心头。好在王老六给了一些粮食、猪肉和食盐,能维持一阵,对他来说能逃出来就是幸运的了,只要能躲过追杀和围剿,将来和贺青兰找个地方隐姓埋名地生活下去。

他们五个把炕和灶坑修好后勉强能烧火取暖了,再加上有一眼不干泉眼,他们的吃喝没问题了。

"许顺,咱们住在这里是不是太显眼了?基干队要是包围了这里,咱们就没命了。"姚占江问。

第二十章

"我也觉得这里太明显了,不如搬到屯里住。"许顺说。

"谁敢收留咱们,一旦老百姓报告了政府,那不送死吗!"姚占江说。

"世界这么大却容不下咱们几个人。"许顺说。

"天无绝人之路,眼下只能守在这里挺过这一冬。"姚占江说。他头一次感到了生存的危机,以前从没想过、也想不明白做得对还是不对,反正凭能力打天下,谁赢谁就是英雄好汉,没想到命运这么折磨人,自己由英雄变成了狗熊。

姚占江本以为能在这里安稳地躲过一冬,然后再重整旗鼓,没想到基干队这么快就能找到他,官布扎布和胡殿士他们包围轿顶山的时候,他没有一点思想准备。

傍晚,西边的天空没有一丝云彩,太阳黯淡无光地慢慢向地平线滑去,像一个苍白无血的脸蛋,可以盯着它看很长时间,几乎能看出它移动的速度。轿顶山虽然不太高但挺险峻,在树木的遮掩下显得阴森冷峻,山上怪石嶙峋、杂草丛生,行走非常困难。站在山脚下的平地上,官布扎布对胡殿士说:"分两路包抄,你带领一部分队员从西南坡上,免得他们从西豁口逃跑。我带领一部分队员从东南坡上,一定要抓活的。"

基干队员分成两路向姚占江的住处逼近,没有路的地方,树叶十分浓厚,茂密的蒿草也增加了行走的难度,队员们的战斗力十分旺盛。距离窝点还有几十米的地方,官布扎布低声喊道:"停止前进。"队员们弯着腰或蹲在树下。官布扎布见胡殿士的队员也上来了,他对着地窨子低矮的窗户连开几枪。

姚占江他们住在紧靠南面的一间地窨子里,听到枪声,他立刻从炕上跳下来,抓起长枪推上子弹,从门缝向外面窥视了一下,发现陈满金就站在不远处。陈满金咋会带着基干队的人来呢?他怎么找到这里来的?难道他叛变加入基干队了?一股怒火从他的心底燃起,他骂道:"陈满金,王八蛋!你咋跑到他们那里去了。"陈满金手里拿着一根茶碗粗的棍子听到姚占江的喊话,他喊道:"姚占江,扔下枪出来吧,抵抗没你的好处!"

"去你妈的,你找死来了!"姚占江喊着向陈满金连开了几枪,子弹从陈满金的身边呼啸而过,陈满金急忙蹲下身子,蹲在姚占江身边的小胡子向陈满金打了一梭子子弹,陈满金的腿部中数弹身体一歪倒了下去。官布扎布见此情景挥手喊道:"打!"基干队员们向姚占江的屋里猛射起来,姚占江急忙趴在地上。这时基干队员冲到了地窨子门的两边,一个队员猛地踢开门,端着机枪对地窨子猛扫一阵,那几个胡子被一阵乱枪打死,许顺跪在炕沿下不敢抬头,冲进来的队员见许顺吓得不敢抬头,一脚把他踢倒。姚占江爬起来向队员射击,被冲进来的队员用枪托打倒,但姚占江的枪还是响了,一名基干队员应声倒下。后面冲上来一名基干队员刚要举枪射击想起要抓活的,只好向高处射击发泄自己的仇恨。姚占江被两名基干队员架着胳膊押到外面,官布扎布一看,姚占江高大威武,双目有神,是条硬汉子。他大声喊道:"捆上,押到努图克。"

一名基干队员走到陈满金的身边踢了踢,陈满金一动不动。那名队员喊道:"死了!"

"死了就算了。"另一名队员说。

"下山后通知他家人一声,让他们自己葬了吧。"官布扎布说。

四

陈满金被基干队带上山后,荞麦花就像丢了魂似的,屋里屋外地来回走动,不知做啥也不知想做啥。母亲说:"你能不能消停一点啊。"

"我心里就像猫挠心。"

"还不是自己找的。"母亲说。

荞麦花来到外面,听见轿顶山上响起的枪声,一阵比一阵密集,她捂住双耳,一会儿又松开双手想听听枪声,她替陈满金担心和痛苦,是她领他来的,结果把他送给了基干队。

山风一阵一阵拧着劲似的吹来,枪声也拧着劲地钻进荞麦花的耳朵,

第二十章

她跑进屋里又跑了出来,望着灰蓝色的轿顶山。她真想跑到山上把陈满金拽回来跟他一起逃离这个地方,到一个没人居住的山洞里去过日子。

过了一会儿,枪声停止了,荞麦花的内心里就像着了火,更加焦躁不安起来。她爬到墙头上,后来又爬到房顶上向远处的山坡上看,她想看到陈满金平平安安地走下山来。

傍晚的时候,基干队押着姚占江和许顺牵着几匹马下来了,只看到了陈满金的花斑马却没看到陈满金。荞麦花冲到基干队员们的面前大声问:"陈满金……陈满金呢?"

起初基干队员们没人回答她,她跟在队伍的后面边跑边不停地喊着,一名队员说:"他死了,去收尸吧!"

荞麦花停下了脚步,她的目光变得凶狠起来,在她眼中,这些人变得陌生起来。她站在原地,不再跟在后面跑了,她向远处的轿顶山望了望,然后飞也似的向山上跑去。

通往山顶的路被雨水冲刷得高低不平、坑坑洼洼,荞麦花跌跌撞撞地往山坡上的地窨子里跑去。地窨子前面被胡子们修造出一小片平整的长方形地面,陈满金脸朝下趴在东北角上。当时子弹从地窨子里向外扫射只能打到他腰部以下的部位,当第一发子弹打到他的小腿的时候,他没感到疼痛,紧接着是第二发、第三发子弹打来,他失去了控制,脸先着地重重地摔在地面上晕了过去,后来的子弹就无法再打到他了,没有人理会他,他像一具死尸一样被遗忘在那里,时间在他体内被抽走,他在时间外面漫游。整个战斗进行了半个多小时,直到一个人也没有了的时候,他才听到了强劲山风的呼啸和树枝摇晃的沙沙声。他的双腿一点知觉也没有,无法移动下半身,他把头稍稍抬了一下,把脸的一面贴在沙土地上,看来是必死无疑了。他把头重新抬起来望了望地窨子,那里已经变得一片破乱不堪,他只要爬到那里就有希望,可是他双腿就像沉入了地里无法挪动半步,他隐隐约约感到自己的生命在一寸一寸地远离他,他似乎闻到了大地那醇厚的气息,就要永远和泥土在一起了。如果不爬进地窨子,这一宿就可能被冻死。这时,他看见前面不远处有几块石头凸露在地面上,伸手却够不到,他撑起双手使身体抬高一些然后向前扑去,毫不见效,他的身体又回到了原来的位置。由于用力,他的一条受伤的腿疼痛起来,仿佛血又被往外挤出了一股,他只好停止了爬动。不知过了多久,他听到有人在喊他的名字,这喊声起初仿佛在遥远的天空上飘动,渐渐来到了附近就在他的头上,像是母亲的喊声,后来又像荞麦花的喊声,他分不清是谁的声音。不过这声音使他为之一振,他知道自己还活着。这时,有人把他抱了起来,他慢慢睁开眼睛,荞麦花满脸泪痕地望着他,嘴里还在不停地喊着他的名字。他的双手紧紧搂住荞麦花的脖颈,荞麦花把他扶坐了起来,跪坐在他的身边擦去他脸上的血迹和泥土说:"没想到你还活着。"说着又流下泪。

"我活着。"陈满金有些肯定地说。

"我觉得你一定会活着。"荞麦花哽咽着说。

"可是我的双腿一点知觉也没有了。"陈满金说。

"只要你活着就好,走!我背你回去。"荞麦花说着背对着陈满金蹲下。陈满金把双手放在荞麦花的双肩上,荞麦花想站起来,但由于蹲得太低,力量不足没站起来,最后她紧紧地抓着陈满金的手半蹲着将陈满金拽了起来,陈满金扳住她的肩膀,荞麦花扳着陈满金的双腿往上蹭了蹭,背着陈满金一步一步向山下走去。

天空还没有完全黑下来,远处的树木在微风中一波一波地摇晃着,发出"唰唰"的声音。山坡上的一些碎石子在荞麦花的脚下滑动着,有几次险些让她滑倒。陈满金说:"放下我歇歇!"

"再坚持一会儿,多走一步是一步。"荞麦花说。

"快放下我,到山上的地窨子里,那里肯定有羊皮,你去拿来,顺便再找找有没有绳子。"

"找那些东西干啥?"荞麦花问。

"你去找来就是了。"陈满金说。

第二十章

荞麦花慢慢放下陈满金,这时她满脸是汗累得全身没了力气,坐在陈满金的身边喘着粗气说:"我真是没用了,咋就没力气了呢。"

"这不怪你,都是我不好,快去吧,一会儿天就黑了。"陈满金说。

荞麦花站起来,挺费劲地向山上走去,走了几步扭过头看看陈满金,见陈满金还坐着,这才放心地走去。地窨子里比外面更加黑暗吓人,荞麦花在炕上果然看到了几张羊皮,她拿了两张,又在羊皮底下找到一盒火柴,她点燃火柴没有发现绳子,火柴燃尽的时候还烫到了她的手指,她急忙扔掉火柴头,她只看到了一段铁丝,心想:没有绳子铁丝也行啊,她把羊皮卷起来拿着足有一尺多长的铁丝向山下跑去,跑出地窨子她全身哆嗦起来,不敢再回头去看那黑漆漆的地窨子,仿佛后面有人在追她,吓得她出了一身冷汗,瘫软在陈满金的身边。

"咋的了?"陈满金关切地问。

"吓得我全身没劲了。"荞麦花说。

"把羊皮给我,找到绳子了吗?"

"没有,只有一截铁丝。"

"铁丝更好,给我,你再去折两根柞树干来,越粗越好。"

道路两旁不远的地方就是茂密的柞树棵子,荞麦花没费多少力气就折来两根柞树干。陈满金把羊皮放在两根柞树干上然后用铁丝把羊皮的两端缠在两根柞树干上,这样就成了一个小担架似的东西。陈满金说:"你把我拽到上面,你在前面拽就省力了。"

荞麦花把陈满金抱到像帘子似的羊皮上,来到前面一手拽起柞树干,生羊皮顺着山坡在碎石子上滑动起来,发出"哗哗"的响声,果然省力多了。陈满金双手里还有两根短的柞树棍,就像划冰车一样一下一下用力向前,这是小时候跟父亲上山拽棵子,父亲想的招。那年春天,陈满金也就十岁,父亲装好了中午的干粮准备上山去砍柴。陈满金非要跟父亲上山去,父亲不愿领陈满金,可陈满金硬要跟。父亲说:"去可去,走不动了不管你啊!"

"我能走动,不用你管。"

"那好!"父亲说。

就这样,他跟父亲来到了十几里外的大山上。见了树木父亲就像着了魔似的手挥斧头全身心投入到了砍柴中,他就把父亲砍过的枯树枝拽到一块。山阴坡上的积雪还没有完全融化,起初在半尺深的积雪里来回走动没感到累,到了下午的时候,他的两条腿沉重起来,太阳偏斜的时候,已经抬不起来了,他坐在雪地里再也不想起来了。父亲看出他走不动了,就用一些树枝做了一个小爬犁似的东西,从山上拽到山下然后一路背着他回到了家里。小时候的一幕,现在又重演了,只是拽着他的不是父亲而是荞麦花。

荞麦花把陈满金拽到山下就再也拽不动了,主要是没有斜坡的助力,再就是平地上的坑坑洼洼,她的力量也快用尽了,刚开始的时候是一股急劲,现在就是耐力了。

天也越来越黑,虽然已经隐隐约约看见屯子的轮廓,但起码还有四五里地,这四五里地是最难走的路。当一个人在看到了希望,却又没有力量达到的时候是最痛苦的。荞麦花现在就处在这样的时刻,她坐在陈满金的身旁望着远处的家乡却没有力量走到那里,她用尽了全部力量却回不到自己的家。她的精神虽然没有向困难低过头,但身体却战胜不了困难了,眼泪顺着她的脸颊慢慢流了出来。就在荞麦花泪眼迷蒙快绝望的时候,她看到有两个黑影在向这边移动,黑影越来越近,那两个黑影似乎也看见了她,更加急速地向她这边靠近。荞麦花终于看清母亲的身影了,她急忙擦去泪水站了起来对陈满金说:"我们有救了,我们真的有救了。"她高兴得轻轻拍了一下陈满金的头。

母亲和弟弟来到荞麦花的身边,母亲埋怨说:"你可把我吓死了,走咋不和娘说一声。"

荞麦花不敢吱声,眼泪再一次流了下来。弟弟二话没说背起陈满金就走,母亲和荞麦花紧跟在弟弟的后面。

五

弟弟一口气把陈满金背到家就走了。在昏暗的油灯下,荞麦花一看陈满金的腿,血渗出了裤子,裤子和肉粘在了一起。荞麦花拿着剪子从侧面把陈满金的裤子剪开,然后用毛巾沾着温水一下一下擦拭着陈满金的伤口。血迹擦净后,伤口清晰地露在外面,两条腿一共有三处伤口,右腿膝盖以上一个,膝盖下一个,左腿小腿上有一个。陈满金问:"屯子里有没有兽医?"

"没有,每年春天都是外屯的兽医来这个屯子劁猪并给牲口看病,你干啥?"

"快把兽医找来!"陈满金说。

"我去问问我弟弟。"说着,荞麦花急匆匆走了。她想,兽医是给牲畜看病的,找他们有啥用真是不可理解。来到弟弟家,弟弟正在屋里扎笤帚,荞麦花说:"你快去帮我找个兽医来。"

"找兽医干啥?"弟弟问。

"别问了,快去!越快越好。"荞麦花急躁地说。

弟弟放下手里的活儿说:"东屯的马兽医不知在不在家,咱家还该他劁猪的钱呢。"

"这次一块还他。"

"好吧。"弟弟跳过矮障子走了。

荞麦花来到弟弟的外屋,见后窗台上有半瓶酒,正好兽医来了吃饭有酒了,她拿起酒瓶对弟媳说:"这酒先借我吧。"

"拿去吧。"弟媳说。

荞麦花拎着半瓶酒,酒在瓶子里乱晃,她的心也散了,因为这东西她遭了多少罪啊。男人为什么都喜欢喝这东西,跟抽大烟一样坑人。回到家里,她把酒瓶放在一边问母亲:"妈,咱家的艾蒿放哪儿了?"

"早叫你弟弟给扔了。"母亲说。

"哎,我到别人家再去找点吧。"荞麦花说。

"看把你忙的,纯粹是自找的。"母亲埋怨着。

不大一会儿,荞麦花要来一把艾蒿对母亲说:"妈,你把艾蒿给我煮上,一会儿我给他洗洗。"

"锅里的水现成的,你放进去煮就行了。"母亲说。

荞麦花把一把艾蒿扔进锅里,艾蒿飘在水上好长时间不沉。母亲问:"你没留点啊?"

"这玩意儿有的是,没了再去要吧。"荞麦花说。

荞麦花说得对。每年五月节前,艾蒿就会在地头、河边成片成片地长起来。在五月节这天采,它的奇特芳香能更好地发挥作用,它会把最好的一面毫不吝啬地奉献给人类。

荞麦花煮艾蒿就是想给陈满金肿胀的腿消肿,就在荞麦花用毛巾给陈满金洗擦腿的时候,弟弟满脸通红、气喘吁吁地回来了。荞麦花问:"找到了吗?"

"他家里人说到外屯去了,得挺晚才能回呢。"

"一事不顺真是事事不顺。"荞麦花自言自语地说。

用温热的艾蒿水洗过之后,陈满金感到疼痛稍微缓解一些了,艾蒿水还是有一定作用的。

傍晚时分,马兽医骑着一匹马来了,他本以为是来劁猪或者是给马看病的,所以他没太在意也没太着急,他来到屋里,见炕上躺着一个人吓了一跳。荞麦花说:"这是我表哥,受了枪伤。"

"枪伤,那你们快找大夫啊,让我来干啥?"马兽医吃惊地问。

"大哥,你不就是大夫吗?"陈满金说。

"我……哪是大夫啊,我就是一个劁猪的。"马兽医说。

"劁猪的就行,用你的劁猪刀把我腿上的子弹挖出来就行。"陈满金说。

第二十章

"我可从来没干过这活。"马兽医说。

"不要紧,你就当刲猪了。"陈满金说。

"你还犹豫啥,救人要紧。"荞麦花说。

马兽医犹犹豫豫地打开了帆布工具袋,里面插着的果然是一些非常粗糙的工具,有一个像杨树叶似的半圆形的小刀闪闪发亮,还有一个小钩子和一根大针,其他的就说不出来了。马兽医看了看陈满金的腿,这时已被荞麦花擦洗得红红的很干净。陈满金用十分信任的目光看着马兽医,马兽医把陈满金的一条腿搬到自己的左腿上,他仔细地看着伤口问:"有白酒吗?"

"有。"荞麦花急忙跑到外屋拿给马兽医。马兽医找出一团棉花揪了一小块,把酒倒在陈满金的伤口上,然后用棉花擦了擦问:"你能挺住吗?"

"能。"陈满金回答得很坚定,这给兽医增添了一定的信心。陈满金的话音刚落,马兽医的刀已经在伤口上割出了一个小口,血再次涌了出来,他把刀的另一头伸进去碰到了子弹头,他轻轻一拨一挑,子弹头顺着鲜血露了出来,他用镊子轻轻捏起子弹放在一边,急忙擦拭流出的血,然后一针一针地缝合起来,缝完抬头看了一眼陈满金。陈满金的脸上与刚开始时一样没有任何变化。马兽医擦了擦额头上的汗,继续第二个伤口的处理,第二个子弹也顺利地取出来了,到了取第三颗子弹的时候,马兽医额头上沁出了黄豆粒大的汗珠,子弹嵌在骨头上,用刲猪刀抠不下来。他从工具袋里找出一把生了锈的钳子,对荞麦花说:"来!你帮我扒着伤口。"荞麦花低着头不敢瞅着。

马兽医再一次催促说:"帮我扒着伤口!"

荞麦花这才歪着头捏着裂开的两片肉皮向两边使劲扒开,疼得陈满金一咧嘴。马兽医用身边洗脸盆里的水洗去血迹,就在新的血还没有流出来之前,他的钳子已经掐住了那颗子弹,他稍微转动了一下钳子,然后向上一提,子弹被钳子捏了出来。他扔掉旧钳子深深地喘了一口气,然后赶紧拿起针线缝合起来。陈满金紧紧咬着牙齿闭着眼睛,满脸是汗水。荞麦花擦去他脸上的汗,陈满金没有睁开眼睛,紧闭着的眼睛里流出了热泪。他想:马兽医要是一个大夫肯定是个好大夫,他的敏捷度和准确度是非常高的,人这辈子不在于怎么忙活,关键在于能不能遇到好人帮助,现在自己的命保住了。

第二十一章

一

荞麦花日夜守在陈满金的身边,不知什么缘故,陈满金的伤口奇迹般地在好转。荞麦花说:"我回家一趟顺便告诉你家里人不要为你担心。"

"先不要告诉我家人,等彻底好了再说吧。"

"你家里人还以为你死了,不知咋愁呢。"

他觉得荞麦花说得也有一定道理就不吱声了,过了一会儿问:"你咋走?"

"让我弟弟送,我跟他说好了。"

"噢。"

荞麦花简单收拾了一下说:"晚上我就能回来,顺便到李大夫那给你抓点药。"

"药别抓了,我能挺住,尽量别让他人知道我活着。"

"可不吃药怎么行?"

"马兽医给我留了一种药。"

"他的药也能吃?"

"能吃。"

"他真是个好兽医,也能给人看病。"

"你快去吧,我没事了。"

"那我走了。"荞麦花说着走出家门。

快到中午的时候,她和弟弟到了屯里。她先来到陈石匠家,陈满玉见了她就像见了亲人一样忙问:"姐,你啥时回来的?"

"我刚到,满金没死。"荞麦花说。

"他没死?!"满玉捂着脸,眼泪从她手指缝里渗了出来,顺着手指慢慢往下流着。

母亲从外屋进来问:"咋了,满玉?"

"我哥……他还活着。"满玉激动地哭着说。

"这是真的?你爸知道吗?"母亲问。

"还没告诉他呢。"满玉说。

"快告诉他。"母亲说。

"嗯。"满玉答应道。

"我回去了。"荞麦花说。

"姐,你忙啥,我有话对你说。"满玉说。

荞麦花坐回原地等待满玉的话。

"姐,咱们俩到努图克参加基干队吧,这样咱就能为穷苦人做事了。"满玉说。

"我……你哥他还没好呢。"荞麦花说。

"我哥也不能整天让你伺候啊。走!跟我去。"满玉说着拉起荞麦花就走。

"完事,你跟我到李大夫家给你哥抓点药。"荞麦花说。

"你们俩上哪去啊?"母亲问。

"我们到努图克。"满玉回答。

"你爸回来还不得气死啊。"母亲说。

陈满玉拉着荞麦花的手就好像没听见母亲的话,一蹦一跳地走出大门。她们俩来到官布扎布的办公室,官布扎布问:"你们找谁?"

"我们是来参加基干队的。"陈满玉说。

"参加基干队恐怕不行,参加革命行。"官布扎布说。

"我就是要参加基干队。"陈满玉说。

"你叫啥名字啊?"官布扎布问。

"我叫陈满玉,陈石匠的闺女,她叫荞麦花。"陈满玉晃动着荞麦花的手说。

"荞麦花我听说过,不过基干队不要女的,你们俩参加妇救会吧。"官布扎布说。

"女的咋就不能参加基干队了!这也太不公平了,我就是要参加基干队。"陈满玉说。

"你们俩先回去,我们商量商量再告诉你们。"官布扎布说。

她们俩出来,荞麦花说:"我说不行,你偏说行,咋样?走,到李大夫家。"

她们俩来到李大夫家,李大夫见了荞麦花热情地说:"好长时间没看到你了,你们俩……"

"我家的亲戚被马踢了骨头折了,我来抓点治红伤的药。"荞麦花没敢说是谁,也没敢说是枪伤。

"严重不?"

"不严重。"

"噢,那抓点药再抹点红药水就行了。"

"李大夫,我说不严重是我那个亲戚说的,你还是按着严重开药吧,我看这样对他的病有好处。"

"行,就按你说的开,你拿回去煮三次,把药汤合在一起分三次喝,这是七天的,喝完再来。"

"嗯哪。"

从李国芳家出来,陈满玉说:"我就不信不行了,女人咋就比他们男人差了,我偏要较这个劲。"

荞麦花微笑着暗想:她的性格跟他哥哥陈满金还真是差不多。

"满玉,我该回去了,晚了你哥会惦记的。"荞麦花说。

"那你咋回去啊?"

"我弟弟在家等我呢。"

"那我也跟你去看我哥。"

"那太好了。"

"等一会儿,我回去跟我妈说一声。"陈满玉说。

母亲没在家,父亲正坐在炕上闷头抽着烟,见了满玉问:"你到哪去了?"

"我到努图克去了。"

"到那儿干啥?"父亲问。

"我要参加革命。"满玉说。

"你们能不能让我省点心啊,你大哥虽说没死可也折腾到了这步,你现在长大了也不听话了,真叫我操透了心。"父亲说。

满玉想:哥哥虽然当了胡子,对父母还是孝顺的,对姐妹和弟弟也是友善的,怪都怪姚占江这个胡子头硬是把哥哥拽进了黑道,不然哥哥也不会这样。

"爸,我妈回来告诉她一声,就说我去看我哥了。"满玉说完找了一件衣服走了。

父亲没来得及吱声,陈满玉已经跑远了。

二

陈满玉一心想见到哥哥,一路上也不说什么话,太阳快落山的时候来到了荞麦花母亲家。还没等车停好她就下车跑进屋里,见到哥哥脸色苍白地躺在炕上。陈满金见满玉来了也一惊,挪动了一下身体,满玉急忙摁住哥哥瘦骨嶙峋的手,仔细地观察着哥哥的脸。哥哥消瘦了,不像从前那么英俊和充满活力,脸色蜡黄没有一丝的血色,她的眼泪止不住地流了出来。满金说:"哭啥,我这不是好好的嘛,咱爸妈咋样?"

"挺好。"满玉边擦眼泪边回答。可是,擦干了一茬又涌出新的一茬,见到哥哥的兴奋和悲伤使她控制不住自己,她捂住脸跑到外面蹲在墙角默默哭起来,她的双肩由于哭泣不停地微微抽动。荞麦花走过来蹲下身子摸着她的后背关切地说:"你哭啥呢,他没死就是最大的万幸了,应该高兴才是,快回屋去!"

"姐,我一个人待会儿就好了。"

荞麦花回到屋里见陈满金也擦着眼泪,一阵心酸涌上眼眶,她强忍住这一幕带来的痛苦,走近陈满金说:"药吃上很快就会好的。"

"李国芳没问你是谁?"

"我说是我的亲戚。"

"我就是好了,也是死了。"

"这是啥话,咱们隐姓埋名地种地不再招惹谁,还不让咱们活呀。"

"当过胡子的只要抓住就会被枪毙。"

"谁说的?"

"我们那些人都这么说。"

"哼,你们那些人就是吓唬你呢,你还信呢!"荞麦花不屑一顾地说,"我就不信,再说了,你也没干什么缺德的事。"

"我是没干什么缺德的事,但我是胡子,这个名字我一辈子也摘不掉。"

"我不管什么胡子不胡子的,就是一些名号罢了,只要咱们好好种地不再干伤天害理的事,就会平安的。"

"没你想得那么简单。"

"我看是你把事情整复杂了,行了,别瞎想了,好好养病吧。"荞麦花既关心又有些生气地说。

陈满金不再吱声,他想:平平淡淡、平平安安过一生,其实是最好的人生。

满玉回到屋里的时候,他们各自都恢复了原状,开始有说有笑,屋里的气氛也温和起来。陈满玉来,荞麦花想做点好吃的招待她一下,可找了一圈也没找到啥好吃的,最后把母亲喂养的母鸡杀了招待满玉。满玉有些过意不去,在她看来能见到哥哥比吃啥都香,为了让爸妈尽早知道哥哥的伤势,天刚蒙蒙亮,满玉就坐着荞麦花弟弟的车回去了。

听到陈满金的消息,母亲高兴得要坐车来看儿子,陈石匠拦住说:"看什么看,看了他就能活啊。"

"怎么不能活?"老伴气愤地说。

"胡子有几个能活的,抓一个枪毙一个。"陈石匠说。

"我哥的事儿,满银早跟官布扎布说过了,官布扎布也说,只要认罪态度好是可以宽大处理的,一会儿我就去找官布扎布问问。"满玉说。

"你先别去,叫努图克知道了,去抓他咋办?先让他把伤养好再去报告吧。"陈石匠恳求说。

三

过了两天,官布扎布派人到陈石匠家通知陈满玉:"官队长让你们俩明天上午到努图克去一趟。"

"噢,荞麦花回娘家了。"陈满玉边送来人边说。

回到屋里,她打开炕琴柜翻了翻里面,有几件穿小了和破旧的衣服,她情绪低落地坐到一边。母亲说:"把你身上的衣服脱下来,妈给你洗洗。"

"明天早晨穿能干吗?"陈满玉说。

"能,快脱了!"母亲说。

陈满玉不情愿地把穿的衣服脱下来递给母亲。母亲拎着衣服出去了。陈满玉急忙来到外屋说:"妈,我自己洗吧。"

"妈待着也是待着,我洗吧。"母亲说。

陈满玉不再跟母亲争了,她去替母亲干别的活儿。

第二十一章

第二天早晨,吃过早饭,陈满玉来到努图克,基干队员们刚刚吃饭,见陈满玉走进院子都扭过头来看她。看得她全身有些不自在,脚步也有些凌乱无力。官布扎布没在办公室,她站在门外,观看着努图克的院子。这是她第三次来这个院子了,第一次是哥哥满银牺牲时,第二次是和荞麦花来找官队长报名参加基干队,这一次是来报到。今后,她将在这里度过每一天。

官布扎布从食堂出来,见陈满玉站在门口急忙开门,陈满玉跟了进来。官布扎布问:"荞麦花咋没来?"

"她回娘家了。"陈满玉说。

"噢,你们的事我们研究了,同意你到努图克工作,剿匪工作已经基本结束,基干队暂时不招人,你参加妇救会做妇女工作,这也是一项很重要的工作。现在,土地改革正处在收尾阶段,各地进度不一样,但总体是好的,旗里领导对我们的工作还是肯定的,现在还存在不少问题,比如:青年学文化、妇女解放、婚姻家庭等问题,上级党组织很重视,要求我们解决好老百姓的切实困难,希望你努力工作,多为老百姓办事。"

"官队长,像荞麦花丈夫那样的人,整天赌牌不务正业,努图克管不管?"

"当然管了,不然咋叫解放呢。"官布扎布说。

"要是那样,将来荞麦花也能出来工作了。"陈满玉说。

"她也是穷苦出身,出来革命,我们是欢迎的,要是她丈夫阻拦就报告我们,我们会管的。"官布扎布说。

"那我回去告诉她。"陈满玉说着站起来,走了几步有些为难的样子,最后转回身来小心翼翼地说:"官队长,我有一事想求你,不过现在不说了。"她怕说出来对哥哥不好,马上又改嘴了。

"有啥事就说吧。"官布扎布说。

"没啥事,就是一点小事以后再说。"陈满玉快步跑走了。

"明天你就可以上班了。"官布扎布在后面说。

"好,明早我来。"陈满玉高兴地离开了努图克,她为荞麦花高兴,努图克要是真的能管住郭二愣,荞麦花就不再受气了。

四

临近过年,有的人家开始淘黄米准备包黏豆包,一些中农成分的人家开始杀猪和请客吃饭。那些贫雇农特别是家里没有劳动力的人家,过年的气氛一点也没有,仍然过着清贫的日子。官布扎布对陈满玉说:"你跟刘芳到各家去了解了解那些没儿没女的老人,特别是烈属家的情况,好如实向上面汇报,能得到救助就更好,得不到,咱自己想办法也得帮助他们度过年关。"

"好!"陈满玉立刻来到刘铁山家找刘芳。刘芳是刘铁山的老闺女,比陈满玉小两岁,是个活泼听话的小姑娘,陈满玉说啥她从来没说过不字。

斗争地主富农时,贫雇农虽然分到了几斗米,但一下子仍然改变不了多年来积攒下的贫困。陈满玉和刘芳走了几家,有的人家不是没有棉被就是没有粮食,还有的人家吃饭连咸菜也没有,干白菜和萝卜干蘸咸盐水吃,贫困状况各不相同。

陈满玉和刘芳来到贺青兰家。刘芳拽了一下门,门在里面扣着,刘芳来到窗户前敲了敲窗户,屋里还是没动静,她趴在窗户纸上往里看,却什么也看不见。刘芳自言自语:"不在家门咋还会在里边扣着呢,一定在家。"

陈满玉说:"她是不是从外面扣上到别人家玩去了?"

刘芳在门边看了看说:"在外面扣不上,她肯定在家。"

"等哪天再来吧。"陈满玉说。

"睡觉也该醒了,有点不对劲。"刘芳说着来到窗户前,她用手指把窗户纸捅开一个小洞踮起脚尖往里细看,"妈呀!"吓得她大喊着跑开了。

"咋了?"陈满玉忙问。

"我看到一双脚在半空中,你看看。"刘芳哆嗦着说。

陈满玉凑到窗户的小窟窿前一只眼睛贴到窗户纸上往里看,灰蒙蒙的屋里有两只脚悬在炕的上方,陈满玉吓得浑身发冷,急忙躲开窗户说:"赶紧报告努图克。"

"快走!"刘芳说。

他们俩跑到官布扎布的办公室,陈满玉上气不接下气地说:"不好了,贺青兰上吊了。"

"真的吗,走!"官布扎布说。

官布扎布带着几名基干队员,陈满玉和刘芳跟在后面来到了贺青兰家。官布扎布使劲一拽门开了,来到屋里,只见贺青兰用一条蓝色的头巾吊在炕上的房檩上,炕上还有一个歪倒的小板凳。贺青兰脸色红紫,伸着舌头披头散发,直挺挺地挂在房檩上。

官布扎布对一名基干队员说:"把她抱下来。"

一名基干队员急忙把贺青兰抱到炕上。

"她有啥亲属没有?"官布扎布问。

"听说有两个远亲也不走动。"刘芳说。

"噢,那后事由努图克安排吧。"官布扎布说。

离开贺青兰家,陈满玉就像得了一场病似的,全身一点力气也没有,她脸色惨白地对刘芳说:"真难受,下午就别出去了。"

"我也是,歇一下吧。"刘芳说。

她们俩默默地回到各自的家里。

五

郭二愣来到荞麦花娘家时,天已经快黑了。他不知在谁家喝了酒,也不知喝了多少,摇摇晃晃地进了屋里,一只手扶住门框,另一只手向前伸着寻找另一个能支撑身体的东西。荞麦花见郭二愣的一只眼睛鼓起来了,她的心哆嗦了一下,陈满金的伤势虽然好多了,但仍然躺在炕上。郭二愣见了陈满金,酒劲一下子飞走了,他眼睛发亮一步一步走向陈满金。陈满金来不及下地,郭二愣一把揪住陈满金前胸的衣服把陈满金拽下地来,陈满金虚弱的身体没有一点反抗的能力,他感到一阵钻心的疼痛,他趴在地上强忍着疼痛没有吭声。郭二愣照他的脸上狠狠地踢去,陈满金紧紧地抱住头,无法躲闪。郭二愣踢了几脚又来踹他的双腿,由于腿伤的缘故,郭二愣刚踹了两下,陈满金疼得晕了过去。荞麦花进来见陈满金僵硬地躺在地上,她疯了似的冲上去抓住郭二愣的一条胳膊往外拽,郭二愣一扬手,荞麦花向后一趔趄。郭二愣刚把手收回来,荞麦花又冲上来双手在他的眼前乱抓一阵,郭二愣急忙躲闪但脸上还是被荞麦花挠掉了几条肉皮。他退到门边,荞麦花眼睛红红的,像在喷着火,她喊道:"出去,滚出去!不准碰他一下!"郭二愣见此现状只好退到外屋。荞麦花抱住陈满金想让他坐起来,可陈满金的身体软囊囊的,头耷拉着,她抱不动他,只好跪在地上扶着他。陈满金慢慢睁开眼睛,迷迷蒙蒙地向四处看,在寻找啥东西,过了一会儿,彻底清醒过来,挣扎着想站起来。荞麦花在后面抱起他,他摇摇晃晃地走到炕边坐下,荞麦花这才慢慢松开手。郭二愣在外屋墙根的地上耷拉着脑袋坐着,荞麦花踢了他两下,他费力地抬起脑袋微睁了一下双眼又闭上了。

"你出去,不要在我家睡。"

"哼,这里应该是我睡觉的地方,没有他睡觉的地方。"

"你起来!"荞麦花拎着他的衣领往上提着,郭二愣就是不起来。荞麦花不知从哪来的劲,扭过身体往门外使劲拽着郭二愣,郭二愣用另一只手撑着地面,但抵不过荞麦花的力量,他被拽到门外,荞麦花就像拽一条死狗,一使劲把郭二愣甩到院子里,立刻回到屋里把门插上。

夜里的寒风不一会儿就把郭二愣的酒劲吹得无影无踪了,他打了个寒战站了起来,踹了踹门,门被荞麦花插得紧紧的无法再打开,他照门踢了两脚,然后消失在黑夜的深处,他要连夜到努图克举报陈满金。天空虽然一片漆黑,但他对这里的地形并不陌生,他走遍了这片区域里每个村屯,每个村屯里他都曾来玩过牌,所以,现在走起路来没有一点陌生感,就像夜游神,越走脚步越轻快,全身由冷慢慢变热,出了一身汗,酒劲全没了。他现在更加清醒,他要置陈满金于死地,他越走越有劲头,东方发白的时候,他已经来到了努图克的大门前。站岗的基干队员见有人影在大门前晃动,大声询问:"你是哪儿的?干啥?"

"我有重要的事情报告。"

"现在都没起来呢,你等一会儿来吧。"

"不行,我要现在报告。"

"你有什么急事非得现在报告。"

"我现在就要见努图克达。"

"努图克达没在。"

"那我找李书记去。"郭二愣转身向李国芳家走去。

李国芳家大门紧闭着,家里人还没起来,来到个人家,郭二愣还是有些收敛不敢太造次,他在大门外徘徊了一阵见没有人来开门。

早晨的温度使李国芳家的窗户上镀上了一层厚厚的银色的霜花,外面的情况只能在透风的没有结霜花的地方看清。郭二愣推了推大门,大门发出笨重而低沉的"嘎吱嘎吱"的声音。听到这声音,李国芳坐起来看了看但没看清是谁,他只看到了一个人,以为是来找他看病的,急忙穿好衣服去开门,来到门前看清是郭二愣。李国芳从内心里烦郭二愣,但来到了门前只好面带笑容地说:"快进屋!"

"我来报告陈满金的事。"郭二愣边走边说。

"他不是死了吗?"李国芳问。

"没死,他就在荞麦花的娘家。"

"真的?"

"真的,我连夜从那里赶来的。"

"那咱们直接找官布扎布汇报去。"李国芳和郭二愣转身回来,站岗的基干队员见了李国芳打开了大门。

官布扎布这时也起来了,见了郭二愣问:"啥事?"

"胡子陈满金在荞麦花她妈家,我来向你们报告。"

"你啥时看见的?"

"昨天晚上我去找我媳妇,看见陈满金躺在荞麦花妈家的炕上正养伤呢。陈满金不但当胡子,还拐走了我的媳妇,这个该死的。"

"你先回去吧。"官布扎布说。

"我带你们去。"

"不用了,我们会处理的,你回去也反省反省自己。"官布扎布说。

郭二愣低着头回去了。郭二愣走后,官布扎布问李国芳:"现在抓不抓?"

"现在不抓他,伤好了也许会逃到别处去,那就难抓了。"

"那就抓。"

六

荞麦花刚做好早饭正在外屋给陈满金盛饭,官布扎布带着基干队员已经走进了屋里。荞麦花呆呆地站在那里,过了一会儿,她从惊愕中猛醒过来问:"你们要干什么?"

"我们是来抓人的。"官布扎布严厉地说。

"他还不能行走呢,你们怎能把他带走?"荞麦花非常痛苦地说。

"我们会有办法的,你也一块跟我们走吧。"官布扎布说。

陈满金从炕上勉强坐起来,脸色苍白还没有完全恢复元气,气喘吁吁地说:"你们不能把她带走,我的事跟她没有关系。"

"她有窝藏的嫌疑。"官布扎布说。

"她救了我的命,一切罪过我一个人承担。"陈满金说。

"先不要讲这些理由,一块带走。"官布扎布说。

第二十一章

基干队员们七手八脚把陈满金捆上抬到外面的马车上,这是来时就准备好的马车,荞麦花也被推上车随陈满金一块押往努图克。

刘芳是第一个见到陈满金和荞麦花被押到努图克的,她跑到陈满玉家。陈满玉也正准备往努图克去,见刘芳气喘吁吁地跑来问:"什么事把你急成这个样子?"

"你哥和荞麦花被抓来了!"刘芳上气不接下气地说。

"啥时候?"满玉急忙问。

"就是现在。"刘芳回答。

"爸,我哥被努图克的人抓来了,我先去了。"陈满玉拽着刘芳向努图克跑去。

陈石匠正在外屋凿石头,听到满玉说满金被抓来了,他摇晃着站了起来,感到头有些晕想去扶墙,手还没有扶到墙,眼前一黑重重地摔在了面前的石头上。老伴听到沉闷的"咕咚"一声急忙跑出来,见陈石匠脸扣在石上,急忙蹲下身摇晃着陈石匠的头大喊:"咋了,快醒醒!醒醒啊!"

陈石匠双目紧闭,脸色比石头还白,老伴跑到大街上一个人也没见到,她跑到邻居家,邻居家也没人。她又跑回来,陈石匠睁开眼睛已经不能说话了,他用手指着里屋想说什么,老伴理解为他想进屋。老伴从身后抱住他一点一点往屋里挪动,费了九牛二虎之力出了一身汗总算把陈石匠搬到了炕上,这才放心地说:"你等着啊,我去找满玉。"

李国芳和官布扎布在办公室里正在研究陈满金和荞麦花的事。陈满玉和刘芳在外面站着。她们俩没有看到陈满金和荞麦花,见到母亲急匆匆跑来,陈满玉以为母亲也是来看哥哥的,忙问:"妈,你咋来了,不让见!"

"你快回去,你爸摔倒了!"母亲说。

"那快找我李叔啊!"满玉说着推门进了办公室。

"你们先等一会儿,马上就完。"官布扎布说。

"李大夫,我爸在家摔倒了,您快看看去吧!"满玉说。

听到陈满玉的话,李国芳问:"啥时?"

"我妈才来说的。"

他望着官布扎布说:"我先过去看看再回来。"

"救人要紧,你先去,下午再研究吧。"官布扎布说。

李国芳拎起药箱往陈石匠家疾走,陈满玉、刘芳和母亲小跑着跟在后面。

陈石匠头从里歪躺在炕上,李国芳用手指在陈石匠的手腕上按了一会儿说:"半身不遂。"

"那咋整?"满玉问。

"没啥特效药,先抓几服药吃着。"李国芳说着从药箱里拿出一些简单的药,放在炕上说:"一会儿给他喝了。"

李国芳走后,陈满玉和母亲把父亲抬到炕头让他躺好,满玉看到父亲的眼睛里流露出十分痛苦、无奈和绝望的表情,又向满玉恳求着什么。满玉能为父亲做什么呢,什么也做不了,看着父亲难以忍耐的痛苦却束手无策,不能替父亲分担一部分痛苦,这让满玉更加痛苦。家里的灾难一下子全落在了她的头上,这让她不知所措,她的嘴唇一下子起满了水泡。她最担心的是哥哥的性命能不能保住,不能耽误,耽误了也许就失去了机会,她要替哥哥争取时间。她对母亲说:"妈,我爸你先照顾着,我得去努图克一趟。"

"哎,真是祸不单行啊,你哥那儿事还没完,家里又出了这事。"母亲抱怨着。

陈满玉没听完母亲的话已经出了门,她风风火火地来到官布扎布办公室,还没等陈满玉说话,李国芳先告诉她说:"你哥的事,官队长到旗里汇报去了,等他回来就有信了。"

"那我先看看我哥和荞麦花行不行?"

"谁也不行,官队长临走时说的,你先回去吧。"见陈满玉走不远,李国芳喊道:"快到王爷庙的药店给你爸抓药吧!有空我再过去。"

陈满玉只听到了后面那句话就走了。现在,她忙忙碌碌地在家和努图克之间来回走着不知道该干啥,也不知道能干啥。她得尽快到王爷庙去,告诉姐姐一声然后再给爹买药。

七

第二天,陈满玉到王爷庙的几家药店里抓了几服治疗半身不遂的药,可就缺一味药买不到。陈满玉累得全身一点力气也没有了,像泄了气的皮球,又瘪又软地来到姐姐家,一进屋就躺到炕上不动了。姐姐问:"干啥累成这德行了?"

"没干啥,抓点药差不多走遍了全镇。"

"咱爹咋的了?"

"病了。"

"啥病啊?你咋不早跟我说呢。"

"跟你说能解决啥问题,还不如不说了。"

"你咋知道我解决不了。"

"就差一味药买不到。"

"咱爹啥病?"

"半身不遂。"

"噢,这么严重啊。我到药店去看看。"

姐姐走后,陈满玉呼呼地睡着了。姐姐遛了一下午也没买到那味药,也像霜打的茄子一样蔫蔫地回来了,见满玉睡得香也就没唤醒她,让她睡个饱。她忙着做饭,可是她的心里也是乱七八糟的,等丈夫回来她要跟满玉回娘家看看父亲去。

吃饭时,满玉还把哥哥满金被抓的事告诉了姐姐。姐姐的眼泪几乎快下来,端着饭碗愣在那里不知说啥。满玉说:"快吃吧,还想啥呢,哥这还不是万幸啊,要不是荞麦花早死了。"

"还提荞麦花,要是没有她,满金也不一定走到这一步。"姐姐嚼了两下饭咽下去说。

"你咋跟咱爹似的呢?"满玉说,"在屯里时你们俩是最好的朋友,现在遇到事了就冤枉人家啊,荞麦花也是一片好心和真心,没啥过错。"

"可也是。"姐姐说着放下饭碗。

遇到这样大的事,谁家也不会有时间概念了。姐夫虽然累了一天也没有怨言,吃完饭把驴饮好重新把车套上直奔巴拉格歹而来。

三星爬到头顶上的时候,陈满玉她们到了家。陈石匠见了满粮竟"呜呜"哭起来,满粮也低着头哭。母亲说:"满粮你别哭了,越哭你爸越上火。"

满粮止住哭,急忙凑近父亲身边紧紧地攥着他的手。父亲在说着什么,嘴里发出"呜噜呜噜"的声音,可是谁也听不清楚,"呜噜"完又哭起来,看到父亲那着急的样子谁都受不了。母亲说:"刚才李国芳来了,你爸也是这个样子不知道想说啥。"

"我李叔咋说?"

"他说过些日子就能恢复起来,但药得跟上。"

大伙都不说话,屋里一片寂静。满粮用父亲的烟袋给父亲装了一袋烟点燃放到父亲的嘴里,父亲的嘴却抽不动,嘴向一面歪着,烟从烟袋锅里反着冒出来,父亲的嘴里还留有一些残余的烟,父亲更加痛苦地恸哭起来,一只眼睛半闭一只眼睛睁着,眼泪从睁着的一只眼睛向下淌,另一只眼睛里的眼泪却往旁边流淌,满粮急忙用手巾擦去父亲的眼泪。

全家人几乎一夜没睡,谁也不多说话都怕父亲听见再上火。

第二天早晨,吃过早饭,满玉急着来到努图克。李国芳见了满玉说:"官布扎布还没回来,估计上午肯定能回来,你过一会儿再来。"

"我就在这儿等吧。"满玉说。

"坐吧,你爸咋样?"李国芳问。

"还是那样,你让买的药王爷庙也不全。"满玉说。

"吃药慢慢恢复,不过不能再摔倒和生气了。"

"我们全家都怕惹他生气,可他无缘无故地就生气。"满玉说。

"你们家我了解,你爸本分、耿直、脾气倔得就像石头似的,不愿求人,靠自己的手艺生活,这样的人少啊,你们好好照顾他,别让他操心遭罪。"

"嗯,一定不能。"满玉回答。

正说着官布扎布骑马回来了,下了马把马缰绳递给一名基干队员匆匆来到办公室见了李国芳说:"昨天下午就能回来可还是被耽误了。"看见陈满玉说:"你哥的事,上面考虑他有立功表现,可以不杀,但要押送到旗里等待宣判。荞麦花的行为不算窝藏罪,马上放了。"

"那太感谢你了。"陈满玉说。

"不要感谢我,这要感谢共产党。"官布扎布说。

"啥时押送我哥去旗里?"陈满玉问。

"这个就不能告诉你了,要保密。"

"那能不能让我们家人看一眼?"陈满玉问。

"你先回去吧,到时通知你。"官布扎布说。

"行。"陈满玉回答着离开努图克,一个人走在屯子的街道上,冬日的阳光虽然不很强烈,但也有一些温度,让她有一种温热的感觉,哥哥总算死不了了,这是最大的幸事。

下午,荞麦花被放出来了,她来到陈石匠家。陈满玉跑上前去搂住她的脖颈问:"你出来了就好。"

"出来了,官布扎布让我告诉你家,旗里的车来得太急来不及告诉你们,以后还可以到旗里去看望你哥。"荞麦花说。

"噢。"陈满玉失望地低下了头。

陈石匠见到荞麦花满脸涨得通红,左右转动着"唔唔"地喊叫起来,那意思就是不想见到她。

见此情景,荞麦花说:"我回去了。"

满玉拉着荞麦花的手命令似的说:"别走。"

可是,荞麦花不走,陈石匠就一个劲地"唔唔",荞麦花来到外屋对陈满玉说:"我先回娘家,我妈还惦记我呢,以后我再来。"

陈满玉一再挽留也挽留不住荞麦花,只好让她回去了。

第二十二章

一

陈石匠好像有很多话想说又说不出来,内心的痛苦就像一块石头堵在了他的心口窝和嗓子眼上,躺在炕上活受罪。陈满根这时三岁多,一会儿也不消停满炕乱跑,有时骑在陈石匠的身上,憋得陈石匠满脸通红。大伙着急一喊,他却感到兴奋和有意思,越喊他越不下来。满玉有时急了就揍他两下,他就大哭大闹。听到小满根的哭叫,陈石匠就更加"呜噜呜噜"地喊叫起来,大伙知道他这是护着老儿子呢。陈石匠愿意让小满根在自己身上爬上爬下,小满根偶尔尿在他身上,他心里也是热乎的、甜的,老儿子是他的根。老天爷没有让他绝根,看这形势他的老儿子满根将会赶上好的时代,不管赶上啥时代,学一门手艺还是对的,那就是饭碗,是终身打不破的银饭碗。

满玉见弟弟一劲儿往父亲身上爬有些心疼父亲就喊:"满根来,姐抱抱。"

听到姐姐的喊声,满根从父亲身上出溜下来向姐姐磕磕绊绊地跑了过来。满玉抱起弟弟在他的小脸蛋上亲了一口:"啊,真香!"

父亲这才停止了呜噜声把脸扭向墙的一边。

满玉抱着小弟来到外屋,母亲正忙着烧火。

"妈!"满玉柔声喊道。

"啥事?"母亲问。

"跟你商量一个事,努图克对我哥这么好,咱们也应该为努图克尽点力,我想把我爸做的两盘碾子送给努图克。"满玉说。

"要两盘干啥?"母亲问。

"一盘给努图克,一盘给屯子里,噢,年底到了,屯子里的人压面推碾子都得排号太不方便了,我爸的手艺不为咱屯人出力还有啥用?"满玉说。

"现在都到年根了,等开春天暖和了再说吧。"母亲说。

"妈,等开春也太晚了,也不是没有,把我爸做好的现成的搬出来叫他们安上用呗。"满玉说。

"这事告诉你爸一声。"母亲说。

"这事我爸肯定会同意,等他病好了再告诉他吧。最好在年前能安上,大伙好磨小米和淘黄米呀。我再去告诉官布扎布一声。"满玉说着把满根递给母亲,母亲接过满根还没来得及吱声,满玉已经跑走了。

陈满玉来到官布扎布的办公室,官布扎布问:"你和刘芳到各家了解情况,怎么样了?"

"我们走了几个屯子,大多数的贫雇农各不相同,有的缺棉衣,有的缺棉被子,有的缺粮食,还有的没有炕席生活都十分困难,可老百姓都没有怨言,都说生活比从前强多了,就是困难也有了盼头,日子会慢慢好起来的。"陈满玉说。

"是啊,困难是眼前的,只要大家互相帮助,拉一把那些困难的老百姓就会渡过难关。"官布扎布说。

"年根快到了,各家各户都忙着推碾子压面,屯子里的一个碾子忙不过来,我家有两副做好的碾子,一副献出来给大伙用,一副给努图克,我爸也同意,先安到哪儿好呢?"陈满玉问。

"那太好了,一副就先放到赵凤林家的厢房里,偏了点但解决了老百姓压面的困难,另一副放在努图克的院里。"官布扎布又说:"你做得挺好,咱们就是要发动那些中农和稍微富裕点的人家多帮助帮助这些贫雇农,互帮互救,明年土地有了收成,他们的日子就好过了。"

"那我去找人安装吧!"陈满玉说。

"你去告诉李国芳一下。"官布扎布说。

"嗯。"陈满玉来到李国芳家。

李国芳见了陈满玉说:"你来得正好,我正要找你呢。"

"找我有啥事?"陈满玉问。

"别再跟荞麦花联系了,现在,各家老娘们对她意见挺大。"李国芳说。

"为了啥事?"陈满玉追问道。

"哎,就是跟你哥那些事,不说你也知道。"李国芳说。

"好长时间没见到荞麦花了,这些人真是没事找事。"陈满玉说。

"郭二愣找我说荞麦花根本不管他的生活,找她也不回家。"李国芳说。

"你还不知道她丈夫是啥人呀,他对待荞麦花就像主子对待奴才,郭二愣说啥是啥,她实在受不了了才跑的。"陈满玉说。

"不管怎么说,荞麦花在老百姓中造成了不好的影响,有时间你就劝劝她,让她早点回心转意。"李国芳说。

"那都是我哥的事,跟她有什么关系。"陈满玉气得简直快哭了,安装碾子的事没说就跑回家里。

二

一天傍晚,荞麦花来到陈满玉家,刚吃过晚饭,满玉正在刷碗,荞麦花推开门小声招呼道:"满玉!你出来一下,我有事对你说。"

陈满玉撂下刷了半截的碗,擦了擦手跟荞麦花来到东房山,陈满玉问:"咋的了,郭二愣又打你了?"

荞麦花摇着头眼泪慢慢流下来了,急忙低下头不让陈满玉看见,可陈满玉早看见了:"你到底咋的了?说呀!"

"我妈非要带我回老家,让我离开这个地方走得远远的。"荞麦花低声说。

"你咋想的?"陈满玉问。

"我没办法了。"荞麦花说。

"这都快过年了,还走啥啊,再说了努图克肯定要管郭二愣的。"陈满玉还想说李国芳说的话,但她咽下了没说。

"我实在没法再待了,屯里的谣传我都听到了,我真的不想走,可没办法。"荞麦花说着擦了一下眼泪。

"郭二愣能让你走吗?"陈满玉问。

"不管他了,不让走,我也得走。"荞麦花说。

陈满玉有些埋怨哥哥,这个时候不在了,谁能帮帮她呢,陈满玉没再问话,搂住荞麦花也抽泣起来。

天空由深蓝色慢慢变成了灰黑色,像一个大布单子挂着,无数暗淡的星星从远处田野的上空移动过来了,布满了荞麦花和陈满玉的头顶,压得陈满玉喘不过气来。

荞麦花说:"你快回去吧。"

"你真走啊,先等我一下。"陈满玉跑到屋里把姐姐给她的一件衣服拿出来说:"这是我姐姐给我的衣服,我没穿,你拿着。"

"衣服我有呢,你留着穿吧,你也没啥衣服。"荞麦花推脱着。

"我还有呢,你就拿着吧,要不我生气了。"陈满玉说。

听到这话,荞麦花只好收下了说:"这么多年你们家也没少照顾我,将来日子好了,我会好好报答的。"说完扭头跑走了。

"明天早晨我送你。"陈满玉在她后面喊道。

"不用了,我弟弟来接我了。"

荞麦花走后,陈满玉的内心空落落的,对母亲说:"妈,荞麦花明天就走了,不在咱这儿住了。"

"这孩子真是命苦啊。"母亲说。

听到这话,父亲气愤地又"呜噜呜噜"起来。满玉也不管父亲生气说:"也不能全怪荞麦花,跟我哥也有关系。"

"荞麦花也是个正经孩子,不嫁给郭二愣也许还没这些事呢,郭二愣整天耍牌,迷迷糊糊的哪像个过日子的人。"母亲说。

"就是。"满玉说。

母亲不再说话了,找出线笸箩补起了破旧袜子。

第二天清晨,天刚蒙蒙亮,陈满玉来到荞麦花门前,屋里没有一点动静,她拽了一下门,门锁着,也许荞麦花和弟弟连夜就离开了这里。陈满玉站在院子里,内心的痛苦就像烧蒿草冒出的烟一样涌上她的心头,又苦又涩,贫困让这个院子多么清冷,连一个柴火垛都没有,屋子里连被垛也没有,粮食更少,就是再会过日子的女人也没法过。荞麦花能在这样的人家里过日子真是不容易了。灰黑色的苦房草上落满了尘土,草房在阳光的照射下,就像正在流泪的老人,满脸的皱褶里装满了往事和愁苦,在微风里自言自语地述说着什么。什么时候才能再见到荞麦花呢,陈满玉暗想。

三

腊月二十七这天,李国芳把猪杀了,把一半猪肉分给几家贫雇农家,特别是没儿女的孤寡老人,媳妇虽然有些不满但不想与他吵闹。李国芳请了几个党员,官布扎布到王爷庙开会还没回来,鲍长海也来了,桌子的正位摆着一双筷子和一个碗,还有一个酒盅,等大伙围着桌子坐好了,杀猪菜端上来,李国芳给每个人的酒盅里倒满了酒说:"咱屯就这习惯,不管猪多大,杀了都要请大伙吃顿猪肉,这样心里就安稳了,今天,我请的这一个人没来,他的筷子碗摆在这了,等于他来了,咱们大伙敬他一盅,来!"

大伙莫名其妙弄不清这双碗筷是给谁留的。鲍长海举着手里酒盅问:"国芳,这是……"

"大家先喝了这盅酒我再说。"李国芳说。

大伙只好喝了盅里的酒。

"我曾答应过蒋弼仁,过年的时候请他到家里吃杀猪菜、吃黏豆包,可今天他来不了了,把他的酒盅和碗筷摆在这表达我对他的歉意,我单敬他一盅酒。"李国芳单腿跪在炕上,用自己的酒盅与蒋弼仁的酒盅撞了一下洒在炕边。

"我们也敬蒋弼仁一盅酒,为了我们能过上好日子他把命都搭上了。"大伙也都与蒋弼仁的盅撞一下把酒喝了。

鲍长海说:"要说最对不住他的人是我,提起这事,我自罚一盅向他道歉。"说着他把酒盅里的酒干了。"这第二盅酒,我敬大伙一盅,我这个原努图克达不称职,没为大伙做啥事,可大伙还认我这个努图克达,我感谢大伙。"他喝了第二盅。"这第三盅酒,我敬李国芳,共产党培养了你,你为大伙没少办事,我感谢你。"喝完,他控制不住自己捂住眼睛呜呜哭了起来。

"鲍努图克达,别这样。"李国芳说着也控制不住自己哭起来了。

在场的几名党员也都默默地流下了眼泪。在外屋帮忙的妇女也都躲到一边去了,李国芳的媳妇也挤到那几名妇女中哭着。这时,陈满玉进来见李国芳他们都喝成这个样子,想说啥又停住了。李国芳喊道:"满玉,你有啥事吗?"

"李大夫出来一下,我单独跟你说。"

"就在这说吧,没外人。"李国芳说。

"你快去看看吧,郭二愣到我家闹呢,从我们家要人呢。"陈满玉说。

"你们先喝着,我去看看。"李国芳说。

"这小子越来越不像话了,你先去吧。"鲍长海说。

满玉和李国芳刚走进院子,就听见郭二愣骂骂咧咧的声音,走进屋里,见郭二愣满脸通红摇摇晃晃地正站在地中间跟陈石匠老伴喊着:"是你儿子勾搭她,她才跑的,现在找不到她了,你们赔我媳妇。"

陈石匠老伴不吱声。

李国芳问:"郭二愣,你是不是喝酒了?"

"喝酒是这话,不喝酒也是这话,荞麦花就是叫他儿子领跑的。"郭二愣鼓着一只眼喊。

"你听谁说的叫他儿子领跑了?陈满金现在在王爷庙的监狱里呢。"李国芳问。

"那是我叫你们去抓的。"郭二愣说。

听到这话,李国芳冲上前去照郭二愣的脸颊扇了两下,郭二愣没防备捂着脸蹲在地上,李国芳又照他屁股上狠踢了两脚喊道:"滚,到人家闹啥,再敢来打断你的狗腿。"

郭二愣一看李国芳急眼了,捂着脸转过身一把薅过正在炕边玩的陈满根往外跑。

"你想干什么?"李国芳大喊道。

郭二愣根本不听跑到院子里回过头来对屋里喊道:"你们不还我媳妇,我就把他扔到井里。"

"你冷静冷静,你媳妇跑了跟这孩子有什么关系,你要是把孩子吓着了,别说找不到你媳妇,就是找到了你也负不起责任,快把孩子给我。"李国芳喊道。

郭二愣仍然往后退着,刚退到大门跟前。

"你想干啥?放下孩子!"鲍长海突然出现在了郭二愣的身后,郭二愣被鲍长海的声音所震慑,他乖乖地放下陈满根,"你咋混到了这个份上了啊!"

陈满玉急忙抱起陈满根。

"这个赌徒有媳妇也养不住,"李国芳转过身来对陈石匠的老伴说,"大婶,吓到你了吧,这样的人不值得跟他一般见识。"

"都怨我没养好儿子,给你们添麻烦了。"陈石匠老伴说。

"这也不怪你,路是他们自己走的,往后会越来越好的。"李国芳说。

"是啊,往后平等了,就不再受坏人欺负了。"陈石匠老伴说。

"好了,我们回去了,再有啥事就告诉我们。"李国芳说完和鲍长海回去了。

陈满玉把满根抱回屋里,满根眼睛睁得大大的,爬到陈石匠的跟前,陈石匠"呜噜呜噜"不知在说啥话。满根眨着眼睛听不懂爸爸在说啥,他爬到陈石匠身上用手摸着父亲的脸,一根一根揪着爸爸脸上的胡子。陈石匠一只手动弹不了只能用另一只手扶着儿子,嘴里还在不停地"呜噜"着刚才那些话。

四

阴历二十九这天,牛倌到屯西边去找牛,无意中往屯西的枯井里看了一眼,急忙跑到努图克。官布扎布回家过年还没回来,牛倌只好来到李国芳家。李国芳正收拾院子,见了牛倌问:"有事吗?"

"屯西的枯井里好像有个人,你快去看看。"牛倌说。

"敢肯定是人吗?"李国芳追问道。

"肯定是人。"牛倌说。

"走。"李国芳扔下手里的工具跟着牛倌走出了家门。这口枯井就在离屯不远道边,以前曾出过水,屯西头的人家都到这口井来吃水,后来不知道什么原因没水了,人们只好到屯中间的井吃水。他们俩连跑带颠地来到枯井跟前,李国芳低头往井里仔细一看确实有个人歪躺在里面,对牛倌说:"咱俩分头行动,你快到屯里找人再拿一根大绳,我回去取药箱。"李国芳说着已经走出了几步,牛倌也抱着膀子跑走了。李国芳跑回家背起药箱返回来,屯里的人这时稀稀落落地围在了枯井的四周,探头探脑地往下看着议论着。枯井有一丈多深,李国芳见牛倌拿来了一根粗绳,对牛佁说:"你下去把绳子捆在那人身上,在下面再托着点,我们大家往上拽。"

"我……不敢。"牛佁说。

李国芳向四周看了看,指着一个小伙子说:"你力气大快下去。"说着把绳子绑在小伙子身上,那小伙子二话没说双腿岔开蹬着枯井的石头慢慢缩下去了。李国芳一点点续着绳子,小伙子还没到底下就跳到了那人身边喊道:"是郭二愣啊。"他蹲下身把绳子从他的身下穿过去系在他的胸上,然后抱起郭二愣喊道:"拽啊。"他在井底下扛着郭二愣那僵硬的双腿往上举着。大家把郭二愣拽上来,郭二愣满脸青紫,身体僵硬,还睁着一只眼睛。看样子掉到井里已经有一两天了,怀里还揣着半瓶酒,估计是前两天夜里玩牌喝多了掉进去的。李国芳安排人到南山坡挖坑,把郭二愣装在了从努图克拿来的马槽子里,又派人到荞麦花娘家找荞麦花。

第二天早晨,派去的人回来说:"荞麦花和她娘回老家了。"

"那就下葬吧。"李国芳说。

六个人抬着郭二愣一路向南山沟小跑而去,后面还跟着一些小伙子准备在半路上替换。远远看去一小撮人在冬天的旷野上蠕动着,就像一小群黑灰色的甲壳虫渐渐地隐没在了柞树棵子里。安葬完郭二愣,李国芳要请大伙到家里吃饭,大伙一致拒绝,各自回了各家。

五

这一年,刚进五月,天气就像温水一样柔和,陈满玉独自走在通往王爷庙的路上,她是去参加内蒙古自治政府成立的大会,心里激动不已。

下午,陈满玉来到了姐姐家,姐姐还住在十字街的东侧,原来两间低矮的小房翻盖了,面积没变但增高了,亮堂了许多。满粮见了妹妹有说不出的高兴,有问不完的话。满粮问完家里的事,问完屯里的,问荞麦花和贺青兰,姐妹俩唠到快天亮了。姐夫说:"别唠了,明天满玉还要开会呢。"

满粮说:"你睡你的,我们的话还没唠完呢。"

满玉也睡不着,她翻来覆去地想着来时官布扎布的嘱咐,要把会议精神领会好,把会议的精神原原本本地带回来,传达给老百姓,她想象着未来美好的前景。

"我哥有信儿吗?"

"没信儿,我到旗里去过两次,荞麦花也来过就是不让探望,只能等他出来了。"

"我来时官队长说,快出来了。"

"出来就好,咱爸咋样了?"

"现在也没有专治那病的药,只能靠养了。"

"这都是命啊。"

满粮丈夫翻了个身打起呼噜来,满粮凑近满玉说:"姐给你介绍个对象呗,姐认识一个人,人好又能干还勤快。"

"姐,我现在不想找。"满玉说。

"你过年就二十了,该找了,咱爸咱妈岁数也大了,该让他们享享福了。"

"还有小满根呢,才四岁,我在家再干几年,等满根长大了再找也不晚。"满玉说。

"那可不行,等满根长大你就老了。"满粮说。

"老了我就不找了。"满玉说。

"净说傻话,行了,天快亮了不唠了。"满粮说着转过身去不再说话。

满玉由于兴奋没有一点困意,她想,开完会就该种地了,家里的活计就得她张罗,父亲不能动,哥哥指不上,她就得把这个家顶起来。

天很快亮了,此时的太阳显得又大又明亮,不像冬天那样像生了锈发不出光来。阳光在玻璃缝中把微红的光线送进屋里,房间里立刻充满了鲜活的气息。

满玉穿好衣服,姐姐听到声音急忙下地烧火做饭。姐夫仍然睡得很香。姐姐是个守规矩听话的人,这一点不像哥哥和弟弟,倒像母亲,有啥话也不爱说出来。荞麦花、贺青兰她们三个人中数姐姐最老实最听话。生活上没有大的要求,只求平常又平淡,这样也挺好。洗过脸,满玉简单吃了几口饭就撂下了筷子。姐姐见了关切地说:"多吃点,免得饿了。"

"吃不下,"满玉见姐姐一直盯着她看就说,"真的吃不下了。"

"你是高兴得吃不下了。"姐姐说。

"这样隆重的大会,我得早一点去了。"满玉还没等姐姐撂筷就出来了。姐姐跟着出门,满玉已经走出了好远,回过头来向姐姐摆了摆手笑着小跑走了。姐姐自言自语地嗔怪着:"这个野丫头。"见满玉走远了转身进屋重新吃起饭来。

清新的空气使陈满玉感到神清气爽,她沿着街道向北走着。为了迎接内蒙古自治政府成立大会的召开,街道被打扫得干干净净,临街房屋的墙上斜贴着五颜六色的标语,标语上的字迹都很好看,小镇里充满了节日的氛围。街道上人不多,有一两个骑自行车的人从她身边急匆匆地驶过,马路边捡拾破烂的人不见了,偶尔还有一辆飞跑的毛驴车驶过。各家各户的烟囱里开始冒着灰蓝色的烟,小镇在变,小镇里百姓的日子也在变。

陈满玉乐颠颠地来到大会会场,会场外人不多,她在会场外的大门前站了一会儿。有两个牧民模样的人走过来,陈满玉一看是阿力得尔的白锁柱叔,她急忙跑过去问:"白叔,你也是来开会的?"

白锁柱回答说:"不是,我们来是给大会送牛羊肉的,你是陈石匠的闺女吧,长这么大了,你爸身体好吧?"

"挺好。"陈满玉没有说出实情。

"小姑娘好好学习,将来一定会出息的。"白锁柱说。

陈满玉点头答应着。

说完,白锁柱和孙达赖一同向远处走去。

陈满玉走进会场。

会场里陆续坐满了人,上午九点钟,大会准时召开。主席台上坐着一排人,云泽坐在中间。这是陈满玉看到的最大领导,她的心脏"咚咚"急剧跳动起来,紧接着大喇叭里放出了一首歌,歌声里有一两句她听懂了,恍惚记得:从来没有救世主,也不靠神仙皇帝,要靠我们自己……大家坐下后,云泽讲话,他的声音很大很洪亮,听了给人一种振奋的感觉,而且又不觉得很难懂。他从国家的形势讲到内蒙古的形势,从国民党讲到了共产党,又讲到了王爷庙,他不紧不慢有根有据地讲着,不时被掌声打断。大家鼓掌,陈满玉也跟着鼓掌。云泽最后说到农民和牧民的情况,句句说到了陈满玉的心里。陈满玉想:他咋知道这么多道理呢,他是从哪学的呢?陈满玉觉得,革命的道路还挺长,要向坐在主席台上的人学习,特别是要向云泽那样多为老百姓着想,多为老百姓办事。

六

这天上午,陈满金从监狱里被放出来了。走出监狱大门的刹那,也许是阳光太强烈了或是空气太新鲜的缘故,他感到鼻腔热辣辣的,不自主地连打了几个喷嚏,全身顿时觉得轻松了许多。半年多的监狱生活使他不但身体上受到了考验,精神上也受到了考验。他想了很多,但有的问题仍然想不明白,这半生究竟做了什么,细想起来没做一件有意义的事,这让自己十分懊恼。走在王爷庙小镇的街道上,一派欣欣向荣的景象,人们欢欢喜喜地行走着不知道在忙啥,人们的精神面貌也焕然一新了,他仿佛在监狱里待了一个世纪,眼前所有的东西对他来说既新鲜又陌生。这里离姐姐家不远,但不能去,姐姐也许还在为他发愁呢,他不能下去见姐姐,只能过后再来看姐姐。

中午,旗里送他的马车来到了家门口。陈满金有些激动和紧张,不知父母在做什么——父亲是不是又下地去了,母亲是不是在刷锅洗碗?满玉是不是到谁家串门去了,小弟弟是不是在炕上玩耍呢?他从车上蹭下来打开大门,那些熟悉的石头还都摆在院子一边的墙下。父亲被这些石头累得不由自主地弯下了腰,但父亲却无怨无悔地甘愿为这些石头付出全部的精力和热情,这些从大山肚子里挖出来的石头,带着坚硬和诚实的品质,在这片黑色土地的佑护和滋养下像大地的骨头一样发育成长,相对而言,人与这些坚硬的石头相比是多么柔软和无力,但父亲却从没退缩过,为了养活家人,他用比石头更强大的毅力劳作。父亲虽然固执,但是坚强。

推开门,屋里有一股难闻的气味扑面而来,母亲正在给父亲喂饭。陈满金被眼前的场面吓到了,他僵直地站在原地,母亲手里的饭碗差点掉到炕上。父亲看到他抬了两下头"呜呜"地无力地哭了起来,父亲虽然在哭泣,一家人还是沉浸在说不出的喜悦之中,母亲早到外屋忙着烧火去了。

满玉从努图克回来见到哥哥笑着说:"努图克的人都说你回来了,我还以为逗我呢,你果真回来了。"她仔细看了一会儿哥哥,接着说:"你比以前瘦多了,也白了。"

"能活着回来就不错了。"满金说。

满玉不再说话忙到外屋问母亲:"我哥回来做点啥好吃的?"

"还有点荞面,包饺子。"母亲说。

"我再去买点鸡蛋去。"满玉说着出去了。满玉回来时不但买回了鸡蛋,还拎着二斤猪肉。

"你这丫头真能淘弄。"母亲乐滋滋地说道。

"这不是我哥回来了嘛,再说了咱这日子也一天比一天好起来了。"满玉说的是对的,自从土地改革以后,老百姓的日子发生了翻天覆地的变化,虽说还没有斗争地主赵凤林,但他家的地已经分给了贫雇农,以后日子就会更好的。

母亲炒了两个菜,一个是鸡蛋炒韭菜,一个是芥菜疙瘩炒肉丝,菜都端上来了,大家的目光一下子投向了父亲。父亲要是能坐起来肯定是要喝两盅的,可现在却躺在那里不能动弹,姐姐拿来的酒还在碗架子里放

第二十二章

着,父亲不能喝谁也不敢说喝。要是往日见到这样的好菜,父亲早端端正正地坐在了桌前。几口人很快就吃完了这顿最丰盛的饭,就连不懂事的满根也一声不吭地吃着香喷喷的猪肉和饺子。大家吃饭的时候,父亲好像睡着了,一点声音也没有,一下午也没什么声音一直沉睡着,大家也不多说话很怕吵醒了父亲。

半夜时分,父亲一阵咳嗽,震得胸脯一抬一抬地上下起伏,后来憋得满脸通红,呼吸困难起来。母亲急忙对满玉说:"快去叫你李叔看看。"

满玉急忙爬起来穿衣服。

满金说:"我跟你去。"

"哥,你在父亲身边吧,我去去就来。"

还没等满玉和李国芳来,父亲就不再大喘气了,慢慢闭上了眼睛,平静地离开了这个世界。

母亲哭着对满金说:"你父亲活着的时候告诉我,咱家南墙边的地里埋着他用石头为自己做的一副棺材,等他死了就装在那石头棺材里埋在你爷爷的坟边。"母亲又把早就偷偷准备了的装老衣服找出来,陈满金和李国芳给父亲穿好衣服,母亲这时已经不知做什么好了,在地上不停地走来走去。

满金对满玉说:"你陪咱妈到邻居家待着,别让咱妈在地上乱转了。"

李国芳说:"我安排人把棺材挖出来,另外再派人到王爷庙告诉你姐一声。"石棺埋得不深,人们很快就挖出来了。满金以为父亲为自己做了一副多么好的石棺,结果挖出来一看就是一个大型的牛槽子,上宽下窄,跟爷爷的石棺比相差太远了。父亲为什么这样对待自己,谁也弄不明白。父亲虽然没有文化,但心灵手巧,他为自己做一副好点的石棺是理所当然的,可是他没有这样做,他也许想让陈满金做,可是陈满金是指望不上了,他这才出此下策为自己做了一个牛槽子,以备死后子女们不抓瞎。他曾怨恨过父亲,也曾瞧不起父亲,现在当父亲的牛槽子出现在他眼前的时候,他彻底无言以对了,他连给父亲做一副棺材都不能,他感到无比惭愧

303

和自责。父亲是平凡而伟大的,他没有理由藐视他的一生、责怪他的一生。当人们把父亲抬进牛槽子的瞬间,他不由自主地跪在了牛槽子前,默念道:爸,原谅你这个不孝的儿子吧。有人把他扶起来牵到一边,他就那么坐着,仿佛什么也看不见了,直到人们拥挤着把父亲抬走抬到他看不见的更远的地方,他才若有所思地转过身来呆呆地望着自己家的房屋和远处的山峦。

七

在后来的几天里,陈满金不知道是怎么过的,他在一个地方一待就是半天,有时到山上一去就是一上午。姐姐一劲儿劝他,他不吃也不喝就像得了一场大病。小弟弟在他身边一劲儿哭着,他感到屋子和外面一片灰蒙蒙的景色,太阳也是灰白的,没有光泽地照着大地。人们来去匆匆不知道在忙啥,他仿佛完全脱离了这个世界,除了吃饭外,剩下的只有他自己的世界。

这天早晨,天气清爽正是铲头遍地的季节,陈满金就像做了一场梦一样突然清醒过来,望着街道上人们互相打招呼的热烈场面,对生活的渴望在他的内心又重新被点燃起来。他来到院子里,把父亲积攒下的那些石头能搬动的都搬到了院子外面的土坑里,搬不动的他到刘铁山家借来了一头牛用煞绳把石头捆好然后拽到土坑里。母亲问:"你这是干啥啊?那些石头可都是你爹一块一块从山上拉下来的啊。"

"妈,没人再鼓捣这些石头了,只能扔到坑里了。"

"你先别扔啊,等你弟弟长大了学会你爸的手艺就用得着了。"母亲说。

"妈,你咋也像我爸了。"满金不满地说。

"像就像,有啥不好的。"母亲固执地说。

"行了,等满根长大了再说吧。"

"你爸那些工具你别扔啊。"

"我已经扔进河里了。"

"你这孩子啥时扔的啊,快去捞回来。"母亲焦急地说。

"叫我撇到河中间了,以后再打一套不就行了。"

母亲不再说话,她觉得满金的做法有些异样,但又不敢说太多。他刚刚恢复了正常也不敢再惹他,先顺着他,等他完全恢复正常了再说吧。

中午,满玉回来了,满金说:"你问问官队长,我想把我的马买回来。"

"你买回来干啥?"满玉问。

"你就别问了,我有用。"满金回答。

"那恐怕不行。"

"你给我问问吧。"满金恳求地说。

"不成别赖我。"

晚上,满玉刚进屋,满金就急不可耐地问:"咋样,问了吗?"

"问了,努图克根本就不卖,你就别再想了。"满玉说。

"那匹花斑马是白锁柱叔叔送给我的,我不能不管。"

"那买一匹别的马送过去不就得了。"满玉说。

"那不一样,花斑马救过我的命。"满金说。

"那又咋样?"

"不咋样。"

"哥,你不要胡思乱想了。"

"我就是想把花斑马给送回去。"

"哥,不可能了。"

"我用别的马换还不行吗?"

"你从哪儿弄马?"

"我让刘铁山叔给我买了一匹马,你再替我说说。"

"哥,我真是没办法。"满玉嘴上不情愿,但心里还是愿意为哥哥去办的。

在陈满玉的努力下,官布扎布认为对于缴获的马匹,上级要求不那么严,不能用的可以杀或卖掉,努图克有权处理。官布扎布觉得缴获的那匹花斑马整天蔫头耷脑的也不是啥好马,换就换吧,便答应了陈满玉的再三请求。

满玉把这个喜讯告诉了哥哥,陈满金高兴得一下子什么话也说不出来。他低着头来到刘铁山家,把买好的那匹马牵到努图克,见了花斑马就像见了多年的老朋友一样眼泪在眼圈里转,但没掉下来。花斑马见了他也像见到了老朋友,竖起双耳摇晃了两下立刻变得精神起来并"咴咴"地向他叫着,四蹄不停地在地上跺来跺去。陈满金把牵去的马交给一名基干队员,解开花斑马的缰绳,花斑马摇晃了两下头顺从地跟陈满金走出了马棚。走出努图克,他拍了拍花斑马的背翻身上马,花斑马的腰微微往下一沉,但立刻就恢复了原来的样子。他没有回家而是走出兴安屯,双腿微微一夹马肚,花斑马立刻理解了他的意思快步行走起来。陈满金好久没有骑马了,现在骑在马上有一种既熟悉又踏实的感觉。

五月的兴安岭一派春天的景色。紫红的杜鹃花、粉白的杏花这一片那一片把大兴安岭点缀得活力四射,空气里弥漫着浓浓的花的清香,远远看去,山脊充满一股倔强的力量,仿佛要扭动起来。大田里这一堆那一堆的,稀稀落落长出一些早熟的蒿草,但还没有笼盖住暗黑潮湿的土地。归流河边的柳树变得浅黄微绿,枝条柔软,瞬间一切都充满了活力。

各家各户的院子里响起了收拾农具的声音,农民们头一回有了自己的土地,内心里流淌着抑制不住的喜悦,他们起早贪黑忙碌着,对新生活充满了无限信心。陈满金觉得,自治政府成立以后,形势会越来越好的,外面的世界会更好,他不能盯着眼前这块小天地,他要到外面去闯荡闯荡,找到自己要学的手艺,他确实有很多需要学习的东西,等学好了,真正有了自己的本事再养活母亲和弟妹。荞麦花要是还没有嫁人,他就去找她,带着她在外面生活,让村民们看看陈满金不是孬货。

天气暖暖的,花斑马脚步均匀地迈动着,马背就像平稳抖动的软床,

第二十二章

他仿佛在梦境中行走,他不想再回家,他不是一个没有责任心的人,他要摒弃自己的过去,靠自己的能力生存下去。他穿过屯前的杨树林,沿着弯曲柔软的土道向远处走去。

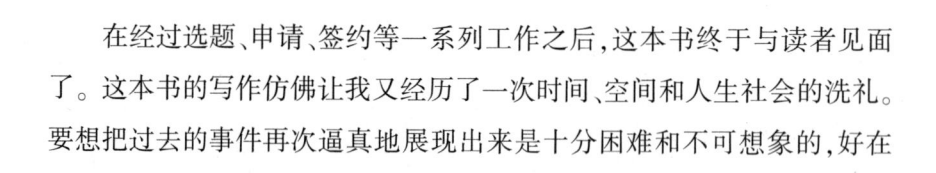

后 记

在经过选题、申请、签约等一系列工作之后,这本书终于与读者见面了。这本书的写作仿佛让我又经历了一次时间、空间和人生社会的洗礼。要想把过去的事件再次逼真地展现出来是十分困难和不可想象的,好在有一些史料记载,这才令我有些坦然。

五年的时间里,我查阅了《内蒙古革命史》《兴安党史文集》《中国共产党兴安历史》《中国共产党科尔沁右翼前旗历史大事记》《中国共产党内蒙古地区大事记》《内蒙古百年大事回眸》《"三不两利"与"稳宽长"》《乌兰夫论牧区工作》《葛根庙武装起义》《科尔沁烽火》等史料,但在写作过程中有些史料还是不能达到令人满意的程度。

初稿写完后,第一时间寄给了我的指导专家——内蒙古人民出版社副总编辑武连生老师。他审读后,给予了很高的评价并提出了修改意见。接着我又把稿子送给时任科右前旗委副书记刘成才,请他在百忙中提出宝贵意见。他看完后非常认真地提出了若干条意见,按照他的意见我逐一修改了一遍。然后等待报内蒙古文联审阅。后来内蒙古文联通知我转给内蒙古人民出版社,在编辑们的共同努力下,书稿才得以出版。

在这里,我首先要感谢内蒙古宣传部、内蒙古文联对我的扶持,还要感谢我的指导老师武连生,感谢科右前旗委副书记刘成才,感谢兴安盟文联、作协对我的关注。同时还要感谢我的父老相亲和那些长眠地下的先烈们,是他们给了写作的信心和愿望。

最后,感谢我的老伴陈凤珍担起了烦杂的家务,为我的写作争取了宝贵的时间,提供了良好的后勤服务。

一粒玉米种子,如果没有土地、阳光、雨露就不会生长;一个作家,如果离开了社会、生活、人民就写不出好的作品。

由于本人知识、写作水平有限,如有疏漏,敬请广大读者见谅。

这本书的出版既是对我过去写作的一次总结,也是今后写作路上的新起点。在领导、专家、编辑、朋友、亲友的倾情指导和鼓励下,我将继续努力、持之以恒,坚持写出更好的作品奉献给人民。

2022 年 8 月